흙 1

한국문학산책 16 장편 소설
흙 1

지은이 **이광수**
엮은이 **송창현**
펴낸이 **안용백**
펴낸곳 **(주)넥서스**

초판 1쇄 인쇄 2013년 3월 20일
초판 1쇄 발행 2013년 3월 25일

출판신고 1992년 4월 3일 제311-2002-2호
121-840 서울시 마포구 서교동 394-2
Tel (02)330-5500 Fax (02)330-5555

ISBN 978-89-6790-039-7 04810

출판사의 허락없이 내용의 일부를
인용하거나 발췌하는 것을 금합니다.

가격은 뒤표지에 있습니다.
잘못 만들어진 책은 구입처에서 바꾸어 드립니다.

www.nexusbook.com
지식의 숲은 (주)넥서스의 인문교양 브랜드입니다.

한국문학산책 16
장편 소설

이광수
흙 1

송창현 엮음·해설

지식의숲

* 일러두기

1. 시대 분위기와 작가의 개성이 드러나는 문장이나 방언, 속어, 고어 등은 원문 표기를 따랐다.
2. 원본 한자는 한글로 바꾸고 작품의 이해에 필요한 경우에만 한자를 병기하였다.
3. 독자들의 이해를 높이기 위해 필요한 경우 괄호 속에 뜻풀이를 달았다.

차 례

제1장 ...007
제2장 ...157
제3장 ...317

제1장

*

　야학을 마치고 돌아온 허숭은 두 팔을 깍지 껴서 베개 삼아 베고 행리에 기대 비스듬히 드러누웠다. 가만히 누워 있노라면, 모기들이 앵앵 하고 모깃불 연기를 피하여 돌아가는 소리가 멀었다 가까웠다 하는 것이 들린다. 인제는 음력으로 칠월에도 백중을 지나서, 밤만 들면 바람결이 선들선들하는 맛이 난다.
　이태 동안이나 서울 장안에만 있어서 모깃소리를 들어 보지 못한 허숭은 고향에서 모깃소리를 다시 듣는 것도 대단히 반가웠다.
　"어쩌면 유순이 그렇게 크고 어여뻐졌을까."
하고 숭은 혼잣말로 중얼거렸다. 그럴 때에 숭의 앞에는 유순의 모양이 나타났다. 그는 통통하다고 할 만하게 몸이 실한 여자였다. 낯은 자외선이 강한 산 지방의 볕에 그을려 가무스름한 빛이 도나 눈과 코와 입이 다 분명하고, 그리고도 부드러운 맛을 잃지 아니한 처녀다. 달빛에 볼 때에는 그 얼굴이 달빛 그것인 것같이 아름다웠다. 흠을 잡자면 그의 손이 거친 것이겠다. 김을 매고 물일을 하니, 도회 여자의 손과 같이 옥가루로 빚은 듯한 맛은 있을 수 없다. 뻣뻣한 베치마에 베적삼, 그 여자는 검정 고무신을 신었다. 그는 맨발이었다. 발등이 까맣게 볕에 그을렸다. 그의 손도, 팔목도, 목도, 짧은 고쟁이와 더 짧은 치마 밑으로 보이는 종아리도 다 볕에 그을렸다. 마치 여름의 햇빛이 그의 아름답고 건강한 살을 탐내어 빈틈만 있으면 가서 입을 맞추려는 것 같았다.

허숭은 유순을 정선과 비겨 보았다. 정선은 숭이 가정 교사로 있는 윤 참판 집 딸이다. 정선은 몸이 가냘프고 살이 투명할 듯이 희고 더구나 손을 쥐면 으스러져 버릴 것같이 작고 말랑말랑한 여자다. 그는 숙명에서도 첫째 둘째를 다투는 미인이었다.

물론 정선은 숭에게는 달 가운데 사는 항아다. 시골, 부모도 재산도 없는 가난뱅이 청년인 숭, 윤 참판 집 줄행랑에 한 방을 얻어서 보통학교에 다니는 아이를 가르치고 있는 숭으로서는 정선 같은 양반집, 미인 외딸은 우러러보기에도 벅찬 처지였다.

그러나 유순이 같은 여자면 숭의 손에 들 수도 있다. 지금 처지로는 유순의 부모도 숭에게 딸을 주기를 주저할 것이지마는, 그래도 학교나 졸업하고 나면 혹시 숭을 사윗감으로 자격을 붙일는지도 모르는 것이다.

이렇게 생각하고 숭은 자기 신세를 생각하여 한숨을 쉬었다.

숭은 이 동네에서는 잘산다는 말을 듣던 집이었다. 숭의 아버지 겸은 옛날 평양 대성학교 출신으로 신민회 사건이니, 북간도 사건이니, 서간도 사건이니, 만세 사건이니 하는 형사 사건에는 빼놓지 않고 걸려 들어서 헌병대 시절부터, 경무총감부 시절부터 붙들려 다니기를 시작하여 징역을 진 것만이 전후 팔 년, 경찰서와 검사국에 들어 있던 날짜를 모두 합하면 십여 년이나 죄수 생활을 하였다.

이렇게 기나긴 세월에 옥바라지를 하고 나니 가산이 말이 못되어 숭의 학비는커녕 집을 보존하기도 어려웠다. 그래서 겸은 남은 논마지기, 밭날갈이를 온통 금융조합에 갖다 바치고 평생에 해 보지도 못한 장사를 한다고 돌아다니다가 저당한 토지만 잃어버리고, 홧김에 술만 먹다가 어디서 장질부사를 묻혀서 자기도 죽고 아내도 죽고 숭의 누이동생 하나도 죽고, 숭이 한 몸뚱이만 댕그렇게 남은 것이다.

현재의 숭에게는 집 한 칸 없다. 지금 숭이 잠시 와서 머무는 집은 숭의 당숙 성의 집이다.

  유순의 집은 이 집에서 등성이 하나 넘어가서 있다. 순의 부모는 순전한 농부다. 순의 아버지 진희는 아직도 젊었거니와 그 늙은 조부 유 초시는 글을 공부하여 초시까지 한 사람이다. 원래 이 동네는 수백 년래로 허 씨가 살고, 등성이 너머 동네에는 유 씨가 살았는데, 허 씨나 유 씨나 다 이 시골에서는 과거장이나 하고 기와집칸이나 쓰고 살아왔다. 그러나 유 초시의 말을 빌리면,

"갑오경장 이후에야 글이나 양반이 다 쓸데 있나."

하여 이 두 동네도 점점 쇠퇴하여서, 용감한 사람들은 모두 관을 벗어 버리고 수건을 동이고, 책과 붓대를 집어던지고 호미를 들고 들로 나갔다. 그러나 그중에는 여전히 옛 영화를 생각하여 관을 쓰고 꿇어앉은 이도 한둘은 있고, 또 숭의 아버지 모양으로 '개화에 나서서' 머리를 깎고 양복을 입고 다니다가 옥살이를 하는 이도 이삼 인은 있었다. 이를테면 유순의 집은 약아서 제 실속을 하는 패의 대표요, 허숭의 집은 세상일을 합네, 학교를 다닙네 하고 날뛰는 패의 대표였다.

　예정한 일주일의 야학이 끝나고 내일은 허숭이 서울로 올라간다는 마지막 날 허숭은 더욱 정성을 다하여 남은 교재를 가르치고 또 강연 비슷하게 여러 가지 권유를 하였다.

　야학은 부인 반과 남자 반 둘로 갈렸다. 부인반에는 숭의 아주머니 할머니뻘 되는 사람도 있고, 숭의 누이뻘 되는 사람들도 있었다. 그들은 숭이 설명하는 위생 이야기, 땅이 둥글다는 이야기, 해가 도는 게 아니라 땅이 돌아간다는 이야기, 비행기 전기등 이야기, 무엇이 비가 되고 무엇이 눈이 되는 이야기 같은 것을 다 신기하게 들었다.

　"그 원 그럴까."

하고 혹 의심 내는 이도 있었으나 반대하는 이도 없었다.

　그러나 남자 반은 이와 달라서 질문하는 이도 있고 반대하는 이도 있었다.

　"대관절, 어째서 차차 세상이 살아가기가 어려워만지나."

　이러한 질문을 하는 이도 있었다.

　"요새는 대학교 졸업을 하고도 직업을 못 얻는데."

하는 세상 소식 잘 아는 이도 있었다.

　"너도 그만큼 공부했으면 인제는 장가도 들고 살림을 시작해야지, 공부만 하면 무엇하니?"
하고 할아버지뻘, 아저씨뻘 되는 이가 말을 듣다 말고 교사인 숭에게 뚱딴지 훈계를 하기도 하였다.

대부분이 허 씨들인 중에 간혹 등 너머 유 씨네들도 와서 섞였다. 여자 반에도 그러하여서 유순이도 이렇게 와 섞인 이 중의 하나였다.

유순이는 보통학교를 졸업했지마는 야학에 출석하였다. 그는 가장 정성 있게 듣는 이 중의 하나였다.

내일이면 떠나는 날이라고 생각하니 허숭은 자연 서운한 맘이 생겼다. 숭은 이야기하는 중에도 될 수 있는 대로 자주 순을 바라보았다. 순의 눈도 숭의 눈과 가끔 마주쳤다. 숭은 이야기를 끝내기가 싫었다.

남녀 반의 야학이 끝난 뒤에, 늙은 느티나무 밑에 남자들만 수십 명이 모여서 숭의 송별연을 열었다. 참외도 사 오고 술도 사 오고 옥수수도 삶아 오고, 모두 둘러앉아서 이야기판이 벌어졌다.

"너 이번 가면 또 언제 올래?"

"글쎄요, 내년에나 오지요."

"졸업이 언제야?"

"내후년입니다."

"법과라지?"

"네."

"그거 졸업하문 경찰서장이나 되나?"

"……."

"군서기도 되겠지. 군수는 얼른 안 될걸."

"변호사를 하면 돈을 잘 버나 보더라마는, 그건 또 시험이 있다지?"

"네."

"게야 재주가 있으니까 변호사도 되겠지."

"변호사는 사뭇 돈을 벌데."

"돈벌이는 의사가 제일이야."

"큰 돈이야 그저 금광을 하나 얻어야."

"조선에야 돈이 있어야 벌지. 물이 마른 것 모양으로 바짝 마른걸."

"우리네같이 땅이나 파먹는 놈이야 십 원짜리 지전 한 장 손에 쥐어 볼 수 있다구."

"자, 참외 한 개 더 먹지."

"아압, 밤이 꽤 깊었는걸."

이러한 회화였다. 숭은 이러한 말을 들을 때마다 혹은 낯도 후끈하고 혹은 한숨도 쉬었다. 그러나 숭은 이 무지한 듯한 사

람들이 한없이 정답고 귀중하였다. 그들의 말 속에는 한없는 호의가 있는 듯하였다. 저 인사성 있고, 눈치 밝고 쏙쏙 뺀 도회 사람들보다 도리어 사람다움이 많은 것이 반가웠다.

이 밤에 숭은 협동조합 이야기를 하여 다수의 찬성을 얻었으나 조직하기에까지는 이르지 못하고 이곳을 떠나게 되었다.

새벽차를 타려고 가방과 담요를 들고 당숙의 집을 떠나 길가 풀숲에 우는 벌레 소리를 들으며 정거장을 향하고 나갈 때에, 무너미로 갈리는 길에서 숭은 깜짝 놀랐다.

"내야요."

하고 나서는 유순을 본 까닭이었다. 숭은 하도 의외여서 깜짝 놀랐다가 부지불식간에 유순의 손을 잡았다.

"언제 와요?"

"내년 여름에 올게."

하고 숭은, 자기의 가슴에 이마를 대고 기대어 선 유순의 머리를 쓸었다.

떠날 때에 순은 숭에게 삶은 옥수수 네 자루를 싼 수건을 주었다.

숭이 탄 기차가 새벽 남빛 어둠 속으로 씩씩거리고 지나 무너미 모루를 돌아가는 것을 바라보며 순은 손을 내두르며 눈물을 지었다.

 숭은 무너미 모루를 돌아갈 때에 행여나 순이 보일까 하고 승강대에 나와서 바라보았다. 그러나 새벽빛은 반 마일이나 떨어져 산그늘에 서 있는 처녀의 몸을 숭의 눈에서 감추었다. 숭은 순이 섰으리라고 생각하는 방향을 향하여 손을 두르며,

"순이, 내 내년 여름에 올게."

하고 혼잣말로 중얼거렸다.

 차는 살여울의 철교를 건넌다. '살여울!' 얼마나 정다운 이름이냐 하고 숭은 철교 밑으로 흐르는 물을 들여다보았다. 아직도 여름밤을 머금은 검은 물. 눈이 그 물줄기를 따라 올라가면 초가을의 특색인 골안개가 뽀얗게 엉긴 것이 보인다. 촉촉하게 젖은 땅 위에 들릴락 말락 한 소리를 내고 흘러가는 물 위에 꿈같이 덮인 뽀얀 안개, 그것은 인정할 만한 자연의 아름다움 가운데 하나다.

 살여울의 좌우 옆은 살여울 물을 대어서 된 논이다. 한 마지기에 넉 섬씩이나 나는 논이다. 본래 그것은 풀이 무성한 벌판이었을 것이다. 혹은 하늘이 아니 보이는 수풀이었을 것이다. 사슴과 여우가 뛰노는 처녀림 속으로 살여울의 맑은 물이 흘렀을 것이다. 지금도 '흰하늘이고개'라는 고개가 있지 아니하냐.

그 고개를 나서서야 비로소 흰 하늘을 바라보았다는 말이라고, 숭은 어려서 그 아버지에게 설명받은 일이 있었다.

그것은 숭의 조상들이, 아마 순의 조상들과 함께 개척한 것이다. 그 나무들을 다 찍어 내고 나무뿌리를 파내고, 살여울 물을 대느라고 보를 만들고, 그리고 그야말로 피와 땀을 섞어서 갈아 놓은 것이다. 그 논에서 나는 쌀을 먹고 숭의 조상과 순의 조상이 대대로 살고 즐기던 것이다. 순과 숭의 뼈나 살이나 피나 다 이 흙에서, 조상의 피땀을 섞은 이 흙에서 움돋고 자라고 피어난 꽃이 아니냐.

그러나 이 논들은 이제는 대부분이 숭이나 순의 집 것이 아니다. 무슨 회사, 무슨 은행, 무슨 조합, 무슨 농장으로 다 들어가고 말았다. 이제는 숭의 고향인 살여울 동네에 사는 사람들은 마치 뿌리를 끊긴 풀과 같이 되었다. 골안개 속에서 한가하게 평화롭게 울려오던 닭, 개짐승, 마소의 소리도 금년에 훨씬 줄었다. 수효만 준 것이 아니라, 그 소리에서는 한가함과 평화로움이 떠나갔다. 괴롭고 고달프고 원망스러웠다.

차가 가는 대로 숭은 가고 오는 산과 들과 촌락을 바라보았다. 알을 밴 벼와, 누렇게 고개를 숙인 조와 피와, 머리를 풀어헤치고 피를 흘리는 용사와 같은 수수를 보았다. 새벽 물을 길어 이고 가는 여자들을 보았다. 아침 햇빛이 물 묻은 물동이를 비추어 금빛을 발하였다. 물동이를 인 여자는 한 손으로 물동이에서 떨어지는 물방울을 쳐내 버리고, 한 손으로는 짧은 적삼 밑으로 나오려는 젖을 가리었다. 기차가 우렁차게 달리는 소리를 듣고 빨강댕이 아이들이 만세를 부르고 내달았다. 긴 장마를 겪은 초가집들은 마치 긴 여름일을 치른 농부들 모양으로 기운이 빠져서 축 늘어졌다. 그 속에 사는 사람들의 속이 썩은 모양으로 지붕의 영도 꺼멓게 썩었다. 그 집들 속에는 가난에 부대끼고, 벼룩 빈대에 부대끼고, 빚에 졸리고, 병에 졸리고, 희망을 빼앗긴 사람들이 눈살을 찌푸리고 뭉개는 것이다.

정거장에 왔다. 역장과 차장과 역부와, 순사의 모자의 붉은 테와, 면장인 듯한 파나마 쓴 신사와, 서울로 가는 듯싶은 바스켓 든 여학생과, 그의 부모인 듯싶은 주름 잡힌 내외와…….

호각 소리가 나고 고동 소리가 나고…….

큰 도회와 작은 정거장을 지나 숭은 배고픔을 깨달았다. 순이 싸다 준 옥수수를 꺼냈다. 두 이삭을 뜯어 먹고는 좀 창피한 듯하여 도로 싸 놓았다.

경성역에 내린 때에는 숭은 꿈에서 깬 것 같았다. 바쁜 택시의 떼, 미친년 같은 버스, 장난감 같은 인력거, 얼음 가루를 팔팔 날리는 싸늘한 사람들.

숭은 전차를 타고 삼청동 윤 참판의 집으로 들어왔다. 방에 짐을 놓고 큰사랑에 가니, 윤 참판은 없고 웬 갓 쓴 사람만 이삼 인이 앉았다. 작은사랑에 가니 윤 참판의 맏아들 인선도 없다. 돌아 나오다가 찌개 뚝배기를 든 어멈을 하나 만났다.

"학생 서방님 오셨어요?"

하고 반갑게 인사를 하고는,

"맏서방님이 매우 편찮으십니다. 영감마님도 안에 계세요."

한다.

*

원체 일개 가정 교사, 시골 학생 하나가 다녀왔기로 윤 참판 집에 대하여서는 이웃집 고양이 하나 들어온 이상의 중요성이 있지 아니할 것이다. 더구나 맏아들 인선이 중병으로 죽을지 살지 모르는 이 판에, 온 집안이 난가가 된 이 판에 허숭따위가 왔대야 아랑곳할 사람은 밥 갖다 주는 어멈 하나밖에 없다.

허숭은 어멈을 통하여 인선의 병 증상을 들었다.

원래 인선은 체질이 허약하였다. 그의 어머니는 인선이 난 지 몇 달이 아니 되어서 폐병으로 죽었다. 본래 폐병이 있는 이가 아이를 낳고는 죽은 것이었다. 인선은 그 어머니의 체질을 받아 살빛이 희고, 피부가 엷고, 여자같이 부드럽고, 가슴이 좁고, 몸이 가늘고 길었다. 미남자는 미남자지마는 퍽 약하였다. 그러나 재주는 있어서 학교에서는 성적이 좋았다.

인선과는 반대로, 그 아내는 몸이 건강하고 또 육감적인 여자였다. 숭도 그를 가끔 보았거니와 눈웃음을 치고 교태가 있는 여자였다. 인선의 친구들은 인선이 아내 때문에 몸이 늘 허약한 것이라고 말하였다.

그러던 것이 인선이 금년에 석왕사에 피서를 갔다가 설사병을 얻어 가지고 돌아와서부터는 신열이 나고 소화 불량이 되고 잠을 못 잤다. 윤 참판은 이것을 성화하여 의사도 불러 대고 한방의도 불러 댔으나 병은 낫지 아니하였다. 그러다가 약 일주일 전에 어느 유명하다는 (지리산에서 이십 년 공부했다는) 한방의를 불러다가 보인 결과, 녹용과 무슨 뽕나무 뿌리 같은 약과를 달여 먹였다. 이것을 먹고 병자는 전신이 뻘겋게 달고 정신을 잃고 헛소리를 하고 웃고 날뛰었다. 그러기를 일주야나 한 뒤에 의사가 와서 주사를 놓고 약을 먹여서 잠이 들었으나 그로부터 영 말도 못하고 먹지도 못한다고 한다.

지금도 사랑에는 갓 쓰고 때 묻은 두루마기 입은 무슨 진사, 무슨 사과 하는 한방의가 이삼 인이나 모여 앉아서 서로 금목수화토(金木水火土) 오행을 토론하고 갑을병정(甲乙丙丁)의 육갑을 주장하여 병인 머리 둘 방향을 날을 따라 고치고, 약 달이는 물을 혹은 동쪽에서 혹은 서쪽에서 방위를 가려 길어 오게 하고, 혹은 약물을 붓는 시간을 묘시니 진시니 하여 큰 문제나 되는 듯이 논쟁을 하였다.

약을 달일 때에도 제가 처방한 것은 제가 지키고 앉아서 달이고, 그 곁에는 심부름하는 계집애 종이 시중들고 섰었다. 갓 쓴 의원은 그 계집애더러 담배를 붙여 들이라고 연해 명령하였다.

인선은 윤 참판의 맏아들일뿐더러 어려서 어미 잃은 아들이요, 또 허약한 아들이기 때문에 특별히 맘에 늘 두었다. 더구나 윤 참판이 나이 환갑을 지나면서부터는 재산에 관한 사무, 가사에 관한 사무를 거의 다 인선에게 맡기고 자기는 다만 최고 권위자로 비토권만 가지고 있었다. 인선은 다른 부잣집 아들 모양으로 허랑방탕하지 아니하고 적어도 돈 아낄 줄을 알았다. 윤 참판에게는 그 아들의 돈 아낄 줄 아는 것이 가장 기쁘고 믿음성 있는 일이었다.

이러하던 인선이 앓는 것을 보는 윤 참판은 화를 내어 조석도 잘 아니 먹고 담배와 술만 마셨다.

허숭이 돌아온 이튿날 아침에 큰사랑에 가서 윤 참판을 만나 절을 하였다. 윤 참판은,

"오, 댕겨왔냐."

한마디를 하고는 돌아앉은 갓 쓴 의원들에게,

"어디 그 약이 효험이 있나."

하고 화를 냈다.

또 의원들 간에는 상초가 어떻고 하초가 어떻고 명문이 어떻고 수기니 화기니 하는, 말하는 자기들도 잘 알지 못하는 토론이 시작되었다.

마루의 약탕관에서는 꼬르륵꼬르륵하는 소리가 나고, 덮은 종이를 통하여 야릇한 향기를 가진 김이 올랐다.

날은 맑고 더웠다.

*

인삼도 녹용도 쓸데없이 허숭이 온 지 닷새 만의 새벽에 인선은 마침내 죽어 버렸다. 인선이 위태하단 말을 듣고 초저녁부터 친척들이 모여들어서 안팎이 웅성웅성하였다. 그중에는 참판의 삼종형이요, 사회에 명망이 높은 한은 선생이라고 세상이 일컫는 이도 오고, 또 죽은 이의 재종 삼종 되는 혹은 일본 유학도 하고 혹은 구미 유학도 한 젊은이들도 오고, 또 숭이 알지 못하는 사내들과 부인들도 왔다. 또 허숭과는 고등보통학교 선배 동창이요, 지금 경성제대 법과에 다니는 김갑진이라는 학생도 왔다. 갑진은 칠조약 때에 관계 있어 남작을 받은 김남규의 아들로서 보통학교 시대부터 교만한 수재로 이름이 높았다. 다만 그 아버지 남규가 주색과 투기 사업으로 돈을 다 깎살리고, 마침내는 파산을 당하고 또 사기로 몰려 불기소는 되었으나 남작 예우는 정지되고 죽었기 때문에 갑진은 가난하고 또 습작도 못하였을 뿐이다. 그는 아버지와 윤 참판과 막역한 친구이던 인연으로 윤 참판이 학비를 대서 지금까지 공부를 시키고, 그러한 까닭으로 마치 친척이나 다름없이 세배 때나 기타 무슨 일이 있을 때에는 윤 참판 집안에도 출입하였다.

인선이 죽은 뒤로 사람들의 시선, 부러워하는 듯한 시선은 윤 참판의 딸 정선에게로 쏠렸다. 오빠의 죽음을 슬퍼하는 정선의 모양은 더욱 아름다움을 더한 듯하였다.

정선은 윤 참판의 둘째 아내의 몸에서 난 딸이다. 정선의 어머니는 윤 참판이 전라 감사로 갔을 때에 도내에 제일 부호라는 말을 듣던 남원 김 승지의 딸에게 장가들어 얻은 아내로 인물이 아름답기로, 재산을 많이 가져오기로 유명한 부인이다. 그때 서울에서는 윤 참판이 돈을 탐내서 시골 상놈의 딸에게 장가든 것이라고 비웃었거니와, 그 비웃음은 사실에 가까웠다.

이 김 씨 부인은 만 석을 가져왔다고도 하고, 오천 석을 가져왔다고도 하거니와, 어쨌거나 윤 참판이 전라 감사 이태에 약 만 석의 재산이 붇은 것만은 사실이었다. 그중에는 뇌물 받은 것, 학정한 것도 있겠지마는 적어도 그중에 삼분지 이는 김 씨 부인이 가지고 온 것이었다.

김 씨 부인에게 장가를 듦으로, 또는 전라 감사를 다녀옴으로 부터 윤 참판은 일약 장안에서 부명(富名)을 듣게 되었고, 세상이 바뀌고 호남 철도가 개통됨으로부터는 곡가와 지가가 몇 갑절을 올라서 윤 참판의 재산은 무섭게 늘었다.

그러나 김씨 부인은 아들 하나, 딸 하나를 낳아 놓고 아직 사십이 다 못 되어서 죽었다. 아들은 얼마 아니하여 죽고, 그의 유일한 혈육으로 남은 것이 정선이다.

정선은 그 모습이 천연 그 어머니를 닮았다고 한다. 키가 호리호리하고 살이 희고 부드럽고 그러면서도 죽은 오라버니와 같이 허약한 빛이 없고, 부드러운 중에도 단단한 맛이 있었다. 코가 너무 오뚝하고, 눈에 젖은 빛을 띠어 여염집 처녀로는 너무 애교가 있는 것이 흠이면 흠이랄까.

정선은 숙명에서도 두어 번 수석을 한 일이 있고, 이화전문학교 음악과에 들어간 뒤에도 미인, 수재의 평이 높다. 천만장자요, 양반의 따님이었다, 미인이었다, 수재였다, 그 어머니가 친정에서 가지고 온 재산의 적어도 한 부분은 상속할 수 있다는 정론이 있는 사람이었다. 아들 가진 사람, 재주 있는 청년의 시선이 그리로 모일 것은 물론인 데다가, 이제 윤 참판의 맏아들 인선이 죽으니 윤 참판의 평소의 성미로 보아서 이 딸의 남편이 될 사위가 윤 참판의 작은아들 예선이 자랄 때까지 윤 참판 집에 채를 잡을 것이 분명한 줄을 미루어 알 수 있는 사람들의 시선이 정선의 몸으로 쏠리는 것은 당연한 일이다.

누가 이러한 정선의 남편이 되는 행운의 제비를 뽑을 것인가, 사람들에게는 이런 것이 중대 문제였다.

*

아들이 운명하는 것을 본 윤 참판은 사랑으로 뛰어나와서, 갓 쓴 의원이며 음양객들을 모두 몰아냈다.

"이놈들, 아무것도 모르고 내 아들 죽인 놈들!"

하고 호령하는 서슬에 갓 쓴 무리들은 혼이 나서 쫓겨 나갔다. 나가다가 한 사람이 돌아와서,

"집으로 갈 노자나 주시지요."

하고 애걸하였으나, 윤 참판은,

"저놈들이 또 기어 들어와! 네, 저놈들 몰아내라. 파출소에 전

화를 걸어서 저놈들 깡그리 묶어 가게 하여라."

하는 바람에 다시 입도 벙긋 못하고 다 달아나 버리고 말았다.

윤 참판은 화로에 놓인 약탕관을 집어던졌다. 약탕관은 사랑 마당에, 끓는 검은 물을 토하며 데굴데굴 굴렀다.

문 뒤에 붙어 섰던 허숭은 윤 참판의 성난 것이 가라앉기를 기다려 윤 참판의 앞에 나서며,

"무어라고 여쭐 말씀이 없습니다."

하고 조상하는 인사를 하였다.

"응, 인선이 죽었어."

하고 윤 참판은 허숭을 바라보았다. 허숭은 더 할 말이 없었다.

"그 귀신 같은 놈들 잘 내쫓으셨습니다."

하고 안으로서 나오는 것은 김갑진이었다. 갑진은 안에서 밤을 새운 모양이었다. 이러한 때에도, 그는 J 자 붙인 검은 세루대학 정복을 입고 손에 '大學'이라는 모장 붙인 사각모자를 들기를 잊지 아니하였다.

"인선이 죽었다."

하고 윤 참판은 갑진을 보고도 같은 소리를 하였다.

"글쎄올시다, 그런 변고가 없습니다. 그 귀신같은 놈들이 독약을 먹여서 그랬습니다. 애초에 제 말씀대로 입원을 시키셨더라면 이런 일은 없는 것을 그랬습니다. 그런 귀신같은 놈들이

사람이나 잡지 무엇을 압니까."

하고 갑진은 모든 것을 다 아는 듯이 단정적으로, 훈계적으로 말을 한다. 안하 무인한 그의 성격을 발로한다.

"왜 의사는 안 보였다든?"

하고 윤 참판은 갑진의 말에 항변한다.

"의사 놈들은 무얼 안다더냐. 돈이나 뺏으려 들지."

"애초에 조선 의사를 부르시는 게 잘못이지요. 그깟 조선 놈들이 무얼 압니까. 요보 놈들이 무얼 알아요? 등촌 박사나 이등 박사 같은 이를 청해 보셔야지요. 생사람을 때려잡았습니다."

하고 갑진은 여전히 호기를 부린다.

윤 참판은 갑진을 한 번 흘겨보고 일어나서 무어라고 누구를 부르면서 안으로 들어간다.

허숭은 차마 갑진의 말을 들을 수가 없어서,

"거 무슨 말을 그렇게 하나."

하고 갑진을 나무랐다.

"왜? 자네 따위 사립학교 부스러기나 다니는 놈들은 가장 애국자인 체하고, 흥, 그런 보성전문학교 교수 따위가 무얼 알아? 대학에 오면 일 년급에 붙지 못할 것들이. 자네도 그런 학교에나 댕기려거든 남의 집 행랑 구석에서 식은 밥이나 죽이지 말고, 가서 조상 적부터 해 먹던 땅이나 파. 괜시리 아니꼽게 놀고

먹을 궁리 말고……."
하고는 입을 삐죽, 고개를 끄떡하고 나가 버린다. 아마 밤을 새 웠으니까 졸려서 어디로 자러 가는 모양이었다.

허숭은 그만한 소리는 갑진에게서 밤낮 듣는 것이니까 별로 노엽게도 생각하지 아니하였다. 다만,

'서울 사람, 시골놈, 양반, 상놈이 아직도 남았구나.'

하는 것을 한 번 더 생각하고 한숨을 지을 뿐이었다.

그러나 허숭의 맘은 자못 편안치를 못하였다. '행랑 구석에서 남의 집 식은 밥이나 죽이지 말고' 하는 것이나, '아니꼽게 놀고 먹을 궁리 말고…….' 하는 것이나, '조상 적부터 해 먹던 땅이나 파!' 하는 것이나, 갑진의 이런 말들은 갑진이 생각하고 한 것과는 다른 의미로, 그의 경멸적인 의도와는 다른 의미로, 허숭의 가슴을 찌르는 바가 있었다.

*

그것은 사실이다. 조상 적부터 해 먹던 땅 파기가 싫어서 아니꼽게 놀고먹어 보겠다고 시골 남녀 학생들이 서울로 모여드는 것은 사실이었다. 선조 대대로 피땀 흘려 갈아 오던 논과 밭

과 산 - 그 속에서는 땀만 뿌리면 밥과 옷과 채소와 모든 생명의 필수품이 다 나오는 것이다. - 을, 혹은 고리대금에 저당을 잡히고 혹은 팔고 해서까지 서울로 공부하러 오는 학생이나 자녀를 보내는 부모나 그 유일한 동기는 땅을 파지 아니하고 놀고먹자는 것이다. 얼굴이 검고 손이 크고 살이 거칠고 발도 크고 눈이 유순하고 몸이 왁살스러운, 대체로 농촌의 자연에서 근육 노동을 하던 집 자식이 분명한 청년 남녀가 몸에 잘 어울리지 아니하는 도회적 옷을 입고 도회의 거리로 돌아다니는 꼴 - 아무리 제 깐에는 도회식으로 차린다고 값진 옷을 입더라도, 원 도회 사람의 눈에는 '시골 무지렁이, 시골뜨기' 하는 빛이 보여 골계(滑稽)에 가까운 인상을 주는, 그러한 청년 남녀들이 땅을 팔아 가지고, 부모는 굶기면서 종로로, 동아, 삼월, 정자옥으로, 카페로, 피땀 묻은 돈을 뿌리고 다니는 것을 보면 일종의 비참을 느끼지 아니할 수 없지 아니하냐.

그렇게까지 해서 전문학교나 대학을 마친다 하자. 그리고는 무엇을 하여 먹나. 놀고먹어 보자던 소망도, 벼슬깨나, 회사원, 은행원이나 해 먹자던 소망도 이 직업난에 다 달하지 못하고 얻은 것이 졸업장 한 장과 고등 소비 생활의 습관과 욕망과 꽤 다수의 결핵병, 화류병, 자연 속에서 생장한 체질로서 부자연한 도시 생활에 들어오기 때문에 생기는 건강의 장애와 - 이것뿐이 아닌가. 조상 적부터 해 먹던 땅을 파자니 싫고, 직업은 없고, 그야말로 놀고먹자던 것이 놀고 굶게 되지 아니하는가.

"나도 그중에 하나다."

하고 숭은 낙심이 되었다. 도리어 갑진의 기고만장한 어리석음이 유리한 듯도 하였다.

안에서는 이따금 세 줄기 여자의 곡성이 흘러나왔다. 하나는 정선의 소리요, 또 하나는 죽은 인선의 아내 조정옥의 소리였다. 그리고 하나는 아마 인선의 계모의 소리일 것이다.

인선의 아내 조정옥은 재동 조 판서라면 지금도 양반 계급에서는 모르는 이가 없는 이의 손녀요, 남작 조남익의 딸이다. 재동여자고보를 졸업하고, 또 기모노에 하카마를 입고 제이고등여학교를 졸업하고, 이왕직의 인연으로 동경도 한 일 년 다녀온 여자다. 윤 참판 집은 아들 복은 없어도 미인 복이 있다는 말을 듣느니만치 정옥은 미인이었다. 다만 위에 말하였거니와 그가 눈웃음을 치고 여염집 부녀로는 너무 애교가 많았다. 그리고 그가 받은 교육에는 - 가정에서는 물론이거니와, 보통학교나 고등보통학교, 또 고등여학교나 - 개인주의, 이기주의 이상의 아무 자극과 훈련이 없었다. 애국이라는 말은 원래 조선 교육에서 찾을 수가 없거니와, 전 인류를 사랑하는 그리스도교적 인도주의라든지, 또 삼세 중생을 다 동포로 알고 은인으로 알아 그것을 위하여 제 몸을 희생하여 봉사하는 석가모니의 사상이라든지, 또는 조선 사람이니 조선 사람의 불행을 조금이라도 덜어 주고 그들에게 조그마한 기쁨이라도 더하여 주기 위하여 네 몸을 희생하라는 말이라든지, 또는 실제적 훈련이라든지는 받아 보지 못하고 기껏 부모에게 효도를 하라든지, 남편을 수종하라든지, 돈을 아껴 쓰라든지, 자녀를 사랑하고 깨끗이 거두라든지 이러한 개인주의 내지 가족주의 이상의 교육과 훈련을 받아 본 일이 없었다. 게다가 그의 친정인 조 남작 집은 가정이 문란하기로 이름이 있는 집이요, 그의 시집인 윤 참판 집도 금전에 대한 규모밖에는 아무 높은, 깊은, 넓은 인생의 이상이 없는 집이요, 정옥이 교제하는 사람들도 거의 다 정옥과 어슷비슷한 개인주의자, 이기적 향락주의자들이었다.

이러한 정옥이 삼십이 넘을락 말락 해서 남편을 잃어버린다는 것은 인생의 모든 것을 잃어버린다는 것과 다름없는 일이다.

*

정옥은 절제를 잃었다. 그의 남편의 숨이 넘어간 뒤 시간이 지나면 지날수록 슬픔이 더하였다. 그는 마침내 완전히 절제력을 잃어 통곡하였다. 방바닥을 두드리고 풀어 놓은 머리채로 목을 매려 들고 한없이 울었다.

"언니, 언니."

하고 올케를 말리던 정선도 같이 울었다. 집안 어른들이,

"아버님 계신데 그렇게 우는 법이 아니다."

하고 책망하였으나 정옥의 귀에는 그런 말이 들어오지 아니하였다.

"요새 계집애들은 저래서 병야. 부모도 모르고 남부끄러운 줄도 모르고."

이렇게 늙은 부인들은 정선의 흉을 보았다. 그 늙은 부인들은 자기네가 젊었을 때에 지키던 엄격한 풍기가 깨어지는 것을 슬퍼하고, '요새 계집애'들의 방종한 것을 불쾌하게 생각하였다.

윤 참판의 슬픔은 돈이 구제할 수 있었다. 돈은 윤 참판의 삼위일체 신 중에 제일 위다. 첫째가 돈, 둘째가 계집, 셋째가 아들. 비록 인선이 죽었다 하더라도 아직 미거하나마 예선이 있고, 또 돈이 있지 아니하냐. 백만 원 가까운 돈을 주고 받아들이고 지키고 하는 사무는 용이한 일이 아니었다. 비록 밑에 부리는 사람이 많다 하더라도 사람은 유만부동이다. 은행 통장이나 도장이라도 맡길 만한 사람은 인선이밖에 없었는데, 이 충실한 사무원 하나를 잃은 것이 아들을 잃은 데 지지 않을 큰 타격이

었다. 그래도 윤 참판은 아들의 장례가 끝나자 곧 예사대로 생활을 계속하고 사무를 계속하였다. 비록 아들을 잃은 아버지의 슬픔은 있다 하더라도.

그러나 인선의 처 정옥에게는 무엇이 있느냐. 이러한 가정에 자라고 이러한 교육을 받은 여자로, 특별한 천품이나 있기 전에는 남편과의 재미와 새 옷 만드는 낙밖에 있을 수 없지 아니하냐. 새 옷도 남편을 위하여 입는 것이 주라 하면, 남편 인선을 잃은 정옥에게는 슬픔, 캄캄함, 막막함밖에 아무것도 남는 것이 없을 것이다. 게다가 예전에는 늙은이의 마누라인 시어머니(학교 시대에는 서너 반 윗 동무다.)라 하여 속으로 멸시하던 이가 도리어 청승스러운 청상과부라고 자기를 멸시할 것을 생각하면 가슴이 미어지는 것 같았다. 게다가 자식이라도 있으면 그것으로 잊기도 하련마는 정옥은 일남 일녀를 낳아 다 말도 하기 전에 죽이고, 한 번 낙태를 하고는 다시 소생이 없었다.

무시로 정옥의 방에서 들리는 울음소리, 그것은 차마 못 들을 것이었다. 그를 위로하는 이로는 오직 정선이 있을 뿐이나 구월 새 학기가 되어서 정선이마저 낮에는 온종일 학교에 가게 되어서부터는 정옥은 혼자 한없이 울 뿐이었다. 친정이나 가까우면 거기라도 가련마는 그의 친정은 충청남도 예산이었다. 게다가 아버지도 어머니도 다 돌아가고, 간댔자 난봉 오빠와 올케가 있을 뿐이었다.

 허숭은 그럭저럭 이 집에는 없지 못할 사람이 되었다. 한 가지 두 가지 심부름을 시켜 본 윤 참판은 차차 숭을 신임하게 되어 은행 예금, 서류 정리, 통신을 맡게 되어, 마치 윤 참판의 비서 모양으로 되고, 마침내는 가장 비밀한 장부까지도 맡아서 아들이라는 자격을 제하고는 인선이 보던 사무 전부를 맡게 되었다. 윤 참판은 숭을 줄행랑에서 옮겨서 인선이 있던 작은사랑에 있게 하고, 하인들도 차차 '시골 서방님'이니 '학생'이니 하는 칭호를 고쳐서 작은사랑 서방님이라고 부르게 되었다.

 숭은 이 복잡한 사무가 공부에는 방해를 줌이 적지 아니하였지마는 늙은 윤 참판의 신임이 결코 불쾌하지는 아니하였다. 더구나 예전 같으면 인사를 해도 잘 받지도 아니하던 문객들까지도 이제는 제 편에서 먼저 인사를 하는 양이 통쾌도 하였다.

*

 하루는 큰사랑에서 윤 참판의 지휘로 장부 정리를 하고 있는데 김갑진이 들어왔다. 갑진은 일본식으로 윤 참판의 앞에 인사를 하고는,

"자네 요새 승격했네그려."

하고는 장부를 기입하고 앉았는 숭을 보고 빈정거렸다. 숭은 여전히 붓을 움직이며 픽 웃었다.

"이놈을 반토(사무장)로 쓰십시오?"

하고 갑진은 윤 참판을 향하였다. 윤 참판은,

"내 비서관이다."

하고 빙그레 웃었다.

"명년에 내 판사 되거든, 재판소 서기로 써 줄까."

하고 갑진은 허허허허 하고 웃었다.

"시골놈이 양반 댁 청지기가 되면 명정(銘旌)에 고이고 위패에 고이지 않나."

하고 갑진은 여전히 빈정댔다.

장부가 다 끝난 뒤에 숭은 갑진을 끌고 작은사랑으로 왔다.

갑진은 작은사랑에 숭의 모자와 외투가 걸리고 책상이 놓인 것을 보고 깜짝 놀랐다. 숭이 작은사랑으로 승차한 것을 처음 보는 것이다.

"이게 자네 방인가?"

하고 갑진은 눈이 둥글했다. 그는 진정으로 놀란 것이었다.

"아니, 인선 군 방이지. 방이 비니까 날더러 같이 있으라시데그려."

하고,

"왜 섰어? 앉게그려."

하고 갑진에게 자리를 권하였다.

갑진은 숭이 앉으라는 자리에 앉았다. 그러나 숭이 행랑으로부터 이 방에 올라오게 된 것을 보고 놀란 갑진의 심장은 용이히 진정되지를 아니하였다. 과연 윤 참판의 말마따나 숭은 반토나 청지기가 아니라 '비서관' 대우였다.

'그러나 설마……'

하고 갑진은 숭을 바라보았다. 숭의 손발이 크고 얼굴이 좀 거친 맛이 있는 것이 비록 시골티가 있다 하더라도, 아무리 시골 사람을 낮추보는 갑진의 눈에도 숭은 당당한 대장부였다.

체격뿐 아니라 숭의 두뇌(이것은 갑진이 심히 존중하는 것이었다.)는 고보 시대부터 좋기로 이름이 있었다. 또 숭은 풋볼 선수(이것은 갑진이 부러워하지 아니하는 것이었다.)요, 일본말을 썩 잘하였다(이것은 갑진이 심히 존중하는 것이었다.). 만일 숭도 갑진과 같이 대학에 다닌다 하면, 갑진은 시골 상놈이라는 것밖에는 숭을 낮추볼 아무 조건도 없었을 것이었다. 그러나 갑진의 눈에는 조선 사람이 하는 것은 (자기가 하는 것을 제외하고는) 다 낮게 보이고 값없이 보였다. 그래서 숭을 사립전문학교 생도라고 보면 자기보다 한없이 떨어지게 보였다.

'그러나 설마, 윤 참판이 허숭이로 정선의 사위야 삼을라고.'
이렇게 생각하는 갑진은 한 번 더 숭을 바라보았다.

'나, 김갑진을 두고 누가 정선의 남편이 되랴.'

이렇게 갑진은 속으로 믿어 왔던 것이다. 대학만 졸업하는 날이면 자기는 정선과 혼인을 하고, 그리 되면 정선은 적더라도 천 석 하나는 가지고 올 것이요, 또 그리고, 또 그리고 – 이렇게 다 셈쳐 놓았던 것이다. 혹시 갑진에게 청혼하는 집이 있더라도 갑진이,

"아, 나는 아직 혼인할 생각 없소. 공부하는 사람이 혼인이 무슨 혼인이오?"

하고 뽐낸 것도 다 이러한 배짱이 있기 때문이었던 것이다. 갑진에게 있어서는, 가난한 귀족의 아들인 그에게 있어서는, 혼인이란 재물을 의미하는 것이었다. 여자야 어디는 없느냐. 카페에 가도 수두룩하고 여학생을 후려내더라도 미처 주체를 못할 형편이다. 오직 돈 있는 아내 – 그것이 갑진에게는 가장 귀하고 또 필요품이었다.

*

 그런데 윤 참판 집 작은사랑을 독차지한 대장부 허숭을 대할 때에는 갑진의 분홍빛 장래에는 일종의 회색 안개가 낌을 아니 깨달을 수 없었다.
 "자네 한턱내야겠네그려."
하고 갑진은 소침한 기운을 억지로 회복하여 놓치는 웃음을 웃으며 숭을 정면으로 바라보았다.
 "한턱? 줄행랑에서 이리로 승차한 턱인가?"
하고 숭도 웃었다.
 "암, 자네 조상 적에야 윤 참판 집에 오면 정하배할 처지 아닌가. 이만하면 자네 고향에 가면 소분(掃墳)해야겠네그려."
하는 갑진의 말은 농담을 지나서 일종의 독기를 품었다.
 "마찬가지지."
하고 숭도 농담으로 대꾸를 하였다.
 "무엇이 마찬가지여?"
 "우리 조상같이 시골 사는 상놈은 자네네 같은 양반집에 정하배를 하였지마는, 그 대신에 자네네 같은 양반은 호인의 집에 정하배를 하였거든. 지금은 일본 사람의 집에 정하배를 하고……. 안 그런가."

갑진의 얼굴에 떠돌던 빈정거리는 웃음이 사라지고 낯빛은 파랗게 질리려 하였다.

"갑진 군, 자네는 너무도 양반에 관심을 가지는 모양이야. 지금 우리 조선 사람은 모조리 세계적 시골뜨기요, 상놈이 아닌가. 그런데 이 조그마한 조선, 몇 명 안 되는 조선 사람 중에서 양반은 다 무엇이고 상놈은 다 무엇인가. 서울 사람은 다 무엇이고 시골 사람은 다 무엇인가. 또 관립학교는 다 무엇이고 사립학교는 다 무엇인가. 김갑진이나 허숭이나 다 한 가지 이름밖에 없는 것일세. '조선 사람'이라는."

"상놈인 걸 어쩌나. 자네 같은 사람은 특별하지만 시골놈은 원체 무지하거든. 내흉하고 또 시골놈들이란 지방열이 강해서 서울 사람이라면 미워하고 배척한단 말야. 안 그런가. ○○학교로 보더라도 교장이 시골놈이니깐으로 교원들도 시골놈이 많거든. ○○은행도 안 그런가. ○○신문사도 안 그런가. 그러니깐으로 시골놈들이 고약한 게지, 우리네 서울 사람 탓이 아니란 말야. 그야말로 인식 착오, 자네의 인식 착오일세, 인식 착오."

하고 갑진의 말은 연설 구조다.

"그건 말 안 되는 말야. ○○학교에 시골 사람이 많다고 하나, ○○학교에는 서울 사람뿐이 아닌가. ○○은행에는 시골 사람이 있던가. ○○신문사에는 대부분이 서울 사람이 아닌가. 그러면 그 기관들이 다 서울 사람들의 지방열로 나온 기관이란 말인가. 자네 눈에는 시골 사람만 눈에 띄는 게지. 서울 사람들만 있는 것은 당연한 일로 보이고, 시골 사람이 한두 사람 섞이면 아마 수상하게 보이는 겔세. 아마 옛날부터 조정에는 시골 상놈은 하나도 아니 섞이고, 뉘 집 자식이라고 알 만한 사람들끼리만 모여 있다가 보학에 들지 아니한 시골 사람이 하나 옥관자라도 얻어 붙이면 변괴로나 알던 그 인습이 남아 있는 게지. 그렇지만 자네 같은 고등교육을 받는 사람까지 그런 생각을 가져서 쓰겠나. 자네와 나와 같이 친한 경우에야 무슨 말을 하기로 허물이 있겠나마는 시골놈, 상놈 하고 입버릇이 되어 말하면 민족 통일상 불미한 영향을 준단 말야. 자네나 나나, 더구나 자네와 같이 귀족의 혈통을 받은 사람이 나서서 양반이니 상놈이니, 서울놈이니 시골놈이니 하는 걸 단연히 깨뜨리고 오직 조선 사람이라는 한 이름 밑에 서로 사랑하도록 힘써야 될 것 아닌가."

숭의 말에는 정성과 열이 있었다.

갑진은 눈을 멀뚱멀뚱하고 듣고 앉았었다. 숭은 그가 의외에 빈정대지도 않고 듣는 것을 기쁘게 여겼다. 그러나 숭의 말이 다 끝난 뒤에 갑진은 말했다.

"인제 시조 다했니? 이런 전 쑥이. 누굴 보고 강의를 하는 게냐, 훈계를 하는 게냐."

*

 익선동 한 선생이라면 다만 배재학당 계통과 보성전문학교 학생들에게만 이름이 있는 것이 아니라, 시내 중등 이상 학교 학생 간에는 아는 이가 많았다. 그는 본래 배재고보에 영어 교사로 있다가 보성전문학교 강사로 와 있게 된, 그러면서도 여전히 배재와 이화에 영작문 시간을 맡아 보는 한 오십 된 사람이다. 그는 계통적으로 공부한 학력이 없기 때문에 전문학교에서도 교수가 되지 못한 것은 물론이거니와 고등보통학교에서도 교원 자격이 없다. 그래서 월급이 싸다.

 한 선생의 이름은 민교다. 그는 한민교라는 이름이 표시하는 대로, 조선 청년의 교육자로도 일생의 사업을 삼는 이다. 그는 일찍 동경에서 중학교를 마치고는 정칙영어학교에서 영어를 배우면서 역사, 정치, 철학 이러한 책을 탐독하였다. 그리고 조선에 와서는 그러한 조선 사람이 밟는 경로를 밟아 감옥에도 들어가고, 만주에도 가고, 교사도 되고, 예수교인도 되었다. 그가 줄곧 교사 노릇을 하기는 최근 십 년간이다.

 한 선생의 집은 익선동 꼬불꼬불한 뒷골목에 있는 조그마한 초가집이다. 대문이 한 간, 행랑 겸 사랑이라고 할 만한 것이 한 간, 안방이 간 반, 건넌방이 한 간, 그런데 웬일인지 마루만은 넓어서 삼 간, 그리고는 광이라고 할 만한 것이 뒷간 아울러 두 간, 그리고 장독대, 손바닥만 한 마당, 부엌이 있을 것은 말할 것도 없다. 익선동 조그만 초가집이라면 한 선생 집이다.

　방이 좁고 내객은 많으니까 턱없이 넓은 삼 간 마루에는 당치도 아니한 유리 분합을 들였다. 이 방을 놀러 다니는 학생들은 한 선생네 양실이라고 일컫는다. 딴은 양실이다. 조선식 방은 아니니까 양실이다. 그리고 학생들이 하나씩 기부한 교의가 너덧 개 있다. 혹은 졸업하고 가면서 제가 앉던 교의, 혹은 초전골 고물전에서 사 온 교의, 그러니까 둘도 같은 것은 없고 형형색색이다. 나무만으로 된 놈, 무늬 있는 헝겊을 씌운 놈, 가죽으로 된 놈, 그중의 한 개는 아주 빨간 우단으로 싼 놈까지 있다.

　선생의 부인은 벌써 백발이 다 된 할머니다. 선생보다 사오 년은 더 늙어 보였다. 가족이라고는 내외밖에는 금년 고등보통학교에 입학한 딸 하나가 있을 뿐이요, 아들은 기미년에 의전에 다니다가 해외로 달아나서 이따금 편지가 있을 뿐이다.

　허숭도 물론 이 집에 다니는 학생 중의 하나다. 김갑진도 배재 시대 관계로 가끔 놀러 온다. 이화의 여학생들도 간혹 놀러 온다.

　하루는 한 선생 집에 만찬회가 열려서 학생이 십여 명이나 모였다. 눈 오는 어느 날, 한 선생네 양실에는 방울만 한 난로가 석

탄불이 달아서 방이 우럭우럭하고, 난로 뚜껑 위에 놓인 주전자에서 하얀 김이 소리를 지르고 올랐다.

부엌에서는 한 선생의 부인이 이웃집 행랑어멈을 임시로 청하여다가 음식을 만들고, 한 선생의 딸 정란은 들며 나며 심부름을 하고 있다.

이때에,

"문 열어라."

하는 이는 한 선생이다.

"아버지."

하고 정란은 앞치마로 손을 씻으며 뛰어나간다.

"아이, 아버지 외투에 눈 봐요."

하고 정란은 하얀 조그만 손으로 한 선생의 외투 가슴과 어깨에 앉은 눈을 떤다.

"아직 아무도 안 오셨니?"

하고 한 선생은 쿵쿵하고 발에 묻은 눈을 떤다.

"어느새에."

하고 정란은 아버지의 모자를 받고 신끈을 끄른다.

"내 끄르마."

"아녜요, 내 끄를게요."

*

 한 선생은 양실에 들어가서 외투를 벗어 정란에게 주고, 정란이 오늘 손님을 위하여 애써 차려 놓은 방을 둘러보고 만족한 듯이 웃었다.

 정란은 아버지의 책상과 이 양실을 아버지의 뜻에 맞도록 차려 놓는 것을 자기의 임무로 알았다. 분합문의 문장은 정란이 손수 자수한 것이었다. 아직 솜씨는 서투르다 하더라도 아버지를 기쁘게 하려는 정성을 담은 것이다. 한 선생은 딸의 그 정성을 잘 알아줄 만한 아버지였다.

 또 정란은 나무때기 교의에는 수놓은 방석을 만들어 깔았고, 테이블에는 테이블보를 수놓아 깔았다. 그리고 아버지의 책상(이것은 또 집에 어울리지 않게 큰 서양식 데스크였다.)에는 잉크병 놓는 쿠션, 팔 짚는 쿠션, 필통 놓는 쿠션, 벼루 놓는 쿠션 등 큰 것, 작은 것 귀찮으리만치 많은 쿠션이 있었다. 정란의 생각에는 난로 뚜껑에까지 무엇을 짜서 깔고 싶었을는지도 모른다. 그러나 그러면 무지한 난로는 정란이 정성들여 만든 예술품을 탐내서 집어먹었을 것이다.

 한 선생이 정란이 아버지를 위해서 난로 앞에 놓은, 나무때기 팔 놓는 의자에 앉았다. 수척한 한 선생에게는 바깥날이 추웠던 것이다.

"과히 덥지 아니하냐."

하고 한 선생은 난로 문을 열어 보며, 안방에서 아버지의 조선 옷을 내어 아랫목에 깔고 있는 정란에게 물었다.

"아녜요, 바로 아까 육십오 도던데."

하고 양실로 뛰어나와서 아버지 책상에 놓은 한란계를 본다.

"칠십 도야."

하고 정란은 웃는다.

"건넌방 문을 좀 열어 놓아요?"

하고 아버지 뜻을 묻는다.

한 선생은 퍽 수척하였다. 광대뼈가 나오고 볼은 들어갔다. 약간 벗어진 머리는 반이 희었다. 오직 그 눈만이 힘 있게 빛난다. 본래는 건장한 체격이던 것은 그의 골격에만 남았다. 그는 일생의 고생 - 가난의 고생, 방랑의 고생, 감옥의 고생, 노심초사의 고생, 교사 노릇의 고생, 청년과 담화하는 데의 고생으로 몸은 수척하고 용모에는 약간 피곤한 빛을 띠었다.

그러나 아무도, 그와 일생을 같이한 부인도 일찍 그가 낙심하거나 화를 내거나 성을 내는 빛을 보지 못하였다. 그는 언제나 태연하고 천연하였다. 그는 도무지 감정을 움직이는 빛이 없었다. 그렇다고 그는 야멸치거나 냉정한 사람은 아니었다. 그는 아내를 사랑하고 딸을 사랑하고 친구와 후배를 사랑하였다. 더구나 그는 조선이란 것을 뜨겁게 사랑하였다. 그의 책상머리 벽에는 조선 지도가 붙고, 책상 위에는 언제든지 《삼국유사(三國遺事)》, 《삼국사기(三國史記)》같은 조선의 역사나 또는 조선 사람의 문집을 놓고 있었다. 그는 매일 반드시 단 한 페이지라도 조선에 관한 무엇을 읽는 것으로 규칙을 삼고 있었다.

손님들이 모이기를 시작하였다. 손님은 다 학생들이었다. 맨 처음 온 이가 경성대학 문과에 다니는 김상철이었다. 그는 키가 작고 얼굴이 가무잡잡한 사람이었다.

이어서 경성의전, 세브란스의전, 보성전문, 고등상업, 고등공업 등 정모와 정복을 입은 학생들이 오고, 이화전문의 여학생이 둘이 왔다. 한 여학생은 미인이라고 할 만하였으나, 한 여학생은 체조 선생이라고 할 만하게 다부지게 생긴 여자였다. 그들은 심순례, 정서분이라는 이름이었다.

전기가 들어오고 시계 바늘이 여섯시를 가리킬 때에 세비로(신사복) 입은 두 청년이 왔다. 하나는 키가 후리후리하고 혈색이 좋은, 눈이 어글어글한 서양식 하이칼라 신사요, 하나는 키가 작고 몸이 가냘프고 눈만 몹시 빛나는 사람이었다. 그들은 이건영 박사와 윤명섭이라는 발명가였다.

*

 곰국을 끓이고 갈비와 염통을 굽고 뱅어저냐까지 부쳐 놓았다. 정란은 수놓은 앞치마를 입고 얌전히 주인 노릇을 하였다.
 "자, 변변치 않지마는 다들 자시오."
하고 한 선생이 먼저 숟가락을 들었다.
 "오래간만에 조선 디너를 먹습니다."
하고 미국으로부터 십여 년 만에 새로 돌아온 이건영은 극히 감격한 모양으로 감사하는 인사를 하였다.
 "미국 계실 때에도 조선 음식을 잡수실 기회가 있어요?"
하고 체조 교사같이 생긴 정서분이 입을 열었다.
 "예스, 프롬 타임 투 타임(예, 이따금)."
하고 이 박사는 분명한 악센트로, 영어로 대답을 한다. 그리고는 이어서 조선말로,
 "서방(캘리포니아 등지)에 있을 때에는 우리 동포 가정에서 조선 음식을 먹을 기회가 있습니다. 김치도 그렇지마는 이렇게 김치 맛이 안 나요. 선생님 댁 김치 맛납니다."
하면서 김칫국을 떠서 맛나게 먹는다.
 "김치 맛이 아마 조선 음식에 있어서는 가장 조선 정신이 있지요."

하고 대학 문과에서 조선 극을 전공하는 김상철이 유머러스한 말을 한다.

"브라보우!"

하고 이 박사가 영어로 외치고,

"참 그렇습니다. 김치는 음식 중에 내셔널 스피릿(민족정신)이란 말씀이야요."

하고 그 지혜를 칭찬한다는 듯이 상철을 보고 눈을 끔쩍한다. 상철은 픽 웃고 갈비를 뜯는다.

"갈비도 조선 음식의 특색이지요."

하고 어떤 학생이,

"갈비를 구워서 뜯는 기운이 조선 사람에게 남은 유일한 기운이라고 누가 그러더군요."

"응, 그런 말이 있지."

하고 한 선생이 갈비 뜯던 손을 쉬며,

"영국 사람은 피 뚝뚝 흐르는 비프스테이크를 먹는 기운으로 산다고."

하고 웃는다.

"딴은 음식에도 각각 국민성이 드러나는 모양이지요."

하고 또 한 학생이,

"일본 요리의 대표는 사시미(어회)지요. 청요리의 대표는 만두, 양요리의 대표는 암만해도 토스티드 치킨(닭고기 구운 것)이지요."

"여기는 토스티드 하앗(염통 구운 것)이 있습니다, 하하."

하고 이건영 박사는 염통 구운 것을 한 점을 집어 먹으며, 서분과 순례 두 여자를 본다. 순례의 입에는 눈에 띨 듯 말 듯 적은 웃음이 피었다가 번개같이 스러진다.

"김 군, 어째 오늘 그렇게 얌전하오?"

하고 한 선생이 김갑진을 바라본다.

"제야 언제는 얌전하지 않습니까."

하고 커다란 배추김치를 입에 넣고 버적버적 요란하게 소리를 내고 씹는다.

"이 사람은 변덕쟁이가 되어서 그렇습니다."

하고 어느 동창이 웃는다.

다들 따라 웃는다. 사람들 – 더구나 처음 보는 두 손님의 시선이 갑진에게로 향한다.

"그런데."

하고 갑진은 입에 물었던 밥을 김칫국과 아울러 삼키며,

"그런데 미국 유학생들은 왜들 다 쑥이야요? 그놈들 영어 한 마디 변변히 하는 놈도 없으니 웬일이야요?"

하고 아주 천연스럽게 이 박사를 본다. 이 박사는 하도 의외의

말에 눈이 뚱그래지고, 순례는 제가 창피한 꼴이나 당하는 듯이 고개를 푹 수그린다. 다른 학생들은 픽픽 웃는다.

"이 사람아."

하고 허숭이 갑진의 옆구리를 찌른다.

"선생님, 제 말이 잘못되었어요? 이 사람들이 픽픽 웃으니."

하고 갑진은 더욱 천연스럽다.

"그야 미국 유학생이라고 다 공부를 잘하겠소. 이런 사람도 있고 저런 사람도 있지."

하고 한 선생도 빙그레 웃는다.

*

"미국서 박사니 무엇이니 해 가지고 온 사람치고 무어 아는 사람은 어디 있고, 하는 사람은 어디 있어요? 다들 쑥맥이지."

하고 갑진은 이 박사를 바라보며,

"아마 이 박사는 안 그러하시겠지마는."

하고 그도 웃는다.

다들 웃는다.

"미국도 하버드나 예일 같은 대학은 그래도 괜찮다지요?"

하고 갑진은 여전히 미국을 낮추보는 주의자다.

"프린스턴 대학도."

하고 갑진은 이 박사가 프린스턴 출신인 것을 생각하고 한마디를 첨부한다. 다들 갑진의 말을 어떻게 수습할지를 모른다.

이 박사는 아직도, 이 경우에 무슨 말을 해야 옳을는지 몰라서, 마치 방망이로 되게 얻어맞은 사람이 미처 정신을 차리지 못하는 모양으로 우두커니 앉아서 밥만 먹는다.

"선생님, 안 그렇습니까."

하고 갑진만 혼자서 기운이 나서,

"그 박사 논문이란 것들을 보니까는, 우리들 보통학교에 다닐 때에 작문한 것만밖에 더해요? 그런 논문으로 박사를 한다면 이 애들도 박사 다 됐게요."

하고 동창들을 가리킨다.

"그건 또 싸구려 박사라고 있다네."

하고 연극 학생 김상철이 한마디 던진다.

갑진의 말로 해서 깨어진 흥은 용이하게 회복할 도리가 없었다. 마치 탈선하여 철교에서 떨어진 열차와 같아서 원상회복은 절망이었다. 그러는 동안에 밥도 거진 끝이 났다.

한 선생은 밥숟가락을 주발 위에 뉘어 놓고 인사말을 시작하여 이 파열된 원탁회의를 계속하려 하였다.

"오늘 저녁 여러분을 오시게 한 것은 다들 아시겠지마는, 존경할 만한 친구 두 분을 소개하기 위함이외다. 한 분은 이건영 박사, 또 한 분은 윤명섭 씨. 이 박사는 배재고보를 졸업하시고 미국으로 가서서 스탠포드 대학에서 에이 비, 프린스턴 대학에서 엠 에이와 피 에이치 디 학위를 얻으셨습니다. 전공은 윤리학과 교육학, 그리고 예일 대학에서 신학사의 학위도 얻으셨습니다. 놀라운 독학자시요, 또 십여 년을 고학으로 공부하신 이입니다. 우리 조선에 이러한 큰 학자와 일꾼을 얻은 것은 참으로 큰 힘이요, 기쁨입니다."

이 말에 이 박사는 한 선생과 여러 사람을 향하여 골고루 목례한다. 갑진은 코가 밥상에 닿도록 고개를 숙인다.

"또 이 윤명섭 씨는."

하고 한 선생은 눈에 일층 빛을 내며,

"윤명섭 씨는, 조선에서는 보통학교도 고등보통학교도 다닌 일이 없으십니다. 그 대신, 윤명섭 씨는 종교와 실인생의 학문을 하셨습니다. 윤명섭 씨는 혹은 농가의 머슴이 되시고, 혹은 상점의 사환, 혹은 도장을 새기고, 혹은 인력거를 끌고, 혹은 자동차 운전수가 되어 어디까지든지 희망과 자신의 신앙으로 조선을 위하여 무슨 큰 공헌을 하려고 힘을 쓰셨습니다. 윤명섭 씨는 '모세의 지팡이'를 구하는 것으로 인생의 임무를 삼으신다고 합니다. 모세의 지팡이는 여러분 다 아시는 바와 같이 바다를 치면 바다가 갈라지고, 바위를 치면 샘물이 솟아서 이스라엘 백성을 구원한 지팡입니다. 그렇게 믿고 힘쓴 결과로 윤명섭 씨는 벌써 삼십여 종의 발명을 하여 전매 특허권을 얻으셨고, 그보다도 세계를 놀랠 만한 대발명, 그것은 아직 비밀이나 거의 완성된 대발명을 하시는 중입니다. 금후 일 년이면 이 발명이 아주 완성되어서, 다만 세계의 학계를 놀라게 할 뿐 아니라 전 세계 인류의 생활에 대혁명을 일으킬 것이라고 합니다. 우리는 이러한 위대한 발명가를 낳은 것을 민족의 자랑으로 기쁨으로 알지 아니할 수 없습니다."

일동의 시선은 윤명섭의 초라한, 조그마한 몸으로 쏠렸다.

한 선생은 무엇을 적은 종이 조각을 꺼내 들고,

"나는 이 윤명섭 씨의 일상생활 좌우명을 여러분께 읽어 드리려 합니다. 내가 깊이 감동을 받았기 때문에 여러분께도 그 감동을 나누려 하는 것입니다.

하느님께 맹세한 나의 일상생활

일. 아침에 삼 분간 기도(자리 속에서 하루의 계획).
이. 밤에 삼 분간 점고. 그날을 반성하여 기도. 성경 낭독.

삼. 과거의 고생을 생각하여 삼 분간 묵상(위인의 과거를 생각). 더욱 분투를 결심. 모든 이의 은혜를 잊지 아니할 것.

사. 사명 – 이상과 희망을 실현하기에 노력하고 평생 노력하고 평생 생각할 일.

오. 연구와 범사에 충실할 일.

육. 기회로 생각하면 주저치 말고 할 일.

칠. 물건을 살 적에는 삼 분간 생각할 일.

팔. 건강에 주의할 일.

나의 시간

일. 학교 수업 일곱 시간.

이. 통학, 식사, 편지 회답, 기타 세 시간.

삼. 학교 학과 복습 예습 세 시간.

사. 돈벌이 세 시간.

오. 발명 연구 네 시간.

육. 수면 네 시간.

도합 스물네 시간.

일요일은 교회, 오락, 독서, 방문. 이러합니다."

한 선생의 이 박사와 윤명섭 소개가 끝나자, 일동은 이상하게 고요한 침묵 속에 있었다. 저마다,

'나도 한 가지 조선을 위해서 무슨 큰일을 해야겠다. 그리하자면 이 씨나 윤 씨와 같은, 또는 한 선생과 같은 극기, 헌신, 분투의 생활을 해야겠다.'

하는 심히 단순한, 그러나 심히 감격 깊은 생각을 하였다.

'옳다, 어려운 일이 아니다!'

하고 허숭은 생각하였다.

'농민 속으로 가자. 돈이 없으면 없는 대로 몸만 가지고 가자. 가서 가장 가난한 농민이 먹는 것을 먹고, 가장 가난한 농민이 입는 것을 입고, 그리고 가장 가난한 농민이 사는 집에서 살면서, 가장 가난한 농민의 심부름을 하여 주자. 편지도 대신 써 주고, 주재소, 면소에도 대신 다녀 주고 그러면서 글도 가르치고 소비조합도 만들어 주고, 뒷간, 부엌 소제도 하여 주고, 이렇게 내 일생을 바치자.'

이러한 평소의 결심을 한 번 더 굳게 하였다. 대규모로 많은 돈을 얻어 가지고 여러 사람을 지휘하면서, 신문에 크게 선전을 하면서 빛나게 하자는 꿈을 버리기로 결심하였다.

'나부터 하자!'

하는 한 선생의 슬로건의 맛을 더욱 깨달은 것같이 느꼈다.

대학에서 극 연구를 하는 김상철이나, 이전에서 음악을 배우는 심순례나, 다 저대로 조선 사람의 생활을 돕기에 일생을 바치기 위하여 한 번 더 결심을 굳게 하였다. 조선 민중 예술 – 가장 가난한 조선 민중을 기쁘게 할 만한 소설과 극과 음악을 지어 내는 것 – 도 한 선생의 말에 의하건댄 큰일이요, 필요한 일이요, 새로운 조선을 짓는 데 각각 한 주추요, 기둥이었다.

 김갑진은 우선 명재판관이 되어 이름을 높이고 다음에 조선에 일등 가는 변호사가 되어 돈도 많이 벌고 인권을 옹호하는 큰 인물이 되자는 것으로 자기의 천직을 삼는다고 하였다. 한 선생의 말에 의하면 그것도 조선에 필요한 일이라고 하였다.

 무릇 조선과 조선 사람을 생각하여 저를 희생하고 하는 일이면, 그리하고 그것을 동일한 이데올로기와 동일한 조직 하에서 하는 일이면 다 좋은 일이라고 하였다. 더구나 부패하고 마비된 양반 계급에서 갑진과 같이 활기 있고 야심 있는 청년을 찾은 것을 한 선생은 기뻐하였다.

*

 심순례의 맘은 차라리 윤명섭에게로 끌렸다. 만일 어느 편으로 끌린 사람이 있다고 하면. 그러나 정서분의 맘은 단정적으로 이건영 박사에게로 끌렸다.

순례의 맘이 명섭에게로 끌린 데는 여러 가지 이유가 있다. 대개 그의 아버지는 본래 가난한 집 유복자로서, 그 어머니조차 일찍 여의고 외가로 고모의 집으로 불쌍하게 자라나서 종로 어느 지물전에 사환으로 다니다가 점원이 되었다가 그가 삼십이나 되어서 월수로 돈을 좀 얻어 가지고 독립하여 지물전을 내서, 이래 근 이십 년간 신용과 근검과 저축으로 몇 백이나 하고 남부럽지 않게 살게 된 사람이었다. 그러므로 그는 치부책에 치부를 할 만한 글밖에 몰랐다.

그는 술도 아니 먹고, 놀러도 아니 다니고, 재산이 생긴 뒤에도 첩도 아니 얻고(종로 상인은 열에 아홉은 중년에 돈이 생기면 첩을 얻는다.), 아침부터 저녁까지 꼭 가게와 안방을 세계로 삼고 왔다 갔다 할 뿐이었다.

순례의 어머니 역시 그 남편과 근검, 저축이라는 점에서는 일치하였다. 그의 동무들이 모두 금비녈세, 비취비녈세, 하부다일세, 굿일세, 물맞으렬세 하건마는 그는 소화 불량(그의 본병이었다.)이 심하거나 해야 악박골 약물에나, 그것도 다른 사람들 오기 전에 이른 새벽에 다녀올까, 그리고는 시흥 사는 친정에도 큰일이나 있기 전에는 가지 아니하였다. 오직 내외가 늦게 얻은 딸 순례 하나를 기르는 것을 유일한 낙으로 삼을 뿐이었다.

그래서 순례는 여자보통학교, 여자고등보통학교를 거쳐 남들은 그만하면 시집을 보내라는 것도 물리치고 순례에게 음악 재주가 있다고 하여 이화전문학교의 음악과에 넣은 것이었다.

"내야 음악이 무엇인지 전문학교가 무엇인지 아오? 그저 재산 물려 줄 것도 없으니깐두루 나중에 무슨 불행한 일이 있더라도 굶어 죽지나 말라고 자격이나 하나 얻어 주려고 그러지요."

하는 것이 순례 아버지의 순례 전문교육에 대한 의견이었다.

이러한 자립, 근검, 절제하는 가정에서 자라난 순례는 예술적 천품을 가지면서도, 마치 시골 농가에서 세상모르고 귀히 자라난 처녀와 같이 모양낼 줄도 모르고, 말솜도 없고, 천연스럽고 정숙스러웠다. 처음 보면 무언하고 유치한 것도 같지마는 속에는 예술가의 예민한 감정이 있었다.

이러하기 때문에 순례는 호화로운 이 박사보다도 저와 같이 검소하고 겸손한, 어찌 보면 못생긴 듯한 명섭이 도리어 맘을 끈 것이었다.

순례는 아직 학교 선생 외에는(그것도 교실에서만), 일찍 남자와 교제해 본 일이 없었다. 있었다면 전차 차장일까. 간혹 그의 뒤를 따르는 남자 학생들이 없음이 아니었지마는 그는 천연하게 본체만체하였다. 그 남학생들은 얼마를 따라다니고 건드려

보다가는 실망하고 달아났다.

 순례가 한 선생을 알게 된 것은 이화에 들어가서부터였다. 순례는 이화에 들어가서 비로소 조선 사람 남자 선생을 대해 보았다. 그전에는 보통학교에서나 고등보통학교에서나 늘 조선 남자 선생 담임 밑에 있을 기회가 없었다.

 순례는 그 부모에게 한 선생 말을 하였다.

 "아주 점잖으시고, 엄하시고도 친절하시고, 잘 가르치시고, 또 사회에 명망도 높대."

 이것이 순례가 그 부모에게 한, 한 선생에 대한 보고였다. 그 부모는 교육계나 사회에 나와 다니는 인물을 알 리가 없었다. 그리고 그들은 딸 순례를 믿기 때문에 그의 말을 믿었다. 그래서 한 번은 순례의 아버지가 한 선생을 찾아가서 딸의 장래를 부탁하였다.

*

 "제야 장사나 해 먹는 놈이 무얼 압니까. 그저 공부가 좋다니, 자식이라고 그것 하나밖에 없구 해서, 학교에를 보냅지요."

 하고 순례의 아버지는 한 선생에게 말을 붙였다. 그는 얼굴이 둥그레하고 눈이 크고 턱이 둥글고 아래와 위에 조선식 수염이 나고 골격이 크고 뚱뚱한 조선 사람 타입의 신사였다.

한 선생도 순례 아버지의 꾸밈없는, 순 조선식인 성격에 많이 호감을 가졌다. 조선식 겸손, 조선식 위엄, 조선식 대범, 조선식 자존심, 조선식 점잖음(태연하기 산 같은 것) – 이런 것은 근래에 바깥바람 쏘인 젊은 사람에게서는 찾아보기 어려운 것이라고 한 선생은 생각하였다. 그리고 오늘날 청년 남녀들의 일본 도금, 서양 도금의 경망하고 조급하고 감정의 움직임이 양철 냄비식이요, 저만 알고, 잔소리 많고, 위신 없는 양을 불쾌하게 생각하였다.

순례 아버지의 이 간단한 말 속에는, 순례가 학교에 있는 동안 잘 감독하고 훈육할 것과, 또 부모에게는 특히 옛날 조선식 부모에게는 가장 큰 관심사가 되는 혼인까지도 맡아서 해 달라는 뜻이 품겨 있었다.

한 선생은 순례 아버지의 청을 쾌하게 받았다.

며칠 뒤에 순례 아버지는 한 선생 집에 강원도에서 온 것이라 하여 꿀 한 항아리를 보냈다. 한 선생이 담배도 아니 먹고 술도 아니 먹는다는 말을 들은 순례 아버지가 생각하고 생각한 결과로 꿀을 보낸 것이었다. 오늘 이 박사와 윤명섭을 주빈으로 이 만찬회를 베푼 데는 순례의 신랑 될 이를 고르는 뜻도 있었던 것이었다.

　그러면 한 선생의 심중에 있는 후보자는 누구던가. 그것은 이건영 박사였다. 한 선생은 순례를 지극히 믿고 사랑하기 때문에 그를 자기가 지극히 믿고 사랑하는 남자에게 시집보내고 싶었던 것이다. 그런데 건영은 배재에 있을 때에 가장 재주 있고 얌전하기로 한 선생의 사랑을 받은 학생이요, 또 서양 간 뒤에도 몇 대학에 있는 동안에 항상 뛰어난 성적을 가졌을뿐더러 일찍이 남녀 간에든지 무엇에든지 좋지 못한 풍문을 낸 일이 없었고, 또 그 학식이나 표현 능력으로 말하면 그곳 일류 신문과 잡지에 여러 번 기서(奇書)하여 칭찬을 받을 정도였다. 그래서 한 선생은 이 박사를 일변 보전이나 연전이나, 이전의 교수로 추천하는 동시에 순례의 남편을 삼았으면 하고 내념에 생각한 것이었다.

　며칠 후에 한 선생은 건영과 단둘이 만나서 순례에게 대한 인상을 물었다. 건영은 백 퍼센트로 좋다는 뜻을 표하였다. 그리고 건영의 청으로 순례는 건영과 십여 차나 만나 단둘이서 이야기할 기회도 얻었다. 이삼 차는 단둘이서 호텔에서 저녁도 같이 먹고 극장에서 활동사진도 보았다.

　순례는 그리 뛰어난 미인은 아니라 하더라도 그 아버지와 같이 얼굴이 둥그스름하고 눈이 조선식으로 인자하고 유순함을 보이고 피부가 희고 윤택하고 사지가 어울리고 특히 손과 코가 아름다웠다. 건영의 말을 듣건댄 그 목소리와 웃음소리가 가장 좋고 그보다도 맘이 가장 아름다웠다.

순례는 일찍이 누구와 다툰 일이 없고, 큰소리한 일이 없고, 많이 웃지도 아니하고, 우는 것은 본 사람이 없다고 한다. 그는 그의 아버지와 조선의 선인들과 같이 좀처럼 희로애락을 낯색에 나타내지 아니하고 마치 부처의 모양과 같이 항상 빙그레 웃는 낯이었다. 그의 말은,

"네."

"아니오."

가 대부분이었다. 그는 옛날 조선의 딸이었다.

"순례의 값과 아름다움은 아는 사람만 알지."

하는 한 선생의 말에, 건영은,

"참 그렇습니다. 이건영이 저 하나만 압니다."

하였다.

*

봄이 되어 허숭은 졸업 시험을 막 치르고 집으로 - 윤 참판 집

으로 돌아왔다.

이날은 웬일인지 윤 참판이 사랑에 혼자 앉아 있었다.

"댕겨왔습니다."

하는 허숭의 인사에, 윤 참판은,

"이리 들어오게."

하고 친절하게 불렀다.

허숭은 들어가서 윤 참판의 앞에 읍하고 섰다. 윤 참판은 양실 사랑에 난로를 피워 놓고 테이블 앞에 있는 안락의자에 앉아 있었다.

"거기 앉게."

하고 윤 참판은 턱으로 맞은편 교의를 가리켰다.

허숭은 앉았다.

"시험 다 치렀나?"

"네, 마지막 치르고 왔습니다."

"내가 오늘은 자네에게 할 말이 있네."

하고 윤 참판은 턱수염을 한 번 만졌다. 그 수염은 하얗다.

허숭은 다만 윤 참판을 바라볼 뿐이었다.

"이렇게 말하면 어떻게 들을는지 모르겠네마는, 나는 오래전부터 생각하고 있던 일이야. 인제는 자네도 졸업을 했으니 혼인도 해야 아니하겠나?"

하고 윤 참판은 허숭의 눈치를 보았다.

"아직 혼인할 생각은 없습니다."

하고 허숭은 분명히 말하였다.

"혼인할 생각이 없어? 왜?"

하고 윤 참판은 눈을 크게 떴다.

"공부도 더 하고 싶구요."

하고 허숭은 누구나 하는 말로 대답을 하였다. 직업도 없고 재산도 없이 어떻게 혼인을 하느냐고 말하기는 싫었다.

"공부는 또 무슨 공부를?"

하고 윤 참판은 물었다.

"이왕 법률을 배웠으니 변호사 자격을 얻어 두고 싶습니다."

"암, 그래야지."

하고 윤 참판은 뜻에 맞는다는 듯이,

"변호사가 되려면 고등문관 시험을 치러야 한다지?"

"네."

"갑진이도 금년에 고등문관 시험을 치르러 간다니까 자네도 같이 가 치르지. 칠월이라지?"

"네."

"그럼 유월쯤 해서 동경으로 가지."

허숭은 동경 갈 노자가 없다는 말을 하기가 어려웠다. 동경에 가서 시험을 치르고 오자면 안팎 노자 쓰고 적어도 이백 원은 있어야 할 것이다. 그렇다고 윤 참판을 보고 그 돈을 달라고 할 명목은 아무것도 없었다.

　허숭이 대답을 못하고 앉았는 뜻을 윤 참판도 짐작하였다. 그래서 허숭을 괴로운 생각에서 건져 주려는 듯이,

　"그럼 동경은 가기로 하고……."

하고 잠깐 머물렀다가,

　"그런데 내가 자네보고 하자는 말은 그것이 아니고, 또 하나 중대한 말일세. 내 딸자식 말이야, 정선이 말일세. 그거, 변변치는 않지마는 자네 혼인해 주지 못하겠나. 나도 인선이 죽은 뒤로는 도무지 의탁할 곳이 없고, 또 자네가 두고 보니까 요새 젊은 사람들 같지는 아니해. 그래서 내가 오래 두고 생각했어. 내 자식을 내가 말하는 것도 무엇하지마는 그리 못쓸 자식은 아니구, 또 자네를 보고 직접 말하는 것이 도리가 아니지마는 어디 말할 데가 있나. 그러니까 자네도 어떻게 알지 말게."

하였다.

　이 말은 허숭에게 있어서는 과연 청천에 벽력이었다. 일찍 이런 일은 몽상도 아니한 일이었다. 허숭은 기실 어떻게 대답해야 옳은지를 몰랐다. 다만 저도 모르게,

　"변호사 자격을 얻기까지는 혼인 문제를 생각하지 아니하겠

습니다."
하고 물러나왔다.

*

윤 참판은 이날 아침에 그가 가장 존경하는 재종형 윤한은 선생을 찾아갔다. 가서 정선의 혼인 문제를 말하고 허숭이 사위로 어떠랴 하고 뜻을 물었다. 한은 선생은 깜짝 놀라며,

"자네, 어찌 그 사람과 혼인을 할 생각이 났나?"
하였다.

"두고 보니까 사람이 진실하고, 문벌은 없지마는 양반다운 점이 보이더군요."
하고 윤 참판은 자기의 지인지감을 자랑하였다.

"허게, 해!"
하고 한은 선생은 당장에 찬성하였다. 기실 한은 선생은 자기의 손녀 은경과 허숭과 혼인할까 하는 생각을 가졌던 것이다. 한은 선생의 손녀 은경은 지금 동경성심여학원에서 영문학을 배우고 있는 이였다.

이렇게 한은 선생의 찬성을 얻은 윤 참판은 집에 돌아오는 길

로 딸 정선을 불러 허숭에 대한 의향을 물었다. 정선은 아무 대답이 없었다. 실상 정선은 일찍 허숭에게 대해서 깊이 생각해 본 일이 없었던 것이다. 다만 자기를 허숭 같은 시골 사람에게 주려는가 하는 아버지의 뜻을 알 수 없다 하였을 뿐이다. 그러나 윤 참판은 딸의 말 없음을 이의 없는 것으로만 해석하였고, 그뿐더러 딸이 혼인에 대하여 가부를 말할 것이 아니라고 생각하였다. 그리고 이 혼인은 되는 것으로 혼자 작정한 것이었다. 허숭이 윤 참판의 청혼에 거절할 리 있느냐고 생각하였다.

그러나 허숭에게는 이 문제는 그리 단순하지 아니하였다. 왜 그런고 하면 허숭에게는 두 가지 의리가 있었으니, 그것은 졸업하고 변호사 자격을 얻으면 농촌에 돌아가 농민을 위하여 일생을 바친다는 것과 또 하나는 유순에게 대하여 그의 어깨를 안고 머리를 만지며,

"내 또 올게."

한 약속이었다. 이 약속은 물론 약혼을 의미한 것은 아니었다. 그러나 그 순간에 허숭은 속으로,

'이 여자와 일생을 같이하자.'

하고 생각도 하였거니와, 적어도 유순은 – 꾸밈도 없고 옛날 조선식 여성의 맘을 가진 유순은, 허숭의 가슴에 제 이마를 댔다는 것이,

'나는 이 몸을 당신께 바칩니다. 일생에, 죽기까지 나도 당신의 사람입니다. 나는 이것으로써 맹세를 삼습니다. 내 맹세는 변함이 없습니다.'
하는 것을 표한 것이었고, 이러한 조선식 신의 관념을 가진 유순으로는 반드시 자기는 허숭의 처가 된 것으로 생각하고 있을 것이다.

이것을 생각하매, 허숭은 자기는 이미 혼인한 사람과 같은 책임감을 아니 가질 수 없었다.

또 한 가지 이유, 즉 농촌으로 가자는 이유도 정선과의 혼인을 불가능케 하는 것이었다. 서울서 여러 십 년 동안 흙이라고 만져 본 일도 없는 정선이 농촌으로 들어가기는 불가능보다 더한 일이라고 생각한 것이었다.

그래서 허숭은 단연히 윤 참판의 통혼을 거절한 것으로 생각하였다. 다시 윤 참판이 말하거든 자기는 단연히 거절하리라고 결심하였다.

그러나 이와는 반대로 윤 참판은 허숭은 벌써 자기의 사위가 된 것으로 자신하고 있었다. 그러하기 때문에 다시 허숭에게 말도 하지 아니하였다.

유월 어느 날, 허숭은 김갑진과 함께 동경역을 향하여 경성역을 떠났다. 허숭은 윤 참판이 해 입으라는 양복도 거절하고, 학교 시대 옷을 그냥 입고, 새 맥고모자 하나를 사 쓰고 윤 참판이 주는 가방 하나를 들고 길을 떠났다. 김갑진은 세비로(신사복)에 스프링 코트를 입은 훌륭한 신사였다. 역두에는 두 사람의 동창들의 정성스럽고도 유쾌한 전송이 있었다.

*

날은 맑고 더우나 차창으로는 서늘한 바람이 들어왔다. 차가 차차 남쪽으로 내려올수록 모내는 일이 바쁜 듯하였다. 어제, 그제 이틀 연해서 온 비가 넉넉지는 못해도 모를 낼 만하게는 논에 물이 닿았다. 해마다 모낼 때에는 가문다, 죽는다는 소리가 난다. 그러나 사흘만 더 가물면 죽겠다 할 만한 때에는 대개는 비가 오는 법이다. 금년에도 그러하였다. 마치 하느님이 나는 나 할 일을 다 한다, 너희들만 너 할 일을 하여라 하는 것 같았다. 내가 없는 줄 알지 말아라, 나는 있다, 너희가 하느님이 없나 보다 할 만한 기회에 내가 있다는 것을 보인다, 하는 것 같다.

허숭은 나불나불 바람에 나부끼는 모를 보고, 허리를 굽히고 모를 심는 농부들을 볼 때에, 하늘에 찬 볕과 땅에 찬 생명이 모두 그들을 위하여 있는 것 같았다. 사람이 하는 모든 일 중에 오직 농사하는 일만이 옳고 거룩하고 참된 것만 같았다. 그리고 이 차에 올라앉은 사람들은 다 저 농부들의 땀으로 살아가는, 그러면서도 저 농부들의 공로를 모르고, 그들에게 감사할 줄을 모르는 사람들같이 보였다.

"자네 무얼 그리 내다보고 앉았나."

하고 김갑진은 어디로 돌아다니다가 자리에 돌아와서 허숭의 무릎을 턱 친다. 그리고 허숭이 바라보는 곳을 바라본다. 갑진의 눈에는 아무것도 보이는 것이 없었다.

"저 모내는 것을 보고 있네."

하고 숭은 갑진에게로 고개를 돌렸다.

"그건 무엇하러?"

하고 갑진은 한 번 더 허숭이 바라보던 곳을 내다보았으나 이때에는 벌써 열차는 벌판을 다 건너와서 어떤 산 찍은 틈바구니를 달리고 있었다.

"자네네 조상이 대대로 해 오던 짓이니까 그리운가 보네그려. 그러니까 개꼬리 삼 년이란 말이거든."

하고 또 빈정대기를 시작했다.

"자네 눈에는 농사가 그렇게 천해 보이나?"

하고 숭은 약간 감상적이었다.

"그럼, 요새 상공업 시대에 농사라는 게야 인종지말(人種之

末)이 하는 게지 무어야. 다른 건 아무것도 해 먹을 노릇이 없으니까 지렁이 모양으로 땅을 파는 게 아닌가. 이를테면 자네 같은 사람은 똥 개천에서 용이 오른 심이고, 하하. 지렁이 속에서 용이 올랐다는 게 더 적절할까, 하하."

갑진은 차바퀴 굴러가는 소리보다도 더 큰 소리로 떠들었다. 곁에 앉은 사람들도 갑진의 말을 듣고 빙긋빙긋 웃었다. 그래도 갑진의 천진난만한 태도에 악의나 미운 생각이 섞이지 아니하였다.

"자네 그게 진정인가?"

하고 허숭은 엄숙하게,

"그렇게도 농사와 농민을 이해하지 못하나. 자네 눈에는 그처럼 농민이 벌러지같이 보이나. 만일 진실로 그렇다면 참말로 큰 인식 착오일세."

"어렵시오, 이건 또 훈계를 하는 심이야. 흥, 농자는 천하지 대본야라, 그것을 설법을 하는 심야. 아따 이놈아, 집어치워라. 우리 집에도 시골 마름 놈들이 오지마는, 그놈들 모두 음흉하고 돼지 같고 어디 사람 놈들 같은 것 있더냐. 시골구석에서 땅이나 파먹는 놈들이 순실키나 해야 할 텐데, 도무지 그놈들 서울 사람 한 번 못 속여 먹으면 삼 년 동안 복통을 한다더라. 그저 그런 놈들은 꾹꾹 눌러야 해. 조금만 늦구면 버릇이 없어지거든. 안 그러냐, 이놈아. 너는 인제는 전문학교깨나 졸업을 했으니 좀 시골놈 껍질을 벗어 보아. 팬시리 없는 가치를 붙이려고 말고……. 머 어째? 네가 농촌에 들어가서 농민들과 같이 살 테야? 그럴 게면 공부는 무얼하려 해? 허기는 그렇기도 하겠다. 고등문관 시험에 낙제나 하는 날이면 그 밖에는 도리가 없겠지, 아하하."

*

기차는 산 끊은 데를 지나고 산굽이를 돌아서, 게딱지 같은 농가들이 다닥다닥 붙은 촌락을 지나고, 역시 남녀가 바쁘게 모를 내는 논들을 바라보며 달아났다. 갑진도 숭의 말에 자극이 되어 그 대단히도 가난해 보이는 농가들과, 대단히도 힘들어 보이는 모 심는 광경을 주목해 보았다. 갑진은 장안 생장으로 이러한 농촌의 광경은 마치 자기와는 전혀 관계가 없는, 어떤 외국의 것과 같이 보였다.

갑진은 낯을 숭에게로 돌리며,

"그러니 저런 집에서 어떻게 하룬들 사나?"

하고 탄식하였다.

"겉으로 보기보다 속에 들어가면 더하다네."
하고 숭은 갑진이 농가에 대하여 새로운 흥미를 느끼는 것이 신기한 듯이,

"저 집 속에를 들어가면 말야. 담벼락에는 빈대가 끓지, 방바닥에는 벼룩이 끓지, 땟국이 흐르는 옷이나 이불에는 이가 끓지, 여름이 되면 파리와 모기가 끓지. 게다가 먹을 것이나 있다던가. 호좁쌀 죽거리도 없어서 풀뿌리, 나무껍질을 먹고 사네그려……."

하는 숭의 말을 다 듣지도 아니하고 갑진은,

"아따, 이 사람. 초근목피라는 옛말은 있다데마는 설마 오늘날 풀뿌리, 나무껍질 먹는 사람이야 있겠나. 자네도 어지간히 풍을 치네그려, 하하."

하고 숭의 어깨를 아파라 하고 철썩 때린다.

숭은 깜짝 놀랐다. 어깨를 때리는 데 놀란 것이 아니라, 갑진이 조선 사정을 모르는 데 놀란 것이었다. 숭은 이윽히, 벙벙히 갑진을 바라보고 있다가,

"자네 신문 잡지도 안 보네그려?"

하고 물었다.

"내가 신문을 왜 안 보아?《대판조일》,《경성일보》,《국가학회잡지》,《중앙공론》,《개조》 다 보는데 안 보아? 신문 잡지를 아

니 보아서야 사람이 고루해서 쓰겠나?"

하고 갑진은 뽐냈다.

"그런 신문만 보고 있으니까 조선 농민이 요새에 풀뿌리, 나무껍질 먹는 사정을 알 수가 있겠나? 자네는 조선 신문 잡지는 영 안 보네그려?"

하고 숭은 기가 막히려 하였다.

"조선 신문 잡지?"

하고 갑진은 도리어 놀라는 듯이,

"조선 신문 잡지는 무엇하러 보아. 무엇이 볼 게 있다고. 그까짓 조선 신문 기자 놈들, 잡지 권이나 하는 놈들이 무얼 안다고 그런 걸 보고 있어. 백주에 낮잠을 자지."

숭은 입을 딱 벌리지 아니할 수 없었다. 그리고 말문이 막혀버렸다.

갑진은 더욱 신이 나서,

"그 어디 조선 신문 잡지야 보기나 하겠던가. 요새에는 그 쑥들이 언문을 많이 쓴단 말야. 언문만으로 쓴 것은 도무지 희랍말 보기나 마찬가지니, 그걸 누가 본단 말인가. 도서관에 가면 일본문, 영문, 독일문의 신문 잡지, 서적이 그득한데, 그까짓 조선문을 보고 있어? 그건 자네같이 어학 힘이 부족한 놈들이나, 옳지 옳지! 저기 모 심는 시골 농부 놈들이나 볼 게지, 으하하!"

하고 갑진은 유쾌한 듯이 좌우를 바라보며 웃는다.

"왜 자네네 대학에도 조선문학과까지 있지 아니한가."

하고 숭은 아직도 갑진을 어떤 방향으로 끌어 보려는 뜻을 버리지 아니하였다.

"응, 조선문학과 있지. 나 그놈들 대관절 무얼 배우는지 몰라. 원체 우리네 눈으로 보면 문학이란 것이 도대체 싱거운 것이지마는 게다가 조선 문학을 배운다니, 좋은 대학에까지 들어와서 조선 문학을 배운다니, 딱한 작자들야. 저 상철이 놈으로 말더라도 무엇이 – 춘향전이 어떻고, 시조가 어떻고, 산대도감이 어떻고 하데마는 참말 시조야, 미친놈들."

하고 갑진은 가장 분개한 빛을 보인다.

*

"미치기로 말하면."

하고 숭은 기가 막혀 몸을 흔들고 웃으면서,

"미치기로 말하면 자네가 단단히 미쳤네."

"누가 미쳤어?"

하고 갑진은 대들듯이 눈을 부릅뜬다.

"자네 말야."

"자네가 누구야?"

"법학사 김갑진 선생이 단단히 미쳤단 말일세."

"어째서?"

"모든 것을 거꾸로 보니 미치지 아니하고 무엇인가. 자네 눈에는 모든 것이 거꾸로 비친단 말야."

"무엇이?"

하고 갑진은 대들었다.

"글쎄, 안 그런가."

하고 숭은,

"자네는 가치 비판의 표준을 전도한단 말일세. 중하게 여길 것을 경하게 여기고 경하게 여길 것을 중하게 여긴단 말야. 조선 하면 농민 대중이 전 인구의 팔십 퍼센트가 아닌가. 또 사람의 생활 자료 중에 먹는 것이 제일이 아닌가. 그다음은 입는 것이고, 하고 보면 저 농민들로 말하면 조선 민족의 뿌리요 몸뚱이가 아닌가. 지식 계급이라든지 상공 계급은 결국 민족의 지엽이란 말일세. 그야 필요성에 있어서야 지엽도 필요하지. 근간 없는 나무가 살지 못한다면 지엽 없는 나무도 살지 못할 것이지. 그렇지마는 말일세, 그 소중한 정도에 있어서는 지엽보다 근간이 더하지 않겠나. 그러하건마는 조선 치자(治者) 계급은 예로부터 - 그 예라는 것이 언제부터인지는 말할 것 없지만 - 지엽을 숭상하고 근간을 잊어버렸단 말일세. 단도직입적으로 말하면 고래로 조선의 치자 계급이던 양반 계급이 말야. 그 양반 계급이 오직 자기네 계급의 존재만을 알았거든. 자기네 계급 - 그것이야 전 민족의 한 퍼센트가 될락말락한 소수면서도 - 자기네 계급이 잘살기에만 몰두하였거든. 그거야 어느 나라 특권 계급이나 다 그러했겠지마는, 조선의 양반 계급이 가장 심하였던 것이 사실이 아닌가. 그래서는 국가의 수입을 민중의 교육이라든지, 산업의 발달이라든지 하는 전 국가적 민족적 백년대계에는 쓰지 아니하고, 순전히 양반 계급의 생활비요 향락비인, 이를테면 요샛말로 인건비에만 썼더란 말일세. 그 결과가 어찌 되었는고 하면 자네도 아다시피 전 민족은 경제적으로나, 도덕적으로나, 지식적으로나, 기술적으로나, 예술적으로나, 모든 방면으로 다 쇠퇴하여져서 마침내는 국가 생활에 파탄이 생기게 하고, 그리고는 그 결과가 말야. 극소수 양반 중에도 극히 권력 있던 몇 십 명, 몇 백 명은 넘을까 하는 몇 새 양반 계급을 남겨 놓고는 다 몰락해 버리지 않았느냐 말야."

"어느 서양 사람이 조선을 시찰하고 비평한 말을 어디서 보았네마는, 그 사람의 말이 나무 없는 산, 물 마른 하천, 좋지 못한 도로, 양의 우리 같은 백성들의 집, 어리석고 쇠약한 사람들,

조선에서 눈에 띄는 것이 모두 다 맬러드미니스트레이션(실정)의 자취라고."

"이 사람의 말에 자네 반대할 용기가 있나. 조선의 모든 쇠퇴가 정치를 잘못한 자취라는 말을? 그것이 다 양반 계급의 계급적 이기욕과 가치 판단의 전도에서 나온 것이 아니고 무엇인가. 그런데 말야. 아냐, 내 말을 끝까지 듣게. 그런데 말야. 자네와 같은 지식 계급이 아직도 그러한 전도된 가치 판단을 한다는 것은 심히 슬픈 일이 아닌가. 우리네 새로 교육을 받은 사람들은 여러 백 년 동안 잊어버렸던, 아니 잊어버렸다는 것보다도 옳지 못하게 학대하던 농민과 노동 대중의 은혜와 가치를 깊이 인식해서 그네에게 봉사할 결심을 가지는 게 옳지 아니하겠나?"

숭은 말을 끊었다.

*

두 사람이 부산 부두에 내린 때에는 여름의 긴 날도 저물었다. 낮에 날이 좋던 모양으로 밤도 좋았다. 바다로 불어오는 바람은 온종일 차중에서 부대끼던 허숭, 김갑진 두 사람에게는 소생하는 듯한 상쾌함을 주었다. 더구나 오륙도 위에 달린 여름의 보름달은 상쾌, 그 물건이었다.

두 사람은 짐을 들고 연락선으로 향하였다. 정거장에서 부두까지에는 일본으로 향하는 노동자가 떼를 지어 오락가락하였다. 머리를 깎은 이, 상투 있는 이, 갓 쓴 이조차 있었고, 부인들도 여기저기 보였다. 그중에는 방직 여공으로 가는 듯한 처녀들도 몇 패가 있었다.

고무신을 신은 이, 게다를 신은 이, 운동 구두를 신은 이, 잘 맞지도 않고 입을 줄도 모르는 시마 유카다(일본 여름옷)를 입은 이, 도무지 형형색색이었다. 말씨도 대개는 경상도 사투리지마는 길게, 가냘프게 뽑는 호남 말도 들리고, 함경도 말, 평안도 말도 들리고, 이따금은 단어의 첫 음절과 센턴스의 끝음절을 번쩍번쩍 드는 경기도 시골 사투리도 들렸다. 각 지방에서 모여든 모양이다.

쓰메에리(깃을 세운 양복), 무르팍 양복을 입고 왼편 팔에 붉은 헝겊을 두른 사람들이 위압적 태도와 언사로 군중을 지휘하는 것은 이른바 노동 귀족인 패장인가 하였다.

배에 오를 때에는 보통 여객과 노동자는 특별한 취급을 받는 모양이었다. 사다리 밑에 좌우로 늘어선 사복형사는 용하게도 조선 사람을 알아내서는 붙들고 여행 증명서를 검사하였다. 허숭도 김갑진도 증명서를 내보였다.

"여행권 검사요?"

하고 갑진은 불쾌한 듯이 경관에게 물었다.

"여행권이 아니야, 증명서야, 신분 증명서야!"

하고 형사는 군세게 여행권이라는 말을 부인하였다. 그리고 갑진을 눈을 흘겨보았다.

"어서 가세."

하고 허숭은 또 갑진이 무슨 말썽을 부리지나 아니할까 하여 소매를 끌었다. 갑진은 형사에게 대꾸로 한 번 눈을 흘기고 허숭의 뒤를 따랐다.

갑진이 배만은 이등을 타자고 하는 것을 숭은 삼등을 주장하여 뒷갑판 밑 삼등실로 내려갔다.

삼등실에서는 후끈하는 김이 올랐다. 구역나는 냄새가 올랐다. 벌써 들어와서 자리를 잡은 객들 — 그중에 반수 이상은 조선 노동자였다. — 은 저마다 좋은 자리를 차지하려고 담요 조각을 깔고 드러누웠다. 뒤에 들어가는 사람은 먼저 들어간 사람이 잡은 자리의 한 부분을 얻어서 궁둥이를 붙였다.

숭도 한편 구석에 자리를 잡았으나 갑진은 아무리 하여도 여기는 있을 수 없다는 듯이 눈살을 찌푸리고 서 있었다. 숭은 갑진의 가방을 빼앗아다가 제 가방 곁에다가 놓고, 갑진의 팔을 잡아 잡은 자리로 끌어다가 어깨를 눌러서 앉혔다. 갑진은 숭이 하는 대로 복종하였다.

　사람은 많건마는 다들 떠들지는 아니하였다. 마치 앞날의 알 수 없는 운명을 바라보는 듯이, 또 두고 온 고향의 산천과 이웃 - 그것은 그다지 유쾌한 기억을 자아낼 재료도 못 되련마는 - 을 생각하는 듯이 눈을 껌벅껌벅하고 앉았을 뿐이었다.

"자, 이 사람."

하고 숭은 갑진의 모자를 벗겨서 가방 위에 놓으며,

"오늘은 자네 평생에 처음 조선 대중과 함께하는 날일세. 저 사람들이 얼마나 가난한지, 얼마나 영양 불량인지, 얼마나 무식한지, 또 얼마나 더러운지, 또 무엇을 생각하는지, 또 어찌하여 고향을 버리고 처자를 버리고 떠나는지, 저 사람들의 장래가 무엇인지 좀 알아보게."

하고 웃었다.

　갑진은 끄덕끄덕하였다.

*

　삼등 선실은 찌는 듯이 더웠다. 무더웠다. 배가 떠나기도 전에 벌써 땀이 흐르기 시작하였다.

처음 배를 타 보는 모양인 노동자들과, 그중에도 여자들은 멀미나기 전에 잠이 들려고 베개에다가 이마를 박고 애를 쓰지마는, 애를 쓰면 쓸수록 잠이 들지 아니하는 모양이었다. 그들이 전전반측하는 불안의 상태는 그들 자신의 생명의 불안, 그 물건을 상징하는 것 같았다. 더구나 젖먹이가 어미의 젖에 매달려서 보채는 양이 실내의 공기를 더욱 암담하게 하였다. 반백이나 된 늙은이가 멀거니 허공을 바라보고 앉았는 양도 갑진에게 무겁게 내리누르는 무엇으로 느껴졌다.

쿵쿵쿵쿵하고 배는 진동하기 시작하였다. 쇠사슬 마찰되는 소리가 울려왔다. 가만히 앉아서도 배가 방향을 돌리는 것이 감각되었다. 여러 번 이 뱃길을 다녀 본 듯한, 이들 중에는 개화꾼인 듯한 젊은 패 몇 사람이 일본 사람식으로 다리를 꼬고, 두 팔로 무릎을 짚고 앉아서 서투른 일본말로 떠드는 것만이 있고는 모두 고요하였다. 다른 사람들은 갑판에 올라가서 해풍을 쏘인다든지 또는 멀어 가는 고향 산천을 바라본다든지 할 맘의 여유도 기운도 없는 것 같았다. 그저,

'나를 어디나 편안히 살 곳으로 실어다 주오. 그저 살려 주오. 못살 데로 데려다 주더라도 또한 어찌할 수 없소.'

하는 것 같았다.

"나가세, 좀 밖으로 나가세."

하고 갑진은 도저히 못 견디겠다는 듯이 벌떡 일어났다. 그는 몸의 더움에, 맘의 압박에 견딜 수가 없었다.

숭도 갑진을 따라 갑판으로 나왔다. 갑판에도 사람이 많았다.

"에이, 시원하다."

하고 갑진은 체조할 때 모양으로 두 팔을 활짝 벌렸다. 시원한 해풍은 그의 명주 와이셔츠를 보기 좋게 팔랑거렸다.

검푸른 바다, 밝은 달, 시원한 바람, 드문드문 반짝거리는 하늘의 별과 바다의 어선. 때때로 보이는 하얀 물결의 머리.

"어, 시원해."

하고 갑진은 구조정 밑 조용한 난간에 가슴을 기대고 서서 바다를 바라보았다.

부산항의 불이 신기루 모양으로 보였다. 오륙도 작은 섬들도 물결 틈에 앉은 갈매기와 같았다. 동으로 보면 망망대해다. 어디까지 닿았는지 모르는 물과 물결. 숭도 가슴에 막혔던 것이 쏟아져 나온 것같이 가벼워짐을 깨달았다.

"참 바다는 좋으이그려. 밤바다는 더욱 좋은데."

하는 갑진의 긴 머리카락도 기쁨에 넘치는 듯이 춤을 추었다.

"바다에 나와 보면 우주도 꽤 크이."

하고 숭은 맘 없는 대꾸를 하였다.

두 사람은 가지런히 서서 한참이나 말이 없었다. 선실에서 보

던 모든 무거운 생각을 해풍에 날려 보내고 잠시 신선이나 되려는 듯이.

이때에 뒤에서,

"여보세요!"

하는 여자의 소리가 들렸다.

숭과 갑진은 깜짝 놀라서 돌아섰다. 눈앞에는 머리를 땋아 늘인 십오륙 세나 되었을까 한 여자가 서 있다. 달빛에 비친 그 얼굴은 마치 시체와 같이 창백하였다. 바람에 펄렁거리는 그 치마는 분명 남인조견이었다.

숭과 갑진은 대답할 바를 모르고 멍멍히 섰다.

"저를 살려 주세요."

하고 여자는 두 사람을 번갈아 바라보며 속삭였다. 어느 사람에게 의지할 것인가 하는 듯하였다. 여자는 사람의 눈을 피하는 듯이 염치 불고하고 두 사람이 섰는 틈에 들어와 끼어 섰다. 숭은 두어 걸음 물러나서 여자가 설 자리를 비켜 주었다.

*

갑진은 곧 놀란 것을 진정하고 그 여자와 가지런히 서서 갑진

의 특색인 쾌활하고 익숙한 어조로,

"웬일이요?"

하고 물었다.

여자는 또 한 번 좌우를 돌아보았다. 숭은 여자를 안심시키려는 듯이 큰 갑판에서 바라보이는 곳을 막아섰다. 여자는 그제야 안심하는 듯이,

"저는 밀양 삽니다."

하고 여자는 억양 있는 경상도 말로 시작하였다.

"제 아버지가 어떤 사람에게 빚을 져서 빚값에 저를 팔았어요. 아버지는 일본으로 시집을 간다고 속이시지마는, 다른 사람들의 말을 들이니까 갈보로 팔려 가는 거래요."

하고 말이 아주 분명하다.

"빚은 얼마나 되오?"

하고 갑진이 묻는다.

"촌에 농사하는 사람치고 빚 없는 사람 어디 있나요? 울 아버지 빚은 일백오십 원이랍니다. 소를 한 마리 사느라고 오십 원을 꾼 것이 자꾸만 이자는 늘고, 농사는 안 되고 해서 그렇게 많아진 거래요. 소를 빼앗기고도 일백오십 원이랍니다. 그러니 죽으면 죽었지 일백오십 원을 어떻게 갚습니까. 그래서 저를 빚값에 팔았습데다. 오십 원 더 받고……."

하고 부끄러운 듯이 여자는 고개를 숙인다. 갑진의 맘에 '이만하면 갈보로 살 생각이 나겠다.' 하리만큼 그 여자는 이쁘장하였다.

"학교에 다녔소?"

하고 숭이 물었다.

"네, 우리게 보통학교 졸업했습니다."

갑진과 숭은 고개를 끄덕거렸다. 그만하기에 말이 이렇게 조리가 있는 것이다 하였다.

"대관절, 그럼 어떡허란 말요?"

하고 갑진은 성급한 듯이 결론을 물었다.

여자는 어린 듯이, 또 애원하는 듯이 갑진을 쳐다보았다. 그러나 말은 없었다.

"그럼 날더러 이백 원을 내서 물러 달란 말요?"

하고 갑진은 또 물었다.

"네."

하고 여자는 더욱 고개를 숙이면서,

"선생님 댁에 가서 무엇이든지 시키시는 일은 다 해 드릴게 저를 물러 주세요. 밥도 질 줄 알고 방도 치울 줄 압니다. 갈보되긴 싫어요!"

하고 여자는 울기를 시작했다.

"어, 이거 큰일 났군."

하고 갑진은 숭을 돌아보며 기막힌 웃음을 하였다.

이때에 웬 작자가 무르팍 바지를 입고 허둥거리며 오는 것이 달빛에 보였다. 그 작자는 분명 무슨 소중한 것을 찾는 모양이었다.

"저 사람야요, 저 사람야요."

하고 여자는 두 주먹을 가슴에 꼭 대고 갑진의 곁에 바싹 다가선다. 마치 무서운 것을 보고 숨는 어린애 모양으로.

그러나 그 작자는 마침내 바람에 펄렁거리는 여자의 치맛자락을 보았다. 그리고는 붉은 헝겊을 본 소 모양으로 길을 막아선 숭을 떠밀치고 여자의 곁으로 달려들어 여자의 팔을 꼭 붙들었다.

"이년이 왜 여기 나와 섰어?"

하고는 불량한 눈으로 갑진과 숭을 둘러보며 일본말로,

"웬 사람들인데 남의 계집애를 후려내어, 고약 놈들 같으니."

하고 여자를 끌고 가려 하였다. 여자는 안 끌리려고 난간을 꼭 붙들었다.

여자의 모시 적삼 소매가 끊어져서 동그스름한 팔이 나왔다.

여자는 소리를 내서 울며,

"살려 주세요, 네."

하고 갑진과 숭을 애원하는 눈으로 바라보았다.

*

"이건 웬 놈이야."
하고 갑진은 그 작자를 때릴 듯이 주먹을 겨누었다. 그러나 분이 난, 갑진이 그 여자를 꾀어 내는 줄만 안 그 작자는 다짜고짜로 갑진의 따귀를 때렸다. 그러는 동안에 옷소매를 찢긴 여자는 숭의 곁으로 와서 숭의 등에 낯을 비비며 울었다.

숭은,
"여보!"
하고 그 작자의 멱살을 잡아 홱 끌어냈다. 그 작자는 숭의 주먹에 끌려 비틀거리며 갑진에게서 물러났다.

숭은 그 작자의 목덜미를 꽉 내리누른 채로,
"왜 말로 못 하고 사람을 때린단 말요? 세상에 당신헌테 얻어맞고 가만있을 사람 있는 줄 알았소? 우리가 이 여자를 꾀어 냈다고 하니 누가 꾀어 냈단 말요. 이 여자가 설운 사정을 하니까 우리가 듣고 있었을 뿐요."
하고 타이를 때에, 갑진은 분을 못 이겨,

"이놈은, 이것은 웬 도둑놈야. 남의 집 딸을 도적하여다가 숫제 갈보로 팔아먹으려 들어 이놈! 너는 좀 콩밥 먹지 못할 줄 알았디?"

하고 들이대어도, 그 작자는 암말도 못하고 눈만 껌벅거렸다.

"여보."

하고 숭은 그 작자의 목덜미를 놓아주며,

"이 여자가 당신을 따라가기를 싫어해. 또 법률로 말하더라도 제 뜻에 없는 것을 창기 노릇은 못 시키는 법이오. 허니까, 이 여자를 제 집으로 돌려보내시오. 우리가 이 일을 안 이상에 하관에 가서라도, 동경까지 가서라도 가만있지는 아니할 것이니까, 어서 이 여자를 돌려보내시오."

하였다.

"나도 돈 주고 샀소. 돈 주고 산 것을 어느 법률이 내노란단 말요?"

하고 그 작자는 숭에게 꼭 달라붙은 여자의 손목을 잡아끌며,

"가자, 들어가!"

하고 되살았다.

"여보."

하고 숭은 그 작자의 팔을 꽉 붙들며,

"당신이 이백 원에 이 여자를 샀다지? 옜소, 이백 원 줄 테니

이 여자를 돌려보내시오."

하고 숭은 지갑에서 돈을 꺼내 주었다. 이백 원은 숭이 가진 돈의 전부였다.

그 작자는 깜짝 놀라는 빛을 띠더니 싱글싱글 웃으며,

"하하, 당신 이 여자가 퍽 맘에 드시는 모양입니다그려. 그렇지마는 본값에 파는 장사가 어디 있어요? 하나만 더 내시오."

하고 왼손 식지를 내밀었다.

"삼백 원?"

하고 숭은 물었다.

"계집애 이만하면 삼백 원도 싸지요. 열여섯 살이야요, 다 길렀지요."

하고 아주 흥정하는 상인의 어조였다.

그러나 숭에게는 백 원은 없었다. 숭은 갑진을 바라보았다. 갑진은 픽픽 웃더니,

"옜다, 이 더러운 놈아, 백 원 더 받아라."

하고 십 원 지폐 열 장을 세어 주려다가,

"가만있어라, 이 여자를 사올 때에 무슨 증서가 있겠지. 그걸 받아야지."

하고 돈 든 손을 움츠렸다.

그 작자는 내밀었던 손을 다시 거두어 적삼 단추를 끄르고,

그 속주머니에서 쇠사슬 맨 지갑을 꺼내서 달빛에 비치인 여러 가지 서류를 뒤져 인찰지에 쓰고 수입인지 붙인 종이 한 장을 꺼내 달빛에 읽어 보고,

"자, 여기 있습니다. 당신은 대단히 분명하신데, 헤헤."

하고 누구를 줄까 하고 갑진과 숭을 둘러보다가 돈을 쥐고 있는 갑진에게 내주었다.

*

배에서 내릴 때에는 아침볕이 하관의 시가에 찼다. 또 형사의 조사가 있었다. 그때에는 숭과 갑진을 따른 어린 계집애에게 대한 조사가 더 까다로웠다. 갑진은 어젯밤 배에서 삼백 원을 주고 샀다는 말을 웃음 섞어 말하고 그 표지까지 내보였다. 형사도 웃고 감복한 듯이 두 사람을 번갈아 보았다. 그리고

"그래 이 여자를 어찌하시려오?"

하고 형사는 직업 의식을 버린 듯이 은근하게 물었다.

"글쎄, 나도 모르겠소이다."

하고 갑진은 숭을 건너다보며,

"이 사람이 이백 원을 내고 내가 백 원을 내서 샀는데, 이 계

집애를 어떻게 분배를 했으면 좋겠어요. 우리도 법률깨나 배우고 지금 사법관 시험을 치르러 가는 길이지마는, 아직 실제 경험이 없으니 어디 당신이 판결을 내려 주시구려."
하고 시치미 떼고 말하는 바람에, 형사 두 사람은 픽 웃고 다른 데로 가고 말았다.

"이 사람, 웬 수다야?"
하고 숭이 갑진의 팔을 끌었다. 형사들은 웃으며 두 사람을 힐끗 돌아보았다. 형사들 생각에 갑진과 숭과 계집애와 셋이 걸어가는 꼴이 우스웠던 것이었다.

"애."
하고 갑진은 가방을 벤치 위에 놓으며 숭더러,

"이놈아, 돈을 다 없앴으니 동경 가서 무얼 먹고 사니? 이 색시를 잡아먹고 살 수도 없고."
하고 정말 걱정이 되는 듯이 고개를 기울였다.

"자네, 아직도 백 원은 있지?"
하고 숭도 미상불 걱정이 되었다.

"백 원은 있지마는 백 원을 가지고 둘이, 둘이라니 이 색시도 먹고야 살지. 애, 이거 뭣이고 큰일 났다."
하고 갑진은 머리를 득득 긁더니,

"아무려나 통쾌하기는 했다."

하고 숭의 어깨를 두들기며,

"글쎄, 이 시골뜨기 놈의 속에서 어떻게 그렇게 통쾌한 생각이 났어? 나도 애, 모두 이백 원밖에 없는 돈에서 백 원 타메 꺼내려니까 손이 떨리더라. 뽐내기는 했지만두, 한 번 뽐낸 값이 일금 삼백 원야라는 좀 비싼데, 하하하하."

하고 갑진은 유쾌하게 웃는다.

"헌데 이 색시를 동경으로 데리고 갈 수야 있나?"

하고 숭은 그 여자더러,

"집으로 가오, 표 사 줄께."

하고 물었다.

"싫어요. 집에 가면 아버지가 또 팔아먹을걸요."

하고 여자는 한숨을 쉬었다.

"아버지가 의붓아버지야?"

하고 갑진이 물었다.

"아니야요, 친아버지입니다."

하고 여자는 낯을 붉히며 대답하였다.

"아, 친애비가 제 자식을 팔아먹는담."

하고 갑진은 눈을 부릅떴다.

"울 아버지만 그런가요. 우리 동네에서 딸 안 팔아먹은 사람이 몇이나 돼요? 빚에 몰리면 다 팔아먹는답니다. 장사 밑천 할라고도 팔구, 먹을 거 없어서도 팔구, 빚에 몰려서도 팔구…….."
"제 몸뚱일 팔지, 그래 백제 제 자식을 판담. 에익!"
하고 갑진은 더욱 분개하며,
"그러니까 시골놈들은 무지하단 말야. 안 그런가."
하고 발을 탕탕 구르며, 성냥을 뻑 그어서 담배를 피워 문다.
"자식을 팔아먹는 아비의 맘은 어떠하겠나. 무엇이 그들로 하여금 그렇게 하나를 생각해 보게."
하고 숭은 추연해진다. 숭의 눈앞에 눈에 익은 농촌의 참담한 모양이 나뜬다.

*

할 수 없이 숭과 갑진은 그 여자(이름은 옥순이었다.)를 데리고 차를 탔다. 도무지 어울리지 아니하는 일행이었다.

그러나 벤또를 사도 셋을 사고, 과일을 사도 세 개를 사지 아니하면 아니 되었다. 옥순은 얌전한 계집애였다. 아무쪼록 적게 먹고 잠도 적게 자고 두 사람에게 매양 미안한 빛을 보였다. 그것이 가련하여 옥순이 듣는 곳에서는 두 사람은 돈 걱정은 아니 하였다. 그래도 속으로는 여비가 걱정이 되었다. 무어라고, 무슨 체면에 윤 참판에게 돈을 더 청하나, 그러지 아니하여도 본래 넉넉하게 준 돈을 무엇에다가 다 써 버리고 무슨 염치에 돈을 더 달라나.

*

구월 어느 날 아침. 허숭이 윤 참판의 심부름으로 예산에 가고 없을 때, 저녁때나 되어 윤 참판이 내객 몇 사람과 이야기를 하고 있을 때에 전보 한 장이 왔다.

"거 웬 전보냐."

하고 윤 참판이 물을 때에 문객은,

"기오수우, 기오수우."

하고 '가타카나'를 그냥 읽었다.

"오, 허숭에게 왔구나. 이리 주게."

하여 윤 참판은 전보를 받아서 뜯어보았다.

"고문 시험, 본일 발표, 귀하 입격."

이라고 하였다. 허숭은 고문 시험에 입격한 것이었다.

"응, 허숭이 고등문관 시험에 급제했네그려."

하고 윤 참판은 자기 아들의 일이나 되는 듯이 기뻐하였다.

"허숭이 누구오니까?"

하고 어떤 객이 물을 때에, 윤 참판은,

"내 사윌세, 사위야."

하고 안으로 들어갔다.

"정선이 어디 갔느냐?"

하고 노인은 안대청을 바라보고 불렀다.

"아가씨 후원에 계십니다."

하고 계집 하인이 뒤꼍으로 뛰어갔다.

윤 참판은 대청 안락의자에 앉아서 딸이 오기를 기다렸다.

정선은 학교 동창인 동무 두 여자와 함께 후원으로부터 돌아왔다. 정선은 경의복도 벗어서 하늘빛 하부다에 남(견직물의 한 가지) 치마에 은조사 깨끼저고리를 입었다. 날은 구월이지마는 아직 더웠다.

정선의 두 동무는 윤 참판을 보고 경례하고 건넌방으로 들어갔다. 동무들과 같이 건넌방으로 들어가려는 정선을 불러 윤 참판은,

"숭이 고등문관 시험에 급제했다는 전보가 왔다. 옜다, 보아라."

정선은 마지못하여 아버지의 손에서 전보를 받아 들고 읽었다. 건넌방에 있는 두 동무는 정선을 향하여 눈짓을 하고, 아웅

을 하였다.

"잘됐어요."

하고 그 전보를 탁자 위에 놓았다.

윤 참판은 정선의 표정을 보려는 듯이 빙긋 웃는 눈으로 정선을 바라보았다. 정선은 아무 감동도 없는 듯이 건넌방으로 들어갔다.

"얘, 숭이 누구냐?"

하고 한 동무가 정선의 귀에다 입을 댔다.

"누구는 누구야, 정선이 허즈번이겠지."

하고 다른 동무가 코를 흥 하였다.

"이 애는."

하는 정선은 코 흥 하는 동무의 콧등을 손가락으로 때렸다.

"그러냐. 네 서방님 될 사람이냐."

하고 귀에 대고 말하던 동무가 묻는다.

"아냐, 우리 집에 있는 학생야, 고학생야."

하고 정선은 시들하게 대답하였다.

"오, 저 행랑에 있던 그 사람이로구나. 보성전문학교 학생?"

하고 한 동무가 눈을 크게 떴다.

"에?"

하고 코 맞은 동무가 놀란다.

"너 그 사람헌테 시집가니?"

하고 또 한 동무가 눈을 크게 뜬다.

"이 애들은."

하고 정선은 몸을 뿌리친다.

*

그날 저녁차에 허숭이 왔다.

"전보 왔다."

하고 윤 참판은 숭이 인사도 다하기 전에 서랍을 열고 전보를 꺼내 숭에게 주었다.

숭은 그 전보를 받아 읽었다. 숭은 기뻤다. 그의 숨결은 높았다. 그것이 무엇이 그리 끔찍한 것이길래 하면서도 역시 기뻤다. 숭은 팔백여 명 수험생, 전 일본에서 모인 수재 중에서 뽑힌 소수 중에 자기가 든 것이 기뻤다.

"갑진 군은 어찌 되었습니까?"

하고 숭은 자기의 기쁨을 감추고 물었다.

"갑진인 아직 소식이 없다."

하고 윤 참판은 숭의 손에서 다시 전보를 받아 들었다.

"거기 앉아."

하여 윤 참판은 숭을 앉힌 뒤에,

"인제 고등문관 시험도 지났으니, 혼인 일을 작정해야지."

하고 혼인 문제를 꺼냈다.

"저를 지금까지 공부를 시켜 주시고, 또 일본 갈 여비까지 주시고, 또 따님과 혼인 말씀까지 하시니, 그 은혜를 무어라고 말씀할 수가 없습니다마는, 저같이 집 한 칸도 없고 돈 한 푼도 없는 놈이 지금 혼인을 어떻게 합니까. 시험에 합격을 했댔자 곧 취직이 되는 것도 아니요……."

하고 숭은 거절하는 뜻을 표하려 하였다.

"그건 염려할 것 없지. 내가 그것을 모르는 배 아니고, 그러니까 그것은 염려할 것 없고, 만일 내 딸이 맘에 안 들면 그것은 할 수 없지마는……. 나는 접때에도 - 인제 작년이지마는 - 접때에도 말한 것과 같이 너를 자식같이 믿으니까. 아다시피 내가 나이 많고 집일을 보살펴 줄 사람이 없거든. 사람이야 얼마든지 있겠지마는 어디 믿을 사람이 쉬운가. 또 정선이도 인제 이십이 다 되었으니 혼인을 해야지. 도무지 안심이 안 되어. 요새 이십이 넘도록 시집 안 가는 계집애들이 많지마는 어디 다들 믿고 맘을 놓을 수가 있다고. 나는 사람만 보지, 문벌이나 재산이나 도무지 보지 않어."

하고 윤 참판은 아버지로의 걱정, 재산가로의 걱정, 세상을 위한 걱정까지도 하여 가며 숭의 승낙을 구하였다.

숭은 한마디로,

'고맙습니다. 그러나 저는 따님과 혼인할 수는 없습니다. 제게는 유순이라는 여자가 있고, 또 저는 일생을 농촌에서 농민 교육 운동을 하기로 작정하였습니다. 그러니까 따님과 혼인을 할 수가 없습니다. 만일 따님과 혼인을 하면은, 첫째로 유순이라는 여자에게 대한 의리를 저버리게 되고, 둘째는 농촌에, 농민에 대한 의리를 저버리게 됩니다. 저는 단연히 농민에게로 돌아가야 하고, 저를 믿고 기다리고 있는 유순에게로 돌아가야 합니다.'

이렇게 대답해야 할 것이다. 이것이 숭의 인격의 명령이요, 양심의 명령이었다. 만일 이렇게 대답했더면 숭은 얼마나 갸륵하였을까. 그러나, 그러나…….

그러나 숭에게는 그만한 용기가 없었다. 그의 눈앞에는 서울에서도 미인으로 이름 있는 정선이 있지 아니하냐. 정선은 숭의 마음을 아니 끌지 아니하였다. 지금까지는 종과 상전과 같아서 평등의 지위에서 교제한 일은 없지마는, 이삼 년간 숭이 이 집에 있는 동안에는 먼 빛에 가까운 빛에 볼 기회도 많았고, 인선이 죽고 숭이 이 집 살림의 대부분, 그중에도 회계 사무를 맡은 뒤로부터는 숭과 정선이 마주 서서 이야기할 기회도 없지 아니하였거니와, 정선의 옥 같은 살빛, 조그맣고 모양 있는 손, 무엇을 생각하는 듯한 눈, 양반집 아가씨다운 기품, 그것은 울려 나오는 피아노 소리와 아울러 숭의 맘을 끌지 아니할 수 없었다. 그러한 정선이 있지 아니하냐. 게다가 그는 재산이 있다. 누구나 말하기를 정선에게는 삼천 석 이상이 돌아오리라고 한다. 그 어머니가 전주 친정에서 가지고 온 재산의 절반은 당연히 정선에게로 오리라고 한다.

어디로 보면 이 청혼에 거절할 이유가 있나. 숭은 속으로는 백 번 승낙하였다. 그러나 숭은 무슨 말이나 한마디 거절하는 말을 아니할 수 없었다. 그러나 그 거절하는 말은 정말 거절이 아니 될 정도의 말이 되지 아니하면 아니 된다.

*

숭은 한참이나 말을 못하고 가만히 앉았다. 그는 고향에 있는 유순이를 생각하였다. 유순이 옥수수 삶은 것을 치맛자락에 싸 가지고 아직 어두운 새벽에 정거장 길에 나와서 자기를 기다리던 것, 말은 못하면서도 자기의 가슴에 안기던 것, 자기가 그 등을 만지고 머리를 만진 것, '내년 여름에 올게.' 하고 자기가 그에게 약속을 준 것과, 순진한 유순은 그 가슴에 자기의 모양을 그리고 기다리고 있을 것을 생각하였다. 숭은 동경에 가서 고등 문관 시험을 치르느라고, 또 서울 돌아와서는 성적 발표를 기다리느라고 구월이 되도록 고향에를 못 갔다. 유순은 얼마나 숭을 기다렸을까. 몇 번이나 아침저녁으로 서울서 오는 차를 바라보고 이번에나, 이번에나 하고 기다렸을까. 만일 숭이 윤 참판의 딸 정선과 혼인을 하여 버린다 하면 유순은 얼마나 슬퍼할까. 얼마나 실망하고 울고 인생을 원망할까. 조선의 딸의 매운 맘으로, 혹은 물에 빠져 죽지나 아니할까. 그뿐 아니라 숭 자신은 의리를 배반하는 것이 아닐까.

'또 농민에게 간다던 맹세는 어찌하나. 일생에 내 한 몸의 고락을 생각지 아니하고, 이 몸을 가루를 만들어서라도 불쌍한 농민 – 조선 민족의 뿌리요 줄거리 되는 농민을 가르치고 인도하여 보다 힘 있고 보다 안락한 백성을 만들자던 맹세는 어찌하나. 한 선생과 여러 동지들에게 큰소리하던 것은 어찌하나. 아니다, 아니다. 나는 윤 참판의 청혼을 거절하여야 한다. 그리고 유순과 혼인을 해 가지고 농촌으로 들어가야 한다!'

이렇게 숭은 속으로 부르짖었다. 그러나 고개를 들어서 윤 참판을 바라볼 때에는 그러한 담대한 말이 나오지를 아니하였다.

'싱거운 일이다!'
하고 숭은 다시 생각을 돌려 본다.

'내가 유순과 약혼을 하였느냐. 그의 몸을 버렸느냐. 내가 유순에게 대하여 지킬 의리가 무엇이냐. 내가 유순을 사랑하는 것은 내 마음밖에 아는 이가 없고, 유순이 나를 사랑하는 것은 유순의 마음밖에 아는 이가 없지 아니하냐. 하느님? 신명? 그런 것이 정말 있느냐. 있기로니 내가 유순에게 죄를 지은 것이 무엇이냐?'

또 숭은 이렇게 생각해 본다.

'유순은 좋은 여자다. 얼굴이나 몸이나 또 맘이나 다 든든하고 아름다운 여자다. 그러나 정선은 더 아름답지 아니하냐. 유순은 보통학교밖에 다닌 일이 없는 시골 계집애, 정선은 신식으로 구식으로 모두 다 컬처가 높은 서울 양반집 딸…….'
하고 숭은 여기서 스스로 제 생각에 아니 놀랄 수 없었다. 왜 그런고 하면 평소에 갑진이 시골, 서울, 상놈, 양반 하는 것을 비웃고 못마땅하게 생각하던 자기에게도 시골보다도 서울을, 상놈보다도 양반을 좋아하는 생각이 뿌리 깊이 숨은 것을 깨달은 까닭이다.

'나와 같이 고등한 교육을 받고, 고등한 정신 생활을 하는 사람이.'

하고 숭은 생각을 계속한다.

'일개 무식한 시골 여자하고 일생을 같이할 수가 있을까. 불만이 아니 생길까. 아니다! 도저히 불만이 아니 생길 수가 없을 것이다! 내가 유순과 혼인을 할 생각을 하는 것은 일종의 호기심이다, 실수다. 그것은 다만 나 자신을 불행하게 할 뿐이 아니라 그보다도 더 유순이라는 죄 없는 여자를 불행하게 하는 것이다. 그렇다. 내가 나를 불행하게 할 권리는 있다 하더라도 남, 유순을 불행하게 할 권리는 없지 아니하냐. 그렇고 말고!'

숭은 마치 큰, 무서운 꿈에서 깨어난 듯한 기쁨과 가여움을 깨달았다. 이러한 분명한 진리를 어떻게 지금까지 생각지 못하였던가 하고 앞이 환하게 열림을 깨달았다.

'그렇지만 농촌 사업은?'

하고 숭은 또 양심의 한편 구석에서 소리를 침을 깨달았다. 그러나 숭의 머리는, 양심은 마치 지금까지 가려졌던 모든 운무가 걷힌 것같이 쾌도(快刀)로 난마(亂麻)를 끊듯이 모든 문제를 해결할 수가 있었다.

'농촌 사업은 정선이하고 하지. 정선이야말로 훌륭한 동지요, 동료가 될 수 있는 짝이 아닌가. 아아, 모든 문제는 해결되었다.'
하고 숭은 한 번 한숨을 내쉬었다. 가슴에 막힌 것이 다 뚫린 듯이 시원하였다. 그리고 자기 전도가 백화가 만발한 꽃동산같이 보였다. 그의 양심, 의리감, 진리감, 이러한 것들은 그 분홍 안개 속에 낯을 감추어 버리고 말았다.

"어서 대답해."

하는 윤 참판의 말이 떨어진 것을 다행으로 허숭은,

"그처럼 말씀하시니 저를 버리지 아니하신다면 하시는 대로 하겠습니다."

하고 분명히 승낙하는 뜻을 표하였다.

*

 허숭과 윤 참판의 딸 정선의 약혼은 성립되었다. 정선으로 말하면 원래 숭을 사랑한 것이 아닐뿐더러 집에 와서 심부름하던 시골 사람을 제 남편으로 삼으려는 아버지의 처사가 불쾌하기조차 하였다. 그렇지마는 정선은 아버지의 뜻이 곧 제 뜻인 것을 안다. 딸은 혼인지사에는 아버지의 명령에 복종할 것이라는 조선의 딸의 전통적 생각을 가졌으므로, 그는 이에 반항하려는 생각은 없고 도리어 숭을 사랑하려고 힘을 썼다. 숭의 좋은 점을 종합해 보았다. 숭의 건강, 도저히 서울 양반 계급에서는 찾아볼 수 없는, 차라리 야만적이라고 할 만한 건강, 그의 남성적인 행동, 힘 있게 다문 입, 보기에는 좀 흉업지마는 억센 손, 어깨, 가슴통, 그의 재주, 그의 아첨하는 빛 없는 솔직한 표정과 음성, 여자에 대하여 심히 범연한 듯한 것, 그의 거무스름한 살빛, 좀 과히 많은 듯한 눈썹, 두툼한 입술, 얼른 보기에 둔하다고 할 만하도록 체격과 태도가 무거운 것……. 이런 것들을 종합하여 정선은 숭을 남성적이요, 영웅적인 남편을 만들었다. 숭의 깊이 있는 눈과 힘 있게 뻗은 코는 더구나 정선에게 인상이 깊었다. 다만 꺼리는 것은 그가 고래로 천대받던 시골 사람이라는 것이다. 이것이 마치 외국 사람과 같은 생각을 주었다. 시골 사람이라면 물지게 장수, 기름 장수, 마름, 산소 주인 이런 것밖에 더 상상할 수 없는, 해라나 하게 이상으로 말할 사람이 없는 듯한 그런 관념을 가진 정선이, 더욱이나 그의 어머니가 문벌 낮은 시골 여자라는 것으로 일가 간에서도 수군거리는 것을 아는 정선에게는 이것이 고통이 아니 될 수 없었다.

  다만 한 가지 위로되는 것은 윤 씨 집에서 가장 존경받는 어른인 한은 선생이 그 딸들을 모조리 시골 사람에게 시집을 보낸 것이었다. 한 사위는 함경도, 한 사위는 평안도, 한 사위는 황해도, 그리고 한은 선생이 가장 사랑하는 손녀 은경도 시골 사람에게 시집보낸다고 노 말하고 있는 것을 보는 것이었다. 한은 선생은 계급 타파, 지방 감정 타파를 위하여서도 이러한 혼인

정책을 쓰지마는, 또 한 가지는 강건한 혈통을 끌어들이려는 것도 한 까닭이었다.

이 모양으로 정선은 그 아버지의 자기 혼인에 대한 처분을 순복하였다.

정선보다도 이 약혼에 타격을 받은 이는 갑진이었다. 갑진은 떼어 놓은 당상으로 정선을 자기의 아내로 생각하였고, 또 윤 참판 집 재산의 반분은 으레 제게로 올 것으로 믿고 있었다. 그리하던 것이 그는 고문 시험에 불합격이 되고(이것은 갑진의 변명에 의하면 자기가 치른 행정과 시험이 숭이 치른 사법과 시험보다 어렵다는 것과, 또 자기는 원래 학자 되기를 지원하기 때문에 시험을 도무지 중대시하지 아니하였다는 것이었다.), 이제 또 그것이 이유가 되어(갑진은 이렇게 생각한다.) 아름다운 정선과 그 재산을 허숭에게 빼앗긴다는 것은 차마 못할 일이었다.

사실상 숭이라는 경쟁자가 아니 나섰던들 정선은 갑진의 것이 되었을 것이다. 숭이 고문 시험에 합격을 못하였더라도 아마 그러하였을 것이다.

"이놈아. 국으로 있지, 백줴 네깟 놈이 고문 시험을 치러?"

하고 동경 가는 차 속에서 뽐내던 갑진의 코가 납작한 것은 말할 것도 없다. 배에서 삼백 원에 산 계집애도 동경에 있는 동안에 숭보다도 갑진을 따랐다. 그래서 마침내 갑진의 것이 되어

버렸다. 이 계집애는 지금 밀양 제 친정에 있거니와 불원에 갑진의 혈육을 낳을 것이다. 갑진이 울고불고 안 떨어진다는 이 여자를 밀양으로 쫓아 보내고 서울로 온 것은 이 말이 윤 참판의 귀에 들어갈 것을 두려워함이었다.

 허숭과 윤정선의 약혼이 발표된 후로 갑진은 윤 참판 집에 발을 끊어 버렸다.

*

 혼인날은 시월 보름이었다. 시월 보름은 공교하게도 음력으로는 구월 보름이었다. 시월 십오일 오후 세 시, 정동 예배당에서 허숭과 윤정선은 만인이 다 부러워하는 혼인식을 하기로 되어 시월 초승에 벌써 청첩이 발송되었다. 허숭 측 주혼자로는 숭의 청에 의하여 한민교의 이름을 썼다.

 한 선생은 속으로 숭의 혼인에 반대의 생각을 가졌으나, 이왕 약혼이 된 것을 보고는 오직 내외 일생에 행복되기를 빌었다.

 "허."

하고 한 선생은,

 "그리되면 서울서 변호사 생활을 하시오."

하고 약혼했다는 보고를 듣던 날, 숭에게 질문의 뜻을 품은 권고를 하였다.

숭은 한 선생의 이 간단한, 평범한 말이 심히 가슴을 찌름을 깨달았다. 마치 한 선생이 자기의 비루한 속을 꿰뚫어 보고 조롱하는 것같이도 생각하였다.

"농촌으로 갑니다."

하고 숭은 대답하지 아니할 수 없었다.

"그럴 수 있나. 서울서 생장한 부인이 농촌 생활을 견디오? 또 농촌 사업만이 사업의 전체는 아니니까, 변호사 생활을 하는 것도 민족 봉사가 되지요. 돈 벌기 위한 변호사가 되지 말고 백성의 원통한 것을 풀어 주는 변호사가 된다면 그것도 민족 봉사지요. 또 변호사란 사람을 많이 접촉하는 직업이니까 좋은 사람을 많이 고를 기회도 있겠지요. 링컨도 변호사 아니오?"

하고 한 선생은 숭의 마음을 안정케 하였다. 숭은 마치 연기가 자욱하여 숨이 막힐 듯한 방에 갇혀 있다가 환하고 시원한 바깥으로 나아갈 문을 찾은 듯하였다. 한 선생의 이 말은 숭 자기의 맘을 안정시키는 말임을 잘 안다. 그러하기 때문에 숭은 한 선생의 발 앞에 엎드려 그 발등을 눈물로 씻고 싶도록 고마웠다.

나중에 한 선생은,

"무엇이든 개인주의로, 이기주의로만 마시오. 허 군 한 몸의 이해와 고락을 표준하는 생각을 말고 조선 사람 전체를 위하여 하겠다는 일만 하시오. 그 생각으로만 가시면 서울에 있거나 시골에 있거나, 또 무슨 일을 하거나 허물이 없을 것이오."
하였다.

이 말에 허숭의 가벼워졌던 몸은 다시 무거운 짐으로 눌리는 것 같았다.

'과연 내 이 혼인이 조선 사람 전체를 위하여 내 몸을 바치기에 가장 적당한 혼인일까.'
하고 허숭은 생각하고 거기 대한 대답을 아니하기로 힘을 썼다.

허숭이 집에 - 윤 참판 집에, 지금은 처가에 돌아왔을 때에는 양복집에서 와서 기다리는 지가 오래였다.

"글쎄 어딜 갔다가 인제 오시우?"
하고 정선이 숭을 대하여 눈을 흘겼다. 벌써 그만큼 친밀하여진 것이었다.

"왜? 걱정하셨어요?"
하는 허숭의 말에,

"하셨어요는 다 무어야? 했소? 그러지. 그저 시골뜨기 티를 못 버리는구려."
하고 정선은 서양 부인이 하는 모양으로 숭을 향하여 손가락질을 했다. 허숭은 약혼한 뒤에도 정선에게 극존칭을 썼다. 말이 갑자기 고쳐지지를 아니한 것이다. 정선은 그럴 때마다 오금을 박았다. 정선은 아무도 다른 사람이 없을 때에는 숭에게 와서 안기기도 하고, 제 조그마한 손을 숭의 큼직한 손에다가 갖다 쥐어 주기도 하였다.

"자, 겨냥해요. 감은 내가 골랐으니."

하고 정선은 숭의 저고리 단추를 끌렀다. 귀에 연필을 낀 젊은 양복장이는 권척을 들고 빙그레 웃으면서 사랑하는 두 남녀의 하는 양을 보았다.

"무슨 양복이오?"

하고 숭은 저고리를 벗으며 웃었다.

"아이, 참! 자, 어서!"

하고 정선도 기가 막히는 듯이 웃었다.

*

숭은 연미복과 모닝과 춘추복 한 벌, 동복 한 벌(딴 바지 하나씩 껴서), 춘추 외투 한 벌, 겨울 외투 한 벌을 맞추고, 정선도 혼인식에 입을 드레스, 기타 철찾아 입을 양복 일습을 맞추었다.

그리고 안에서는 집에 있는 침모 외에 임시로 여러 침모들을 고용하여 신랑 신부의 의복 금침을 마련하고, 또 서양식 장롱과 조선식 장롱과 침대 같은 것도 마련하였다. 그것뿐 아니라 윤 참판은 허숭이 장차 변호사를 개업할 것을 고려하여 재판소도 가깝고, 조강도 한 정동에 한 사십 간 되는 집을 사서, 일변 수리도 하고 일변 도배하고 살림 제구를 준비하였다. 살림 제구뿐 아니라 남녀 하인들까지도 준비하였다.

"너희들이 살 집이니 너희들의 맘대로 꾸며라."

하여 윤 참판은 숭과 정선에게 집을 수리하는 전권을 주었다.

정선이 학교에서 돌아올 때쯤 하여서는, 숭이 미국 영사관 모퉁이에서 기다리다가 둘이 나란히 새 집으로 들어가서 이것은 이렇게, 저것은 저렇게 하고 도배장이와 하인들에게 잔소리를 하였다. 그리고는 장차 어떻게 할 것까지도 의논을 하였다. 그 계획은 거진 날마다 변하는 것이었다.

정선은 이 집이 친정집만 못한 것이 불평이었다. 더구나 양실이 없는 것과 넓은 정원이 없는 것이 불평이었다.

"이 집이 협착해서 어떻게 살어!"

하고 정선은 가끔가다가 짜증을 냈다. 그럴 때에는 숭은 놀랐다. 사십 간 집, 이렇게 좋은 집이 협착하다는 정선을 어떻게 섬겨 가나 한 것이었다.

"가만있으우, 내 변호사 노릇해서 돈 벌어서 저 석조전만 한 집을 하나 지어 드리리다."

하고 웃었다. 그러나 이 말을 한 끝에는 숭은 스스로 놀랐다. '어느새에 나는 내 집만을 크게 꾸미려는 생각이 났는가. 이것이 과연 개인주의, 이기주의가 아니요, 조선 전체를 생각함인가.'
하고.

 둘째로 정선이 이 집에 대하여 불평하는 것은 대문이 평대문인 것과, 바로 대문 앞까지 자동차가 들어오지 못한다는 것이었다. 그것도 숭은 변호사로 돈을 벌어서 해결하기로 하였다.

 서울에서는 숭과 정선의 약혼이 청년 남녀 간에 상당한 센세이션을 일으켰다. 일개 시골 고학생과 서울 양반 만석꾼의 딸과의 배필, 청년 수재와 미인 재원과의 배필, 어느 점이나 센세이션거리 아니 되는 것이 없었다.

 모모 잡지의 시월호에는 숭과 정선의 사진이 나고, 시와 같이 아름다운 기사가 났다.

 이 혼인과 한 쌍이 되는 혼인이 동일 동처에서 거행되게 되었으니, 그것은 곧 한은 선생의 손녀 은경과 청년 발명가 윤명섭의 혼인이다.

 이 혼인에도 한민교가 관계가 되었다. 그것은 한 선생이 한은 선생에게 윤명섭을 소개하고 그 연구비 보조를 청촉하였더니, 한은 선생은 윤명섭의 인물과 내력을 듣고 내념에 사위의 후보로 생각한 것이었다.

그러나 여기는 복잡한 이유가 있었다. 그것은 이건영 박사 문제. 이건영 박사가 심순례라는 여자와 의혼이 되어 서로 사랑의 말을 주고받고, 또,

"선생님, 심 양은 참으로 제가 바라던 여자입니다."

라고까지 하다가 약 일 개월 전부터 돌연히 태도가 변하였다. 이 박사는 순례에 대하여 피하는 태도를 취하였다.

이 태도를 본 순례는 그 아버지 심 주사에게 말하고 심 주사도 한 선생을 청하여 말하였다.

한 선생은,

"그럴 리 없으니 염려 마시오."

하고 심 주사를 돌려보내고는 곧 이 박사를 찾아서 그 연유를 물었다.

그때 이 박사의 대답은,

"제가 생각한 바가 있습니다. 그것은 심 양과의 혼인이 저보다도 심 양에게 큰 불행일 것을 깨달은 것입니다. 그러니까 저로는 관계가 더 깊이 들어가기 전에 끊는 것이 심 양을 위한 도리인가 합니다."

*

이 박사의 말을 들은 한 선생은 크게 놀랐다. 이 일은 도저히 있을 일이 아니었다. 그가 믿었던 이건영은 이러한 사람이 아니었다. 이건영이 심순례에 대한 약속을 헌신짝같이 내버리는 것은, 그가 의리라는 관념을 잊어버렸거나 또는 여자를 희롱한 것이거나 둘 중에 하나였다. 이중의 어느 것도 한 선생이 평소에 믿고 있던 이건영 박사로는 할 수 없는 일이었다.

"그게 정말요?"

하고 한 선생은 하도 어이가 없어서 이 박사에게 물었다.

"네, 그것이 옳다고 생각하였습니다."

하고 이 박사는 자신 있는 듯이 대답하였다.

"그러면 이 박사는 심순례를 사랑하지 아니한단 말이오?"

하고 한 선생은 다시 물었다.

"심순례를 사랑은 하였습니다."

"그런데?"

"그렇지만 순례 씨와 아직 혼인을 약속한 일은 없었습니다."

"여자를 사랑하는 것과 혼인을 약속하는 것이 다른 일이오?"

하고 한 선생은 다시 물었다.

"사랑이 혼인의 전제는 되겠지요. 그러나 사랑과 혼인은 전연 다른 것인가 합니다."

"그러면 심순례를 사랑하지만 혼인은 못하겠단 말씀이오?"

"그렇습니다."

"그 이유는 무엇이오?"

"이 혼인이 두 사람에게 행복되지 못하겠다는 것입니다."

"왜 행복되지 못해요?"

"……."

"그러면 처음부터 이 여자와는 혼인할 생각을 아니 두고 사랑을 시작하셨소?"

"그런 것은 아닙니다."

"그러면 혼인할 생각을 가지고 사랑하였소?"

"네."

"그러면 어째서 그 사랑이 변하였소?"

"사랑이 변한 것은 아닙니다."

"그러면 무엇이 변하였소?"

"……."

"그 여자와 혼인해서는 아니 될 무슨 사정이 생겼나요?"

"그런 것도 아닙니다."

"그러면 어찌해서 그동안 거진 반년이 가깝도록 그 여자에게는 혼인한다는 신념을 주어 놓고, 그 여자의 집에서는 혼인 준비까지 하고 있는 이때에 돌연히 그 여자와 교제를 끊는다고 하시오?"

"기실은 부모가 반대를 하십니다."

하고 이 박사는 고개를 숙인다.

"부모께서?"

"네."

"부모께서 무어라고 반대를 하시는가요?"

"이 혼인이 합당치 아니하다고요."

"무슨 이유로?"

"그것까지는 말할 수가 없습니다."

"그러면 이 박사는 부모의 반대를 예상하지 아니하고 심순례와의 혼인을 목적하고 심순례라는 여자를 사랑하였는데, 불의에 부모께서 반대를 하시니까 못한단 말씀이오?"

"그렇습니다. 자식 된 도리에, 십여 년이나 못 뵈시던 부모님의 뜻을 거역하여서까지 제가 사랑하는 여자와 혼인을 할 수야 있습니까."

하고 이 박사는 가장 엄숙한 태도를 취하였다.

한 선생은 이윽히 이건영을 바라보며 그의 얼굴과 눈에 나타난 양심의 말을 읽으려는 듯이 가만히 생각하고 있더니, 비창하다고 할 만한 어조로,

"나는 이 박사를 지사로 믿고 또 친구로 사랑하오. 그러니까 나는 이 박사에게 생각하는 바를 꺼리지 아니하고 말하오마는, 이 박사의 이번 일은 크게 잘못된 일이오. 이 박사는 자기의 인격의 약점을 부모에게 대한 의리라는, 듣기에 매우 노블한 말로 꾸미려는 것이라고밖에 생각되지 아니하오."

*

"선생님, 그것은 저를 너무 무시하시는 것입니다."
하고 이건영은 분개하였다.
"내가 이 박사를 크게 믿던 바와 어그러지니까 하는 말이오."
하고 한 선생은 이건영을 책망하는 눈으로 바라보았다.
"제가 부모에게 대한 의리를 지키는 것을 어찌해서 이해하시지 아니합니까."
하고 이건영은 자못 강경한 어조로 항의하였다.
"이 박사는 그러면 심순례라는 여자가 부모께서 반대하시는 바와 같이 이 박사의 배필이 될 가치가 없다고 생각하시오?"
하고 한 선생은 다시 부드러운 음성으로 물었다.
"그렇지는 않습니다. 절대로 저는 심 양을 부족하다고 생각하는 것은 아닙니다. 다만 부모가 반대하시니까, 자식이 되어서 부모의 뜻을 거역하고까지 제가 좋아하는 여자를 사랑할 수 없다는 것뿐입니다. 그것이 어찌해서 옳지 아니합니까. 저는 요새 청년들이 연애는 자유라고 해서 부모의 의사를 무시하는 것에 반감을 가집니다. 자식 된 자는 혼인 같은 중대사에 있어서는 부모의 의사를 존중할 것이라고 믿습니다."
하고 건영은 뽐냈다.

"이 박사의 말씀이 대단히 옳소이다."
하고 한 선생은 앉은 자세를 고치어 몸을 교의에 기대고,

"허지마는 이 박사에게는 두 가지 과실이 있소이다. 첫째는 만일 그렇게 부모의 의사를 존중한다 하면 심순례를 사랑하기 전에 먼저 부모의 의향을 듣지 아니한 것이외다. 둘째는 이 박사가 부모의 받으실 타격과 심순례라는 여자가 받을 타격의 경중을 잘못 판단한 것이외다. 만일에 이 박사가 부모께서 반대하심도 돌아보지 아니하고 심순례와 혼인을 하신다면 부모께서는 응당 불쾌하심을 가지실 것이니 그만한 정도의 타격을 받으실 것이외다. 그러나 이제 이 박사가 심순례와 혼인을 아니하신다면 심순례는 여자의 일생에 그 이상이라고 할 것이 없는 대타격을 받을 것이외다. 혹 그 여자는 자살을 할는지도 모르고, 혹 그 여자는 일생에 혼인을 아니하고 혼자서 불행한 생활을 할는

지도 모를 것이외다. 그렇다 하면 부모께서 받으실 타격은 가벼운 타격, 스러질 수 있는 타격이지마는, 심순례가 받을 타격은 회복할 수 없는 무거운 타격일 것이외다."

하고 한 선생은 다시 어조를 고치어,

"그뿐만 아니라 원래 의리란 사회 존립을 중심으로 보면 가까운 데보다 먼 데가 더 무거울 것이외다. 가령 채무로 본다 하면 형제 간에 또는 친우 간에 갚을 빚보다도 서투른 이에게 갚을 빚이 더 무거운 빚이외다. 왜 그런고 하면 가까운 이는 여러 가지 사정을 이해할 수도 있고 용서할 수도 있지마는 서투른 남은 그러할 수가 없는 것이외다. 원래 도덕이란 나와 내게 속한 이를 위하여 나 이외 사람에게는 손해를 주지 않는 것이 본의이니까 윤리학을 연구하신 이 박사는 나보다도 그 점을 잘 아실 줄 압니다."

하고 한 선생은 한층 소리를 높이고 한층 힘을 더하여,

"별로 이유도 없는(부모께서는 심순례라는 여자를 모르시니까 심순례 개인에 관한 무슨 반대할 이유는 없을 것이오.) 부모의 반대를 이유로 혼인을 믿게 하는 모든 말과 행동을 한 뒤에 그 여자를 차 버린다는 것은 아무리 생각하여도 칭찬할 행동이라고 할 수는 없다고 생각합니다. 그렇게 생각지 아니하시오?"

"저는 그렇게 생각지 아니합니다. 행복될 가망이 없는 혼인은

미리 아니하는 것이 옳다고 생각합니다."

하고 이건영은 대항하는 어조였다.

"이 박사는 조선의 지도자가 되려거든 그 개인주의 행복설의 도덕관을 버리시오!"

하고 한 선생은 자리에서 일어났다.

*

한 선생은 일어나서 마루 끝에 서서 남산을 바라보면서도 가끔 고개를 돌려 이건영을 엿보았다. 그는 이건영의 입에서,

'제 생각이 잘못되었습니다.'

하는 말이 나오기를 바라는 것이었다.

한 선생은 이미 누구에게 들은 말이 있었다. 그것은 한은 선생이 이건영으로 그 손녀 은경의 사위를 삼으려 한다는 말이었다. 한은 선생은 그 집에 이건영을 청하여 만찬을 대접하고 그 석상에서 그 부인 이하 모든 가족을 이건영에게 소개하였고, 그 자리에서 은경도 소개하였다.

은경은 그날 이건영이 보기에 대단히 귀족적이었다. 몸이 가냘프나 그 가냘폰 것이 도리어 건영에게는 귀족적으로 보였다.

그 얼굴이나 몸맵시나 이 세상 사람은 아닌 듯한 우아함이 있었다. 이건영의 생각에 이 우아함은 도저히 심순례에게서 찾을 수 없었다고 하였다. 그때에 이건영은,

'아아, 내가 왜 벌써 심순례라는 여자와 깊이 사귀었나. 그를 내 아내로 알고 있었나. 내게는 그보다 더 훌륭한 아내가 있지 아니한가. 아아, 내가 경솔하였다!'

이렇게 후회하였다.

그러나 이건영은 다시 도망할 길을 찾아냈다.

'그렇지만, 그렇지만, 내가 심순례와 약혼한 것은 아니거든. 약혼을 발표한 것은 아니거든.'

하고 혼자 다행으로 여겼다.

딴은 이건영은 심순례와 약혼은 아니하였다. 한 선생이 심 주사의 뜻을 받아 이건영에게 약혼을 청할 때에, 이건영은,

"선생님, 그것은 일편의 형식이 아닙니까. 약혼은 다 무엇입니까."

하였다. 이 말을 한 선생은 그대로 믿고 심 주사 내외나 심순례도 그대로만 믿었다. 그리고 이 박사의 취직 문제가 해결이 되는 대로 혼인식은 거행될 것으로 믿었다. 사실상 심 주사 집에서는 혼인 준비를 하고 있었다. 더구나 이건영이 공주에 가 있는 동안에 순례에게 하루 건너 한 장씩 보내는 편지를 보고는

아무도 이 혼인을 의심할 사람은 없었던 것이다. 그 편지들 중에 아무것이나 한 장을 골라 눈에 띄는 대로 읽어 보자.

'어젯밤은 도무지 잠을 이루지 못하였소. 그것은 웬일인지 아시오? 그대 때문이오. 그대를 내 품에 품어 영원히 놓지 아니하고 싶은 때문이오.'

또 어떤 곳에는,

'아아, 내 순례여. 이 세상에 오직 하나인 내 순례여. 그대는 어떻게 이렇게도 내 피를 끓이는가. 내게서 사라졌다고 생각하였던 정열이 어떻게도 그대의 고운 눈자위, 보드라운 살의 감촉으로 이렇게도 불타게 하는가. 아아, 그대의 살의 감촉, 그 뜨거운 체온!'

이 모양이었다.
그러나 이러한 편지가 온 뒤로는 통신이 뚝 끊겼다. 그가 공주를 떠나 광주로 목포로 다니는 동안에도, 그가 여행을 마치고 서울로 올라온 뒤에도, 그는 순례에게 대해서는 편지 한 장, 말 한마디 없었다.

이것이 곧 은경에게 관한 말을 들은 뒤였다. 이 말을 들은 것은 공주에서였다. 한은 선생은 공주에 있는 그의 족질을 시켜 이건영에게, 서울 오는 대로 만날 것을 말하였고, 그 족질은 이것이 혼인에 관한 일이라는 것을 말하였다. 한은 선생의 족질이라는 이는 미국에서 이건영과 동창이었던 사람이다.

한 선생은 이러한 사정을 자세하게 알지는 못하나 대강은 들었다.

'그러나 설마.'

하고 한 선생은 이건영을 믿어서 스스로 부인하였다. 은경과 건영의 혼인 말이 심 주사 집에까지 굴러 들어가서 심 주사가 한 선생을 찾아왔을 때에도, 한 선생은,

"이 박사는 그럴 리가 없습니다. 십 년을 못 볼 곳에 있더라도 그럴 리가 없습니다."

하여 굳세게 부인하였었다.

"선생님, 저는 갑니다."

하고 이건영이 일어났다.

"내게 더 할 말이 없소?"

하고 한 선생은 힘 있게 물었다.

"없습니다."

하고 이건영은 퉁명스럽게 대답하고 대문 밖에 나섰다.

한 선생이 이건영을 따라 대문 밖에 나설 때에, 무심코 한 선생 집을 향하고 걸어오던 심순례가 이건영을 보자마자,
"악!"
한마디 소리를 지르고는 비틀비틀 땅에 쓰러지려 하였다. 한 선생은 얼른 순례를 안아 일으키었다.

*

순례가 한민교의 팔에서 기절하는 것을 보고 이건영은 손에 들었던 지팡이를 땅에 떨어뜨리도록 놀랐다. 그러나 그는 곧 지팡이를 집어 들고 빠른 걸음으로 골목을 빠져나가 버렸다.

한민교는 순례를 안아 방에 들여다 뉘었다. 부인과, 한 선생의 딸 정란은 놀라 어안이 벙벙하였다.

"냉수 떠 와!"
하고 한 선생은 소리를 질렀다. 한 선생은 해쓱한 순례의 낯에 냉수를 뿌리고 손발을 주물렀다.

이때에 허숭이 말쑥한 스코치 춘추복에 스프링코트를 벗어 팔에 걸고 들어왔다. 그는 학생복을 입었을 때보다 훨씬 훌륭한 신사가 되었다. 아무도 그를, 바로 몇 달 전까지 남의 집 심부름

을 하고 고학하던 사람으로 볼 수 없었다. 그러나 그의 얼굴에 벌써 만족의 빛이 나타나고 분투하려는 힘이 줄었다.

허숭은 혼인에 관한 의논을 하려고 한 선생을 찾아온 것이었다. 허숭은 순례의 꼴을 보고,

"웬일입니까?"

하고 한 선생에게 물었다.

이때에 순례는 정신을 돌려서 눈을 떴다. 한 선생은 허숭의 말에는 눈으로만 대답하였다. 그 눈에는 눈물이 흐르고 있었다.

허숭은 안동 네거리에서 이건영을 만난 것을 연상하여, 얼른 이건영과 심순례 사이에 일어난 비극을 연상하였다. 그도 어디서 얻어들은 이건영과 은경의 혼인말도 연상하였다. 그리고는 한 선생의 대답을 들을 필요가 없이 다 의문이 해결된 듯하였다. 허숭은 가슴에 무엇이 찔림을 깨닫고 이 자리에 있는 것이 합당치 아니함을 느껴 한 선생의 집에서 나왔다.

'유순!'

하는 생각이 허숭의 가슴을 찌른 것이다. 만일 자기가 정선과 혼인하는 것을 안다고 하면 유순도 저렇게 되지나 아니할까, 저보다 더한 비극을 일으키지나 아니할까 할 때에 허숭은 전율을 깨달았다. 허숭은 정처 없이 발 가는 데로 걸었다.

정신을 차린 순례는 한 선생 앞에 엎드려서 울기를 시작했다.

"순례!"

하고 한 선생은 손으로 순례의 어깨를 흔들었다.

순례는 억지로 고개를 들었다.

"선생님 저는 어떡허면 좋습니까."

하고 물었다.

"큰사람이 되지!"

하고 한 선생은,

"지금까지는 이건영이란 사람의 아내가 되는 것으로 목적을 삼았지마는, 이제부터는 조선의 아내가 되고 어머니가 되기로 목적을 삼어. 내가 사람을 잘못 보아서 순례에게 소개한 것을 가슴이 아프게 생각하지마는, 그것도 다 순례를 큰사람 만들려는 하느님의 뜻으로 알고, 새로운 큰 길을 찾을 수밖에 없지 아니한가."

하고 한 선생은 잠시 말을 끊었다.

"그래도 제게는 너무도 견디기 어려운 아픔입니다."

하고 순례는 또 느껴 울기를 시작하였다. 순례의 어깨가 흔들리는 것을 볼 때에, 한 선생도 눈을 감아 눈에 맺힌 눈물을 떨어 버렸다. 정란도 구석에 서서 울었다.

순례는 오랫동안 오랫동안 건영에게서 소식이 없는 것을 이상하게 알았고 또 여러 가지 풍설도 들었지마는 그는 한 선생을 믿는 것과 같이 건영을 믿었던 것이다. 그러다가 오늘 아침에 학교 동무로부터서 건영과 은경이 오늘 저녁에 은경의 집에서 약혼식을 한다는 말을 들은 것이었다.

*

순례는 그저 울다가 돌아갔다.

"너 이 박사를 한 번 만나 보련?"

하고 한 선생이 물으면, 순례는,

"만나면 무얼합니까."

하고,

"그러면 네 생각에는 어찌하면 좋으냐?"

고 물으면,

"어떡헙니까."

할 뿐이었다. 순례는 오직 눈물뿐이었다. 불완전한 말로는 이 짓밟힌 처녀의 가슴의 아픔을 도저히 발표할 수 없는 듯하였다.

"그까짓 녀석을 무얼 생각하니?"

하고 그 어머니가 위로할 때에도 순례는 다만,

"그래두."

하고 한마디를 할 뿐이었다.

"한 번 만나보고 실컷 야단이나 쳐 주렴."

할 때에도, 그는,

"그건 그래서 무엇하오?"

할 뿐이었다.

순례는 이건영으로 하여서 받은 아픔을 아무에게도 말하지 아니하고, 오직 제 가슴에 싸 두고 혼자 슬퍼할 작정이었다. 그러나 그는 밤중이면 제 방에서 일어났다 누웠다 부스럭거리는 양을, 그 부모는 가슴이 미어지는 듯이 아팠다고 한다.

순례는 한 선생의 집에서 돌아오는 길로 이건영에게서 온 편지와 사진을 꺼내 모두 불살라 버렸다.

"그건 왜 살라 버리니? 두었다고 증거품으로 그놈을 한 번 혼을 내지."

하면 그는,

"그건 무얼 그러우?"

할 뿐이었다. 그리고는 혼자 울 뿐이었다.

순례가 돌아간 뒤에 한민교는 한참이나 괴로워하였으나, 마침내 모자를 쓰고 나가 버렸다.

"아버지, 저녁 잡수세요."

하고 대문까지 따라 나가서 묻는 정란에게, 한 선생은,

"오냐."

하고 가 버렸다.

한은 선생은 사랑에 있었다.

"아, 청오시오?"

하고 한민교를 반가이 맞았다. 청오는 한민교의 당호였다.

"아, 참, 마침 잘 오셨소이다."

하고 한은 선생은 희색이 만면하여 하얀 아랫수염을 만지며,

"그렇지 아니해도 지금 사람을 보내서 오시랄까 하였던 길이외다."

하고 한은은 매우 유쾌하였다.

"오늘 이건영 군과 내 손녀와 약혼을 하기로 되어서, 약혼 피로랄 것도 없지만 집안사람들끼리 저녁이나 같이 먹으려고 해서. 들으니까 건영 군은 선생께 수학도 하였고 또 많이 지도를 받았다고도 하고……. 어, 그런데 마침 잘 오셨소이다."

하고 한 선생은 말을 꺼낼 새도 없이,

"이 애, 저 이 박사 이리 오시라고 하여라."

하고 곁에서 놀고 있는 칠팔 세나 되었을 손자를 시킨다. 손자는 조부의 명령을 듣기가 바쁘게 안으로 뛰어 들어갔다.

"그래 건강은 어떠시오?"

하고 그제야 한은은 한민교에게 인사를 하였다.

"괜치 않습니다."

하고 한민교는 모든 말하기 어려운 사정을 누르고,

"그런데 제가 선생께 온 것은 약혼이 되기 전에 한 말씀 여쭐 말씀이 있어서 온 것입니다. 그러나 벌써 약혼이 되었다면, 저는 이 말씀을 아니하는 것이 옳을까 합니다. 벌써 약혼은 되었습니까?"

하였다.

한은 선생은 그 큰 눈을 더욱 크게 뜨고 놀라는 빛을 보였다.

"이 약혼에 관한 말씀이오?"

하고 한은은 겨우 물었다.

"그렇습니다."

하는 말은 더욱 한은에게 큰 충격을 주었다.

이날 밤에 탑골 공원 벤치에는 어떤 젊은 신사 하나가 고개를 푹 수그리고 앉아 있었다. 그는 이건영이었다.

*

공원 벤치에 앉은 이건영 - 그는 마치 구만 리나 높은 하늘에서 나락의 밑으로 떨어진 듯하였다. 그에게는 이제는 재산 있고, 양반이요, 명망 높은 집 딸인 은경도 없고, 그를 따라올 재산도 없고, 또 아마도 열에 아홉은 다 될 뻔하였던 연전 교수의 자리도 틀어져 버렸다. 왜 그런고 하면 한은 선생은 연전의 이사요, 아울러 유력하게 이건영을 추천한 사람이었기 때문이다.

이러한 장래 일도 장래 일이거니와, 아까 한은 집에서 일어난 일 – 자기의 망신을 생각할 때에 건영은 마치 앉은 벤치와 함께 땅속으로 들어가고 싶었다.

한민교가 한은과 같이 앉은 것을 보고 건영은 가슴이 내려앉았다. 그러나 설마 하고 건영은 다만 하회를 기다릴 수밖에 없었다.

손님들이 오고 나중에는 시골서 올라온 건영의 아버지까지도 왔다. 저녁상이 나왔다.

한은 선생은 아무 일도 없는 듯이 이런 이야기 저런 이야기로 세상 이야기를 꺼냈다. 마치 약혼에 관한 것은 잊어버리기나 한 듯이.

건영은 초조한 맘으로 한은 선생의 입에서 오늘 모임의 목적인 혼인 말이 나오기를 바랐으나 식사가 거진 다 끝나도록 아무 말이 없는 것을 보고는, 한은 선생의 입에서 무슨 무서운 선고나 아니 내릴까 하여 도리어 그 음성이 무서워서 감히 한은 선생 쪽으로 눈을 향하지를 못하였다. 건영도 남과 같이 수저를 움직이기는 하였지마는 무엇을 집었는지, 무엇이 입에 들어갔는지 말았는지를 알지 못하였다.

식사가 다 끝난 뒤에 한은 선생은 한참이나 입을 우물우물하고 침묵을 지켰다. 손님들은 어리둥절하였다.

마침내 한은 선생의 입이 열렸다.

"오늘, 이건영 박사와……."

하고 한은 선생의 말이 열릴 때에 건영은 등에다가 모닥불을 끼얹는 듯하고 눈이 아뜩하였다.

"오늘, 이건영 박사와 내 손녀와 약혼을 하려고 하였는데 의외의 사정이 생겨서 아니하기로 되었소이다. 그 사정이 무엇인지는 내가 말하기를 원치 아니하지마는, 다만 내가 분명치 못해서 그리 된 것만은 사실이외다."

하고 냉랭하게, 그러나 엄숙하게 말을 맺고, 특별히 건영의 아버지 되는 이 장로를 향하여,

"모처럼 먼 길을 오셨는데, 일이 이렇게 되니 미안하기 그지없소이다."

하였다.

건영의 등에서는 기름땀이 흐르고, 이 장로의 낯은 파랗게 질렸다. 이 장로도 벌써 이 일이 무엇인지를 알기 때문이었다. 사실상 이 장로는 건영과 순례의 관계를 알았고, 또 기뻐하였던

사람이다. 그러나 한은 선생의 손녀인 은경의 혼인 말이 있다는 것을 그 아들 건영에게서 듣고는 그 아들과 함께 순례로부터 은경에게로 맘이 옮아온 것이었다.

이 장로는 그래도 체면상 이 망신에 대해서 한마디 항의를 아니 할 수 없었다.

"지금 선생께서 영손애와 제 자식과 혼인 못할 사정이 있다 하시니 그 사정을 말씀해 주셨으면 좋겠습니다."
하였다. 그의 음성은 심히 냉정하지마는 떨림을 머금은 것은 숨길 수가 없었다.

"그것은 아니 물으시는 것이 좋겠소이다. 만일 묻고 싶으시면 자제에게 물으시는 것이 좋겠습니다."
하고 한은 선생은 대답을 거절하였다.

이러한 광경을 보고 건영은 슬며시 자리에서 일어나서 밖으로 나와 버렸다.

나와 가지고는 발이 가는 대로 가는 것이 탑골 공원이었다. 그가 나온 뒤에 어떤 광경이 연출된 것을 건영은 모른다. 그러나 건영의 일생이 파멸된 것만은 분명히 느꼈다.

*

 이리하여 건영과 은경의 혼인이 틀어지고 말았고, 그 결과로 발명가 윤명섭과 은경의 혼인이 맺어지게 된 것이었다. 그것이 또 우연한 인연으로 허숭과 정선의 혼인과 한날인 시월 십오 일에 정동 예배당에서 거행되게 된 것이었다.

 탑골 공원 벤치에 앉은 건영은 이른바 윗절에도 못 미치고 아랫절에도 못 미치는 격이어서 순례와 은경을 둘 다 잃어버리고 말았다. 이것이 모두 한민교의 책동인 것을 생각하면 한민교를 찾아가서 그 다리라도 분질러 주고 싶었다. 그러나 건영에게는 그런 용기도 없었다. 다리를 분지르기는커녕, 한 선생과 면대하여 톡톡히 항의를 할 용기도 없었다. 그것은 제 잘못도 잘못이거니와 원체 그만한 기력이 없었다.

 건영은 가슴이 텅 빈 것 같아서 도무지 맘을 둘 곳이 없었다. 조선에는 젊은 여자가 많다. 순례나 은경이 아니기로 여자 없어서 사랑 맛 못 보랴. 이렇게도 생각해 보았다. 그러나 아무리 생각하여도 순례나 은경이만 한 여자는 쉽사리 얻어 만날 것 같지를 아니하였다.

 '그러면 순례헌테로 다시 돌아갈까.'
 이렇게도 건영은 생각해 보았다.

'순례는 참된 여자라 만일 내가 돌아간다면 반드시 모든 것을 용서하고 환영해 줄 것이다. 그렇고 말고, 순례는 그렇게도 맘이 착하고 너그러운 여자다. 한 번 맘을 작정하면 변할 줄 모를 여자다. 그렇고 말고, 나는 순례헌테로 돌아갈까.'

건영은 이렇게 생각하매 맘이 가벼워지고 캄캄한 앞길에 한 줄기 빛이 비쳐 옴을 깨달았다.

"요, 이거 누구요? 이 박사 아니오?"

하는 술 취한 소리와 함께 건영의 어깨를 치는 사람이 있었다. 그것은 김갑진이었다. 그리고 모를 청년 둘이었다.

건영은 비밀히 하던 생각을 들키기나 한 듯이 일변 놀라고 일변 낯을 붉히며 벌떡 일어났다.

"그런데 웬일이야?"

하고 갑진은 건영의 목에 팔을 걸어 앞으로 잡아끌며,

"들으니까 윤은경이허고 약혼을 했다데그려. 자, 오늘 한 잔 내게."

하고 두 동행을 한 팔로 끌어당기며,

"이놈들아, 이리 와. 이 양반은 누구신고 하니 말이다, 저 아메리카 가서서 닥터 오브 필로소피를 해 가지고 오신 양반이란 말이다, 하하. 이 박사, 여보 이 박사, 이놈들은 내 동문데, 대학을 졸업하고도 소학교 교사 하나 못 얻어 하고 꼬르륵꼬르륵 밥을 굶는 못난 놈들이란 말요. 내님도 그렇지마는, 하하."

"이놈아."

하고 동행 중에 하나가 갑진의 뺨을 손가락으로 찌르며,

"이놈아, 네놈은 계집까지 빼앗기지 않았어? 못난 놈 같으니. 우리는 직업은 못 얻고 카페 사진(仕進)은 할망정 오쟁이는 안 졌단 말이다, 오라질 놈."

"이놈들아."

하고 갑진은 고개를 숙이고 머리를 득득 긁으며,

"아서라 이놈들아, 그 말일랑 제발 말어라, 하하하헙. 이런 제길. 이 박사, 이놈들의 말 믿지 마시우. 내가 어디로 보면 오쟁이 질 양반이오? 하하하홉. 자, 이 박사, 폐일언하고 우리 카페 가서 한 잔 먹읍시다. 이 박사와 같이 만사가 순풍에 돛을 달고 뜻대로 되는 이는 우리네 같은 룸펜을 한 잔 먹여야 한단 말이오. 경칠 것, 가자."

하고 갑진은 두 팔로 세 사람의 목을 멍에를 매어 끌었다. 건영은 후배인 갑진에게 이러한 대접을 받는 것이 불쾌하였으나 갑진의 팔을 뿌리칠 기운이 없었다.

*

갑진은 공원을 나와서 이 박사와 두 동무를 끌고 낙원동 어느 카페로 들어갔다.

붉은 등, 푸른 등, 등은 많으나 어둠침침한 기운이 도는 방에는 객이라고는 한편 모퉁이에 학생인 듯한 사람 하나가 웨이트리스 하나를 끼고 앉아서 이야기를 하고 있을 뿐. 아직 손님은 많지 아니하였다.

"이랏샤이."

하는 여자,

"어서 오십시오."

하는 여자, 사오 인이나 마주 나와서 네 사람을 맞았다. 모두 얼굴에는 회 됫박을 쓰고, 눈썹을 길게 그리고 입술에는 빨갛게 연지를 발라 금시에 쥐를 잡아먹은 고양이 주둥아리 같고, 눈 가장자리에는 검은 칠을 해서 눈이 크게 보이려고 애를 썼다. 그들은 고개를 갸우듬하고 엉덩이를 내두르고, 사내 손님에게 대해서는 마치 남편이나 되는 듯이, 적어도 오라비나 되는 듯이 응석을 부렸다.

"아이, 왜 요새에는 뵙기가 어려워요?"

하고 양복 입은 계집애는 갑진의 손을 두 손으로 잡아다가 제

뺨에 비볐다.

"요것이 언제 보던 친구라고 요 모양이야?"

하고 갑진은 주먹으로 그 여자의 볼기짝을 소리 나도록 때렸다.

"아야, 아야, 사람 살리우!"

하고 그 여자는 갑진의 뺨을 꼬집어 뜯고 성낸 모양을 보이며 달아났다.

네 사람은 테이블 하나를 점령하였다. 의자는 푸근푸근하였다. 테이블에는 오일클로스를 깔아서 살을 대기가 불쾌하였다.

"위스키, 위스키!"

하고 갑진은 집이 떠나갈 듯이 호령하였다. 그러고 나서는 갑진은 예쁘장한 계집애 하나를 무르팍 위에 앉히고 으스러져라 하고 꼭 껴안았다. 다른 사람 곁에도 계집애들이 하나씩 앉아서 껴안아 주기를 기다리는 듯하였다.

유리잔에 위스키 넉 잔이 테이블 위에 놓였다.

"이년들아, 너희들은 안 먹니?"

하고 갑진은,

"에이! 멘도우쿠사이! 병째로 가져오너라. 백마표, 응?"

"오라잇!"

하고 한 여자가 술 벌여 놓은 곳으로 갔다. 거기는 회계 당번인 여자와 남자 사무원 하나가 점잔을 빼고 앉아 있었다.

여덟 잔에 노르끄무레한 위스키가 따라진 뒤에 갑진은 술잔을 들며,

"제군! 미국 철학 박사 이건영 각하와 윤은경 양의 약혼을 축하하고 두 분의 건강을 빕니다."

하고 잔을 높이 들었다. 다른 두 사람도 갑진과 같이 잔을 높이 들었다. 오직 이 박사만이 술잔을 들지 아니하였다.

"드세요!"

하고 한 친구가 재촉하였다.

갑진은 술잔을 든 채로 로봇 모양으로 물끄러미 건영을 바라보았다. 그러나 갑진의 눈은 '이놈!' 하는 빛을 띠고.

"나, 나, 나는."

하는 건영의 입술은 떨렸다.

"나는 약혼한 것이 아니야요. 또 장차도 약혼할 생각도 없고, 또……."

"이건 왜 이래?"

하고 갑진은 들었던 잔을 도로 놓으며,

"대관절 어찌 된 심판야. 약혼 축하 건배를 하다 말고 정전이 되니 이거 될 수 있나."

다른 사람들도 들었던 잔을 도로 내려놓았다.

"아, 약혼하셨어요?"

하고 건영의 곁에 앉은 계집애가,

"나는 멋도 모르고 짝사랑야."

하고 팔을 들어 건영의 목을 안는다.

"약혼 아니오."

하고 건영은 힘없이 말하였다.

*

"대관절 웬일이오?"

하고 갑진은 아주 점잖게 건영을 보고 동정 있는 음성으로,

"그래, 정말 약혼을 아니했단 말요?"

하고 묻는다.

"아니했어요."

하는 건영의 음성은 비창했다. 두 친구와 계집애들의 시선은 건영에게로 옮았다. 다들 이상하구나 하는 듯하였다.

"그럼 오쟁일 졌구려?"

하고 갑진의 눈은 빛났다.

건영은 픽 웃었다. 다른 사람들도 웃었다.

"아따, 그러면 오쟁이 진 위로로 건배. 자, 다들 이 박사의 오

쟁이 진 위로로 잔을 들어, 하하하."

하고 갑진은 위스키를 죽 들이켰다.

다른 사람들도 들이켰다. 건영만 가만히 앉았다.

"이건 사내가."

하고 갑진은 건영의 잔을 들어 건영의 입에다가 대며,

"사내가 오쟁이를 졌다고 여상고비하게 기운이 죽어서야 쓰나. 자, 벌떡벌떡 들이켜 보우. 세상에 계집애가 그 애 하나밖에 없나. 수두룩한데 무슨 걱정야. 자, 이년아. 이건 무얼하고 있어? 자, 이 양반 입을 벌리고 이 술을 좀 흘려 넣어!"

하고 건영의 곁에 앉은 시즈코라는 계집애를 향하여 눈을 흘긴다. 시즈코라는 계집애는 물론 조선 계집애지마는 다른 카페 계집애들 모양으로 일본식 이름을 지었다. 시즈코는 한편 눈이 좀 작은 듯하지마는 하얗고 부드러운 살결이라든지, 통통한 몸매라든지, 꽤 어여쁜 편이요, 또 천태도 적은 편이었다. 건영은 그 손이 순례의 손 비슷하다고 생각하였다.

"아, 잡수세요!"

하고 시즈코는 건영의 목을 껴안고 갑진에게서 받은 위스키를 건영의 입에 부어 넘겼다. 술은 건영의 입으로 흘러들어갔다.

한 잔 두 잔 독한 위스키는 사람의 양심이라는 알코올에는 심히 약한 매균을 소독하여 버렸다. 그들은 더욱 노골적으로 동물

성을 폭로하였다. 계집애들을 껴안고 음담을 하고 못 만질 데를 만지고 입을 맞추고…….

"원체 혼인이란 것이 시대착오거든. 약혼이란 것은 시대착오의 자승이고. 안 그런가, 이 사람들아."
하고 갑진이 또 화제를 꺼낸다.
"암, 그렇고 말고."
하는 것은 지금까지 침묵을 지키던 문학사다. 눈이 가늘고 입이 좀 삐뚜름한, 약간 간사 기가 있을 듯한 사람이다.
"혼인은 해서 무얼하나. 천하의 여성을 다 아내로 삼으면 고만이지. 오늘은 시즈코, 내일은 야스코, 안 그러냐 요것아."
하고 문학사는 시즈코의 허리를 껴안는다. 그는 시즈코를 못 잊는 모양이었다.
"왜 이래?"
하고 시즈코는 문학사의 팔을 뿌리치며,
"나는 이 양반허구 약혼할 테야. 이 박사하고. 무슨 박사, 김박사? 아니, 이를 어째 용서하세요, 응. 이 박사, 나허구 약혼하세요, 응? 혼인은 말구 약혼만 해, 응?"
"애, 시이짱, 너는 대관절 몇 번째나 약혼을 하니?"
하고 의학사가 묻는다.
"나요? 이 양반과는 첫 번이지."

하고 시이짱이라는 시즈코는 의학사인 거무스름한, 건장한 키 작은 사람을 향하여 눈을 흘긴다.

"요것도 오쟁이를 졌다나."

하고 문학사는 시이짱의 뺨을 손가락으로 찌른다.

"여자도 오쟁이를 지우?"

하고 시이짱은,

"사내헌테 오쟁이를 지우지."

"요것이."

"왜 사람더러 요것이라우? 난 이 박사가 좋아. 우리 약혼해요, 응. 자, 이 술잔 드세요. 반만 잡숫고 날 주셔야지."

하고 시이짱은 건영의 입에 술잔을 대어 준다.

*

윤 참판 집에서는 내일이 혼인날이라 하여 손님도 많이 오고 예물도 많이 들어와서 바쁘기가 짝이 없었다.

그날 저녁때에 허숭은 들러리 설 친구, 기타의 주선을 위하여 밖에 돌아다니다가 늦게 윤 참판 집에 돌아왔다.

방에 돌아온 숭은 의외의 광경을 발견하였다. 그것은 정선이 잔뜩 성을 내 가지고, 들어오는 자기를 노려보는 것이었다.

 사람이란 성을 내면 흉악한 모상으로 변하는 것이지마는, 이때 정선의 얼굴은 실로 무서웠다. 숭은 그 눈초리가 좌우로 쑥 올라가고 입귀가 좌우로 축 처진 정선의 상을 볼 때에 몸에 소름이 끼침을 깨달았다. 그것은 평상시에 보던 정선이 아니었다. 그 맘에는 독한 불이 붙고, 눈에서는 수없는 독한 칼날이 빗발같이 쏟아져 나와서 허숭의 가슴을 쏘는 듯하였다.

 허숭은 어안이 벙벙하여 섰다. 섰다는 것보다도 다리의 근육이 굳어지고 말았다.

 "웬일이오?"

하고 허숭은, 마침내 이 의문을 해결하는, 처음으로 입을 열 사람은 자기라는 것을 깨닫고 말을 붙였다.

 "에익, 더러운 놈!"

하는 것이 정선의 입에서 나오는 말이었다.

 "더런 놈!"

 이 말에 숭은 한 번 더 진저리를 쳤다. 그리고 일종의 모욕과 분노를 깨달았다.

 "말을 삼가시오."

하고 허숭은 남편의 위엄을 부려 보았다.

 "말을 삼가, 흥?"

하고 정선은 코웃음을 쳤다. 그 얼굴은 분노의 형상에서 조롱의, 냉소의 형상으로 변하였다.

"대관절 무슨 일이오?"

하고 허숭은 교의에 앉았다. 그때 허숭은 정선의 손에 쥐어진 종잇조각을 보았다. 숭은 반사적으로 '유순'을 생각하였다.

"그건 무엇이오?"

하고 숭은 손을 내밀었다.

"자, 실컷 잘 보우."

하고는 정선의 낯에는 경련이 일어나더니 테이블 위에 엎어져 울기를 시작한다.

숭은 정선의 손에 꾸겼던 편지를 펴 가며 읽었다. 그리 익숙지 못한 연필 글씨로 보통학교 작문 책장을 찢어서 잘게 잘게, 그러나 선생에게 바치는 작문 글씨 모양으로 분명하게, 오자는 고무로 지워 가며 쓴 편지다. 안팎으로 쓴 것이 석 장, 여섯 페이지요, 끝에는 '유순(兪順)'이라고 비교적 자유로운 글씨로 서명을 하였다.

그 편지는,

'처음이요 마지막으로 이 편지를 올립니다.'

를 허두로,

'그동안에도 편지라도 자주 드리고 싶은 마음 간절하였사오나 여자가 남자에게 편지하는 것이 옳지 않을까 하와 편지도 못 올렸나이다. 그러하오나 재작년 여름에 작별한 후로 작년 여름에도 여름이 다 가도록 서울서 오는 차마다 바라보고 기다렸사오나 마침내 오시지 아니하시고, 금년에도 여름이 다 가도록 기다렸사오나 소식이 없사와 혼자 어리석은 마음을 태우고 있사옵던 차에, 일전 어떤 동무의 집에서 잡지를 보고 이번 어떤 유명한 부잣집 따님과 혼인을 하시게 되었다는 글을 보았나이다.

당신께서 고등문관 시험에 급제하셨단 말을 신문으로 볼 때에는 온 동네와 함께 저도 기뻐하였사오나, 이번 어떤 부잣집 따님과 혼인을 하시게 되었다는 소식을 듣고는 동네는 다 기뻐하지마는 저와 제 부모님은 슬픔에 찼나이다.'

*

유순의 편지는 계속된다.

'제 어리석음을 용서하세요. 저는 재작년 여름에 당신께서 저를 특별히 사랑하여 주시길래 그것을 꼭 믿고 저는 당신의 아내거니 하고 꼭 믿고 있었나이다. 그러다가 작년부터 아버지께서 자꾸만 시집을 가라고 조르실 때에 저는 어리석게도 당신께 허락하였다고 말씀하였답니다. 제 부모께서도 그러면 작히나 좋으냐고 기뻐하셨나이다. 작년에는 꼭 오실 줄 믿고, 작년 여름에 오시면 부모님께서 약혼만이라도 하여 준다고 하시고 기다렸사오나, 도무지 오시지 아니하시니 부모님께서는 그 사람이 너를 잊었으니 다른 데로 시집을 가라고, 또 조르시기를 시작하였사오나 저는 울면서 아니 갑니다, 아니 가요 하였나이다.

당신께서도 아시는 바거니와, 우리 동네에서는 아직 한 번 맘으로 허락하였던 남편을 버리고 다른 남자에게로 시집을 간 사람은 없었나이다. 내 조고모께서는 사주만 받고도 그 남자가 죽으매 일생을 그 집에 가서서 늙으셨고, 당신 댁에도 남편이 죽은 뒤에 소상을 치르고는 뒷동산 밤나무 가지에 목을 달아 돌아가신 이가 있다 하나이다. 그것을 다 구습이라고 동네에서는 말하는 이가 없지 아니하나 어리석은 제 맘은 그 본을 따를 수밖에 없다 하나이다. 부모님께서 정해 주신, 한 번 얼굴도 대해 보지 못한 남자를 위해서도 절을 지키거든, 저와 같이 제 맘을 사랑하고 또 비록 잠시라도 당신의 품에 안겨 본 당신께서 저를 잊어버리신다고 저마저 당신을 잊고, 이 몸과 맘을 가지고 또 다른 남자를 사랑할 생각은 없나이다.

그러하오나 당신께서는 부자 댁 아름다운 배필과 혼인을 하시게 되시었으니 저는 멀리서 두 분의 행복을 빌겠나이다.

저는 쓸 줄도 모르는 솜씨로 이런 편지를 쓸까 말까 하고, 쓰려다가는 말고, 썼다가는 찢고 하기를 오륙 일이나 하다가 그래도 두 분이 혼인 예식을 하시기 전에 이러한 말씀이나 한 번 드리고 싶어서 이 편지를 쓰나이다. 두 분이 혼인하신 뒤에는 다른 여자가 당신께 편지를 드리는 것이 옳지 아니하리라고 생각한 까닭이로소이다.

시월 오 일 유순 올림'

이라고 쓰고 그 끝에 추고 모양으로 이렇게 썼다.

'이 편지를 써 놓고도 부치는 것이 죄가 되는 것 같아서 못 부치고 일주일 동안이나 끼고 있었습니다. 그러다가 오늘이야 기운을 내서 체전부에게 부탁해 보냅니다. 유순.'

숭은 편지를 다 읽고 나서는 힘없이 방바닥에 떨어뜨렸다. 그리고 그날 밤이 새도록 잠을 못 이루고 고민하였다.

'밤중으로 달아나서 유순에게로 갈까.'

이렇게도 생각해 보았다.

'차라리 정선과 윤 참판에게 남아답게 혼인을 거절하고 유순에게로 갈까.'

이렇게도 생각해 보았다.

이러한 생각은 하기만 해도 맘이 시원해지는 것 같았다.

'그러나 내일이 혼인 예식인데, 내일 오후 세 시만 지나면 만사는 해결되는데. 행복된 길로 해결되는데.'

이렇게도 생각하였다.

숭은 이 세 가지 생각을 삼각형의 세 정점으로 삼고 개미 쳇바퀴 돌듯이 그 석 점 사이로 뱅뱅 도는 동안에 밤이 새고 혼인 예식 시간이 왔다.

숭은 예복을 갈아입으면서도, 자동차로 식장에 가면서도 이 석 점 사이로 방황하였다. 그리고 목사의 앞에 정선과 나란히 서서 서약을 할 때에도 그러하였고, 반지를 낄 때에는 숭의 눈은 정선의 손가락을 바로 찾지 못하여 반지를 땅에 떨어뜨릴 뻔하여 깜짝 놀란 일도 있었다.

혼인 마치나 회중이나 모두 숭의 감각에는 들어오지 아니하였다. 신부의 팔을 끼고 마치에 발을 맞추어 식장에서 나올 때에도 숭은 신부의 발을 밟을 지경으로 무의식하였다.

*

 허숭과 윤정선의 결혼식은 끝이 났다. 그러나 이 부부는 과연 행복되게 살아갈 수가 있었는가. 만일 이 부부 생활에 파탄이 생겼다 하면 무슨 이유로, 어떤 모양으로 생겼으며, 그 결과는 어찌 되었을까.

 유순은 어찌 되었을까.

 이건영 박사, 김갑진은 어찌 되었을까. 한 선생은 무슨 일을 하고 이건영에게 버림이 된 심순례는 어떠한 길을 걸었는가.

 발명가 윤명섭과 윤은경은 어찌 되었나. 정서분은 어찌 되었나. 농촌으로 돌아가려던 허숭의 이상은 마침내 죽어 버리고 말았나.

 필자는 이 모든 문제를 제2장으로 밀고 단군 유적을 찾는 길을 떠나게 되어, 약 3주간 이 소설을 중지하지 아니하면 아니 되게 되었다.

 그러나 필자의 생각에는 이번 단군의 유적 - 옛날 우리 조상이 처음으로 조선 문화를 이루노라고 애쓰던 자취를 찾아 태백산으로, 비류수로, 강동, 강서로, 반만년 역사의 증인인 대동강으로, 당장경으로, 강화로 헤매는 동안에는 오늘날 조선의 사람과 흙을 그리려 하는 나에게는 수십 년 도회 생활만 하고 농촌을 등졌던 나에게는 반드시 많은 느낌과 재료를 얻으리라고 믿는다. 나는 이러한 느낌과 재료를 제2장 이하의 《흙》을 그리는 데도 쓰려고 한다.

이러한 사정으로 《흙》의 제1장을 끝내고 잠시 중단하는 기회를 타서 나는 독자 여러분께 내가 《흙》을 쓰는 동기와 포부를 고하여 두려 한다.

나는 오늘날 조선 사람이 – 특히 젊은 조선 사람이 – 그중에도 남녀 학생에게 고하고 싶은 것이 있다. 그중에는 민족의 협상과 장래에 대한 이론도 있고, 또 내가 우리의 현재와 장래에 대하여 느끼는 슬픔과 반가움과 기쁨과 희망도 있고, 또 여러분의 속속 맘과 의논해 보고 싶은 사정도 있다. 나는 이 모든 것을 서투른 소설의 형식을 빌려 여러분 앞에 내놓는 것이다.

이 소설 《흙》은 재미없을지도 모른다. 예술적으로 보아서 가치가 부족할는지도 모른다. 어떠한 분의 비위에는 거슬리는 점도 있을 것이다. 그러나 또한 여러분 중에 내 감정에 공명하시는 이도 없지는 아니할 것이다. (나는 사실상 《흙》을 쓰기 시작한 이래로 20여 장의 편지를 받았다. 그것은 나에게 깊은 감격을 주는 편지들이었다. 다 모르는 분들의 편지려니와 그러할수록 나에게는 더욱 깊은 감격을 주었고 또 힘을 주었다.) 어찌하든지 《흙》은, 나라는 한 조선 사람이, 그가 심히 사랑한 조선 사람에게 보내는 사정

편지다. 비록 여러 가지 부족한 점은 있을 법해도 진정으로, 진정으로 쓴 편지, 이것 하나만은 독자 여러분께 고백하는 바다.

위에도 말한 바와 같이 허숭, 윤정선, 이건영, 한민교, 김갑진, 심순례, 유순, 정서분 이러한 인물들은 내가 보기에 조선의 현대를 그리는 데 필요한 타입의 인물로 본 것이다. 나는 이 모든 인물로 하여금, 비록 처음에는 서로 미워하는 적도 되고 또는 인생관과 민족관의 인식 부족으로 생활에 많은 흠이 있다 하더라도 그것은 다 목자 잃은 양, 지남철 없는 배와 같은 오늘날의 조선 청년계의 혼돈하여 갈피를 잡을 수 없는 시대의 탓이요, 그들 다 서로 사랑하고, 서로 한 목표, 한 이상, 한 주의를 위하여 한 팔이 되고 한 다리가 되어 마침내는 한 유기적 큰 조직체의 힘 있는 조성 분자가 될 사람들이요 또 되지 아니하면 아니 될 사람들이 되게 하고 싶다.

독자 여러분은 작자의 이 부족하나마 참된 동기만은 동정의 양해를 주시고 이 한 사람의 편지(《흙》이라는 소설)의 하회를 기다려 주시기를 바란다.

6월 21일
동아일보 편집국에서 작자

제2장

*

 살여울 보에 오래 기다리던 물이 늠실늠실 불었다. 삼사 일 이어 오는 비에 살여울 강물이 소리를 내며 흘러 오랜 가물에 늦었던 모를 내게 된 것이다.
 논마다 허리 굽힌 사람들의 움직이는 양이 보였다. 길게 뽑는 메나리 가락도 들렸다. 비록 배는 고프더라도 젊은이에게는 기운이 있었다.
 아침나절까지도 비가 와서 부인네들은 삿갓을 등에 지고 모를 냈다. 그러나 인제는 비도 개고 파란 하늘조차 여러 조각의 흰 구름에 어울려 흥건하게 닿은 논물에 비쳤다. 그래서 부인네들이 등에 졌던 삿갓은 논둑에서 노는, 엄마 따라온 아이들의 장난감이 되었다.

혹은 뻘거벗고 혹은 적삼만 입고 혹은 고쟁이만 입은 사내, 계집애들은 물장난을 하고 소꿉장난을 하였다. 그들의 몸은 볕에 그을어서 검었다. 그러나 도회 애들 모양으로 기름기는 없었다. 기름기가 있을 리가 있나. 그들은 만주 조밥에 구더기 끓는 된장밖에 먹는 것이 없거든. 젖먹이로 말하여도 절반이나 곯은 어머니의 젖은 젖이라는 것보다는 젖 묻은 그릇을 씻은 물이었다. 다만 물과 일광만이 아직 불하, 대하 공동 판매도 아니 되어서 자유로 마시고 쪼이기를 허하였다. 그래서 이 아이들은 맘껏 볕에 그을고 맘껏 물배가 불렀다. 인제는 비가 와서 마른다 마른다 하던 우물도 물이 늠실늠실 넘었다.

모를 내는 여자들의 무릎까지 올려 걷은 다리. 그것은 힘은 있을망정 살이 비치는 흰 명주 양말에 굽 높은 흰 구두를 신은, 그러한 서울 아가씨네 다리와 같은 어여쁨은 있을 리가 없다. 모내는 아씨네, 아가씨네 다리들은 띵띵 부었다. 너무 오래 서 있어서, 너무 오래 물에 담겨서, 또 너무도 굶어서 부황이 나서. 만일 이 아씨네, 아가씨가 아픈 허리를 펴느라고 고개를 들고 두 손에 물이 옷에 묻지 말라고 (젖을 옷도 없건마는) 닻가지 모양으로 좌우로 약간 벌리고 선다 하면 그 얼굴도 - 일생에 한 번밖에(그것도 시집간 여자라야) 분 맛을 못 본 얼굴은 볕과 굶음

과 피곤과 오래 고개를 숙임으로 퉁퉁하게 붓고 또 찌그러져 보일 것이다. 땀과 때와 빗물과 흙물과 더위에 뜨고 쉰 옷 냄새, 쉬지근한 냄새, 이 냄새가 농촌 모내는 사내의 코에는 모기장 같은 상긋한 옷에 볼그레, 뽀얀 부드러운 살이 비치는 서울 아씨네, 아가씨네의 몸에서 극성스럽게도 나는 향내와 같을까.

늙은이도 젊은이도 여편네도 처녀도 한 손에는 모춤을 쥐고 한 손으로 두 대씩, 석 대씩, 넉 대씩 갈라서는 하늘과 구름 비친 물을 헤치고 말랑말랑한 흙 속에 꽂는다. 꽂은 볏모는 바람에 하느적하느적 어린잎을 흔든다. 인제 그들은 며칠 동안 뿌리를 앓고 노랗게 빈혈이 되었다가 생명의 새 뿌리를 애써 박고는 기운차게 자라날 것이다. 그러한 뒤에 알을 배고 꽃이 피고 열매를 맺고 누렇게 익어서 고개를 숙여 일생의 사명을 끝낸 뒤에는 아마도 모내던 손에 깎이어 알곡은 알곡 따로, 짚은 짚 따로 나고, 알곡은, 아아, 알곡은 모낸 이, 거두는 이의 알곡은 반은 지주의 곡간을 반은 빚쟁이의 곡간을 다녀서 차를 타고 배를 타고 몇 상인의 이익을 준 뒤에 논바닥 물에 살은커녕 그림자 한 번도 못 잠가 본 사람들의 입에 들어가는 밥이 되고 술이 되는 것이다. 그리고 논바닥에서 썩는 이 생명들은 영원한 가난뱅이, 영원한 빚진 종, 영원한 배고픈 사람으로 남아 있는 것이다.

'뺑' 하고 고동 소리가 들린다. 서울서 봉천으로 달아나는 기차다.

이 고동 소리에 모내던 사람들은 고개를 들었다. 그 사람들 중에는 유순이도 있었다.

*

유순은 재작년 초가을 허숭에게 안길 때보다 커다란 처녀가 되었다. 그는 기다란 머리꼬리를 한편으로 치우려다가 치마끈에 껴 졸라매어서 늘어지지 아니하게 하고 풀이 다 죽은 광당포 치마를 가뜬하게 졸라매고 역시 풀 죽은 당포 적삼은 땀난 등에 착 달라붙어서, 통통한 젊은 여성의 뒤태를 보인다. 비록 옷이 추하고 낯이 볕에 그을었다 하더라도 순의 동그스름한 단정한 얼굴의 선, 수심을 띤 듯한 큼직한 검은 눈, 쭉 뻗고도 억세지 아니한 코, 더욱이 특색 있게 맺혔다고 할 만한 입, 그리고 왼손에 파란 잎, 하얀 뿌리의 나불나불, 어린 애기와 같은 맛이 있는 볏모를 들고 논에 우뚝 서서 허리를 펴는 양으로 아무리 무심히 보더라도 눈을 끌지 아니할 수 없었다.

순의 얼굴에 약간 수척한 빛이 보이는 것은 여름 때문인가, 피곤 때문인가, 못 먹어서인가, 그렇지 아니하면 속에 견디기 어려운 무슨 근심을 품음인가. 아마 그것을 다 합한 것이겠다.

실상 유순은 허숭이 혼인한 기별을 들은 후로는 넋이 없는 사람이었다. 그처럼 맘에 탐탁하게 믿었던 허숭의 맘이 그렇게도 쉽사리 변할 줄을 유순은 생각지 못하였던 것이다. 유순의 생각에 허숭은 이 세상에 가장 완전한 남자, 그러니까 가장 믿음성 있는 남자였다. 유순의 참되고 단순하고 조그마한 가슴은 오직 허숭으로, 허숭에게 대한 믿음과 존경과 사랑으로 찼던 것이다. 허숭이 곧 유순의 하늘이요, 땅이요, 해요, 달이요, 생명이었던 것이다. 이 남자 저 남자 입맛을 보고 살맛을 보아 물었다 뱉었다 하는 도회 신식 여성과 달라, 유순에게는 허숭은 유일한 남편이요, 남자였던 것이다. 허숭 이전에도 남자가 없고 허숭 이후에도 남자가 없었던 것이다.

허숭의 맘이 변하여 다른 여자에게 장가든 것을 본 유순은 하늘, 땅, 해, 달, 목숨을 한꺼번에 잃어버렸다. 그가 조선의 딸의 맘을 그대로 지니지 아니하였다 하면, 그가 도회식, 이른바 신식 여자라 하면 울고 원망하고 미쳐 날뛰고 혹은 서울로 달려 올라가 허숭의 결혼식에 또는 가정에 한바탕 야료라도 하였을 것이다. 그러나 유순은 가슴에 에이는 듯한 아픔을 품고도 겉으로는 아무 일도 없는 듯한 태연한 태도를 가졌다. 그 부모나 형제에게도 괴로워하는 빛 하나 보이는 일이 없었다. 또 밤낮에 한가한 겨를이라고는 도무지 없는 유순은 어느 으슥한 구석에서 맘 놓고 슬퍼할 새도 없었다. 다만 하루 몇 번 앞들로 지나가는 기차 소리에 한 번씩 긴 한숨을 쉬고, 시꺼먼 기차가 요란히 떠들면서 지나가는 것을 바라다볼 따름이었다.

여름이 되면, 방학 때가 되면 이 차에나 이 차에나 하고 허숭을 바라고 기다리던 그 버릇이 남은 것일까. 아직도 그래도 행여나 허숭이 자기를 찾아올까 하고 바라고 기다리는 것일까.

유순은 터덜거리는 기차가 지나가는 것을 잠깐 바라보고는,

'내가 기다릴 사람이 누구인가.'

하는 적막한 한숨을 짓고는 오래 한눈을 팔고 섰는 것이 여자의 도리답지 아니하다고 생각하고 남들은 여전히 차를 바라보며 지루한 일에 새로운 자극을 얻는 것을 기뻐하는 듯이 지껄일 때에 유순은 다시 허리를 구부리고 모내기를 시작하였다.

"이거 모들 안 내고 무엇들 하고 있어?"

하는 소리가 뒤로서 들려왔다. 그것은 이 논임자 신 참사의 음성이었다. 이 사람들은 남자 삼십 전, 여자는 이십 전씩 하루에 삯전을 받고 신 참사 집 논에 모를 내는 것이었다.

"허, 잠깐만 아니 보면 이 모양이거든."

하고 신 참사는 노기가 등등하여 단장을 내두르고 잠자리 날개 같은 모시 두루마기를 펄렁거리며 달려온다. 그 뒤에 따라오는

양복 입고 키 작은 사람은 농업 기수다. 정조식 감독하러 다니는 관원이다.

*

"도모 시오노나이 야스라다나."
하고 신 참사는 도야지 모가지같이 기름지고 밭은 모가지를 돌려 농업 기수를 돌아본다. 참 할 수 없는 놈들이라고 모내는 사람들을 비평하는 것이었다.

 사람들은 찌는 듯한 더위에 쉴 새도 없이 모를 내고 있었다. 그들은 지금 내는 모가 신 참사의 것이라는 것도 잊고 있었다. 그들이 단군 이래로 제가 심은 것은 제가 먹을 것이라는 생각을 가지고 온 버릇이 있으므로 제가 심는 모가 남의 모라고는 생각하기가 서툴렀다. 여기 있는 사람들도 오륙 년 전만 해도 대개는 제 땅에 제 모를 냈다. 비록 제 땅이 없더라도 지주에게 반을 갈라 주더라도 그래도 반은 제가 먹을 것이었다. 그러나 사오 년래로는 점점 지주들이 작인에게 땅을 주지 아니하고, 사람을 품을 사서 농사짓는 버릇이 생겼다. 품이란 한량없이 있는 것이었다. 하루에 이십 전, 삼십 전만 내던지면 미처 응할 수가 없으리만큼 품꾼이 모여들었다. 이십 년래로 돈이란 것이 나와 돌아다니면서, 차란 것이 다니면서, 무엇이니 무엇이니 하고 전에 없던 것이 생기면서 어찌 되는 셈을 모르는 동안에 저마다 가지고 있던 땅마지기는 차차 차차 한두 부자에게로 모이고, 예전 땅의 주인은 소작인이 되었다가 또 근래에는 소작인도 되어 먹기가 어려워서 혹은 두벌 소작인(한 사람을 지주에게 땅을 많이 얻어서 그것을 또 소작인에게 빌려 주고 저는 그 중간에 작인의 등을 쳐 먹는 것. 마름도 이 종류지마는 마름 아니고도 이런 것이 생긴다.)이 되고, 최근에 와서는 세력 없는 농부는 소작인도 될 수가 없어서 순전히 품팔이만 해 먹게 되는 사람이 점점 늘어 가는 것이다. 그도 그럴 수밖에 없지 아니한가. 지주들이 모두 평양이니 서울이니 하고 살기 좋은 곳에 가 살고 보니, 누가 귀찮게시리 일일이 성명도 없는 소작인과 낱낱이 응대를 할 수가 있나. 제가 믿는 놈 하나에게 맡겨 버리고 받아들일 만큼 해마다 받아만 들인다면 그런 고소한 일이 어디 있으랴.

　신 참사는 아직 큰 부자는 못되어서 기껏 읍내에 가서 살지마는, 그 까닭에 이 사람은 자기의 소유 토지를 직영을 하여서 소작 문제니, 농량 문제니 하는 귀찮은 문제를 해결해 버린 것이다. 그러나 신 참사 한 사람이 자기의 귀찮은 문제를 해결하기 때문에 이 살여울에 밥줄 떼인 가족이 이십여 호나 된다.

"글쎄, 이 사람들아."

하고 신 참사는 사람들이 모를 심는 줄에 가까이 와서 단장으로 논두렁을 두드리며,

"저러니까 일생에 입에 밥이 아니 들어가지. 모를 내면 모를 낼 게지 왜들 우두머니 서서 기차 지나가는 것을 보아. 그 따위로 내 눈을 속이다가는 내일부터는 일을 아니 줄걸. 내가 일을 아니 주면 흙이나 집어먹고 살 텐가. 흙은 누가 주나. 산은 국유지요, 논밭은 임자가 있는걸. 괜시리 그따위로 하다가는 다들 밥 굶어 죽을걸. 개들 사는 집터도 내 땅야. 굶어 죽더라도 내 땅에서는 못 죽을걸. 허 고얀 사람들 같으니. 아, 그래 하루 종일 낸 것이 겨우 요게야. 저런 여편네, 계집애년들은 일도 못하고 방해만 하거든. 젊은 녀석들이 계집애들 사타구니만 들여다보느라고 어디 일을 하겠나. 내일부터는 계집애와 여편네는 다 몰아내거나 그렇지 아니하면 따로따로 일을 시켜야겠군. 여보게, 문보. 자네는 무얼하느라고 이것들이 핀둥핀둥 놀고 있어도 말 한마디도 아니하나? 내가 돈이 많아서 자네를 삯전 세 갑절이나 주는 줄 아나. 허, 고얀 손 다 보겠고."

신 참사의 말은 갈수록 더 사람들의 분노감을 일으킨다. 제 것 남의 것을 잊고, 다만 흙을 사랑하고, 볏모를 사랑하는 단군 할아버지 적부터의 정신으로 버릇으로 일하던 이 농부들은, 아

아 우리는 종이로구나 하는 불쾌한 생각을 금할 수 없었다.

*

 모를 내는 사람들은 갑자기 흥이 깨지고 일하는 것이 힘이 들게 되었다. 물에서 오르는 진흙 냄새 섞인 김, 볏모의 향긋한 냄새, 발과 손에 닿는 흙의 보드라움, 이마로부터 흘러내려서 눈과 입으로 들어오는 찝찔한 땀, 숨을 들이쉴 때마다 콧속으로 들어오는 제 땀 냄새, 남의 땀 냄새, 쉬지근한 냄새, 굵은 베옷을 새어서 살을 지지는 햇빛, 배고픔에서 오는 명치끝의 쓰림, 오래 구부리고 있기 때문에 생기는 허리 아픔조차도 즐거운 것이었건마는 신 참사의 말 한마디에 이런 것도 다 괴로움이 되고 말았다.
 '망할 녀석, 어찌하다가 돈푼이나 잡았노라고. 아니꼽게.'
 '염병할 자식, 제 집에는 계집도 없고 딸자식도 없담. 그 말버릇이 다 무엇이람.'
 '성나는 대로 하면 그저 그 뚱뚱한 놈을 논바닥에다가 자빠뜨려 놓고 그놈의 양도야지 배때기를 그저그저 힘껏 짓밟아 주었으면.'

'그래도 목구멍이 원수가 되어서 이 욕을 참고…….'

모내는 사람들은 저마다 속으로 이러한 생각을 하면서도 마치 말할 줄 모르는 짐승 모양으로 왼손에 쥔 볏모를 세 줄기 네 줄기 갈라서는 꽂고 꽂고 하였다.

"이거 어디 쓰겠나. 들숭날숭해서 쓰겠나."

하고 농업 기수가 혼자 논 가장자리로 돌아다니다 중얼거린다.

"볏모라는 것이 줄이 맞고 새가 골라야 쓰는 게지, 이게 다 무엇이람."

농업 기수는 점점 사람들이 모여 있는 논머리로 와서 신 참사를 보고,

"이거 어디 쓰겠어요? 저것 보세요. 모가 들숭날숭 오불꼬불 갈지자걸음을 하였으니, 이거 어디 쓰겠어요? 그중에도 이 이랑은 사뭇 젬병인걸."

하고 유순이 타고 온 이랑을 단장으로 가리킨다.

모내던 사람들은 농업 기수의 못쓰겠다는 말에 모내기를 쉬고 허리를 펴고 일어선다.

"도무지, 이것들이 도야지지 사람은 아니라니까."

하고 신 참사가 단장으로 땅바닥을 두드리며,

"글쎄, 이 사람들아. 남의 금 같은 돈을 받아먹고 글쎄, 모를 낸다는 게 이따위야. 지금 이 나리 말씀 들었지. 저게 무어람. 들

락날락, 아 저게 손목쟁이로 모를 낸 게야."

하고는 농업 기수를 향하여,

"그저 쇠귀에 경 읽는 것이지요. 아무리 이르니 들어를 주어야지요. 정조식, 정조식 하고 천 번은 더 일렀겠소이다."

하고는 다시 사람들을 향하여,

"글쎄 짐승들이라니까, 굶어 죽기에 꼭 알맞어. 만주 조밥은커녕 죽 국물도 아깝다니까."

또 농업 기수를 향하여,

"그러니 어쩌면 좋습니까. 내가 저것들을 데리고 농사를 짓자니 피가 마를 지경이오, 허 참. 사람의 종자들은 아니라니까. 어디 나리께서 좀 잘 타일러 주시고 이왕 모는 그냥 두시더라도 이 앞으로는 고랑은 다시 아니 그러도록 좀 가르쳐 주시오. 이걸 다시 내자면 수십 원 돈이 또 없어진단 말씀야요. 나리 잘 양해를 하시오."

하고 애걸한다.

농업 기수는 신 참사에게 오늘 점심에 한턱 얻어먹은 것을 생각하고, 또 저녁에 한턱 잘 얻어먹을 것을 생각하였다. 또 이 사람들이 낸 모는 뽑아 버리고 다시 내지 아니하면 아니 될 정도는 아니었다. 다만 감독하는 관리로서 현장에 왔다가 한마디 없을 수 없고(한마디 없으면 자기의 위신에 관계될 것 같았다.), 또 신 참사에게 잔뜩 생각을 낼 필요도 있고 그뿐더러 시골서는 얻어 보기 드물 듯한 유순의 아름다움을 보매 무슨 말썽을 일으켜서라도 유순에게 가까이하고 싶었다.

"다들 이리 와!"

하고 농업 기수는 모내던 사람들을 불렀다. 남자들은 기수의 앞으로 가까이 왔으나 부인네들은 내외하느라고 돌아선 채 오지 아니하였다.

"다들 이리 나와! 관리가 명령을 하시거든 복종하는 법이야!"

하고 신 참사가 호령을 하였다.

*

부인네들도 신 참사의 호령에 마지못하여 절벽절벽 기수의 앞으로 왔다. 신 참사의 뜻을 어기는 것은 곧 당장 밥줄을 끊는 것임을 그들이 잘 인식한 것이다. 저쪽에서 삿갓을 가지고 놀고 있던 아이도, 웬일인가 하고 달려와서 근심스러운 눈으로 자기네 부모와 무서운 사람들과를 번갈아 보았다.

부인네들은 내외성 있게, 혹은 제 남편의, 혹은 오라비의 등 뒤에 숨어 섰다. 유순은 그 과수 아주머니 뒤에 숨어 섰다.

사람들이 다 앞에 모여 선 것을 보고 농업 기수는 연설 구조로, 반말로, 어, 아, 으 하고 마치 조선말이 서투른 외국 사람의 발음 모양으로 효유를 시작하였다. 그는 얼굴이 검고, 코가 납작하고, 머리 뒤가 넓적하게 찌그러진, 천하게 생긴 사람이었다. 어떤 농부의 아들이라고 한다.

"모를 내는 데는 정조식이라는 것이 있단 말야."

하고 그는 자기도 잘 알지 못하는 어려운 말을 섞어 가며, 가끔 일본말을 섞어 가며 일장 설명을 하였다.

　그리고는 말이 끝나자 유순을 가리키며,

"이리 나서!"

하고 농업 기수가 호령을 하였다.

　유순은 아니 나섰다.

"무슨 말씀이세요? 그 애가 부끄러워서 그럽니다."

하고 유순의 과수 아주머니가 대신 말하였다.

"웬 잔말야? 걔더러 하는 말이 아냐!"

하고 기수는 성을 냈다.

　과수 아주머니는 한숨을 쉬고 입을 다물었다.

"이리 나와. 어른이 나오라면 나오는 것이야!"

하고 이번에는 신 참사가 호령을 하였다. 그래도 유순은 과수 아주머니 등 뒤에서 나오지를 아니하였다.

"조런 년 보았겠나."
하고 농업 기수는 더욱 성을 내어 발을 굴렀다.
"그래 내가 이리 나오라는데 아니 나올 테야. 내가 이를 말이 있어서 나오라는데. 방자한 계집애년 같으니. 내가 누군 줄 알고. 요년, 그래도 아니 나와."
하고 기수는 막아 선 과수 아주머니를 한편으로 밀어제치고, 유순의 볏모 든 팔목을 잡아당겼다. 유순의 볏모에 묻었던 흙물이 기수의 흰 양복과 신 참사의 모시 두루마기에 수없는 얼룩을 주었다.
"이년, 네가 낸 모를 다 뽑아서 다시 내어라."
하고 농업 기수는 손바닥으로 유순의 뺨을 때렸다. 기수와 신 참사는 옷에 흙물 튄 것이 더욱 열이 났다.
"여보!"
하고 한 청년이 기수의 앞으로 나서며 유순의 팔목을 잡은 기수의 팔을 으스러져라 하고 꽉 쥐어 비틀었다.
"관리면 관리지, 남녀유별도 모른단 말요? 남의 집 과년한 처녀의 손목을 잡고 뺨을 때리는 법은 어디서 배웠단 말요? 당신 집에는 어미도 없고 누이도 없소?"
하고 대들었다. 그 청년은 키가 크고 콧마루가 서고 음성이 큰 건장하고도 다부진 사람이었다.

"허, 이놈 보았나. 관리에게 반항한다."

하고 기수는 손을 들어서 청년의 뺨을 갈겼다. 그 서슬에 청년의 코가 기수의 손길에 맞아 코피가 흘러내렸다.

기수는 청년의 코에서 피가 흐르는 것도 상관없이 연해 서너 번 청년의 이 뺨 저 뺨을 후려갈겼다. 청년은 처음에는 참으려 하는 듯하였다. 그는 기수가 때리는 대로 말없이 맞았다. 그러나 기수의 구둣발길이 청년의 옆구리에 올라오려 할 때에 청년의 몸이 한 번 번쩍 들리며 청년의 손은 기수의 목덜미를 눌러 버렸다. 청년의 코에서 흐르는 피는 농업 기수의 양복저고리에 뚝뚝 떨어졌다.

*

"이놈아."

하는 그 청년의 목소리는 떨렸다.

"이놈, 남의 처녀의 손목을 잡고 뺨을 갈기고. 넌 이놈, 하늘 무서운 줄도 모르느냐."

하고 청년은 기수를 홱 잡아내어 내둘러서 반듯이 자빠뜨렸다.

"그놈을 죽여라!"

하고 다른 사람들이 덤볐다.

  청년은 두 팔을 벌려서 모여드는 사람을 밀어내며,

"다들 가만있어요. 이깟 놈 하나는 내가 없애 버릴 테니. 너 죽고 나 죽자. 이 개 같은 놈 같으니."

하고 청년은 발길로 기수의 허구리와 꽁무니와 머리를 닥치는 대로 질렀다.

"아이구구, 아이구구."

하고 죽는 소리를 하였다.

"이 사람, 이게 무슨 짓인가."

하고 신 참사가 청년의 팔을 붙들 때에는 벌써 기수는 청년이 가만히 있는 틈을 타서 모자도 다 내버리고 허둥지둥 달아날 때였다.

"저놈 잡아라!"

하고 일꾼들이 소리를 지를 때에, 기수는 황겁하여 논물에 엎드러졌다. 그리고는 다시 일어나서 달음박질을 쳤다.

  청년은 기수를 더 따라가려고도 아니하고 볼일 다 보았다는 듯이 논에 들어서서 여전히 모내기를 시작하였다.

  분함과 무서운 광경에 덜덜 떨고 섰던 부인네들도 일을 쉬었다가는 삯을 못 받을 것을 생각하고, 그 청년의 뒤를 따라 모내기를 시작하였다.

그렇지마는 어느 사람의 맘에나 무서운 후환이라는 검은 그림자가 있었다. 유순도 자기 하나 때문에 이런 일이 생긴 것을 생각하고는 심히 미안하였다.

신 참사는 그 청년이 기수를 더 때리지 아니한 것, 자기까지도 때리지 아니한 것만 다행으로 알고 아무 말도 아니하고 씨근벌떡거리며 기수의 뒤를 따라갔다.

사람들이 손에 오르지도 아니하는 일을 억지로 하고 있을 때에 끝이 없는 듯하던 여름해도 독장이라는 산마루에 올라앉게 되었다.

오늘 할 일은 다 되었다. 사람들은 손을 씻고 세수를 하고 발을 씻고 집을 향하고 무거운 다리를 끌었다. 배는 고프고 허리가 아파서 몸이 앞으로 굽어지려고 하고 눈알 힘줄이 늘어나서 눈알은 쏟아질 듯이 달리고 다리는 남의 것과 같았다. 입을 다시어 마른 입술을 축이려 하나 침도 나올 것이 없었다.

순사가 나올 텐데 하고 연해 읍으로 뚫린 길을 돌아보고는 그 청년을 돌아보았다. 그러나 아직 순사가 오는 모양은 보이지 아니하였다.

살여울 동네 앞에 일행이 가까이 왔을 때에는 다른 논에서 모를 내던 사람들도 들어오는 것을 만나고, 소를 먹여 가지고 타고 오는 아이들이며 주인을 따라 나오는 개들도 만났다. 모두 배가 고프고 피곤하여 마치 상여를 따라가는 사람들과 같이 고개를 푹 숙이고 도무지 말이 없었다. 어린애들까지도 뛰고 지껄일 기운이 없었다. 개들도 얻어먹지를 못하여 뼈다귀가 엉성하였다. '주린 무리', '기쁨 없는 무리.' 이렇게밖에 보이지 아니하였다.

  집들에서는 그래도 저녁연기가 올랐다.

  허리 꼬부라진 할머니, 여남은 살밖에 안 된 계집애들이 발은 말할 것도 없고, 치마도 웃통도 다 벗고 땟국을 흘리며 부엌에서 먹을 것을 끓였다. 찐 조밥이면 상등이다. 만주 좁쌀 한 줌에 풀 잎사귀 한 줌, 물 한 사발을 두고 젖은 나뭇개비를 때어서, 불이라는 것보다도 썩은 연기로 끓인 것이 그들의 먹을 것이다.

*

  구더기 움질거리는 된장도 집집마다 있는 것은 못 된다. 모래알 같은 호렴도 집집마다 있는 것은 못 된다. 이렇게 참혹한 것을 먹고 나도 어슬어슬해 오면 모기가 아우성을 치고 나오고, 곤한 몸을 방바닥에 뉘어 잠이 들 만하면 빈대와 벼룩이 침질을 한다. 문을 닫자니 찌고, 열자니 모기가 덤비지 않느냐. 아아, 지옥 같은 농촌의 밤이여! 쑥을 피워 눈물이 쏟아지도록 연기를 피우면 모기는 아니 덤비지마는, 쑥이 꺼지기만 하면 우와 하고 총공격을 하지 않느냐. 아아, 지옥 같은 농촌의 밤이여.

'그래도 옛날에는.'

하고 노인들은 한탄할 것이다.

'그래도 옛날에는 제 집에, 제 땅에, 제 낙도 있더니만.'

하고 집도 땅도 낙도 다 잃어버린 노인들은 한탄할 것이다.

'옛날에는 늙은이, 계집애들은 논밭일 아니하고도 배는 곯지 아니하였건마는.'

이렇게 배고픈 노인은, 과년한 유순이 같은 처녀를 사내들 틈에 섞어서 삯모 내러 보내지 아니치 못하는 유순의 아버지를 탄할 것이다.

'배만 부르면야 모기 빈대가 좀 뜯기로니.'

'논과 밭이 내 것이면야, 허리가 아프기로니. 내 곡식이 모락모락 자라는 것만 보아도 귀한 자식 자라는 것을 보는 것같이 기뻤건마는. 내가 심어 내가 거두어 내가 먹는 그러한 날을 한 번만 더 보고 죽었으면.'

모길래, 빈댈래, 빚 근심일래 잠을 이루지 못하는 늙은 농부들은 지나간 날을 생각하고 하룻밤에도 몇 번씩 이러한 한탄을 할 것이다.

'어찌하다가 우리는 땅을 잃고 집을 잃고 낙도 잃었을까.'

이렇게 늙은 농부는 유시호 자기네가 가난하게 된 원인을 생각하게 된다. 그러나 그들의 머리에는 이 문제를 설명할 만한 지식이 없다.

'별로 전보다 더 잘못한 일도 없건마는 - 술을 더 먹은 것도 아니요, 담배를 더 피운 것도 아니요, 도적을 맞은 것도 아니요, 무엇에 쓴 데도 없건마는 - 여전히 부지런히 일하고 아끼고 하였건마는, 새 거름 새 종자로 수입도 더 많건마는.'

이렇게 땅을 잃은 늙은 농부는 자탄한다. 그리고 이 수수께끼를 풀지 못해서 애를 쓴다.

'비싸진 구실, 비싸진 옷값, 비싸진 교육비, 비싸진 술값, 비싸진 담뱃값.'

그는 이러한 생각도 해 본다. 채마 한편 귀퉁이에다가 담배 포기나 심으면 일 년 먹을 담배는 되었다. 보릿말이나 누룩을 잡아 쌀되나 삭히면 술이 되어 사오 명절이나 제삿날에는 동리 사람 술잔이나 먹였다. 그렇지마는 지금은 담배도 사 먹어야, 술도 사 먹어야. 내 손으로 만든 누에고치도 내 맘대로 팔지를 못한다. 그는 이러한 생각도 해 본다.

넓게 뚫린 신작로, 그리고 달리는 자동차, 철도, 전선, 은행, 회사, 관청 등의 큰집들, 수없는 양복을 입고 월급을 많이 타고 호강하는 사람들, 이런 모든 것과 나와 어떠한 관계가 있나 하고 생각도 하여 본다. 그렇지마는 이 모든 것이 다 이 늙은 자기와 어떠한 관계가 있는 것인지 그는 해득하지 못한다.

'다 제 팔자지, 세상이 변해서 그렇지.'

그는 이렇게 생각하고 스스로 단념한다. 그에게는 자기의 처지를 스스로 설명할 힘이 없는 것과 마찬가지로, 자기의 장래를 위하여 어떻게 할 것을 계획할 힘도 없다. 그는 모를 내고 김을 매고 거두고 빚에 졸리고, 모기, 빈대에게 뜯기고, 근심 많은 일생을 보내기에 정력을 다 소모해 버리고 다른 생각이나 일을 할 여력이 없다. 마치 늙은 부모가 오직 젊은 자녀들을 믿는 모양으로, 그는 어디서 누가 잘살게 해 주려니 하고 희미하게 믿고 있다. 그에게는 원망이 없다. 그것은 조선 맘이다.

*

유순의 아버지 유 초시는 그날 유순의 말을 듣고 분노하여 잠을 이루지 못하였다.

"내일부터는 모내러 가지 말아라. 그러길래 내가 뭐라더냐, 굶어 죽기로니 내 딸이 논에 들어서랴고. 다실랑 가지 마라. 도시 내 탓이다."

이렇게 유 초시는 분개하였다.

유순도 맘이 괴로웠다. 더구나 한갑이(기수를 때린 청년)가 자기 때문에 장차 일을 당할 것을 생각할 때에 미안하였다. 한갑이는 유순이를 사랑하는 청년으로, 그는 늙고 가난한 과부의 아들이었다. 유순은 한갑이 자기에게 맘을 두고 있는 줄을 잘 안다. 그는 유순이 보통학교에 다닐 적에 세 반이나 위에 있던 아이로서 학교에도 매양 동행하였다. 개천을 업어 건네어 주는 일도 있었다. 한갑이는 말이 없고 진실하고 어떠한 괴로운 일이든지 싫다거나 힘들다거나 하고 핑계하거나 앙탈하는 일이 없었다. 아직 나이 젊지마는 동네 어른들도 한갑이를 존경하였다. 이를테면 살여울 동네에서 제일 믿음성 있는 사람이었다. 문벌로 말하면 유순의 집에 비길 수가 없었다. 그의 아버지가 타관에서 어떻게 굴러 들어와서 이 동네에 살게 되었으나, 그 아버지는 벌써 죽은 지가 오래여서 유순은 그 얼굴도 잘 기억하지 못한다. 한갑의 어머니가 한갑이 하나를 길렀다. 남의 집 일을 해 주고, 겨울이면 길쌈을 하고 - 그 과부는 누구에게나 환영을 받는 이였다. 한갑이는 그 아버지보다도, 성질에 있어서는 어머니를 많이 닮았다. 그 어머니도 말이 없고 부지런하고 믿음성이 있었다.

이러한 한갑이다. 그는 속으로는 유순이를 사모하건마는 감히 그 말을 유 초시에게 하지는 못하였다. 돈이 없고 문벌이 낮기 때문에 유순의 오라범이 글자나 읽었노라고 도무지 일을 아니하고 술이나 먹고 돌아다니기 때문에 유순의 아버지는 집안에 어려운 일을 많이 한갑에게 부탁하였다. 이 집에 장을 보아주는 이는 늘 한갑이었다.

이러한 한갑이를 죄에 빠뜨리게 한 것을 유순은 퍽이나 슬퍼하였다.

유순은 아침에 일찍 일어나 물동이를 들고 물을 길러 나갔다. 우물이 동네 서편 끝, 정거장으로 질러가는 길가에 있기 때문에 또 서울서 오는 새벽차가 여름에는 새벽 물 길러 갈 때에 오기 때문에 유순은 여름이면 물 길러 우물에 나와서는 무너밋목을 바라보는 것이 버릇이 되었다. 행여나 허숭이 오나 하고. 허숭은 벌써 서울 부잣집 딸과 혼인을 해 버렸지마는 그래도 유순의 이 버릇은 아직 빠지지 아니하였다.

우물 위에는 거미줄이 걸리고 그 거미줄에는 눈물방울과 같은 이슬 맺혀서 새벽빛에 진주같이 빛났다. 마치 유순이 첫 물을 긷기 전에는 이 우물을 거룩하게 지키려는 것 같았다.

유순은 거미줄에 걸린 이슬을 물끄러미 바라보다가 바가지로 그 거미줄이 상하지 아니하도록 물을 떠서 손에 받아 낯을 씻고 치맛자락을 수건 삼아 썼다. 밤에 잠을 잘못 잔 유순의 피곤한 낯에 찬 샘물이 닿는 것이 시원하였다.

유순은 물 한 동이를 길어 놓고 똬리를 머리에 이고 똬리 끈을 입에 물고 물동이를 이기 전에 무너미를 바라보았다. 아직 이슬에 목욕한 풀빛은 짙은 남빛이었다. 구름을 감은 독장이 높은 봉우리에는 불그레 햇빛이 비쳤다. 오지 못할 사람을 아침마다 기다리는 유순의 가슴은 무거웠다.

유순은 휘유 한 번 한숨을 쉬고 허리를 굽혀 물동이를 이려 하였다. 물동이에 엎어서 덮은 바가지 등에 푸른 메뚜기 한 놈이 올라앉았다가 유순의 손이 가까이 오는 것을 보고 뛰어 달아나서 이슬에 젖은 풀숲으로 들어가고 말았다.

유순이 바로 물동이를 들어서 머리에 이려 할 때에, 유순의 앞에는 양복을 입고 큰 슈트케이스를 든 남자가 나타났다. 유순은 물동이를 떨어뜨릴 뻔하도록 놀랐다.

*

유순은 물동이를 든 채 어안이 벙벙하였다. 그 남자는 허숭이었다. 허름한 학생복 대신에 흰 바지, 흰 조끼에 말쑥한 양복을 입은 것만 다르고는 분명히 허숭이었다.

그러나 허숭인 것을 분명하게 본 유순은 물동이를 이고 돌아보지도 아니하고 집을 향하여 걸었다. 남의 남편인 남자를 대해서는 이리하는 것이 조선의 딸의 예법인 까닭이었다.

"나를 몰라보오?"

하고 허숭은 슈트케이스를 이슬에 젖은 풀 위에 내버리고 유순의 뒤를 빨리 따르며,

"내가 숭이외다."

하였다.

"네."

하고는 순은 여전히 앞으로 걸어갔다.

"아버님 안녕하시오?"

하고 숭은 다른 말이 없어서, 말을 하기 위해서 물었다.

"네."

하고 순은 여전히 외마디 대답이었다.

숭은 그만 더 따라갈 용기를 잃어버리고 우뚝 섰다. 마치 장승 모양으로.

순은 한 손으로 연해 물동이에서 떨어지는 물방울을 떨어 버리며 뒤도 아니 돌아보고 간다.

해가 솟았다. 순의 물동이의 한편 쪽이 햇빛에 반사하여 동이

에 맺힌 물방울에서 수없는 금빛 줄기가 난사하였다.

　순의 고무신 신은 두 발이 촉촉하게 젖은 흙을 밟고, 때로는 길가에 고개 숙인 풀대를 건드리며 점점 작아 가는 양, 검은빛인지 붉은빛인지 분별할 수도 없는 때 묻고 물 날고 떨어진 댕기, 그것이 풀죽은 광당포 치마에 스쳐 흔들리는 양을 숭은 이윽히 보고 섰다가, 그것조차 아니 보이게 된 때에 숭은 힘 빠진 사람 모양으로 길가 돌 위에 걸터앉았다.

　숭은 한 손으로 머리를 버티고 가만히 눈을 감았다. 숭의 눈에서는 눈물이 흘렀다. 집 잃은 사람, 길 잃은 사람, 모든 희망을 잃은 사람인 것을 스스로 느낀 것이었다.

　숭은 어젯밤 가정을 버리고 서울을 떠나던 일을 생각하였다. 그의 아내 정선이,

　"에끼 시골뜨기, 에끼 똥물에 튀길 녀석."

하고 자기에게 갖은 욕을 퍼붓고, 나중에는 세숫대야를 자기에게 뒤쳐 씌우던 것을 생각하였다. 그 직접 이유는 숭이 이 남작 집 소송 의뢰를 거절하였다는 것이었다. 이 소송은 이 남작과 그 부인과 이 남작의 아들과 기타 친족들이 관련된 간음, 이혼, 동거 청구, 재산 다툼 같은 것을 포함한 추악하고 복잡한 사건으로서, 착수금이 이천 원이라는 변호사 직업을 하는 사람들이 침을 흘리는 소송이었다. 그뿐더러 이 소송은 윤 참판의 소개로

허숭에게로 돌아온 것이요, 또 허숭이 김 자작 집 재산 싸움 소송에 이겼다는 것이 서울 사회에 이름이 높아진 까닭이었다. 만일 이 소송에 이기는 날이면 십만 원 가까운 사례금이 오리라는 것인데, 숭은 김 자작 집 소송에 양심의 가책을 받은 관계로 다시는 이런 추악한 사건에는 관계 아니한다고 맹세하여 이것을 거절해 버려서, 그 사건은 마침내 어느 일본 사람 변호사와 조선 사람 변호사와 두 사람에게로 넘어가게 된 것이었다. 이것이 정선의 감정을 격분시킨 것이었다.

"그저 그렇지. 평생 남의 집 행랑방으로나 돌아 댕겨. 원체 시골 상놈의 자식이 그렇지, 그래."

하고 정선은 남편이 굴러 들어오는 복을 박차 내버리는 것이 그가 시골 상놈의 자식이기 때문이라고 단언하였다.

그러나 이것은 오직 근인(近因)에 지나지 못하였다. 숭과 정선이 가정생활을 하는 날이 깊어 갈수록 두 사람의 생각에는 점점 배치되는 점이 많아졌다. 대관절 두 사람의 인생관이 도무지 용납할 수가 없는 것이었다. 그것이 점점 탄로가 된 것이었다.

*

"이 세상에 돈이 제일이지."

하는 것이 정선의 근본 사상의 제일조였다. 둘째는 그가 말로 발표는 아니하더라도 또 한 가지 근본 사상이 있는 것을 숭은 정선에게서 발견하였다. 그것은 성욕을 중심으로 한 향락 생활이었다. 마치 정선의 호리호리한 어여쁜 몸이 전부 성욕으로 된 듯한 생각을 줄 때가 있었다. 이것이 숭에게는 못마땅하였다. 숭의 생각에는 고등한 교육을 받지 아니하였더라도 인격의 존엄을 믿는 사람 – 이라는 것보다도 음란하다는 말을 듣지 아니하는 사람으로는 성적 욕망이라는 것은 비록 부부 간에라도 서로 억제할 것이라고, 서로 보이지 아니할 것이라고 믿었다. '서로 대하기를 손같이 하라.' 하는 동양식 부부 도덕에 젖은 때문인가 하고 숭은 혼자 저를 의심해 보았다. 그래서 아내가 원하는 대로 되어 보려고도 하였다. 그러나 그것은 숭에게는 자기를 낮추는 듯한 심히 불쾌한 일이었다. 그가 애써서 수양해 온 인격의 존엄이라는 것을 깨뜨려 버리는 것이 싫었다.

그러나 숭이 인격의 존엄을 지키려 할 때에 정선은 이것이 사랑이 없는 까닭이라 하여 원망하고, 심하면 유순이라는 계집애를 못 잊는 까닭이라고 해서 바가지를 긁었다.

원망하는 여자의 얼굴, 질투의 불에 타는 여자의 얼굴은 숭의 눈에는 심히 추하였다. 아내의 눈에서 질투의 불길이 솟고 그 혀끝에서 원망의 독한 화살이 나올 때에 숭은 몸서리가 치도록 불쾌하였다. 자기가 사랑하는 어여쁜 아내의 손에 이런 추악한 것이 있는 것이 슬펐다. 이런 일이 한두 번이 아니요, 여러 번 거듭할수록 숭의 눈에서는 아내의 아름다움이 점점 스러졌다. 순결한 청년 남자로서 그리던 여자의 아름다움, 여자의 몸을 쌌던 여자의 아름다운 맘에서 증발하는 증기라고 믿던 분홍빛 안개가 걷혀 버리고 여자는 마치 육욕과 질투, 원망과 분노를 뭉쳐놓은 보기 싫은 고깃덩어리로 보였다. 그렇게도 아담스럽고 얌전하고 정숙하게 보이던 정선이 이 추태를 폭로하는 것을 볼 때에 숭은 여자의 허위, 가식이라는 것을 아프게 깨달았다. 왜 내 아내 정선이 얌전, 정숙, 그 물건이 아닌가 하고 울고 싶었다. 미소가미(여자를 미워하는 성질)를 자기가 가졌는가고 스스로 의심하여 아내 정선을 재인식하려고 힘도 써 보았다. 그러나 정선은 갈수록 더욱 평범 이하의 여성에 떨어지는 것같이 숭의 눈에 비쳤다.

 숭은 마침내 자기의 정성을 가지고 정선의 정신 상태를, 도덕 표준을, 인생관을 보다 높은 곳으로 끌어올리려고도 결심을 해 보았다. 그러나 숭의 정성된 도덕적 탄원은 정선의 비웃음거리만 되고 말았다. 정선에게는 남편인 숭에 대한 우월감이 깊이깊이 뿌리를 박은 것 같았다. 숭의 말이면 무엇이나 비웃고 반대하였다. 그러할뿐더러 정선은 적극적으로 빈정대고 박박 긁어서 숭을 볶는 것으로 한 낙을 삼는 것같이도 보였다.

재판소에서 돌아오기만 하면 숭의 맘에는 조금도 화평과 기쁨이 없었다. 대문 안을 들어서기가 끔찍끔찍하였다. 요행 웃는 낯으로 맞아 주는 때가 있다 하더라도 그것을 잘 때까지 사오 시간 어떻게나 유지하나 하고 숭은 애를 쓰지 아니하면 아니되었다. 그러다가 무슨 일만 생기면 이 무장적 평화는 순식간에 깨어지고 집안은 찬바람이 도는 수라장이 되고 마는 것이었다.

'아, 못 견디겠다. 이러다가는 내 일생은 내외 싸움에 다 허비해 버리고 말겠다.'

고 자탄을 발하게 되었다.

이런 일을 수없이 하다가 어젯밤에 대파탄이 일어나 숭은 단연히 집을 버리고 뛰어나온 것이었다. 이러한 생각을 하고 앉았을 때에 숭의 곁에는 서슬이 푸른 경관 세 명이 달려왔다.

숭은 깜짝 놀라서 벌떡 일어났다.

셋 중에서 가장 똑똑해 보이는 순사가 바싹 숭의 가슴 앞에 와 서며,

"당신 무엇이오?"

하고 무뚝뚝하게 물었다.

'무엇이오?' 하는 말에 숭은 좀 불쾌했다.

"나 사람이오."

하고 숭도 불쾌하게 대답하였다.

"그런 대답이 어디 있어?"

하고 곁에 섰던 순사가 숭에게 대들었다.

"사람더러 무엇이냐고 묻는 법은 어디 있어?"

하고 숭도 반말로 대답했다.

"이놈아, 그런 말버릇 어디서 배워 먹었어?"

하고 곁에 섰던 또 다른 순사가 숭의 따귀를 갈겼다. 연거푸 두 번을 갈기는 판에 숭의 모자가 땅에 떨어졌다.

처음 숭에게 '당신 무엇이오?' 하던 순사가 수첩을 꺼내 들고,

"성명이 무어?"

하고 신문하는 구조다.

"내가 무슨 죄를 지은 것이 아니거든, 왜 까닭 없는 사람더러 불공하게 말을 하오?"
하고 숭은 뻗댔다.

"아마 이놈이 동네 농민들을 선동을 하여서 농업 기수에게 폭행을 시켰나 보오. 이놈부터 묶읍시다."
하고 한 순사가 일본말로 하였다.

숭은 어쩐 영문을 몰라서 어안이 벙벙하였다. 그러나 이 순사들은 자기를 따라온 것이 아니요, 이 동네 농민과 기수 새에 무슨 갈등이 생겨서 농민들을 잡으러 오는 것임을 짐작하였다. 그리고는 일변은 변호사인 직업 의식으로, 또 일변은 자기가 일생을 위해서 바치려는 살여울 동네 농민에게 무슨 중대 사건이 생겼다 하는 의식으로 이 자리에서 쓸데없는 말썽을 일으키는 것이 옳지 아니한 것을 깨달았다.

"나는 오늘 아침차로 서울서 내려온 사람이오. 지금 내 고향인 살여울로 가는 길이오."
하고 역시 일본말로 냉정하게 대답하였다.

숭의 유창하고 점잖은 일본말과 또 냉정한 어조에 수첩을 내든 순사는 좀 태도를 고쳤다.

"오늘 차에서 내렸소?"
하고 일본말로 좀 순하게 물었다.

"그렇소."

"그랬으면 자네네들 이 사람 보았겠지?"

하고 두 조선 순사를 돌아보았다.

두 순사는 물끄러미 숭을 바라보았다. 그중에 한 사람이,

"응, 본 것 같소."

하고 싱겁게 대답하였다.

이리해서 급하던 풍운은 지나갔다. 더구나 변호사라는 명함을 보고는 경관들은 좀 더 태도를 고쳤다. 숭의 따귀를 때린 순사는 약간 머쓱하기까지 하였다. 숭은 불쾌한 생각이 용이히 가라앉지 않지마는, 이것은 시골에 으레 있는 것으로 생각하고 꿀떡 참았다. 아니 참기로 별수가 있으랴마는.

숭은 짐을 들고 순사들의 뒤를 따라갔다.

동네 개들이 요란하게 짖었다.

목적한 범인 여덟 사람은 반 시간이 못 되어서 다 묶이었다. 그들은 반항도 아니하고 변명도 아니하고 어디 구경 가는 사람 모양으로 열을 지어서 묶여 섰다. 다만 아들을, 남편을 잡혀 보내는 부인네들이 문 앞에 서서 울 따름이었다.

이 사건의 주범 되는 맹한갑은 잡힐 때에 매를 맞고 발길로 채어서 그러한 자리가 있었다.

숭은 우두커니 서서 이 광경을 보았다.

경관대는 담배 한 대씩을 피우고는 범인 여덟 명을 끌고 읍으로 향하였다.

*

허숭은 와 있기를 바라는 일갓집을 다 제치고 한갑의 집으로 갔다. 이전에는 쓴 외 보듯 하던 일가 사람들도 숭이 변호사로 부잣집 사위로 훌륭한 옷을 입고 돌아온 것을 보고는 다투어서 환영하였다.
"네가 귀히 되어 왔구나."
하고 할머니, 아주머니뻘 되는 부인네들까지도 환영하였다.
"아이, 올케가 썩 미인이라더구나."
하고 누이 항렬 되는 여자들도 대환영이었다. 그러나 숭은 이러한 환영도 다 뿌리치고 이 동네에서 제일 작고 가난한 한갑이네 집을 택하였다. 한갑이 어머니는,
"아이, 자네같이 귀한 사람이 어떻게 우리 집에 있나."
하고 걱정하였다.
"쌀이 없는데, 반찬이 없는데."
하고 한갑 어머니가 애를 썼다.

"자제 먹던 대로만 해 주세요."
하고 숭은 한갑 어머니에게 안심을 주었다.

한갑 어머니는 잡혀간 아들이 무사히 돌아올까 하고 부엌에서 숭을 위하여 밥을 짓는 동안에도 몇 번이나 나와서 숭에게 물었다.

"그 애가 글쎄, 그놈을 때렸다네그려. 순이 손목을 그놈이 잡고 또 순이를 뺨을 때렸다구. 그 애가 글쎄, 그런 애가 아닌가. 학교에 다닐 적에도 남의 일에 챙견을 노 하지 않았나. 글쎄, 어쩌자고 관인(관리라는 받든 말)을 때리나. 그런 철없는 녀석이 어디 있어? 그 녀석이 이 늙은 에미 속을 이렇게 아프게 하나."
하고 한갑 어머니는 들락날락하며 어떤 때에는 부엌에서 머리만 내밀고, 또 어떤 때에는 부지깽이를 들곤 몸까지 내놓고, 어떤 때에는 소리만 나왔다.

"왜 한갑 군이 잘못했습니까?"
하고 숭은 진정으로 한갑의 행동에 감격하여서,

"그럼 남의 여자의 팔목을 잡고 뺨을 때리는 놈을 가만두어요. 두들겨 주지요."

"그야 그렇지."
하고 한갑 어머니는 숭의 칭찬에 만족하는 듯이 부엌문 밖에 나와서 허리를 펴며,

"그렇지만두 요새 세상에 농사나 해 먹는 놈이야 어디 사람인가. 귀밑에 피도 아니 마른 애들이 무슨 서깁시요, 무슨 나립시요 하고 제 애비 할애비뻘 되는 어른들을 이놈, 저놈 하고 개 어르듯 하지. 걸핏하면 따귀를 붙이고. 글쎄, 일전에도 전매국인가 어디선가 온 사람이 담배가 어쨌다나 해서."

하고 마나님은 비밀한 말이나 되는 듯이 소리를 낮추며,

"저 홰나무 댁 참봉 영감을 구둣발로 차서 까무러쳤다가 피어는 났지마는 아직도 오줌 출입도 못 한다오. 그 양반이 지금 환갑 진갑 다 지내고 일흔이 넘은 어른이 아니신가. 말 말어. 그나 그뿐인가. 그놈의 청결 검사, 담배 적간, 술 적간, 농회비 무엇이니 무엇이니 하고 읍내서 나오는 날이면 어디 맘을 펴 보나. 글쎄, 남의 집 안방, 부엌 할 것 없이 시퍼렇게 젊은 놈들이 막 뛰어 들어와 가지고는 젊은 아낙네까지 붙들고 힐거를 하는 수가 있으니 요새 법은 다 그런가, 서울도 그런가. 나라 법이야 어디 그럴 수가 있나. 이래서야 어디 백성들이 살아 먹을 수가 있나. 또 그놈의 신작로는 웬걸 그리 많이 닦는지, 부역을 나라, 조약돌을 져 오너라, 밭갈 때나 김맬 때나 나라면 나야지 아니 났다가는 큰일 아닌가. 우리 같은 것도 그래도 한 집을 잡고 산다고 남 하는 것 다 하라네그려. 이거 원 어디 살 수가 있나. 서울도 그런가. 우리 면장이 몹쓸어서 그런가, 구장이 몹쓸어서 그런

가. 나라 법이야 어디 그럴 수가 있나."
하고 마나님은 길게 한숨을 지으며,

"아무려나 우리 한갑이나 무사히 돌아왔으면 좋겠지마는 그 녀석이 왜 글쎄 관인을 때려! 망할 녀석!"
하고 눈물을 떨어뜨린다.

*

한갑 어머니는 속으로 무한한 슬픔과 불안을 가지면서도, 도회 여자 모양으로 그것을 말이나 몸짓으로 발표하지는 아니하였다. 그는 조선의 어머니의 자제력이 있었다.

그러나 숭을 위하여 밥상을 들고 나오는 한갑 어머니의 모양은 차마 바로 볼 수 없도록 초췌하였다. 나이는 아직 육십이 다 못 되었건마는 이가 거의 다 빠져서 볼과 입술이 오므라지고, 눈은 움쑥 들어가고, 몸에 살이 없어서 치마허리 위로 드러난 명치끝 근방은 온통 뼈다귀에다가 꼬깃꼬깃 꾸겨진 유지를 발라 놓은 것 같았다. 게다가 굳은살과 뼈만 남은 손 - 그것은 일생에 쉼 없는 노동과 근심과 영양불량으로 살아온 표적이었다.

숭은 일어나서 밥상을 받아 놓고 서울서 보던 몸 피둥피둥하고 머리 반드르르한 마님네를 연상하였다. 그네들에게는 일생에 하인들에게 잔소리하는 고생밖에 노동이라는 것은 없었고, 그러고도 고량진미에 영양은 남고도 남아서, 먹은 것이 미처 다 흡수될 수가 없어서, 끄륵끄륵 소화 불량이 되어 보약입시오, 약물입시오 하고 애를 쓰는 사람들이었다.

밥상! 숭의 밥상은 몇 백 년째나 한갑의 집이 대대로 물려오는 팔모반이었다. 본디는 칠하였던 것이 벗어지는 동안이 반세기, 벗어지는 한편으로 다시 때와 먼지로 칠하기 시작하여 완전히 칠해지기까지 반세기, 가장자리를 두른 여덟 개였을 장식 언저리 중에는 겨우 세 개가 남았을 뿐이다. 이 소반은 그래도 한갑의 집이 옛날에는 점잖게 살던 집인 것을 표시하는 대표적 유물이다. 한갑 어머니는 지금도 자기 집 가장의 밥상이 비록 은반상, 고기반찬은 못 오를망정 모반(네모난 소반)이 아니요, 팔모반인 것을 큰 자랑으로 알고 있다. 이 소반은 한갑 할머니가 한갑의 할아버지에게 시집올 때에, 그 시조부의 밥상이 되었던 것이었다. 그전에는 몇 대를 전하여 왔는지 모르지마는, 그 후에 한갑의 조부, 그 후에는 한갑의 아버지, 그리고는 한갑의 밥상이 된 것이었다. 이 밥상은 이 집 가장 이외에는 받지 못하는 거룩한 가보였다. 이 상에 밥을 주는 것이 숭에 대한 더할 수 없는 큰 대접이었다.

상만 아니라 대접과 주발도 옛날 것이었다. 대접은 여러 대 이 집 가장이 써오는 동안 밑이 닳아져서, 그 두꺼운 밑이 닳아져서 뽕 하고 구멍이 뚫려서 여기서 사십 리나 되는 유기전에 가서 기워 왔다.

"요새는 이런 좋은 쇠는 없소."
하고 유기전 사람이 말하였다는 것은 결코 이 고물을 보고 빈정댄 것만이 아니었다. 사실상 옛날 조선 유기는 요새 것보다 쇠도 좋고 살도 있고 모양도 점잖아서 요새 것 모양으로 작고 되바라지지를 아니하였다. 숭은 이 비록 다 닳아진 것이나마 그 후덕스럽고 여유 있는 바탕과 모양을 가진 기명(器皿)과 한갑이 어머니를 비겨 보고, 옛날 조선 사람과 오늘날 조선 사람의 정신과 기상을 비교해 보는 것같이 생각하였다.

그렇지마는 그 그릇에 담은 밥은 불면 날아날 찐 호좁쌀이요, 반찬이라고는 냉수에 간장을 치고 파 한 줄기를 썰어서 띄운 것 한 그릇(이것이 유기전에서 기워 온 고물 대접에 담은 것이다.), 그리고는 호박잎 줄거리의 껍질과 실을 벗기고 숭숭 썰어서 된장에 섞어서 호박 잎사귀에 담아서 화롯불에, 글쎄 굽는달까 찐달까 한 찌개 한 그릇뿐이었다. 이 호박잎 찌개에는 두 가지 이유가 있었다. 하나는 찌개를 찔 그릇이 없는 것, 또 하나는 호박잎을 찌노라면 된장에 있던 구더기가 뜨거운 것을 피해서 잎사귀 가장자리로 기어 나오기 때문에 구더기를 죄다 집어낼 수 있는 편리가 있는 것이었다.

  조밥 한 그릇(듬뿍 꾹꾹 눌러서 한 그릇), 파 찬국 늠실늠실 넘게 한 그릇, 그리고 구더기 없는 된장 호박잎 찌개 한 그릇 – 이것이 숭이 농촌에 돌아온 첫 밥상이었다.

*

"아주머니 안 잡수세요?"
하고 숭은 한갑 어머니를 바라보았다.
  "어서 먹게. 나 먹을 건 부엌에 있지."
하고 한갑 어머니는 마른 호박잎을 쓱쓱 손바닥에 비벼서, 아마 한갑이와 공동으로 쓰는 것인 듯한 곰방대에 담아서 화로에 대고 빤다. 이것이 호박잎 담배라는 것이다. 가을이 되면 콩잎 담배가 생기거니와, 그때까지는 호박잎 담배로 산다. 정말 담배를 사 먹는 사람이 이 동네에 몇 집이나 될까. 얻어만 먹어도 대접으로 한 줌을 주기만 하여도 죄가 되는 이 세상이거든. 한갑이 짚세기를 삼아서 장에 내다 팔아서 장수연 한 봉지를 사다가 주면, 어머니는,

"돈 없는데 이건 왜 사 왔니?"

하고 걱정은 하면서도 맛나게 피웠다.

숭은 목이 메어서 밥이 넘어가지를 아니하였다. 그것은 찐 호좁쌀 밥이 되어서 그런 것만이 아니었다. 찬국의 장맛이 써서 그런 것도 아니었다. 된장찌개에 구더기 기어 나오던 생각을 해서 그런 것도 아니었다. 한갑 어머니의 말이 하도 참담해서 그런 것도 아니었다. 한갑 어머니라는 비참한 존재, 그를 보는 것, 그러한 사람이 있다는 생각만으로 목이 메었던 것이다.

그래도 숭은 이 밥을 맛나게 먹어 보이는 것이 이 불쌍한 노인에게 대한 유일한 위로로 알고 냉수에 밥을 말아서 아무 감각도 없이 반 그릇이나마 퍼먹었다.

"잘 먹었습니다."

하고 숭이 숟가락을 놓을 때에 한갑 어머니는 곰방대를 놓고 일어나면서,

"어디 건건이가 있어야 먹지. 그래도 물에 다 놓지 않고. 자 한 술만 더 뜨게."

하고 숟가락을 들어서 밥을 물에 떠 넣으려고 한다.

"아이구, 그렇게 못 먹습니다."

하고 숭은 한갑 어머니의 팔을 붙들었다.

"이걸 원 어떡허나. 서울서 호강하던 손님을 쓴 된장에 호좁

쌀 밥을 대접하니 이거 어디 되겠나. 죽은 목숨야, 죽은 목숨."
하고 한갑 어머니는 숭이 남긴 밥에 물을 부어 그 자리에서 된장찌개 아울러 먹기를 시작한다.

숭은 한 번 놀랐다.

'이 노인이 밥을 한 그릇만 지어서 내가 남기면 먹고, 아니 남기면 자기는 굶을 작정이었구나.'
하였다.

기실은 이 노인은 끼니마다 밥 한 그릇을 지어서는 아들을 주고, 아들이 먹다가 남기면 자기가 먹고, 아니 남기면 숭늉만 마시었다. 아들이 혹,

"어머니 잡술 것 없소?"
하고 물으면 그는,

"없긴 왜? 부엌에 담아 놓았지. 지금 먹기가 싫어서 이따가 먹으려고 그런다."

이렇게 대답하였다. 이 모양으로 한갑 어머니는 춘궁이 되어서부터는 햇곡식이 날 때까지 하루 한 끼도 먹고 반 끼도 먹고 살아간다. 밖에 나가서 힘드는 일을 하는 아들만 든든히 먹여 놓으면 집에 가만히 있는 자기는 굶어도 좋다고 생각하였다. 이렇게 이 늙은 부인은 피부 밑에 있어야 할 기름을 다 소모해 버리고, 아마 내장과 뼛속에 있는 기름도 다 소모해 버리고 오직

뼈와 껍질만이 남아서 목숨을 부지하고 있는 것이다. 그의 눈은 흐리고 입술은 검푸르다. 피가 부족한 것이다. 피 될 것이 없는 것이다. 이렇게 허숭은 생각했다.

한갑 어머니는 그 밥과 된장과 찬국을 하나 아니 남기고 다 먹어 버린 뒤에 상을 들어 옮겨 놓으며,

"그런데 변호사 벼슬을 해서 귀히 되었다는데 어떻게 이렇게 왔나. 이 더운데? 그래도 고향이 그리워서 왔지? 얼마나 있다 가려나? 오늘 밤차로는 아니 가겠지."

하고는 늙은 부인은 불현듯 한갑이를 생각하고,

"어떻게 우리 한갑이 무사하게 해 주게. 이 늙은 년이 그놈을 잃구야 어떻게 사나. 하느님이 도우셔서 변호사가 오게 했지."

하고 혀를 끌끌 찬다.

*

"서울 안 갑니다. 여기 살러 왔어요."

하고 숭은 귀머거리에게 말하는 높은 음성으로 힘 있게 말하였다. 한갑 어머니가 귀가 먹은 것은 아니지마는, 그의 초췌한 모양이 보통 음성으로는 알아들을 수 없을 것같이 보인 것이었다.

"여기서 살다니? 변호사같이 귀한 사람이 무얼하러 이런 데 사나. 죽지를 못해서 이런 시골구석에 살지. 쌀밥을 먹어 보나, 대관절 담배 한 대를 맘대로 먹을 수가 없단 말야. 그도 옛날 같으면야 이따금 떡도 해 먹고 술도 해 먹고 돼지도 잡아먹고 한 집에서 하면 여러 집에서 노나도 먹고 하지마는, 요새야 밥을 땅땅 굶고, 노나 먹다니, 인심이 박해져서 없네 없어. 또 쌀독에 인심이 난다고, 어디 노나 먹을 것이나 있다든가. 웬일인지 우리 동네도 요새에는 다 가난해졌거든. 신구 상계나 하고 농량이나 아니 떨어지는 집이 우리 동네에 초시네 집하고 구장네 집하고나 될까. 다 못살게 되었지. 글쎄, 유 초시네 순이 삯김을 매네그려, 말할 거 있나. 그 순이 어떻게 귀엽게 자라난 아가씬데. 다들 못살게 되었단 말야. 글쎄, 변호사 같은 사람이 어떻게 이런 데서 사나."

하고 한갑 어머니는 숭의 농담을 믿은 것이 부끄러운 듯이 싱그레 웃는다. 그러나 그 웃음은 연기와 같이 희미하고 연기와 같이 힘없이 스러지고 만다.

"정말입니다."

하고 숭은,

"여기 살러 왔습니다. 어디 집이나 한 칸 짓고 농사나 지어 먹고 살러 왔습니다. 인제는 서울 안 가구요."

하고 다졌다.

"그럼, 댁네도 이리로 오나."

하고 한갑 어머니는 그래도 반신반의로,

"왜 벼슬이 떨어졌나?"

하고 근심하는 빛을 보인다.

"댁네가 따라오면 할 수 없겠지마는 웬걸 오겠어요?"

하고 숭은 아내에 관한 말을 길게 하기가 싫었다.

"아니, 댁네가 아주 부잣집 양반집 따님이라던데. 또 순이 그러는데 아주 예쁘게 생긴 사람이라던데. 그리고 처가댁에서 좋은 집도 사 주고, 땅도 여러 천 석 하는 것을 갈라 주었다더구면. 오, 그럼 여기 땅을 사러 왔나. 오, 그렇구면. 살여울 논을 사러 왔구면. 변호사가 논을 사거든 우리 한갑이도 좀 주라고. 지금 논을 사려면 얼마든지 산다네. 모두 척식 회사라든가, 금융 조합이라든가에 잡혔던 것이 경매가 되게 된다고 다만 몇 푼이라도 남겨 먹게만 준다면 팔아 버린다구들 그러는데, 한 마지기 둘셋 나는 거를 삼십 원이니 사십 원이니 부르고 있다데. 그렇게라도 팔아야 단돈 십 원이라도 내 것이 된단 말야. 머 금년까지나 팔면 이 동네에 제 땅 가진 사람 별로 없을 겔세. 그러면 작까지 떨어지거든. 왜 금 같은 돈 주고 산 사람이 이전 작인 붙여 둔다든가, 제 맘에 드는 사람 떼어 주지. 그러니깐 이 동네에서는 사람 못 산다니까 그러네그려. 모두 떼거지 나구야 말지. 다른 데서들은 다들 서간도로 간 사람도 많지마는 우리 살여울 동네야 어디 고래로 타도타관(他道他關)으로 떠난 사람이야 있었나. 다들 그래도 제 집 쓰고 제 땅 가지고 벌어먹었지. 몇 해 전만 해두 살여울 땅을 놓으면 맘을 놓는다고 안 했나. 우선 변호사네 집은 작히나 잘살았나. 부자 아니었나. 변호사는 명당 손이니까 또 더 큰 부자가 되었지마는, 다른 사람이야 한 번 땅을 팔면 모래 위에 물 엎지르는 것 아닌가, 다시는 못 주워 담지. 우리 집도 변호사네만은 못했지만 그래도 이렇지는 않지 않았나……."

이날 밤 숭은 저녁을 먹고 초시네 홰나무 밑으로 갔다. 이 홰나무는 본래 숭의 집 것이었다. 지금은 집 아울러 초시라는 사람의 것이 되었다. 이 홰나무 밑은 여름이 되면 밤이나 낮이나 동네 사람의 회의실이요, 휴식소요, 담화실이었다. 오늘 저녁에도 모깃불을 피워 놓고 사람들이 모여 앉았다. 늙은이, 젊은이, 아이들, 여러 떼로 모여 앉았다. 숭도 그 틈에 끼었다. 끼이자마자 이야기의 중심이 되었다.

*

　홰나무는 난 지가 몇 백 년이나 되는지 아무도 아는 이가 없다. 살여울에 배가 올라오던 시절에 이 나무에 닻줄을 매었다 하나, 그 배 올라오던 시절이 어느 때인지는 더구나 아는 사람이 없다. 지금은 배 올라오는 데를 가자면 여기서 남쪽으로 시오 리는 가야 한다. 옛날 산에 나무가 많을 때에는 달내강에 물이 깊어서 배가 살여울 동네 앞까지 올라왔을 법도 한 일이요, 이 동네에 처음 들어온 시조들이 배를 타고 이리로 올라왔을 법도 한 일이다. 그때에 이 살여울 동네에는 삼림이 무성하고 노루, 사슴, 호랑이가 들끓었을 것이다. 그 조상들은 우선 나무를 찍어 집을 짓고, 땅을 갈아서 밭을 만들고, 길을 내고, 우물을 파고, 그리고 동네 이름을 짓고, 산 이름을 짓고, 모든 이름을 지었을 것이다. 물이 살같이 빠르니 살여울이라 짓고, 강에 달이 비쳤으니 달내라고 짓고, 달내가 가운데 흐르니 이 젖과 꿀이 솟는 벌을 달내벌이라고 하였을 것이다. 그때에 이 골짜기, 그것을 두른 산, 달내강, 거기 나는 풀과 나무와 고기와 곡식과 개구리 소리, 꽃향기가 모두 이 사람들의 것이었다. 아무의 것이라고 패를 써 박지 아니하였지마는, 패를 써 박을 필요가 없었던 것이었다.

이 홰나무도 그 나무가 선 땅이 근년에 몇 번 소유권이 변동 되었지마는, 이 나무는 말없는 계약과 법률로 이 동네 공동의 소유였다. 이 동네에 사는 이는 누구든지 이 나무 그늘의 서늘함을 누릴 수가 있었다. 사람뿐 아니라, 소도 말도 개도 병아리 거느린 닭들도 이 홰나무 그늘 밑에서 놀든지 낮잠을 자든지 아무도 금하는 이가 없었고, 혹시 지나가는 사람이 이 늙고 점잖은 홰나무 그늘을 덮고 아픈 다리를 쉰다 하더라도 누가 못 하리라 할 이가 없었다.

　이 말이 믿기지 아니하거든 이 경력 많은 홰나무더러 물어보라. 그는 적어도 사오백 년 동안 이 살여울 동네의 역사를 목격한 증인이다. 이 동네에서 일어난 기쁨을 아는 동시에 슬픔도 알았다. 더구나 이 동네 수염 센 어른들이 짚방석을 깔고 둘러앉아서 동네일을 의논하고, 잘못한 이를 심판하고 훈계하고 하는 입법, 행정, 사법의 모든 사무가 처리된 것을 이 홰나무는 잘 안다. 비록 제일조, 제이조 하는 시끄럽고 알아보기 어려운 성문율이 없다 하더라도 조상 적부터 입에서 입으로 전해 오는 거룩한 율법이 있었고, 영혼에 밝게 기록된 양심률이 있었다. 그들은 어느 한 사람의 이익을 위하여 어느 한 사람에게 손해를 지우는 것은 말할 것도 없거니와 무릇 온 동네의 이익이라든지 명예에 해로운 일을 생각할 줄 몰랐다. 그것은 이 홰나무가 가장 잘 안다. 개인과 전체, 나와 우리의 완전한 조화 - 이것을 이상으로 삼았다.

또 이 홰나무는 그 그늘에서 일어난 수없는 연회를 기억한다. 혹은 옥수수, 혹은 참외, 혹은 범벅, 혹은 막걸리, 혹은 개장, 이러한 단순한, 그러나 건전한 메뉴로 짚세기를 결어 가며, 새끼를 꼬아 가며, 치룽을 결어 가며, 꾸리를 결어 가며, 어린애를 달래어 가며, 고양이까지도 참석을 시켜 가며 즐거운 연회를 한 것을 이 홰나무는 잘 기억한다.

면할 수 없는 죽음이 이 동네 어느 집을 찾을 때, 이 홰나무 밑에서 온 동네의 뜨거운 눈물의 영결식을 하는 것도 아니 볼 수 없었지마는, 정월 대보름날 곱닿게 차린 계집애들이 손길을 마주 잡고 큰 바퀴를 만들어 가지고,

"어딧 장차?"

"전라도 장차."

"어느 문으로?"

"동대문으로."

하고 추운 줄도 모르고 웃고 노는 양을 더 많이 보았다.

간혹 이 그늘에서 '이놈, 저놈' 하고 싸우는 소리도 날 때가 있지마는 그러한 충돌은,

"아서라."

하는 동네 어른의 점잖은 소리 한마디에 해결이 되는 것이었다. 숭은 이러한 공상을 하고 있었다.

*

"글쎄 이놈들아, 왜 불장난을 하느냐."
하고 '든덩집 영감님'이라는 긴 이름을 가진 이가 짚세기를 삼으면서 모깃불에서 불붙은 쑥대를 뽑아서 내두르는 웃통 벗은 아이들을 보고 걱정한다.
"이놈들아, 불장난하면 밤에 오줌 싸."
하고 젊은 사람 하나가 주먹을 들고 아이들을 위협한다. 위협받은 아이들은 빨갛게 타는 쑥대를 내둘러 어두움 속에 수없이 붉은 둘레를 그리면서 사방으로 흩어져 달아난다. 깨득깨득 웃는 소리만 남기고. 그러나 그 애들은 쑥대에 불이 꺼지면 다시 모깃불 곁으로 살살 모여든다.
"어떻게 될 모양인고?"
하고 든덩집 영감님은 한편 발뒤꿈치에다가 신날을 걸고 끙끙 힘을 써서 조이면서,
"다들 무사하기는 어렵겠지?"

한다. 누구를 지명해 묻는 것은 아니나 허숭을 향해서 묻는 것이 분명하다.

"아, 관리를 때렸는데 무사하기를 어떻게 바라오."
하고 깨어진 이남박을 솔뿌리로 꿰매고 앉았던 이가 대답을 가로챈다.

"아무리 관리기로 남의 처녀 손목을 잡고 뺨을 때리는 법이야 어디 있나."
하고 든덩집 영감님은 끼뺨으로 신바닥을 재면서,
"옛날 같으면 될 말인가. 그놈의 정강이가 안 부러져?"
하고 분개한다.

"옛날은 옛날이요, 오늘은 오늘이지요. 관리라는 관자만 붙으면 남의 내외 자는 안방에라도 무상 출입을 하는 판인데, 처녀 팔목 한 번 쥐고 뺨 한 개 붙인 것이 무엇이야요?"
하고 이남박 깁는 이도 아니 지려고 한다. 그는 나이가 사십가량 되고, 머리도 깎고 세상 경력이 많은 듯한, 적어도 고생을 많이 한 듯한 말법이다.

"때린 것이야 잘못이지."
하고 어디서 점잖은 음성이 온다. 구장 영감이다. 그는 홰나무 밑동을 기대고 앉아서 담배를 빤다. 냄새가 정말 담배다.

"어디 때리는 법이야 있나. 아무리 잘못한 일이 있더라도 때리면 구타거든. 황기수가 잘못했더라도 말로 승강이를 하는 게지 손질을 해서 쓰나. 한갑이 잘못했지."
하고 심판하는 어조다.

"누가 먼저 때렸는데요? 황가 놈이 한갑이를 먼저 때려서 코피가 쏟아지니깐 한갑이 황가 놈의 목덜미를 내려누르고 두어 번 냅다 질렀지요. 아따, 어떻게 속이 시원한지, 나도 이가 득득 갈리드라니."
하고 약고 약해 보이는, 무슨 병이 있는 듯한 청년이 구장의 말에 항의를 한다.

"그래도 손질을 한 것은 잘못야."
하고 구장은 불쾌한 듯이,

"내가 모르겠나. 이제 한갑이는 몇 해 지고야 마네. 아까도 주재소에 들르니까 소장이 그러데. 공무 집행 방해죄와 폭행죄로 한갑이랑 단단히 걸리리라고. 왜 손질을 해? 어디다가 손질을 해? 백성이 관리에게 손질을 하고 무사할 수가 있나. 다시는 그런 일 없도록 다들 조심해."
하고 구장은 자리에서 일어나서 한 번 크게 가래침을 뱉고 어디론지 어두움 속으로 사라져 버린다.

"아니꼽게시리."

"구장이면 큰 벼슬이나 한 것 같아서."

"되지못하게."
하고 젊은 패들이 구장의 발자국 소리가 아니 들릴 때가 되어 한마디씩 흉을 본다.
 "숭이, 자네 생각은 어떤가. 자네야 변호사니까 잘 알지 않겠나. 한갑이랑 이 사람들이 얼마나 죄를 질까."
하고 든덩집 영감님이 묻는다.
 "글쎄요, 벗어나기 어려울 것 같습니다."
하고 숭은 이러한 경우에 만족할 만한 대답을 주지 못하는 것이 슬퍼서,
 "그렇지마는 별로 큰 죄 될 것은 없겠지요."
하고 위안을 주었다.

*

 "거 원, 어떡헌단 말인고."
하고 든덩집 영감님은 신을 삼던 손을 쉬고 호박잎 담배를 담으면서,
 "그날 벌어 그날 먹던 사람들이 저렇게 오래 붙들려 가 있으면 거 원, 어떡헌단 말인고."

이 노인은 아직도 상투가 있다. 몸은 늙은 소나무와 같다.

"무얼 어떡해요? 징역이나 지면 상팔자지. 먹을 걱정, 입을 걱정 없고. 설마 굶기기야 하겠어요. 콩밥이라도 굶는 것보다 안 날라고."

하고 병 있는 듯한 젊은이가 역시 병 있는 듯한 젖먹이를 기어 나가지 못하게 붙들면서 웃는다.

"집안 식구들은 다 어떡허고?"

하고 이남박 깁던 이가 무릎을 들고 칼을 찾는다.

"집에 있으면 별수 있던가요. 빚에나 졸렸지. 이왕 잡아다 가둘 것이면 집안 식구를 다 가두어 주었으면 좋지."

하고 병 있는 듯한 이는 자기의 의견을 고집한다.

"그래도 집이 좋지. 비럭질을 해 먹어도 집이 좋지."

하고 아직도 스무남은 살밖에 아니 된 얼굴 검은 청년이 언권을 청한다. 마치 어른들 말참견하는 것이 미안하다는 듯한 수줍은 태도로.

"응, 너도 좀 고생을 해 봐라. 집도 먹구야 집이지 배때기에서 쪼르륵 소리가 나는데 집은 다 무어야?"

하고 병 있는 이가 선배인 체한다.

"얼마나들 있으면 걱정 없이 살아갈 수가 있을까요?"

하고 숭은 화제를 돌리려 하였다.

'걱정 없이 살아간다.'는 말에 사람들은 귀가 번쩍 뜨였다.

"그게야 식구 나름이지."

하고 이남박 깁던 이가 지혜 있는 양을 보인다.

"식구는 댓 식구 잡고."

하고 숭이 말을 첨보(添補)하였다.

"다섯 식구도 식구 나름이지마는 일할 어른이 둘만 있으면야 글쎄, 논 댓 마지기, 밭 이틀갈이, 한 부엌 땔 산 한 조각이면야 거드럭거리구 살지."

하는 이남박 영감의 말에,

"논 댓 마지기만 있으면야, 밭 이틀갈이 다 가지군들, 하루갈이만 가지군들."

하고 짚세기 노인이 수정을 한다.

"그러문요, 논 댓 마지기만 있으면야 부자 부럽지 않지그려."

하고 여태까지 아무 말도 아니하고 치룽 겯던 중늙은이가 한몫 든다.

"그리구두 벼름이 적어야. 요새처럼 벼름이 많아서야 농사나 해 가지고야 평생 빚지기 알맞지요."

하고 병든 이가 불평한다.

"그래도 논 댓 마지기, 밭 이틀갈이면 살아, 나뭇갓 있고."

하고 이남박 영감님이 자기의 주장을 보증한다.

"그야, 그럼, 그렇지요."

하고 대개 의견이 일치하였다.

"내가 모르겠나."

하고 이남박 영감님이 자기의 의견이 선 것을 만족하게 여긴다.

숭은 생각하였다. 논이 닷 마지기면 두 섬 내기 잡고 오팔은 사십, 사백 원, 밭이 이틀갈이면 육백 원, 나뭇갓 백 원, 도합 일천백 원, 천 원 돈이면 다섯 식구가 일생만 사는 것이 아니라 영원히 뜯어먹고 살 수가 있는 것이었다.

'논 닷 마지기, 밭 이틀갈이.'

하고 입 속으로 외우면서 숭은 집으로(한갑 어머니 집으로) 돌아왔다.

"인제 오나?"

하고 한갑 어머니는 어두움 속에서 소리를 냈다. 그가 빠는 곰방대에서 호박잎 불이 번쩍한다.

*

한갑 어머니는 숭을 위하여 '웃간'이라는 방(건넌방에 비길 것이다.)에 모기를 다 내쫓고 문을 꼭꼭 닫아 놓았다. 숭은 방에 들어가 손으로 더듬어서 자리 있는 곳을 찾고, 베개 있는 곳을 찾아서 드러누웠다. 몸이 대단히 곤하다.

"아이, 더워!"

하고 숭은 제일 먼저 더위를 깨달았다. 말만 한 방에 문을 꼭꼭 닫아 놓았으니 이 복염에 아니 더울 리가 없다. 숭의 몸에서는 땀이 흐르기 시작하였다. 숭의 눈에는 서울 정동 집에 앞뒷문 활짝 열어 놓고도 선풍기를 틀어 놓던 것을 생각하였다.

숭은 더위를 참고 잘 생각을 하고 눈을 꼭 감았다. 그러나 갑자기 변한 환경은 숭의 맘을 도무지 편안치 못하게 하였다.

'집을 버리고 아내를 버리고.'

하는 생각은 그리 유쾌한 생각은 아니었다. 비록 아내가 숭의 뜻을 몰라주고 또 숭에게 대하여 현숙한 아내가 아니라 하더라도 아내를 버리고 나온 것은 옳은 일이라고 할 수는 없었다. 그뿐인가. 싸울 때에는 원수같이 밉더라도 애정도 그만큼 깊었다. 애정이 깊기 때문에 싸움도 심한 것이 아닐까.

"내가 잘못하더라도 왜 참지를 못하우? 내가 잘못하는 것까지도 왜 사랑해 주지를 못하우? 어머니도 없이 자란 년이 남편 앞에서나 응석을 부리지 어디서 부리우?"

하고 싸우고 난 끝에 울며 하던 아내의 말을 생각하면 뼈가 저리도록 아내가 불쌍해진다.

"내가 악인은 아니유. 내가 당신을 미워하는 것도 아니유. 당신이 내게 소중하고 소중한 남편이지만두 내가 철이 없으니깐 그렇게 당신을 못 견디게 굴지. 그걸 좀 용서하고 참아 주지 못하우? 그래두 내 정선이 하구 귀애 주지 못허우?"
하고 정선은 싸우던 끝에 가끔 숭의 품에 안겨서 원망하였다.

목덜미에서 빈대가 따끔한다.

겨드랑에서 벼룩이 스멀거린다.

쑥내를 먹고 어지러뜨렸던 모기들이 앵앵 하고 나와 돌아다닌다. 어디를 뜯어먹을까 벼르고 노린다. 발등이 갑자기 가려워진다.

"이놈의 모기가."
하고 숭은 손으로 발등을 때렸다.

서울 정동 집 안방에 생초 모기장, 안사랑 침대에는 하얀 서양 모기장이 걸리어 있는 것을 숭은 생각하였다. 모기장이 없기로니 정동에 무슨 모기가 있나.

불의에 남편을 잃어버린 정선은 얼마나 애를 태울까. 숭은 모기, 빈대, 벼룩, 더위의 총공격을 받으면서 생각하였다.

어젯밤에 숭이 가방을 들고 다시 이 집에를 아니 들어온다고 뛰어나올 때에, 정선은 비록 분김에 제발 다시 돌아오지 말라고 말은 했지마는, 그래도 자정을 땅땅 치는 소리를 듣고는 왜 아직도 아니 올까 하고 기다리기를 시작하였다.

"영감마님 사랑에 들어오셨나 보아라."

하고 정선은 몇 번이나 하인에게 물었다.

정선은 눈을 감았다가 뜰 때에는 그동안 자기가 잠이 들지 아니하였던 것을 잘 알면서도 혹시나 곁에 숭이 누워 있는가 하고 돌아보았다. 그러다가 빈 베개만이 있는 것을 보고는 금할 수 없이 눈물이 흘렀다.

혼인한 지 일 년이 가깝도록 한 번도 곁을 떠나 본 적이 없는 내외다. 정선은 어쩌다가 잠깐 잠이 들었다가 눈을 떴을 때에는 벌써 전깃불이 나가고 동창에 볕이 비쳤다.

"영감마님 아니 들어오셨니?"

하고 정선은 저도 놀랄 만치 소리를 질렀다. 그러나 이때는 벌써 숭이 살여울 동네 우물가에 몸이 있을 때였다.

정선은 남편의 베개에 엎드려 울었다.

*

이튿날 정선은 재판소로 전화를 여러 번 걸었다.

"허 변호사 오셨어요?"

"아직 안 들어오셨습니다."

하는 급사의 대답이 들릴 때에는 정선은 전화기를 내동댕이 치고 싶었다.

지금 살여울서 숭이 모기와 빈대와 벼룩에게 뜯기어 잠을 이루지 못할 때에도 정선은 서울 집에서 이제나 저제나 하고 남편이 돌아오기를 기다리고 있었다.

"아마 석왕사로 간 게지."

하고 정선은 억지로 안심을 하려 하였다. 계집애에게도 부끄럽고 하인들에게도 부끄러웠다. 만일 남편이 아주 달아나고 말았다 하면, 무슨 면목으로 행길에를 나서고 무슨 면목으로 사람들을 대할까 하였다.

숭도 잠을 이루지 못하고 아내를 생각하였다. 밉던 점을 다 떼어 버리고 생각하면 정선은 아름다운 아내였다. 얼굴도 아름답고 몸도 아름답고 맘도 아름답고 목소리도 아름다웠다. 다만 숭의 뜻을 알아주지 아니하였다. 정선이 만일 갑진에게 시집을 갔으면 얼마나 좋은 아내가 될까 하고 숭은 여러 번 생각하였다. 정선의 머릿속에는 도저히 민족이라든지, 인류라든지 하는 생각은 용납할 수가 없는 것 같았다. 그에게는 오직 제가 있고 남편이 있고 제 집이 있을 뿐인 것 같았다. 세상을 위해서 제 몸을 고생시킨다든가, 제 재산을 희생한다든가 하는 것은 믿을 수가 없는 듯하였다. 숭은 이것이 슬펐다. 숭은 정선에게 이 생각을 넣어 주려고 퍽 애를 써 보았으나 되지 아니하였다. 그리고 숭의 말이나 행동이 정선이 인식하는 범위, 동정하는 범위를 넘어갈 때에는 정선은 무슨 큰 모욕이나 당하는 듯이 발끈 성을 내서 숭에게 들이댔다. 그는 남편인 숭을 자기의 범주에 우겨 넣으려는 듯하였다. 사실 숭이 정선과 같은 범주 속에 들어가기만 하면 숭과 정선은 화합한 부부가 되어 행복된 가정생활을 할 수 있을 것 같았다.

그러나 숭은, 정선의 말법을 빌리면, 시골 벽창호가 되어서 정선의 주먹에 들지를 아니하였다. 정선의 인생관은 대체로, 오랜 세월을 두고 계급적으로 흘러진 것이 아니냐. 이렇게 숭은 생각하였다.

숭은 한갑 어머니가 코를 고는 소리를 들었다. 아들을 잡혀 보내고도, 속에 지극한 슬픔을 가졌으련만도 태연한 여유를 보이는 한갑 어머니를 숭은 부럽게 생각하였다.

일생에 너무도 슬픔을 많이 경험하여서 감수성이 무딤인가, 인생 만사를 다 팔자로 여겨서 운명에 맡겨 버리고 맒인가, 그보다도 기쁨이나 슬픔을 남에게 보이지 아니하려는 조선 사람의 성격인가.

숭은 문을 열었다. 약간 서늘한 바람과 함께 모기떼가 아우성을 치고 들어왔다. 마치 이 동네에서 보지 못한 인종 숭을 들어내기나 하려는 듯이.

숭은 밖에 나갔다.

하늘은 파랗게 맑고 별이 총총하다. 가을이 멀지 아니한 표다. 시루봉, 먹고개, 흰하늘이고개 등 독장산 줄기, 산들이 푸른 하늘 면에 검은 곡선을 그렸다. 숭은 발이 가는 대로 집 없는 벌판을 향하고 걸어 나갔다. 고요하다. 아직 벌레 소리가 들리기에는 너무 철이 일렀다. 살여울 물소리도 들릴 것같이 그렇게 천지는 고요하였다.

숭은 살여울 물가에 나섰다. 숭이 어릴 때까지도 이 물가에는 늙은, 붉은 소나무들이 있었지마는, 그것마저 찍어 먹고 인제는 한두 길 되는 갯버들이 있을 뿐이다. 검은 밤 들에 물빛은 그래도 희끄무레하였다. 짭, 짭, 짭, 짭 하고 소리를 내며 물이 흐르는 소리가 들렸다. 저 위 살여울의 물이 굴러 내리는 소리가 은은하게 울려온다.

숭은 이 물에 연상되는 어린 때의 꿈, 한없는 하늘, 땅, 쉼 없이 흘러가는 강물, 인생, 이 물가에 고달픈 잠이 들어 있는 살여울 동네, 서울에 두고 온 아내……. 끝없는 생각을 하면서 물가로 오르락내리락하였다.

 닭이 울었다. 닭은 무엇을 먹고 사나, 닭도 한갑 어머니처럼 기름기가 없을 것이다. 이렇게 숭은 생각하였다.

 동편 하늘에 남빛이 돈다. 이것은 서울서는 못 보던 빛이다. 그 남빛이 점점 짙어져서 자줏빛으로 변해 온다. 산들의 모양이 더욱 분명하게, 그러나 아직도 검은 한 빛으로 푸른 하늘 면에 나타난다. 흐르는 물조차도 좀 더 소리를 내는 것 같았다.

 늦은 여름 새벽에 보는 골안개가 일어났다. 아직 저 안개가 일어나기에는 이른 때지마는 높은 산과 강이 있는 탓인가, 여기 저기 부유스름한 안개가 피어올랐다. 오른다는 것보다도 소리 없이 끼었다.

 살여울 물이 하늘의 남빛을 받아 야청빛을 보인다.

 어디서 벌써 말방울 소리가 들린다.

 무너미로부터 살여울을 건너 방아머리, 굿모루를 돌아 검은오리 장으로 통한 큰길이 바로 이 동네 옆으로 지나가게 된다. 아마 무너미서 자고 검은오리 장을 보려고 가는 장돌림꾼의 짐실은 당나귀 방울 소릴 것이다. 그 당나귀 등에는 인조견, 광목, 고무신, 댕기, 얼레빗, 참빗, 부채 등속이 떨어진 보자기에 싸여서 실렸을 것이요, 그 뒤에는 – 숭의 생각은 막혔다.

그 뒤에는 예전 같으면 짚세기 감발에 갓모 씌운 갓을 쓴, 흔히는 꽁지 땋아 늘인 사람이 따를 것이다. 그러나 지금이야 원 그렇게 차렸을라고. 숭은 그 당나귀 뒤를 따르는 사람의 모습이 도무지 생각에 들지를 아니하였다.

"딸랑딸랑."

당나귀 방울 소리가 골안개 속으로 멀어 간다. 숭의 생각은 그 소리를 따라갔다.

신작로가 나고 자동차가 다니고, 짐트럭까지 다니게 된 오늘날에는 조선 땅에 말과 당나귀의 방울 소리도 듣기가 드물게 되었다. 그것이 문명의 진보에 당연한 일이겠지마는 숭에게는 그것도 아까웠다. 그 당나귀를 끌고 다니던 사람은 무얼 해서 벌어먹는지, 심히 궁금하였다.

살여울 동네는 미투리를 삼는 것을 부업을 삼았으나, 고무신이 난 뒤여서 그렇지마는 미투리 틀을 못 보았다.

동편 하늘은 더욱 밝아지고 붉어진다. 멀지 아니해서 둥그런 빛에 차고, 열에 차고, 영광에 찬 해가 올라올 것이다.

'그 해가 오르는 것이나 보고 가자.'

하고 숭은 물가에 쑥 내민 산코숭이에 올라갔다. 여기도 숭이 서울로 가기 전에는 늙은 소나무가 많이 있어서 여름이면 늙은이와 아이들이 올라와 놀더니, 지금은 오직 구부러진 소나무 한

개만이 서 있을 뿐이다. 아마 몹시 구부러진 덕에 찍히기를 면한 모양이다.

"팔아먹을 수 있는 것은 다 팔아먹었구나!"

하고 숭은 늙은 소나무 뿌리에 걸터앉으면서 혼자 중얼거렸다.

몸은 밤새도록 흘린 땀에 아직도 끈적끈적한데 그래도 새벽 바람이 선들선들하다. 이틀 밤째 새우는 숭의 머리는 퍽 무거웠다. 눈도 아팠다. 그러나 가슴속은 형언할 수 없는 불안과 괴로움으로 끓었다.

"나는 장차 어찌할 것인고?"

하고 숭은 굉장하게 빛을 발하고 거드름을 피우면서 흰하늘이 고개로 올려 솟는 햇바퀴를 바라보았다. 여러 해 막혔던 자연의 아침 해! 숭의 가슴은 눈과 함께 환하게 트이는 것 같았다.

"그 빛, 그 힘!"

하고 숭은 간단한 찬미의 단어로 아침 해를 찬탄하였다.

독장산, 살여울 벌, 달내강 물 – 모두 빛과 힘에 깨었다. 환하다. 강과 논에 물, 풀잎 끝에 이슬 구슬이 모두 황금빛으로 빛났다. 더위와 물것과 근심으로 밤새에 부대낀 살여울 동네도 학질 앓고 일어난 사람 모양으로 빛 속에 깨어났다.

"인제 동네로 내려가자."

하고 숭은 일어났다.

*

 숭은 살어울 동네에 온 뒤로 이틀 밤을 새웠다. 밤에는 물것 일래, 낮에는 파릴래 도무지 잠을 잘 수가 없었다.
 또 이틀 동안에 이 동네에 관하여 이러한 지식을 얻었다.
 장질부사 앓는 이가 셋, 이질 앓는 이가 넷, 학질 앓는 이가 다섯, 무슨 병인지 알지 못하고 앓는 이가 둘, 만삭이 되어서 배가 아픈 부인이 하나. 만일 의사를 대어 진찰을 한다면 이 동네에 완전한 건강을 가진 이가 몇이나 될까. 비록 큰 병이 안 들린 사람이라 하더라도 혹은 기생충, 혹은 영양 불량에서 오는 모든 병, 낯빛을 보면 건강해 보이는 이는 몇이 아니 보인다. 숭은 이틀 밤만 이 동네에서 지내도 정신이 하나도 없고 몸은 죽도록 앓고 난 사람과 같다. 못 먹고, 과로하고, 잠 못 자고, 심려하고 그리고도 용하게 이만한 건강을 부지해 왔다. 참말 목숨이란 모질구나 하고 한탄하지 아니할 수 없었다.
 이질이나 장질부사 환자의 똥에 앉았던 파리들은 그 발에 수 없는 균을 묻혀 가지고 부엌으로 아우성을 치고 돌아다니며 음식과 기명과 자는 아기네의 입과 손에 발라 놓는다. 밤이 되면 학질의 스피로헤타를 배껏 담은 모기가 분주히 이 사람 저 사람의 혈관에 주사를 하고, 발진티푸스균을 꼴깍꼴깍 토하는 이와 빈대는 이 방에서 저 방으로, 이 집에서 저 집으로, 이 동네에서 저 동네로 여행을 다닌다.

농촌에 의사가 있느냐. 가난한 농촌의 병은 현대의 의사에게는 학위 논문 재료로밖에는 아무 흥미가 없는 것이다. 그 병을 고친대야 돈이 나오지 아니한다. 농촌에서 도시에 있는 의사 하나를 데려오자면 오막살이를 다 팔아 넣어야 하지 않는가. 자동차빕시요, 출장빕시요, 진찰톺시요, 약값입시요, 이렇게 돈 많이 드는 의사를 청해다 보느니보다는 죽었다가 다시 태어나는 것이 편안한 일이다. 그렇다고 의사도 현대에는 병 고치는 것은 수단이요 돈벌이가 목적이거늘, 돈 안 생기는 농촌 환자를 따라다니라는 것은 실없는 소리다. 국비로 하는 위생 설비조차, 위생 경찰조차 도시에 하고 남은 여가에나 농촌에 미치는 이때거늘. 만일 한 도시의 수도에 들이는 경비를 농촌의 우물 개량에 들인다 하면 몇 천 동네의 음료를 위생화할는지 모르지 않느냐.

이리하여 농촌 사람은 병 많고, 일찍 늙고, 사망률 높고, 어린애 사망률이 더욱 높고, 그들의 일생에 땀을 흘려서 모든 사람의 양식과, 모든 문화의 건설 비용을 대면서도 자기네는 굶고, 자기네는 문화의 혜택을 못 보지 않느냐.

이렇게 생각할 때에 숭은 일종의 비분을 깨달았다.

'옳다. 그래서 내가 농촌으로 오지 아니하였느냐.'

하고 숭은 주먹을 불끈 쥐었다.

'어디 해 보자. 내 힘으로 살여울 동네를 얼마나 잘살게 할 수 있는가. 마르크스주의자들의 계급투쟁 이론의 가부는 차치하고 어디 건설적으로, 현 사회 조직을 그대로 두고, 얼마나 나아지나 해 보자. 이것은 내가 동네 사람들과 더불어 할 수 있는 일이 아니냐. 장래의 천국을 약속하는 것보다 당장 죽을 농민을 살릴 도리, 아주 살릴 수는 없다 치더라도 그 고통을 감하고 이익을 증진할 도리 – 이것은 내 자유가 아니냐.'

이렇게 숭은 생각하였다. 그리고 숭은 일종의 자신과 자존과 만족을 깨달았다.

'내 일생을 바쳐 살여울 백여 호 오백 명 동포를 도와 보자!'

이렇게 결심하고 숭은 일할 프로그램을 만들기 시작하였다. 맨 처음 해야 할 일이 무엇일까. 이 동네 사람들의 고통 중에 어느 것을 먼저 덜어 주어야 할까. 그리하고 어떠한 방법, 어떠한 경로로 매호에 논 닷 마지기, 밭 이틀갈이를 줄 수가 있을까, 그리고 숭 자신은 어떠한 생활을 해야 될까.

*

 첫째로 할 일은 읍내에 가서 의사를 데려오는 것이었다. 둘째로 할 일은 양식 없는 이에게 양식 줄 도리를 하는 것이었다. 셋째로 할 일은 파리와 모기와 빈대를 없이하는 것이었다. 그리고 넷째로는 잡혀간 사람들 – 한갑이 아울러 여덟 사람을 나오게 하는 것이었다. 이 네 가지 일은 우선 금명간에 하지 아니하면 아니 될 일이었다.

 숭은 아침 일찍이 읍내로 갔다.

 읍에는 여기저기 옛날 성이 남아 있었다. 문은 다 헐어 버리고 사람들이 돌멩이를 가져가기 어려운 곳에만 옛날 성이 남아 있고 총구멍도 남아 있었다. 이 성은 예로부터 많은 싸움을 겪은 성이었다. 고구려 적에는 수나라와 당나라 군사와 여러 번 싸움이 있었고, 그 후 거란, 몽고, 청, 아라사, 홍경래 혁명 등에도 늘 중요한 전장이 되던 곳이다. 을지문덕, 양만춘, 선조대왕 이러한 분들이 다 이 성에 자취를 남겼다. 청일, 일로 전쟁에도 이 성에서 퉁탕거려 지금도 삼사십 년 묵은 나무에도 그 탄환 자국이 혹이 되어서 남아 있는 것을 본다. 마치 조선 민족이 얼마나 외족에게 부대꼈는가를 말하기 위하여 남아 있는 것 같은 성이었다.

읍내 한 오백 호 중에 이백 호 가량은 일본 사람이요, 면장도 일본 사람이었다. 읍내에 들어서면서 제일 높은 등성이에 있는 양철지붕 한 집이 아사히라는 창루다. 이것은 숭이 어렸을 적부터 기억하는 것이었다. 그담에 큰 집은 군청, 경찰서, 우편국, 금융 조합, 요릿집 등이었다. 보통 조선 사람 민가는 태반이나 초가집이었다. 그래도 전등도 있고 전화도 있고, 수도도 공사 중이다. 전화 칠십 개 중에 조선인의 것이 십칠 개라고 한다.

숭은 먼저 경찰서를 찾았다. 옛날 질청이던 것을 고쳐 꾸민 집이다.

"무슨 일 있어?"

하고 문 앞에 섰는 순사가 숭의 앞을 막고 물었다.

"서장을 만나려오."

하고 숭은 우뚝 서며 대답하였다.

"서장?"

하고 순사는, '이것이 건방지게 서장을 만나려 들어?' 하는 듯이 숭을 훑어보았다. 그러나 숭에게 서장을 만나지 못할 아무러한 이유도 없다는 듯이 길을 비켜 주었다. 그리고 다시 따라와서 명함을 내라고 하였다.

숭은 명함을 내주었다. 그것은,

"변호사 허숭."

이라고 쓴 명함이었다.

 이 명함은 그 순사에게 적지 아니한 감동을 준 모양이었다. 변호사가 되려면 판검사를 지냈거나 고등 문관 시험을 치러야 되는 줄을 아는 그는 숭에게 대하여 다소의 존경을 깨달았다.

 "잠깐 기다리셔요."
하고 그 순사는 서장실로 뛰어 들어갔다.

 "이리 들어오시오."
할 때에는 그 순사는 약간 고개까지도 숙였다. 서장은 앉은 채로 고개를 숙여 숭의 인사를 받고 의자를 권하였다.

 "언제 내려오셨습니까?"
하고 뚱뚱한 서장은 숭에게 물었다.

 "이삼 일 되었소이다. 나도 여기가 고향입니다."
하고 숭은 말의 실마리를 찾으려 하였다.

 "아, 그렇습니까. 대단히 출세하셨습니다그려."
하고 서장은 이 골 태생으로 변호사까지 된 것이 신기하다는 듯이 놀라는 빛을 보이고,

 "학교는? 어디 내지서 대학을 마치셨나요? 동경? 경도?"
하고 친밀한 어조를 보였다.

 "학교는 보성전문이외다."
하고 숭은 서장의 표정을 엿보았다.

"보성전문?"

하고 서장은 또 한 번 놀라는 빛을 보였다. 그러나 그 끝에는 시들하다는 빛이 따랐다.

*

"퍽 젊으신데……. 어쨌든지 장하시오."

하고 서장은 내 관내 백성이라는 의식으로 칭찬하였다. 서장은 아부라는 경부였다.

서장은 규지(사환)를 불러 차를 가져오라고 분부하고,

"그래 어쩨 이렇게?"

하고 부채를 부치며 일을 물었다.

"다름이 아니라, 시탄리(살여울) 농민 사건에 대하여 서장께 청할 것이 있어서 왔소이다."

하고 숭은 말을 열었다. 서장은 안경 위로 물끄러미 숭을 바라보았다. 그러나 대답은 없었다.

"시탄리는 내 고향이외다. 이번 오래간만에 고향에 오던 날에 바로 그 일이 생겼는데, 여기 잡혀 온 사람들은 다 내가 잘 아는 사람들이외다. 평소에 양같이 순한 사람이외다."

할 때에, 서장은 픽 웃으며,

"양? 도우모 아바레루 히스지 데스나(거 어지간히 왈패한 양들인걸)."

하고 담배 한 대를 피워 문다.

"잠깐 내 말씀을 들으세요. 사건의 진상이 어찌 된고 하니 황기수가 유순이라는 열아홉 살 되는 처녀의 손목을 잡아끄는 것을 그 여자가 항거한다고 해서, 황기수가 그 여자의 뺨을 때린 것이 사건의 시초외다. 서장은 물론 조선 사정을 잘 아시겠지마는 조선서는 남의 부녀에게 모욕을 하거나 손을 대는 것이 용서할 수 없는 일로 아는 것입니다. 그래서 맹한갑이라는 청년이 황기수의 팔을 붙들고 제지를 했는데, 황기수가 맹한갑의 면상을 세 개나 때렸다고 합니다. 그래도 맹한갑은 폭력을 쓰지 않고 말로만 승강을 하다가 황기수가 주먹으로 맹한갑의 면상을 질러서 코피가 쏟아질 때에 맹한갑은 비로소 황기수를 넘어뜨렸다고 합니다. 그것은 자기에게 오는 위해를 면하려는 정당방위라고 생각합니다. 그리고 다른 일곱 사람은 두 사람이 마주 붙은 것을 뜯어말리려고 모여들었던 것이라고 합니다. 그 증거로는 첫째, 황기수의 양복저고리 등에 밖으로 묻은 피가 있다는데 이것이 맹한갑의 코에서 흐른 피요, 그것이 등에 떨어진 것은 맹한갑이 황기수 뒤통수를 눌러 황기수의 손이 다시 자기의 낮에 오지 못하게 한 것이라는 가장 확실한 증거가 된다고 믿습니다. 또 만일 맹한갑이나 다른 일곱 사람이 황기수를 모둠매를 쳤다고 하면 황기수가 제 발로 뛰어 달아날 수가 없었을 것입니다. 그러므로 이상에 말한 사실로 보아서 맹한갑 등 여덟 사람은 벌할 만한 죄가 없는 것이라고 믿습니다. 또 맹한갑 등 여덟 사람은 그날 벌어서 그날 먹는 사람들이니 그들이 오래 집을 떠난다는 것은 그 가족들의 굶어 죽음을 의미하는 것입니다. 그렇더라도 현저한 죄상이 있으면야 그야 무가내하지마는, 사실 이 사건의 책임은 전혀 황기수에게 있는 것이 분명합니다. 서장께서는 이러한 점을 밝히셔서 이 동정할 만한, 제 속에 있는 말도 다 할 줄 모르는 가련한 사람들을 하루라도 바삐 청천백일의 몸이 되게 하시기를 바랍니다. 이것이 내가 서장께 간곡하게 청하는 바입니다."

"황기수의 말은 그와는 좀 다른데."
하고 서장은 책상 위에 있는 초인종을 누른다.

그 소리에 응하여 들어오던 순사(기실 순사 부장)는 숭을 보고 깜짝 놀란다. 그것은 일전 살여울에서 숭의 따귀를 떨던 사람이다. 숭도 한 번 눈을 크게 떴다.

"그 황기수 구타, 공무 집행 방해 사건 어찌 되었나. 아직 자백들을 아니하였나."
하고 서장은 부장에게 물었다.
"네, 다른 놈은 다 자백을 했는데, 한 놈이 아직도 아니합니다, 맹한갑이 한 놈이. 그놈은 아주 흉악한 놈입니다. 자기는 먼저 맞았노라고, 자기는 절대로 정조식하라는 명령에 반항한 것은 아니라고 합니다. 허지만 오늘 안으로는 끝을 내겠습니다."
하고 자신 있는 듯이 말한다.
"배후에 선동자는 없나?"
하는 서장의 물음에 부장은,
"선동은 맹한갑이 한 모양이고, 맹한갑을 누가 선동했는지는 도무지 자백을 하지 아니합니다. 맹한갑은 보통학교를 졸업했을 뿐이니까 무산대중이니 부르주아 제국주의 정부니 하는 말을 할 지식이 없겠는데, 황기수의 증언을 보면 그런 계급투쟁적 언사를 하고 부르주아 제국주의 주구인 관리를 타도하라고 하더라니, 필시 지식 계급에 있는 불량배의 선동이 있는 것이라고 믿어집니다."
하고 부장은 허 변호사를 곁눈으로 미움과 악의가 가득한 눈으

로 힐끗 보며,

"요새 서울 가서 전문학교깨나 댕긴 조선 사람들은 모두 건방지고 불온사상을 가지니까요."

한다.

"신 참사는 뭐라나?"

하는 서장의 말에, 부장은,

"황기수의 고소장과 증인을 우라가키(보증)합니다."

"응, 알았네. 가게."

하여 부장을 보내고 서장은 눈에 가득한 승리의 웃음을 보이며,

"농민들의 말을 믿을 수가 있어요? 당신도 목격한 것은 아니니까."

하고 인제는 허 변호사에게 대하여 볼일은 다 보았다는 듯이 서류를 보기 시작한다.

"경찰 당국에서 어련히 하시겠어요마는 한 말씀만 참고로 드리렵니다."

하여 숭은 서장의 주의를 끌고 나서,

"만일 황기수라는 사람이, 자기의 허물을 싸기 위하여 허위의 증언을 하였다면 어찌 될까요?"

하였다.

서장은 잠깐 불쾌한 듯이 허숭을 바라보더니,

"증거가 있지요, 증거가. 황기수는 옆구리에 타박상이 있어 치료 이 주간을 요한다는 의사의, 공의의 진단서가 있지요."
한다.

"황기수의 저고리 등과 맹한갑의 옷에 묻은 피는 증거가 아닐까요? 또 그 격투가 일어난 원인이 황기수가 유순이라는 여자에 대한 폭행이라는 것과, 정조식 장려의 공무 집행 방해라는 것에는 죄의 구성에 큰 차이가 있다고 믿거니와, 거기 대한 증거는 어떠합니까."
하고 반문할 때에 서장은 더 참을 수 없다는 듯이,

"당신은 변호사니까 후일 법정에 나서서 그런 이론을 하시는 것이 좋겠지요. 경찰이나 검사청에서는 변호사의 변론은 없는 법이외다."
하고 고개를 돌렸다.

"그렇게 감정으로 하실 말씀이 아니외다. 나도 변호사로 여기 온 것이 아니요, 다만 피의자들이 내 동네 사람이오. 따라서 그들의 평소의 성격이며, 이번 사건의 진상을 잘 안다고 믿기 때문에 아무쪼록 이 사건이 간단하게 해결되기를 바라서 말씀하는 것입니다. 만일 내 말이 당신의 감정을 해하였다면 심히 유감됩니다."

그러나 숭의 이 푸는 말은 서장에게는 아무러한 효과도 주지 못하였다.

"당신이 그 농민들을 잘 아느니만큼 나는 황기수, 신 참사 같은 사람들을 잘 압니다."

하고 서장은 어디까지든지 공격적이었다.

*

숭은 더 논쟁할 필요가 없는 것을 깨달았다. 그러나 숭은 자기가 서장을 찾아본 것이 전연 실패라고는 생각지 아니하였다. 그것은 첫째 서장이 비록 자기 말을 안 듣는 체하였다 하더라도 자기가 말한 사건의 진상이 서장의 기억에 남아 있을 것이요, 둘째로는 자기가 장차 그들을 위해서 법정에 설 때 변론에 쓸 유력한 재료를 얻은 것이다. 그것은 서장과 부장의 문답에서 황기수의 고소와 증언의 내용을 짐작하게 된 것이었다. 서장과 부장의 말을 종합하면 황기수의 주장은, 자기는 농업 기수로 공무를 행하기 위하여 정조식을 권장할 때에 맹한갑을 수모자로 한 농민 팔 명의 일단이 공산주의적 사상을 가지고 자기에게 반항하고 마침내 맹한갑을 선두로 자기를 모욕하고 구타하였다 하는 것이요, 이에 대해 신 참사는 황기수의 편을 들어서 증언하였고, 의사(공의)는 황기수가 이 주일 이상의 치료를 요하는 타박상을 받았다고 증명하였고, 이에 대하여 경찰서의 심증은 농민의 반항이라면 으레 공산주의적, 또 농민의 말과 관리의 말이 있으면 둘째 것을 믿을 것, 이런 모양이라고 숭은 판단하였다.

이것은 일종의 공식이었다. 숭은 경찰서에서 나와서 공의의 병원을 찾았다. 병원은 객사(지금은 보통학교), 울툭불툭한 넓은 마당(장보는 데) 한편 끝 남문으로 통하는 홍예 튼 돌다리 못 미쳐서였다. 본래는 조선집인 것을 일본식인지 양식인지 비빔밥으로 고쳐 꾸민 집인데, ○○의원이라는 간판이 붙고 또 일본 적십자사 사원 ○○의학사 이○○라는 문패가 붙었다.

문 안에 들어서니 고무신과 구두가 놓이고 대합실이라고 패가 붙은 구석(방이 아니다.)에는 안질 난 부인과 머리 헌 사내와 다리에서 고름 흐르는 농부가 앉았다. 웬 기생인가 갈보인가 한 남 보이루(여름용 직물) 치마를 입고 머리에 기름을 발라 쪽 찐 여자 하나가 왼편 손 둘째손가락과 장손가락 새에 연기 나는 궐련을 끼우고 깔깔대고 엉덩이를 휘젓고 나온다. 그것은 보통 환자는 아닌 모양이다.

수부(受付), 약국이라고 쓴 구멍을 들여다보니 나이 사십이나 되었을 듯한 궁상스러운 여윈 남자가 오이 채 쳐진 냉면을 먹고 앉았다.

"선생 계시오?"

하는 숭의 말에 그 남자는 냉면을 입에 문 채로 눈을 돌리며,

"병 보러 오셨소?"

한다.

"네, 병자가 있어서 선생을 좀 뵈이러 왔소이다."

"병자 데리고 오셨소?"

하고 그 작자는 냉면 그릇을 놓고 병자 구경을 하려는 듯이 구멍으로 고개를 내민다.

"왕진을 청하러 왔소이다."

하고 숭은 수건으로 이마의 땀을 씻었다. 수부와 약국을 겸한 이 방은 한 간이 될락 말락, 약병이 몇 개 있고 녹슨 저울이 놓였다. 더울 듯한 방이다.

"무슨 병이오?"

하고 또 묻는다.

숭은,

"당신이 의사요?"

하고 좀 성을 냈다.

"어디서 오셨소."

하고 또 묻는다.

"어서 선생을 보게 하시오."

하고 숭은 호령조를 하였다.

그 남자는 별로 무안해하지도 아니하고 안으로 들어갔다.

숭은 진찰실이라고 써 붙인 방을 들여다보았다. 거기는 빈 의자와 테이블이 있을 뿐이었다.

"의사 계시다오?"

하고 다리에서 고름 흐르는 농부가 숭에게 묻는다.

"당신은 언제 오셨소?"

하고 숭이 물었다.

"우리는 온 지가 보리밥 한 솥 질 때나 되었는데, 의사가 있는지 없는지 그 사람이 대답도 아니합니다."

하고 부스럼에 붙은 파리를 날린다.

*

"물어도 대답을 아니해요. 우리네같이 촌에서 온 사람이야 성명 있나요?"

하고 농부는 분개한다.

"우리 온 댐에도 몇 사람이 댕겨갔게."

하고 안질 난 부인이 잘 떠지지 않는 눈을 뜨려고 애를 쓴다.

"돈이 없는 줄 알고 그러지마는 나도 이렇게 돈을 가지고 왔다오."

하고 농부는 꼬깃꼬깃한 일 원배기 지전을 펴 보인다. 그는 그 지전을 손에다가 꼭 쥐고 있다.

의사가 슬리퍼를 끌고 나와서 숭을 보고, 숭의 의복과 태도에 놀란 듯이,

"네, 어디서 오셨습니까."

하고 경의를 표한다. 그는 가무스름한 얼굴에 콧수염이 나고 금테 안경을 코허리에 걸어서 보기는 안경으로 안 보고 안경 위로 본다. 지금 술과 고기를 먹다가 나오는지 얼굴이 붉고 기다란 금 많이 박은 잇새를 쭉쭉 빨고 있다.

"선생이세요?"

하고 숭은 고개를 숙였다.

"예, 제가 이○○올시다."

하고 의사도 답례를 한다.

깔깔대고 저쪽 복도로 가던 여자가 와서 의사와 숭을 번갈아 보더니,

"황 주사 안 가셨지?"

하고 의사에게 추파를 보낸다.

의사는 눈을 꿈적해서 그 여자를 책망한다.

"글쎄, 황 주사가 옆구리를 이 주일이나 치료해야 된다는 양반이 술이 글쎄 무슨 술야?"
하고 그 여자가 깔깔대고 웃는다.
"병원에서 먹는 술은 약이 되지."
하고 의사는 참다못해서 그 여자의 농담에 끌려 들어가고 만다.
"비켜요! 나 황 주사 좀 놀려 먹게."
하고 여자는 의사의 와이셔츠 입은 팔을 꼬집고 떼밀고 진찰소 다음 방으로 들어간다.
"요년! 어디 가서 또 서방을 맞고 왔어?"
하는 남자의 소리가 들린다.
"여보, 서방은 그렇게 일 분도 못 되게 맞는답디까."
하고 또 깔깔댄다.
"그럼, 오 이년, 너는 서방을 맞으면 밤새도록 맞니?"
하는 남자의 소리가 또 들린다.
"이년은 누구더러 이년이래, 아야, 아파! 황 주사도 계집이라면 퍽 바치는구려. 그러하길래로 벼 모내는 땀내 나는 계집애를 다 건드리려다가 무지렁이들헌테 경을 쳤지. 에, 더럽다! 여보, 비켜요! 아야 아야, 남의 사타구니를 왜 꼬집어. 숭해라!"
하고 어디를 때리는 듯한 철썩하는 소리가 들린다.
"아야, 요것이 사람을 치네."

하는 것은 남자의 소리다.

"치면 어때? 맞을 일을 하니깐 맞지, 하하하하."

"아, 요런 맹랑한 년이 안 있나?"

"맹랑함 어때? 또 이 의사더러 진단서 내달래서, 이번에 한 삼 년간 치료를 요함 하고 고소를 해 보구려."

하는 여자의 종알대는 소리.

"그렇게만 해? 이리 와. 입 한 번 맞추자."

하는 것은 남자의 소리.

"싫소. 그 시골 모내는 계집애 입 맞추던 입에서는 똥거름 냄새가 난다나."

하는 것은 여자의 소리.

"얘, 입 한 번도 못 맞추고 봉변만 했다마는 이쁘기는 이쁘더라. 네 따위는 명함도 못 들여. 내 언제라도 고것을 한 번 손에 넣고야 말걸."

하는 것은 남자의 소리.

"흥, 잘 손에 들어오겠소. 이제 고소까지 해 놓고, 괜히 칼 맞으리다, 그 동네 사람들헌테."

하는 것은 여자의 소리.

이러한 소리가 들릴 때마다 이 의사는 대단히 맘이 조급한 듯이 연해 뒤를 돌아보며,

"왜들 이리 떠들어?"

하였다. 그러나 숭은 아무쪼록 의사를 오래 붙들었다. 그것은 의외의 소득이 있는 까닭이었다.

*

"환자는 누구세요?"

하고 이 의사는 숭을 바라본다.

"환자가 한 칠팔 인 되는데요, 모두 불쌍한 사람들입니다. 차마 볼 수가 없어서 선생의 왕진을 청하러 왔습니다. 바쁘시겠지마는 좀 같이 가시지요."

하고 숭은 이 의사의 맘을 떠보았다.

환자가 불쌍한 사람들이란 말에 이 의사 눈에는 지금까지 보이던 존경의 빛이 없어지고 조소하는 빛이 보였다.

"왕진은 일체 선금입니다. 아시겠지요?"

하고 이 의사의 말은 빳빳하였다.

"선금이오?"

하고 숭도 분개하여,

"선금이라면 선금 내지요. 왕진료는 얼마 받으시나요?"

하고 물었다.

"매 십 리에 오 원이지요. 차비는 환자가 부담하고. 자동차가 통하지 못하는 곳이면 갑절 받지요."

이때에도 진찰실 다음 방에서는 황기수하고 기생하고 가댁질하는 소리가 들린다.

"그렇게 돈을 많이 내고도 왕진을 청하는 사람이 있습니까?"

하고 허숭은 공격하는 어조로 물었다.

"왕진료 안 받고 왕진 가는 의사는 어디 있습니까."

하고 이 의사도 곧 대항한다.

"그러면 가난한 농민들이 병이 나면 어떡허나요? 급한 병이 나도 안 가 보아 주십니까. 와서 청해도 안 가십니까."

하고 숭은 이 의사의 눈을 바라보았다.

"그거 할 수 없지요. 나는 자선 사업으로 병원을 하는 것이 아니니까요. 원래 촌사람들의 병은 그리 보기를 원치 아니합니다. 촌사람들이란 진찰료 약값 낼 줄도 모르고 도무지 인사를 모르고 한약첩이나 사다 먹으라지요. 돈도 없는 것들이 의사는 왜 청해요? 건방지게."

이 의사는 아주 전투적이었다.

"그렇지마는 환자가 청하면 진찰을 거절할 수는 없을걸요, 의사법에 있으니까. 나는 선생께서 거절을 하시려고 하더라도 진찰료 선금 안 내고 왕진을 청하려고 합니다. 환자가 한 사람뿐 아니라 칠팔 인, 근 십 명 되니까요. 환자들 중에는 중병 환자도 있으니까 곧바로 가 주시기를 바랍니다. 자동차는 내가 불러 오지요."
하고 숭은 명령적으로 말을 끊었다.

이 의사는 다른 정신으로 숭을 바라보았다. 그리고 분이 떠올라옴을 깨달았다. 술기운도 오르기 시작하였다.

"웬 말씀이오? 노형이 이를테면 누구와 트집을 잡으러 온 심이요, 어떤 말이오. 내가 가고 싶으면 가고 싫으면 안 가는 게지 노형이 무엇이길래 날더러 가자 말자 한단 말이오. 온, 별일을 다 보겠네. 그래 내가 안 간다면 어떡헐 테요?"
하고 이 의사는 휙 돌아서려 한다.

숭은 이 의사의 팔을 붙들며,

"나는 급한 환자를 위하여 의사를 청하러 온 사람이오. 만일 선생이 가기를 거절한다면 나는 부득이 경찰의 힘을 빌릴 수밖에 없겠소."
하고 대합실에 기다리고 앉았는 눈 앓는 노파와 다리에서 고름 흐르는 농부와 머리 헌 아이를 가리키며,

"저이들이 수십 리 밖에서 선생을 찾아온 지가 오래다고 하니 저이들 병을 얼른 보아 주시고, 그동안에 내가 자동차를 부를

테니 어서 나하고 같이 가실 준비를 하시지요."
하고 숭은 어조를 좀 부드럽게 하여 타이르는 듯이 말하였다.

큰소리가 왔다 갔다 하는 것을 듣고 간호부, 황기수, 기생도 나오고 수부에 앉았던 냉면 먹던 말라깽이 친구도 나와서 의심스러운 듯이 염려되는 듯이 이 의사와 허숭을 번갈아 보았다.

*

숭은 황기수라는 자를 뚫어지게 보았다. 그 검은 얼굴, 찌그러진 머리, 교양 없는 얼굴에도 교활한 빛을 띤 것, 게다가 눈초리 가늘게 처진 것이 색욕이 많고 도덕심이 적은 것이 보였다.

이 의사는 숭의 말에, 이치에 맞는, 이치에 맞는다는 것보다도 법률에 맞는 숭의 말에, 또 아무리 보아도 시골뜨기 같지는 아니한 숭의 모양에 겁이 나서 간호부를 보고,

"저 환자들 무슨 병으로 왔나 물어보고, 차례차례 진찰실로 불러들여."
하고 명령을 내리고, 자기는 숭에게는 인사도 아니하고 진찰실로 들어간다.

황기수와 기생은 일이 심상치 아니한 줄을 눈치채고 숭을 힐

끗힐끗 돌아보며 방으로 들어간다. 간호부는 환자들을 향하여 퉁명스럽게 몇 마디를 묻고는,

"누가 먼저 왔소?"

하고 차례를 묻는다.

"이 아주머니 먼저 보시소."

하고 농부가 안질 난 부인에게 차례를 사양한다.

"아이그, 내가 나중 왔는데. 어서 가 보슈."

하고 늙은 부인이 사양한다.

"누구든지 어서 와요!"

하고 간호부가 화를 낸다.

"그럼 내가 먼저 봅니다."

하고 농부가 아픈 다리를 끌고 진찰실로 들어간다.

간호부는 의사에게 수술복을 입히고 등 뒤에 끈을 매 주었다.

"왜 이렇게 되었어?"

하고 의사는 농부의 고름 흐르는 다리 부스럼을 들여다본다.

"모기 물었는지, 가렵길래 긁었더니 뻘게지면서 그렇게 되었어요. 좋다는 약은 다 발라 보아도 도무지 낫지 아니해요."

하고 농부는 애원하는 소리를 한다.

"긁어 부스럼이란 말도 못 들었어? 긁기는 왜 해?"

하고 의사는 부스럼 언저리를 손가락으로 꾹꾹 눌러 본다.

"아야 아야!"

하고 농부는 소리를 지른다.

"커단 사람이 아야는 다 뭐야?"

하고 의사는 더 꾹꾹 눌러 본다.

"째지 않고는 안 나아요?"

하고 농부는 떨리는 목소리로 묻는다.

"안 째고 날 수 있나."

하고 의사는 슝 때문에 난 화풀이를 병자에게 하고 앉았다.

"조금 스치기만 해두 아픈데."

하고 농부는,

"아니 아픈 주사가 있다는데 그것이나 놓아 주세요."

"주사 한 대에 이 원인걸. 돈 얼마나 가지고 왔어?"

하고 의사는 흥정을 시작한다.

"지금은 돈이 없어서 이것만 가지고 왔습니다. 추수만 하면야, 모자라는 것은 그때에 드리지요."

하고 손에 꼭 말아 쥐었던 일 원배기 조선 은행권을 이 의사의 눈앞에 내보인다.

이 의사는 그 돈을 받아 간호부의 손에 쥐어 주고,

"돈 일 원 가지고 무슨 주사를 해 달래? 진찰료밖에 안 되는 걸. 째기만 해도 수술비가 삼 원야."

농부는 수술비 삼 원, 주사료 이 원이란 말에 눈이 둥그레진다. '벼 한 섬' 하는 생각이 번쩍 머릿속에 지나간다. 그렇지마는 이 다리를 아니 고치고는 농사를 할 수가 있나, 이렇게도 생각하였다.
　"일 원만 내께 그럼 수술을 해 주세요. 수술비는 추수 때에 드리께요."
하고 농부는 겨우 결심을 한다.
　"수술은 내일 해도 괜찮으니, 수술비만이라도 변통해 가지고 오지."
하고 이 의사는 일어나 소독물 대야에 손을 씻는다.
　"다른 환자 불러. 돈 가지고 왔느냐고 묻고. 안 가지고 왔거든 내일 오라고."
하고 이 의사는 황기수 방으로 들어간다.

*

　허숭은 다리에서 고름 흐르는 농부에게 돈 육 원을 주어 수술을 받고 하룻밤 자고 가라고 하였다.
　농부는,

"이것을 이렇게 받아서 되겠습니까."
하고 눈에 가득 감사한 빛을 띠고 그 돈을 받았다.

농부는 돈을 받아 들고는 쓰기가 아까운 듯이 한참이나 보고 섰더니 고름 흐르는 다리를 끌고 절뚝거리며 어디로 가 버린다. 손에 육 원이나 되는 큰 돈을 들고(일 년에 한 번도 쥐어 볼까 말까 한)는 차마 쓸 수가 없었던 것이다. 그는 이 돈 중에서 조고약이나 사 가지고 집으로 가려고 한 모양이다.

이렇게 생각하고 숭은 눈이 뜨거워짐을 깨달았다.

숭은 빈대약, 모기장 감, 석유 유제, 기타 소독약품들을 사 가지고, 자동차를 얻어 가지고 한 삼십 분 후에 이 의사 병원으로 돌아왔다.

이 의사는 마지못하여 하는 듯이 자동차에 올랐다. 숭은 간호부의 손에서 의사의 가방을 받아서 자기가 들고 차에 올랐다.

살여울 동네에 오기까지 두 사람은 한마디도 말을 아니하였다. 숭의 속에는 오늘 경찰서와 병원에서 보던 일을 생각하고, 의사는 숭이 때문에 불쾌하던 일을 생각하고 있었다.

무너미에서 자동차를 내려 두어 시간 뒤에 맞으러 오기를 명하고, 이 의사는 잠깐 주재소에 들러 무슨 이야기를 하고는 숭을 따라 살여울 동네로 들어갔다.

우물가에서는 또 유순을 만났다. 유순은 물을 길러 왔던 것이다. 숭은 오던 날 아침에 유순을 만나고는 이번이 처음이었다.

 유순은 숭과 의사를 보고는 고개를 돌려 버렸다. 의사도 유순에게 눈이 끌리는 모양이었다. 그는 숭과 동행하는 것도 잊어버린 듯이 순을 바라보았다. 순은 똬리를 인 채로 사내들이 지나가기를 기다리고 있었다.

"그 여자가 문제의 여자지요."
하고 숭은 웃으면서 의사를 돌아보았다.
"네?"
하고 의사는 순에게 맘을 빼앗겨서 숭의 말을 듣지 못하였던 것이다.
"그 여자 때문에 황기수 문제가 났단 말씀이야요."
하고 숭은 이 의사의 안경 뒤에 있는 눈을 바라보았다.
"네에?"
하고 의사는 어떻게 대답할 바를 몰랐다.
"황기수가 저 여자의 손을 잡는 것을 저 여자가 뿌리치니까 황기수가 저 여자의 뺨을 때린 것이 이 사건의 시초지요."
"네에."
하고 이 의사도 할 수 없이 웃었다. 그리고는 병원에서 황기수와 기생이 하던 말을 이 사람이 들은 것을 생각할 때에 이 의사는 등골에서 찬땀이 흘렀다.

이 자리에서야 비로소 두 사람은 명함을 바꾸었다. 이 의사는 이 사람이 변호사 허숭인 줄을 알 때에 한 걸음 뒤로 물러서도록 놀랐다. 놀랄 뿐 아니라 일종의 공포를 느꼈다. 변호사 허숭에 관한 말은 신문에서도 보았고 말로도 들었다.

"네, 그러세요? 허 변호사세요?"

하고 겨우 놀람을 진정하였다. 그리고는 이 의사의 허숭에 대한 태도는 갑자기 변하여서 친절을 지나 겸손에 가까웠다.

이 의사는 숭과 같이 온 동네 병자의 집을 돌아보고 농담을 할 지경까지 친하였다.

"치료비는 내가 담당을 할 테니 어떻게 좋도록 해 주세요."

하고 숭은 진찰이 다 끝난 뒤에 강가 정자나무 밑에서 쉬며 이 의사에게 말하였다.

"내 힘껏은 하지요. 이 동네가 경치가 좋은데요."

하고 이 의사는 강을 바라보았다.

*

숭은 강을 바라보는 곳에 집터를 하나 잡고 초가집 한 채를 짓기로 작정하고 곧 동네에 일 없는 사람들을 모아서 공사를 시작하였다. 임금은 하루에 일 원. 그것은 숭이 자신으로 작정한 것이 아니라 동네 사람이 회의를 열고 의논한 임금 팔십 전에 숭이 이십 전을 더하여서 일 원으로 한 것이었다.

동네 사람들은 즐겁게 일을 시작하였다. 그중에서 제일 집 짓는 데 경험이 있는 노인이 자청해서, 자청이라는 것보다도 자연히 공사 감독이 되었다.

집터는 처음에는 강가 높은 곳 정자나무 밑으로 하려고 하였으나, 온 동네 사람들이 공동한 쉬는 터를 삼는 곳을 독점하기가 미안해서 그것은 사양하고 동네의 북쪽으로 조금 떨어진 등성이 동남쪽에 터를 잡기로 하였다. 여기서 보면 달내강 한 굽이가 바로 문 앞에 놓이고 그것을 주움 차서 동으로 달내벌을 바라보게 되었고, 달내벌을 건너서 돌고지 흰하늘이고개, 시루봉 등의 산을 바라보게 되었다. 집터에서 강까지는 이십 미터나 될까, 비스듬하게 언덕으로 내려가게 되었다.

동네 노인들은, 이것은 정자 터는 되나 살림집 터는 되지 못한다고 반대하였으나 숭은 이것만은 고집하였다.

그리고 숭은 파리 잡는 약과 빈대, 벼룩 잡는 약과 파리채를 집집에 돌리고 쓰는 법을 가르쳐 주고 손수 두엄 구덩이라고 일컫는 구더기 끓는 곳에 구더기 죽이는 약을 뿌렸다.

집터를 다지는 날에는 온 동네가 떨어나왔다.

"동네에 집을 지으면서 삯전을 받다니."

하고 삯 받을 때마다 노 말하던 동네 사람들은 이날에는 삯을 아니 받기로 거절하였다. 그래서 숭은 떡과 술과 참외를 많이 장만해서 동네 사람들을 먹였다.

"달구질은 저녁이 좋아."

하여 낮에는 터만 치고 달구질은 달밤에 하기로 하였다.

이날은 어느새에 칠월 백중 더위도 거의 다 지나고 해만 지면 서늘한 바람이 돌았다. 달이 흰하늘이고개로 올랐다. 달이 오를 때쯤 하여 동네에서는 남녀노소가 숭의 새 집터로 모였다. 달빛은 달내강 물에 비치어 금가루를 뿌린 듯하였다.

"아하 어허 당달구야."

"어허 여차 당달구야."

달구 소리가 높이 울렸다. 달구 소리를 따라서 동아줄을 열두 가닥이나 맨 커다란 달굿돌이 달빛을 받으며 공중으로 올랐다가는 '쿵!' 하고 땅으로 떨어졌다.

"이 집 한 번 지은 뒤엔."

하고 한 사람이 먹이면,

"아하 어허 당달구야."

하고 다른 사람들은 일제히 받으면서 동아줄을 힘껏 당겼다. 그러면 달굿돌은 공중으로 솟아올랐다.

"아들이 나면은 효자가 나구."

"아하 어허 당달구야."

"딸이 나면 열녀가 나구."

"아하 어허 당달구야."

"닭을 치면은 봉황이 나구."

"아하 어허 당달구야."

"소를 치면은 기린이 나구."

"아하 어허 당달구야."

"안 노적에 밖 노적에."

"아하 어허 당달구야."

"논곡식 밭곡식 썩어를 나고."

"아하 어허 당달구야."

"달내벌에 쌓인 복은."

"아하 어허 당달구야."

"이 집으로 모여든다."

"아하 어허 당달구야."

갈수록 사람들의 흥은 높아졌다. 배부른 것, 막걸리 먹은 것, 달 오른 것, 유쾌하게 일하는 것, 이런 것들이 합하여 사람들의 흥을 돋우었다. 인생의 모든 괴로움을 잊게 하는 것 같았다.

*

숭은 유순이 왔는가 하고 휘휘 돌아보았다. 이 집에는 유순이 주인이 되지 아니하면 아니 될 것 같았다. 이렇게 경치 좋은 곳에 유순과 둘이 조그마한 가정을 지었으면, 숭은 이러한 생각을 아니할 수 없었다.

숭은 무엇을 돌아보는 척하고 사람들 앞으로 다녀 보았다. 유순의 아버지 유 초시는 담배를 피우고 앉았는 양이 뵈었으나, 동네 처녀들도 더러 와 있는 것이 보였으나 유순의 모양은 보이지 아니하였다.

숭은 실망하였다. 유순이 없으면 하늘에 달도, 달이 비친 달내 물도 빛이 없는 듯하였다.

숭은 슬그머니 빠져서 동네를 향하고 걸음을 걸었다.

동네에는 떠들 만한 사람들은 다 숭의 집터 치는 데로 나오고 조용하였다. 숭의 걸음은 점점 빨라졌다. 그는 순식간에 유순의 집 앞에 섰다.

유 초시 집은 반은 기와요, 반은 초가였다. 사랑도 있고 대문도 있었다. 예전에는 사랑문을 열어 놓고(오고 가는 손님을 접한다는 뜻) 살던 표가 있었다. 유 초시의 조부는 찰방도 지내고 집의까지도 지내서 이 시골에서는 이름이 높았다. 유 집의의 시와 글을 모아 《월천문집》이라는 문집까지도 발간하였다. 그러나 지금은 세상도 바뀌고 재산도 다 없어져서 유지평의 제삿날,

'현고조 통정대부 행사헌부집의.'

하는 축을 부를 때에만 유 초시는 맘이 흐뭇하였다.

옛날 같으면 관속이 나오더라도 사랑 뜰에서 허리를 굽혔지마는, 지금은 순사들이나 전매국 관리들이나 유 집의 댁을 알아볼 줄을 몰랐다. 유 초시도 처음에는 이것이 가슴이 아프도록 분하였지마는 지금은 그것조차 예사로 되고 말았다.

숭은 달빛이 가득 찬 마당에서 배회하였다. 대문은 반쯤 열려 있지마는, 어려서는 무상 출입을 하였지마는, 지금은 들어갈 수는 없었다.

이윽고 대문에 순의 얼굴이 보였다. 숭은 처마 곁에 선 늙은 오동나무 그늘에 몸을 숨겼다. 순은 대문을 나서서 높은 층층대(이 집은 터가 비탈에 있어서 대문 밖이 층층대가 되었다.)로 사뿐사뿐 내려왔다. 그는 멀거니 달을 바라보더니 사뿐사뿐 걸어서 오동나무 곁으로 오다가 숭을 보고 깜짝 놀라 우뚝 섰다. 순의 가슴이 울렁거리는 것은 오직 놀람뿐만 아니었다.

"내요, 숭이외다."

하고 숭은 나무 그늘에서 나섰다.

"네."

하고 순은 잠깐 고개를 숙여 인사를 하고,

"집터 치신다는데 어떻게 여기 와 계셔요."
하고 순은 일전 우물가에서 만났을 때와는 다르게 반갑게 말하였다.

"동네 사람이 다 왔는데 순 씨가 아니 오셨길래 찾아왔지요."
하고 숭은 제 손으로 제 손을 만지면서 정성을 기울여,

"천하 사람이 다 있어도 순 씨가 없으면 천지가 빈 것 같아서……."

"고맙습니다."
하고 순은 한 번 더 고개를 숙였다.

"나는 아주 이 동네에서 살려고, 일생을 이 동네에서 살려고 서울을 버리고 내려왔지요. 집을 짓는 것도 그 때문예요. 이 동네가 고향이 되어서 그런 것이 아닙니다. 이름이 고향이지 집도 없고 아무것도 없고, 생각을 하면 잇새에 신물이 도는 고장이지마는 이 동네에서 일생을 보내려고 작정한 것이 무슨 때문인지, 누구 때문인지 아셔요?"
하고 숭은 흥분한 눈으로 수그린 순의, 오래 빗질도 아니한 머리를 바라보았다.

 순은 고개를 수그리고 섰을 뿐이요, 아무 대답이 없었다. 순은 숭의 말이 무슨 말인지를 짐작하였다. 그러나 숭은 벌써 아내 있는 사람이 아니냐 하고 생각하면 의아한 생각이 일어나지 아니할 수 없었다.

 숭은 순의 대답이 없는 것을 보고,

 "내가 누구 때문에 여기 온지 아시오?"

하고 다시 물었다.

 "제가 압니까. 아마 우리 동네 사람들 때문에 오신 게지요."

하고 발자취에 놀라는 듯이 뒤를 돌아보았다. 순의 집 개가 자다가 깨어서 순을 찾아 나오는 것이었다. 그 개는 낯선 숭을 보고 두어 마디 짖다가, 순이 한 번 손을 들매 짖기를 그치고 순의 치맛자락에 코를 비볐다. 그것은 얼굴이 길고 눈이 크고 순하게 생긴 조선식 개였다.

 "네, 동네 사람들을 위해서 왔다면 왔달 수도 있습니다. 그렇지마는 순 씨가 없으면 나는 여기 오지 아니하였을 것입니다. 저 집을 지으면 무얼 합니까."

하고 숭은 있는 속을 다 털어놓았다.

 "부인께서 오시겠지요. 그리고 댁에서 삯 주고 시키실 일이 있으면 가서 해 드리지요."
하고 순은 한 번 고개를 숙여 인사를 하고는 개를 데리고 집으로 들어가 버리고 말았다.

 숭은 비통한 생각을 가지고 일터로 돌아왔다. 사람들은 여전히 흥이 나서, '아하 어허 당달구야'를 부르고 있었다. 그러나 숭의 귀에는 그 소리가 잘 들어오지 아니하였다. 마치 귀도 막히고 눈도 막히고 오관이 다 막힌 듯하였다. 머릿속도 가슴속도 꽉 막힌 듯하였다. 그러나 그는 다른 사람들에게 - 자기를 위하여 힘써 주는 사람들에게 불편한 기색을 아니 보이려고 쾌활한 태도를 강작하였다.

 하루 이틀 지남을 따라서 주춧돌이 놓이고 기둥이 서고 보가 오르고 서까래가 걸렸다. 가늘고 둥근 나무를 그대로 재목으로 쓰는 일이라 치목에도 품이 안 들고, 흙이 붙고 영을 올리는 일이라 지붕이 되는 것도 쉬웠다. 방도 놓이고 마루도 깔렸다. 치석할 필요도 없이 산에서 메주 덩어리 같은 돌을 주워다가 축대를 쌓으니 그것은 하루 안에 다 되어 버렸다. 문, 미닫이는 장에서 미리 사다가 그것을 겨냥해서 문얼굴을 들였다. 뒷간 바자를 두르고 봇돌 두 개를 놓으면 그만이었다. 여기서 동네로 통하는 길과 강으로 내려가는 길도 순식간에 되었다. 도배, 장판도 이틀에 끝났다. 집터를 친 지 보름이 다 못 되어서 집은 완성하였다. 담까지도 둘렀다. 담은 기다란 싸리와 참나무 가지로 삿자리 겯듯 겯은 것이었다. 이런 것은 저녁 먹은 뒤에 담배 두어 대 태우는 동안씩 이용해서 사흘에 다 완성하였다. 우물까지도 하나 팠다. 집이 방 둘, 마루 하나, 부엌 하나, 광 하나, 장독대, 우물, 담, 마당, 뒤꼍 널찍널찍하게 훤칠하게 해 놓고 돈 든 것이 모두 이백 원이 못 되었다.

"선화당 같다."

하고 새로 지어진 집을 보는 사람들은 이 집이 깨끗함을 칭찬하고 부러워하였다.

숭은 트렁크에 빈대 묻은 것을 말끔 잡아 가지고 칠월 그믐날 새 집으로 떠 나왔다. 마루에서는 나무 냄새가 나고 방에서는 기름 냄새가 났다. 동네 사람들이 다 돌아간 것은 자정이 넘어서였다. 숭은 혼자 방에 앉아서 망연히 지나간 일, 올 일을 생각하였다. 생각이 벌레 소리에 끊기고 벌레 소리는 생각에 끊겼다. 부모를 잃고 집을 잃은 지 오 년 만에 제 손으로 돈을 벌어 제 집을 짓고 들어앉은 것이 대견도 하였다. 그러나 혼인한 지 일 년도 다 못 되어 파탄이 생기고 사랑하여서는 아니 될 여자를 사랑하여 가슴을 태우는 자기가 밉기도 하였다. 외람되이 힘에 부치는 일(농민 운동)을 시작하여 몸과 맘이 어느새에 피곤한 것을 느낌이 막막도 하였다. 벌레 소리는 빗소리 같고 어지러운 생각은 벌레 소리와 같았다. 숭은 앉을락 누울락, 들락날락하며 새 집의 첫 밤을 새웠다. 그것이 숭의 일생의 모형인 것만 같았다.

*

숭은 집을 짓기에, 동네 사람들의 병을 구완하기에, 서울에 두고 온 아내에 대한 뉘우침, 유순에게 대한 새 사랑의 괴로움, 아직 자리 잡히지 아니한 생활과 사업에 대한 불안과 초조, 동네 사람들이 잘 알아듣지 못하고, 더러는 비웃음과 악의로 자기를 훼방하고 방해함에 대한 분한 맘, 이런 시름, 저런 근심으로 몸과 맘이 심히 가빴다. 몸이 노곤하고 눕고는 싶으면서도 누우면 잠이 들지 아니하였다. 이따금 자기의 결심에 대하여 의심까지도 생겼다. 그러나 숭은 이 모든 것을 의지력으로 눌렀다. 한 선생을 생각하고 참았다.

동네 사람들의 병도 한 사람만 죽이고는 다 나았다. 뼈와 껍질만 남은 병자들이 귀신같이 들락날락하는 것을 보게도 되었다. 이 의사는 약속대로 사흘에 한 번씩 이 주일 동안 와서 치료해 주었다. 이 의사가 이 동네에 부지런히 오는 데는 순을 보고 싶은 맘이 반 이상은 되었다. 그는 병을 다 보고 나서도 동네로 휘휘 돌아다니며 어떻게 해서든지 순을 한 번 보고야 돌아갔다.

그러나 그동안에 숭은 장질부사 치료하는 법을 대강 배웠다. 해열제를 써서 안 되는 것, 땀을 내려고 애쓰는 것이 해로운 것, 약이라고는 소화제와 강심제와 지갈하는 것을 먹일 뿐인 것, 오줌똥을 잘 소독해야 하는 것, 미음과 비타민을 먹여야 되는 것, 장출혈을 주의해야 되는 것, 안정해야 되는 것, 위험이 어디 있다는 것, 이런 것들을 대강은 배웠고, 관장하는 것, 피하 주사하는 것도 배웠다. 그래서 간호부가 가질 만한 지식은 가지게 되었다.

병자의 집에서는 밤중에라도 겁이 나면 숭에게 뛰어왔다. 그러면 숭은 집에 준비해 두었던 약품과 기구를 가지고 달려갔다. 병이 위태한 경우에는 숭은 병자의 곁에서 밤을 새우는 일도 가끔 있었다. 이런 일이 숭의 건강을 많이 해하였다.

다른 병자들이 거의 다 완쾌할 때가 되어서 순의 고모(과부로 와 있는 이)가 발병하였다. 한참 시름시름 앓다가 마침내 신열이 높았다. 숭의 소견에 그것도 티푸스였다.

유 초시는 자기 손으로 처방을 내서 한약을 몇 첩 지어다 먹였으나 물론 효과가 없었다.

그러는 동안에 유 초시 자신도 열이 나서 머리를 동이고 드러

눕게 되었다. 이때 전후하여 난봉으로 돌아다니던 순의 오라버니가 읍내에서 황기수를 때리고 잡혀서 갇혔다. 황기수를 때린 것은 물론 그 누이에게 한 폭행에 대한 보복이었다.

이러한 소식이 유 초시의 맘을 더욱 불편하게 하였다.

유 초시는 친정에 가 있는 며느리를 불렀다. 그러나 그는 앓는다 칭하고 오지 아니하였다. 이 며느리는 남편에게는 소박을 맞고 시집에 먹을 것은 없고 한 데 화를 내서 먹기는 넉넉한 친정으로 달아나 버린 지가 반년이나 되어도 시집에는 발길도 아니하였다. 팔집의공 제사(유 초시가 가장 존경하는 조부의 기일)는 유 초시 집에서는 가장 중대한 일이었다. 집의공 제삿날에도 며느리가 아니 온다고 유 초시는 소리를 지르고 화를 냈다. 이때에는 유 초시는 반드시 광 속에 몰래 술 한 항아리를 빚었다. 집의공 제사에 사 온 술을 쓰느냐 하는 고집에서였다. 유 초시는 열 있는 몸을 가지고 일어나서 술 항아리를 꺼내 손수 청주를 떠서 제주(祭酒)를 봉하고 순을 지휘하여 제물을 차리게 하였다. 유 초시의 눈은 붉고 몸은 가누어지지를 아니하였다.

유 초시는 허둥허둥하는 걸음으로 아랫방에 내려가 앓는 누이동생을 들여다보았다.

"웬만하면 좀 일어나 보려무나. 순이년이 무얼할 줄 아니?"
하였다. 이것은 억지였다. 그러나 조부의 제사에는 모든 것을 다 희생하여도 좋았다. 유 초시의 생각에는.

*

숭이 저녁을 먹고 유 초시네 집에 문병을 왔을 때에는 유 초시는 소세하고 새 옷을 갈아입고 망건을 쓰고 앉았고, 순도 새 옷을 갈아입고 부엌으로 들락날락하고 있었다.

"웬일이세요. 어쩌자고 일어나십니까."

하고 숭은 유 초시를 보고 깜짝 놀랐다.

"오늘이 집의공 기일이야."

하고 유 초시는 행전을 치고 떨리는 손으로 끈을 매었다.

숭은 유 초시의 손을 쥐어 보고 맥을 짚어 보았다. 노인의 맥이건마는 세기가 어려울 만큼 빨랐다.

"이렇게 밤바람을 쏘이고 몸을 움직이시면 병환이 더하십니다. 좀 누워 계시지요."

하고 숭은 앞에 꿇어앉아서 간절히 권하였다.

"어, 그럴 수가 있나. 내 집에서는 제삿날 눕는 법이 없어. 내가 정신을 잃고 쓰러지면 몰라도, 내 정신이 있으면서 제사를 아니 지내어."

숭은 유 초시의 지극한 정성에, 꿋꿋한 의지력에 눌려 더 말할 용기가 없었다.

"에그, 아주머니가 왜 나오시어?"

하는 유순의 소리에 숭은 앞뜰을 바라보았다. 달빛에 비틀거리는 순의 고모의 모양을 보았다. 숭은 그가 삼십구 도 이상의 열을 가진 줄을 잘 안다.

그 부인은 부엌을 향하고 서너 걸음 비틀거리다가 순의 어깨에 매달려 쓰러졌다.

"응, 젊은것이."

하고 유 초시는 창으로 내다보며 혀를 찼다.

숭은 뛰어 내려가 병자를 붙들어 아랫방으로 인도하였다.

"제사를 차려야 할 텐데."

하고 병자는 기운 없이 숭에게 몸을 던져 버렸다. 그는 의식을 잃은 것이었다.

숭은 병자를 번쩍 들어서 누웠던 자리에 뉘었다. 그의 몸은 불이었다.

"냉수하고 수건하고."

하고 숭은 순에게 명령하였다.

"대단한가."

하고 유 초시가 마루 끝에서 외쳤다.

"대단하십니다."

하고 숭이 대답하였다.

"그렇거든 누워 있거라. 순이더러 다 하라지."

하고 유 초시는 가래를 뱉었다.

"이거 큰일 났소."

하고 물과 수건을 가지고 온 순에게 숭은,

"아버지도 대단하시오. 이거 큰일 났소."

하였다.

"어떻게 해요?"

하고 순은 울음이 터졌다.

"일가 댁에서 누구를 한 분 오시라지요."

하는 것은 숭의 말.

"누가 오나요?"

하고 순은 억지로 울음을 삼켜 버리고 부엌으로 간다.

순의 고모는 헛소리를 하고 앓는 소리를 하였다.

"나허고 같이 가요. 나는 싫어요!"

이런 소리도 하였다.

숭은 길게 한숨을 쉬었다. 동네 인심이 어떻게 효박해졌는지 염병을 앓는 집과는 이웃과 일가도 수화를 불통하였다. 게다가 경찰이 교통 차단을 명한다는 것이 박정한 현대 사람들에게 좋은 핑계를 주었다. 숭은 유 초시 집에서 나와서 한갑 어머니를 데리고 다시 유 초시 집으로 왔다. 한갑 어머니는 그동안 간호부 모양으로 염병 앓는 집에 다니면서 미음도 쑤어 주고 빨래도 해 주고 부인네의 오줌똥도 받아 주었다. 숭은 한갑 어머니로 하여금 순의 고모 간호를 하게 하였다.

유 초시는 기어이 제사 때까지 꿇어앉았다가 합문까지 하였다. 그러나 합문을 하고 뜰에 내려서 하늘을 한 번 바라보고는 정신을 잃어버렸다.

유 초시는 방으로 들어다 누이고 제사의 남은 절차는 숭이 대신하였다.

*

유 초시는 의식은 회복하였으나 병이 대단히 중하였다. 제사를 지내느라고 억지로 몸을 움직인 것이 대단히 나빴다. 유 초시의 과수 누이는 영 정신을 못 차렸다.

날이 훤하게 밝자, 숭은 동네 사람을 읍내에 보내 이 의사를 청하였다. 오정 때나 되어서 이 의사가 왔다. 이 의사는 숭을 대하여 두 사람의 증상이 다 험악하다는 것을 말하고 특히 순의 고모가 더욱 중태라는 것을 말하였다.

유 초시는 이 의사더러,

"죽지나 않겠습니까."

하고 물었다.

"염려 없으십니다."

하고 이 의사는 환자에 대한 의사의 으레 하는 대답을 하였다.

"아니, 내야 늙은것이 죽으면 어떻소마는 내 누이는 대단치나 않소오니까."

하고 병중에도 점잖은 사람이라는 체면을 유지하려고 애를 쓰는 것이 보였다.

"좀 중하신 모양입니다마는 설마 어떨라구요."

하고 이 의사는 친절하게 위로하였다.

"어떻게 좀 죽지 않게 해 주시오."

하고 유 초시는 힘이 드는 듯이,

"나도 죽고 저도 죽으면, 자식 놈은 감옥에 가고 저 어린것을, 저 어린 딸년을 뉘게 부탁한단 말이오? 집이 가난해서 보수를 드릴 것도 없지마는, 어떻게 이 선생께서 내 누이만이라도 살려 주시오."

하고 유 초시는 눈을 감았다. 감은 눈에 눈물이 흘러내렸다.

"네, 힘이 미치는 데까지는 하지요."

하고 의사는 연해 눈을 마당으로 향하여 무엇을 찾았다. 그것은 물을 것 없이 순의 모양을 찾는 것이었다.

유 초시는 한참이나 눈을 감고 있더니 고개를 약간 창으로 돌리며,

"순아, 아가, 순아."

하고 불렀다. 그것은 속으로 잡아당기는 소리였다. 그 소리가 아랫방에 있는 순에게 들릴 것 같지 아니하였다.

그래도 순은 아버지의 부르는 소리를 알아듣고,

"네에."

하고 뛰어나와서 창밖에 서서,

"아버지, 저 여기 있어요."

하고 고개를 숙였다.

순의 얼굴에는 잠 못 자고 피곤한 빛이 보였다. 그러나 그것이 더 어여뻤다.

"그 술, 제주 남은 것, 따뜻하게 데워다가 이 손님 드려. 앓는 집에서 음식을 잡숫기가 싫으시겠지마는 술이야 어떠오. 안주는 과일이나 놓고 다른 것은 놓지 말어, 익은 음식은 놓지 말어. 익은 음식은 앓는 집에서는 손님께 아니 드리는 법이야. 알아들었니?"

순은,

"네에."

하고 공순하게 대답하고 물러갔다. 이 의사의 눈은 순의 몸을 따라 광으로 마당으로 부엌으로 굴렀다. 그리고 오 분이나 지났을까. 순이 술상을 들고 들어오는 것을 염치도 없이 뚫어지게 보았다. 금니 많이 박은 이 의사의 입은 벌어졌다.

순은 술상을 윗목에 앉은 이 의사와 숭의 새에 놓고 아버지가 덮은 이불을 바로잡고 치맛자락이 펄렁거리지 않도록 모아 쥐고 나가 버린다.

숭은 주전자를 들어 놋잔(옛날 것으로 굽 높은 잔대에 받친)에 노란 청주를 따라서 이 의사에게 권하였다.

"영감 먼저 드시지."

하고 이 의사는 숭에게 한 번 사양하고 받아 마신다. 한 모금 마시고 입을 짭짭 다시고, 두 모금 마시고 짭짭 다시고는 비위에 맞는 듯이 죽 들이켠다.

"거 술 좋은데, 정종보다도 나은데."

하고 이 의사가 칭찬한다.

"시지나 않습니까."

하고 유 초시가 만족한 듯이 묻는다.

"참 좋습니다. 이런 술 처음 먹어 봅니다. 이거 어디서 파는 술입니까."

하고 입에 침이 없다.

"어제 저녁이 내 왕고 집의공 기일이지요. 세사가 빈한하니까 양조 허가를 낼 수도 없고, 그저 한 해에 한 번 이날에만 가양으로 조금 빚지요."
하고 유 초시는 눈을 감는다.

*

"따님이 당혼이 되셨군요."
하고 술을 석 잔이나 먹은 뒤에 이 의사는 순에 관한 문제를 제출하였다.

"머, 아직 어린애지요."
하고 유 초시는 눈앞에 귀여운 막내딸을 그려 본다. 머리가 아픈 듯이 양미간을 찌푸렸다.

"따님이 아주 준수하신데요."
하고 이 의사는 마당으로 눈을 굴려서 순을 찾는다. 순은 보이지 아니하였다.

"배운 게 있소?"
하고 유 초시는 기침을 하고 담을 꿀꺽 삼킨다. 불쑥 내민 살멱

이 올라갔다가 내려온다.

"따님을 내게 주실 수는 없겠습니까. 머, 잘이야 하겠습니까마는 간대로 고생은 아니 시킬 작정입니다."

하고 이 의사는 마침내 불을 놓았다. 너무 당돌한 염려도 있었지마는 이 노인이 내일까지 살아 있을는지도 염려가 되기 때문에 유여할 새가 없었다.

이 의사의 말에 유 초시는 눈을 떠서 한참이나 이 의사를 물끄러미 바라보았다. 마치 과연 내 사윗감이 될 사람인가를 검사나 하는 듯이. 유 초시는 '끙' 하고 이 의사 쪽으로 몸을 돌리려고 애를 쓰다가 실패하고 그대로,

"아직 혼인을 아니하였던가요?"

하고 묻는다.

"하기는 했지요."

"그러면 상배를 하였던가요?"

"그런 것도 아닙니다마는 상배나 다름이 없지요."

"그럼 이혼을 하셨소?"

하고 유 초시의 눈은 더욱 커진다.

"아직 이혼도 아니했습니다마는 적당한 혼처만 있으면 이혼을 해도 좋지요. 이혼을 아니한다손 치더라도 딴살림이니까 무슨 상관있습니까."

하고 이 의사는 수줍은 듯이 웃는다.

"아니, 그럼 내 딸을 당신이 첩으로 달라는 말이오?"

하고 유 초시의 어성은 높고 떨린다.

"장가 처지, 첩 될 거 있나요? 그러면 영감네도 야속치 않게는 해 드리지요. 일시금으로든지, 매삭 얼마씩이라든지, 그것은 원하시는 대로, 또……."

유 초시는 어디서 난 기운인지, 이 의사의 말을 다 듣지도 아니하고 벌떡 일어나 앉으면서,

"이놈, 이 고이얀 놈 같으니. 그래 날더러 내 딸을 네 첩으로 팔아먹으란 말이야. 어, 이놈, 냉큼 일어나 나가거라. 죽일 놈 같으니!"

하고 호령을 뺀다.

유 초시는 잠깐 숨이 막혔다가,

"요놈, 요 방자한 놈 같으니. 내 딸이 네놈과 네 계집년을 종으로 사다가 부리는 것을 내 눈으로 보고야 죽을 테다. 어, 발칙한 놈 같으니."

하고 베개를 집어던지려고 베개를 향하고 뼈만 남은 다섯 손가락을 어물거린다.

"이놈 저놈이라니? 누구더러 이놈 저놈이래!"

하고 이 의사는 벌떡 일어나면서,

"늙은것이 하늘 높은 줄은 모르고, 앓지만 아니하면 당장에 잡아다가 콩밥을 먹이겠다마는."
하고 발악을 한다.
"웬 말버릇이야?"
하고 숭은 이 의사의 팔을 꽉 붙들어 마루 밖으로 내둘렀다.
"노인을 보고 원 그런 말법이 어디 있소?"
하고 숭은 쓰러지려는 이 의사를 다시 붙들어서 바로 세웠다.
순과 한갑 어머니가 이 소리에 뛰어나와서 떨고 섰다.
숭의 억센 주먹심과 위엄에 이 의사는 불불 떨기만 하고 더 말이 없이 구두끈도 아니 매고 가방을 들고 나가 버렸다. 대문 밖에 나가서야 이 의사는,
"어디, 이놈들 견디어 보아라."
하고 중얼거렸다.
숭은 이 의사가 나가 버리는 것을 보고 들어와 유 초시를 안아 뉘었다. 유 초시는 마치 죽은 지가 오랜 시체와 같이 몸이 굳었다.
순은 유 초시의 머리맡에 꿇어앉아서,
"아버지, 아버지."
하고 부르며 울었다.

*

 의사가 나간 지 한 시간이 못 되어서 경관 두 사람이 유 초시의 가택을 수색하였다. 그래서 항아리에 남은 술을 압수하고 유 초시와 그 누이가 둘이 다 장질부사라 하여 대문에,
 '이 집에 장질부사 환자 있으니 교통을 엄금함.'
하는 나무패를 갖다가 붙이고 숭이를 대하여서는,
 "당신은 왜 여기 와 있소?"
하고 물러나가기를 청하였다.
 "내가 없으면 병간호할 사람이 없소."
하고 또 예방 주사를 맞은 것을 말하여 숭은 이 집에 출입하는 양해를 얻었다.
 이날 밤이라는 것보다도 이튿날 새벽에 유 초시는 고만 세상을 떠나 버렸다. 그는 죽기 얼마 전에 한 번 정신을 차려서 허숭을 바라보고,
 "숭이, 내가 죽거든 이 애는 자네가 맡아 시집을 보내 주게."
하고 또 순을 보고,
 "내가 죽거든 숭이를 네 친오라범으로 알고 믿고 살아라. 그리고 숭이 골라 주는 사람한테 시집을 가거라."
하는 유언 비슷한 것을 말하였다.

유 초시는 끝끝내 그 아들을 믿지 아니하였다. 그가 감옥에서 나온다 하더라도 믿을 것이 못 된다고 생각하였다. 유 초시 자기가 죽으면 유가 하나가 망해 버리는 것만 같아서 퍽 맘이 슬펐다. 그것이 자기의 큰 불효인 것 같았다. 그렇지마는 그는 이러한 슬픔을 낯색에 나타내는 것이 옳지 아니하게 알기 때문에 괴로움이나 슬픔이나 모두 삼켜 버렸다. 이렇게 유 초시는 아들, 며느리, 어린 손녀, 다 보지 못하고 딸과 숭의 간호를 받으며 마지막 숨을 쉬었다.

유 초시가 죽은 지 나흘, 장례가 나갈 날에 순의 고모는 치마 끈으로 목을 매어서 죽어 버렸다. 며느리는 머리를 풀고 삿갓가마를 타고 왔었으나 장례를 치르고는 도로 친정으로 가 버렸다. 젖먹이를 두고 왔다는 핑계였다.

숭은 이 모든 일을 혼자서 다 치렀다. 물론 장례 비용도 숭이 댔다. 장례가 끝나매 이 집은 채권자에게 넘어가고 말았다. 유 초시의 집은 망해 버리고 말았다.

그러나 유 초시의 아들 정근은 가독 상속인이니, 그 사람의 말을 듣지 아니하고는 남은 재산(재산이래야 세간)을 처리할 방도가 없었다. 마침 황기수 구타 사건의 공판 기일이 임박했으니 숭이 변호하러 가는 길에 정근을 면회하고 법적 수속을 하기로 하고, 우선 한갑 어머니로 하여금 순을 데리고 숭이 새로 지은 집 건넌방에 거처하게 하였다. 그리고는 숭은 곧 ○○으로 떠났다. 공판정에는 방청도 별로 없었다. 검사는 주범 맹한갑에게 공무 집행 방해, 폭행죄로 육 개월, 그 나머지 일곱 사람에게 각각 삼 개월 징역의 구형이 있었다. 피고들은 맹한갑 하나를 제하고는 다 황기수를 때린 사실을 부인하였다.

  숭은 변호사복을 입고 한 손에 연필을 들고 검사의 논고 중에 주요한 구절을 적다가 일어나 피고들의 평소의 정행이 어떻게 순량하였던 것을 들고, 황기수가 유순이라는 여자의 손목을 잡고 뺨을 친 데서 사건이 발단된 것과, 또 맹한갑은 다만 황기수의 폭행을 제지하려 그 팔을 붙든 것이요, 먼저 황기수가 맹한갑에게 폭행을 가한 증거는 맹한갑에게 목덜미를 눌린 황기수의 저고리 등에 피가 묻은 것이 증거하는 것과, 또 숭이 우연히 공의 이○○의 병원에서 이 주일 치료를 요할 타박상을 당하였다는 황기수가 기생을 희롱하여 술을 먹고 가댁질한 것을 목격하였던 것과, 또 황기수가 기생에게, '애, 입 한 번도 못 맞춰 보고 손목 한 번 못 쥐어 보고 봉변만 했다.' 하는 말을 들은 것과, 또 ○○경찰서장이 '농민의 말보다도 공의의 말을 믿는다.' 하던 것을 인용하여 무죄를 주장하고 증인으로 황기수, 이공의, 기생 최강월, 숭과 함께 그 말을 들은 농부 김 모를 소환하기를 청하였다.

*

 재판장은 허 변호사의 변론을 중대하게 듣는 빛이 보였다. 그는 가끔 연필로 무엇을 적기까지 하였다.

 그러나 재판장은 허 변호사의 증인 신청은 그러할 필요가 없다 하여 각하하고 판결 기일은 다시 정할 것을 선언하고 폐정하였다. 재판장이 고려하려 하는 용의는 넉넉히 보였다.

 허숭은 법정의 흥분이 깨자마자 견딜 수 없이 몸이 괴로움을 깨달았다. 억지로 형무소에 가서 유정근을 면회하고 만사를 다 맡긴다는 위임을 받아 가지고는 허둥지둥 정거장으로 나와서 저녁차를 잡아타고 살여울 집으로 돌아왔다.

 허숭이 돌아오는 것을 보고 동네 사람들, 그중에도 자식을 보낸 사람들은 어찌 되었느냐고 허숭을 에워싸고 물었다.

 한갑 어머니와 유순은 개 짖는 소리를 듣고 동네와 허숭의 집 새에 있는 등성이까지 뛰어나왔다.

 "우리 한갑이 잘 있더냐?"

하고 한갑 어머니는 허숭의 손을 잡았다. 손은 불같이 더웠다.

 "네, 잘 있어요."

하는 허숭의 대답은 들릴락 말락 하였다.

 허숭은 머리가 핑핑 도는 듯 괴로웠다.

"또 순이 오빠는?"

하고 한갑 어머니는 순을 대신하여 물었다.

"다들 잘 있어요. 정근이는 만나 보았지요. 다들 잘 있어요."

하고 숭은 내 집 마루 끝에서 구두를 끌렀다.

"다들 나오게 되었나?"

"판결은 아직 안 났어요."

동네 사람들 중에서도 자식이나 남편의 소식을 한마디라도 더 들어 보려고 숭의 집까지 따라온 사람이 십여 명 되었다.

이 동안에 순은 숭의 방에 들어가 불을 켜고 자리를 펴고 모기장을 달았다. 순은 직각적으로 숭의 몸이 대단히 불편한 줄을 깨달은 것이었다. 순은 베개까지도 손으로 떨어서 바로잡아 놓고 마루로 나왔다.

"나 냉수 한 그릇 주시오."

하고 숭은 방에 들어가는 길로 양복바지도 아니 벗고 자리에 쓰러졌다. 그러고는 앓는 소리를 하고 정신을 차리지 못하였다.

"어디 아픈가."

하고 한갑 어머니는 그때에야 숭이 편치 아니함을 알고 머리를 만져 보았다. 그리고 깜짝 놀랐다.

"무어 좀 자셔야지. 미음을 쑬까."

해도 숭은 대답이 없었다.

숭은 마침내 장질부사에 붙들린 것이었다. 아침에는 조금 정신이 나고, 저녁에는 헛소리를 하였다. 팔다리가 쑤신다는 헛소리를 할 때는 한갑 어머니와 순이 번갈아 주무르고, 머리가 깨어진다는 헛소리를 할 때에는 한갑 어머니와 순이 번갈아 가며 수건을 축여서 머리를 식혀 주었다.

한갑 어머니와 순은 어머니와 누이동생 모양으로 번갈아서 자고 번갈아서 간호하였다.

어떤 때에는, 흔히 새벽 두 시나 세 시가 되어서 숭이 눈을 뜨면 앞에 한갑 어머니가 앉았기도 하고, 순이 앉았기도 하였다. 그러다가는 까맣게 탄 숭의 입술에다가 숟가락으로 물을 흘려 넣었다.

순은 숭이 이 동네 사람을 위하여, 나중에는 자기의 아버지와 고모를 위하여 제 몸을 잊고 애를 쓰다가 이렇게 병이 들린 줄을 잘 안다. 그리고 자기의 아버지와 고모 때문에 여러 날을 잠을 못 자고 피곤한 끝에 성치 못한 몸을 가지고 재판소에 가서 삼사 일이나 고생하다가 온 것을 잘 안다. 그래서 순은 자기의 생명을 끊어서라도 숭의 생명을 붙잡아야 할 의무를 느낀다.

*

숭의 병은 열흘이 되어도, 보름이 되어도 낫지를 아니하였다.

이때에 정선은 남편을 잃어버리고 혼자 화를 내어 집에서 울기만 하였다.

동무를 만나기도 부끄럽고 친정아버지를 보기도 부끄러웠다. 설사 제가 좀 잘못했기로니 어쩌면 저를 버리고 달아나서 수삭이 되어도 소식이 없느냐고 숭을 원망도 하였다.

그동안에 김갑진이 가끔 와서는,

"숭이 여태 안 들어왔어요?"

하고 혹은,

"그놈 시골놈이라, 시골로 달아났나 보외다."

하고 빈정대기도 하였다.

정선의 맘에도 유순이라는 계집애가 가끔 맘에 걸리기도 하였다. 그러나 설마 하고 항상 스스로 부인해 버렸다. 그러다가 신문에서 숭이 ○○지방법원에서 농민을 위하여 변호하였다는 기사를 보고, 마침내 숭은 김갑진의 말과 같이 그의 고향인 시골에 달아나 버린 것을 확실히 알았다. 그리고는 유순에게 대한 질투와 숭에게 대한 반감의 불길이 타올랐다. 그래서 정선은 포도주 한 병을 사다가 먹고 혼자 취하여서 고민하고 만일 지금 김갑진이 오기만 하면 그에게 안기리라고까지 화를 냈다. 그러나 다행히 그 밤에 김갑진은 오지 아니하였다.

이러할 때에 어느 날 아침 편에 정선에게 편지 한 장이 배달되었다. 그것은 언제 한 번 본 글씨였다. 피봉에도 분명히 유순이라고 서명을 하였다.

정선은 질투와 불쾌와 도무지 형언할 수 없는 감정의 불길에 타면서 그 편지를 내동댕이쳤다.

"에그, 욕이다, 욕이야!"
하고 정선은 소리를 질렀다.

그러나 정선은 그래도 궁금하여 그 편지를 떼어 보았다. 이번에는 연필 글씨가 아니요, 펜글씨로,

'허숭 선생께서 병환이 중하오니 곧 내려오시기를 바랍니다. 허숭 선생께서는 우리 동네에 오셔서 가난한 동네 사람들의 병을 구완하시고 모든 어려운 일을 대신 보시느라고 몸이 대단히 쇠약하신 데다가 제 아버지와 고모가 병으로 신고하시는 동안에도 여러 날 밤을 새우시고 아버지와 고모가 돌아가신 뒤에 쉬실 새도 없이 또 ○○에 가셔서 재판소에서 변호를 하시고 돌아오셔서는 신열이 높으시고 오후면 정신을 못 차리시고, 헛소리를 하시고 앓으십니다. 곧 선생님께 편지를 드리려 하였사오나

놀라실까 보아서 편지를 못 드리다가 할 수 없어서 제가 지금 편지를 드립니다.

 허 선생님은 헛소리로 선생님의 이름을 부르시고 어떤 때에는 번쩍 눈을 뜨시고는, '여보 정선이' 하고 찾으시다가 섭섭한 듯이 다시 눈을 감으십니다. 심히 뵈옵기 딱하오니, 부디부디 이 편지 받으시는 대로 내려오시기 바랍니다. 내려오실 때에는 고명한 의사를 한 분 데리고 오시기를 바랍니다.

 저는 허 선생님을 은인으로 있는 정성을 다하여 구완해 드리려 하오나 어리석은 것이 무엇을 압니까. 다만 다만 선생님이 곧 오시기만 고대합니다. 유순 상서.'

라고 하였다.

 편지를 본 정선은 지금까지 타던 질투와 불쾌의 불길이 다 스러지고 그의 속에 숨어 있던, 가려 있던, 감추어 있던 깨끗한 혼, 사랑과 동정으로 된 혼이 깨었다. 아아, 그러면 남편은 역시 그가 노 말하던 농촌 사업을 위해서 달아났는가. 아아, 그러면 남편은 여전히 나를 사랑하는가. 아아, 그러면 유순이라는 여자는 결코 남편을 유혹하는 요물은 아니던가.

 '내가 잘못했소. 다 내가 잘못했소. 내 곧 갈게요, 내 곧 갈게요. 내 곧 가서 병 구완할게요.'

하고 정선은 오직 사랑이 넘치는 맘으로 저녁차로 떠날 준비를 하였다.

'아, 차보다도 비행기로 갈까.'

정선의 마음은 조급하였다.

*

정선이 처음 할 일은 아버지에게 전화를 거는 것이었다.

"아버지, 정선이야요. 네, 허 서방이 시골 가서 병이 중하다고 의사를 하나 데리고 저더러 오라구요. 네, 네, 저 저녁차에 갈 텐데, 아버지, 의사를 하나 구해 주세요. 네, 돈은 있어요. 그럼 아버지가 어떻게 가십니까. 네, 떠나기 전에 집에 갈 테야요."

이러한 전화다.

윤 참판은 일변 놀랐지마는 또 일변 기뻐하였다. 이혼을 염려하던 그는 숭의 부처 간에 아직도 애정의 연결이 있는 것을 본 까닭이었다. 딸이 이혼하는 것 – 시집에서 쫓겨 오는 것을 보는 것보다는 차라리 과부가 되는 것이 나을 듯하였다.

그날 밤에 정선은 그 친정 동생들의 전송을 받으며 남대문 정거장에 섰다. 의사 곽 박사가 정선과 동행하기로 하였다. 곽 박사에게 여비를 준 것은 물론 윤 참판이었다. 윤 참판은 간호부 하나까지 얻어서 뒤따라 정거장으로 내보냈다.

　이리하여 정선의 일행은 세 사람이었다.

　봉천으로 가는 차. 오후 열 시 사십 분.

　차는 떠났다. 정선은 승강대에서 동생들과 작별 인사를 하고, 전송 나온 사람들이 아니 보이게 될 때까지 서 있었다. 정선은 이 가을밤에는 너무도 선선해 보이는, 살이 비치는 은조사 적삼에 둥근 무늬 있는 남 보이루(여름용 직물) 치마를 입고 구두만은 검은 칠피를 신었다. 머리는 가마 있는 데 약간 속을 넣어 불룩하게 하고 쪽이 있는 듯 없는 듯하게 틀었다. 그리고 금테 안경을 썼다. 그는 아직 여학생 같았고 남의 부인 같지를 아니하였다. 전깃불 빛에 보는 그의 살빛은 마치 호박으로 깎은 듯하였다. 엷은 옷을 통하여 살까지도 뼈까지도 투명한 듯하였다. 그의 짧은 회색 치마폭이 살빛 같은 스타킹에 싸인 길쭉한 두 다리를 펄렁펄렁 희롱하였다.

　별로 집을 떠나 본 일이 없는 정선은 이렇게 차를 타고 나서는 것이 큰일 같았다. 더구나 경의선이라고는 개성까지밖에는 못 와 본 정선이라, 알지 못하는 나라로 들어가는 것만 같았다. 그뿐인가, 앓는 남편을 찾아가는 길이다.

　정선이 자리에 돌아오는 길에,

"아, 미세스 허!"

하는 소리에 고개를 돌렸다.

"어디 가십니까."

하고 손을 내미는 이는 천만뜻밖에도 이건영 박사였다.

정선은 억지로 웃음을 지으면서 이 박사에게 손을 주었다.

이 박사는 정선의 손을 흔들며,

"미세스 허, 미스 최, 소개합니다. 최영자 씨신데 내량여자고등사범학교를 졸업하시고 이번 ○○여자고등보통학교에 부임하시게 되었습니다."

하고 이 박사는 고개를 기울여 미스 최영자라는 여자의 얼굴을 들여다본다. 애정을 보이려 함인 듯하였다.

"최영자올시다."

하고 미스 최라는 이는 일본식으로 읍하고 허리를 굽혔다.

"네, 저는 윤정선이야요."

하고 정선은 서양식으로 잠깐 고개를 숙였다.

"이 어른은 변호사 허숭 씨 영부인, 이화의 천재시요, 미인이시죠."

하고 이건영 박사는 얼굴 근육을 씰룩하였다.

정선은 이것들은 또 언제부터나 만났나 하고 두어 번 두 사람을 보았다. 이건영 박사는 심순례를 차 버린 후에도 같은 학교 여자를 둘이나 한꺼번에 희롱하였다. 그러다가 인제는 이화에서는 완전히 신용과 명성을 잃어버리고 일본 갔던 여학생들을 따라다닌다는 소문을 정선도 들었다. 미스 최도 그중의 하나로 아마 이번에 한차를 타고 유혹을 하는 모양이로구나 하였다.

*

"그런데 혼자 가시는 길입니까."
하고 이건영 박사는 정선에게 자리를 내주며 물었다.
"네, 의사 한 분하고 같이 갑니다."
"의사?"
하고 이건영은 얼른 남편을 잃은 정선과 어떤 의사와의 사랑, 달아남을 연상한다.
"저, 그이가 시골서 병이 나서, 그래서 의사를 청해 가지고 갑니다."
하고 정선은 남편한테 간다는 것이 맘에 흡족하였다.
"그이? 미스터 허가?"
하고 이 박사는 한 번 더 놀란다.
"네, 농촌 사업 한다고 시골에 가 있었지요. 변호사는 다 집어

치고."

하고 정선은 유순의 편지에서 얻은 지식을 이 기회에 자기의 남편이 자기를 떠난 까닭을 합리화하고 변명하는 것이 기뻤다.

실상 세상에는 허숭이 종적을 감춘 데 대하여 여러 가지 불미한 풍설이 있었기 때문이다. 그중에도 가장 정선의 귀에 듣기 싫은 풍설은 허숭이 정선을 버리고 달아난 것은 정선과 김갑진의 추한 관계를 앎 때문이라는 것이다.

"네, 농촌 사업 좋지요."

하고 이건영은 자기도 일찍 농민 운동을 하기를 결심하였던 것을 생각하고, 그리고 오늘날 죽도 밥도 못된 것을 생각하고 감개가 없지 아니하였다. 사실상 이건영은 귀국한 지 근 일 년에 계집애들의 궁둥이를 따르고 살맛과 입술맛을 따른 것 외에, 그러하느라고 다른 일은 한 것이 없었다. 인제는 교회에도 신용을 잃고 교육계에서도 신용을 잃어서, 아직 아무 데도 취직을 못 하였지마는, 그래도 닥터 리를 따르는 그에게 몸을 만지우고 입을 맞추는 여자는 자취를 끊지 아니하였다. 예수교회 계통의 여자들 중에는 이 박사는 색마라는 평판이 났지마는, 그래도 그 예쁘장한 얼굴, 좋은 허우대, 말솜씨, 박사 칭호에 홀려지고 싶은 여자가 노상 없는 것이 아니요, 더구나 교회 이외의 여자들에게는 이 박사는 전혀 온전한 새 사람이었다. 미스 최는 그

중에 가장 재산이 있고 얼굴도 얌전한 여자였다. 이 박사는 조선에서 월급 생활로는 도저히 넉넉한 생활을 할 수 없는 것을 알기 때문에 자기가 독신인 것을 밑천으로 부잣집 딸에게 장가를 들어 처가 덕으로 거드럭거려 보겠다는 계획을 세운 것이었다. 심순례를 사랑한 것은 그가 상인의 딸이라는 것이요, 그를 차 버린 것은 순례의 집에 재산이 없음을 안 까닭이었다. 미인이요, 부자인 여자 – 이것이야말로 이건영 박사의 부인이 될 자격이 있는 것이었다. 그러나 교회 안에는 이러한 자격을 구비한 이가 드물었다. 그는 욕먹는 귀족의 딸이라도, 부잣집 딸이면 얼굴과 살이 밉지만 아니하면 장가를 들고 싶었다. '돈이 제일이다. 욕을 먹으면 어떠냐, 돈이 제일이다.' 하는 것이 요새의 이 박사의 철학이 되고 말았다. 미스 최는 어떤 술 회사 하는 도 평의원의 딸이었다. 미스 최라는 여자 자신은 맑은 정신을 가진 이 박사가 탐할 만한 곳은 아니었다.

"부모가 상관있소? 본인만 보면 고만이지."

하고 이 박사는 미스 최 교제에 반대하는 옛 친구에게 장담하였다. 그러나 실상은 그가 보는 것은 미스 최 본인보다도 그의 아버지의 돈이었다.

싫다는 곽 박사를 침대차로 들여보내고 정선은 혼자 좌석에 앉아 있었다. 젊은 여자가 혼자 침대에 들어가는 것은, 하물며 다른 남자와 함께 침대로 들어가는 것은 마땅치 아니하게 생각한 까닭이었다.

정선이 바라보니 이 박사는 미스 최를 침대로 가자고 유인하나 최도 정선과 같은 이유로 거절하는 모양이었다. 이 박사는 무안한 듯이 혼자 세면소에 가서 세수하고 머리에 빗질을 하고 돌아와 앉는 양이 보였다.

*

정선은 잠깐 졸다가 정거하는 고요함에 깨었다. 유순의 편지를 받은 후로 하루 종일 흥분되었던 까닭에 몸이 피곤하였다. 이건영 박사가 빨간 넥타이를 펄펄거리며 왔다 갔다 하는 양이 보였다. 개성이다. 개성이면 알 사람도 많으리라 하고 차창으로 내다보았다. 꽤 많은 사람이 짐을 들고 왔다 갔다 하였다.

"굿바이."

하는 서양 여자의 소리, 그도 귀 익은 소리에 정선은 고개를 안으로 돌렸다. 그것은 오래 이화에 있다가 지금은 평양에 교장으로 가 있는 홀 부인이었다. 조선 사람들은 그를 홀 부인이라고 부르지마는 기실은 그는 아직 시집가 본 일도 없는 미스 홀이었다. 그는 문에서 들어온 첫 창 앞에 서서 전송 나온 사람들에게 인사를 하고 있었다.

차가 떠났다.

미스 홀은 조그마한 가방 하나를 들고 빈자리를 찾아 두리번거렸다.

정선은 마주 가서 홀 부인의 가방을 받았다.

"아, 정선이!"

하고 홀 부인은 반가운 듯이 정선의 손을 잡고 어깨를 만졌다.

이 박사는 홀 부인을 몰랐기 때문에 두어 자리 건너서 이 광경을 바라보고 있었다.

"언니!"

하고 홀 부인의 등 뒤에 정선의 어깨를 치는 이가 있었다.

"아이, 순례야."

하고 정선은 어깨를 치는 손을 잡았다.

"언니, 어디 가우?"

하고 순례는 반가움을 못 이기어 하는 듯이 정선에게 매달렸다.

순례라는 말에 이 박사는 얼굴에 피가 갇히었다. 순례의 얼굴이 눈에 번쩍 나타나자 이 박사는 바깥을 바라보는 것처럼 창 있는 쪽으로 고개를 돌려 버렸다.

미스 최도 이 박사의 당황한 양이 눈에 띄었다.

"이리 오세요. 여기 자리 있어요."
하고 정선은 순례의 눈에 이 박사가 보이지 아니하도록 순례를 한편 옆에 끼고 제 자리로 걸어가려 하였다.

그러나 순례의 눈에는 이 박사의 뒷모양이 눈에 띄었다. 그것만으로도 이것이 이건영인 줄을 알기에 넉넉하였다.

순례의 발은 땅에 붙었다. 순례의 눈에는 유리창에 비친 이건영의 얼굴이 보였다. 아무것도 모르는 순례를 실컷 희롱하고 돈이 없다고 박차 버린 이건영이다. 순례의 가슴에 일생 가도, 삼생을 가도, 미래 억만생을 가도 고쳐질 수 없는 아프고 쓰리고 아린 생채기를 내놓고 달아난 이건영이다. 슬픔을 모르는 순례에게 피가 마르는 슬픔을 박아 준 이 박사다. 사람은 다 천사로 알던 순례에게 사내는 모두 짐승이요, 악마라는 쓰디쓴 생각을 집어넣고 달아난 이 박사다. 순례는 이 박사가 그동안 이 여자 저 여자 살맛과 입술맛을 보며 돌아다닌다는 소문을 들었다.

그러한 이건영 박사를 오늘 여기서 만날 줄이야.

순례는 그 일이 있음으로부터 도무지 밖에를 나오지 아니하였다. 그것은 이 박사를 만날까 두려워함이었다. 도무지 이건영 박사를 만나는 것이 무서웠다. 맘 한편 구석에는 이 박사를 그리워하는 생각이 있으면서도 이 박사를, 그 얼굴을, 그 눈을, 그 입술을 자기의 몸을 두루 만지던 그 손을 보기가 무서웠다. 그 사람을 만나기만 하면 자기는 귀신을 만난 것과 같이, 맹수를 만난 것과 같이 기색해 버릴 것 같았다. 그렇지 아니하면 자기가 정신을 잃어버리고 미친 사람이 되어서 이건영의 모양 낸 양복을 찢고 빨간 넥타이로 목을 매어 죽이든지, 그 말 잘하는 거짓말, 유혹하는 말 잘하는 혓바닥을 물어 끊어 버리든지, 그 여러 여자의 입술을 빨기에 빛이 검푸르러진 입술을 아작아작 씹어 버리든지, 그 여러 처녀의 살을 맘대로 만지던 손을 톱으로 잘라 버리든지 결판을 내고야 말 것 같았다.

*

정선은 순례를 안다시피 하여서 자리에 끌어다가 앉히고,
"글쎄, 그 사람은 왜 보니. 그까짓 건 잊어버리고 말지. 또 미스 최라나 한 여자를 후려 데리고 가는구나. 일본 유학생이래. ○○여학교에 교사로 간다는데 귀축축하게 따라가는걸."
하고는 해쓱해지는 순례의 낯을 본다.

순례는 본래 연약한 여자는 아니지마는 이건영 박사를 생각하면 곧 빈혈을 일으키고 기절할 듯하였다. 오늘도 뜻을 굳이 먹고 참았으나 눈앞이 노랗게 됨을 깨달았다. 순례는 정선의 어

깨에 머리를 기대고 조는 듯이 눈을 감았다. 이것이 견딜 수 없는 고통을 억제하는 도리였다.

홀 부인은 순례의 맞은편에 말없이 앉아서 한참이나 기도를 올리는 모양이었다.

홀 부인은 이화에 있는 동안 순례를 딸같이 사랑하였다. 그는 순례를 부를 때에 사실상 딸이라고 불렀다. 그는 순례가 조선 처녀답게 순진하고, 말없고, 무겁고, 그리고도 지혜가 밝고, 감정이 예민한 것을 사랑하였다. 순례가 이건영 박사에게 농락을 받았다는 말을 듣고 홀 부인은 한 선생을 찾아가서 크게 항의를 하였다. 순례는 이 박사와의 혼인에 대한 말을 일절 아무에게도, 홀 부인에게도 알리지 아니하였던 것이었다.

"정선, 그 사람 닥터 리요?"

하고 홀 부인은 비로소 입을 열어서 정선에게 물었다.

"네."

하고 정선은 고개를 끄덕였다.

홀 부인은 몸을 기울여서 이 박사가 앉은 곳을 흘겨보았다. 그리고는 치미는 감정을 억제하는 듯이 두 손을 깍지 껴서 틀었다. 입속으로 무슨 말을 중얼거렸다.

한참이나 세 사람은 말이 없었다.

"나 이 박사 그저 둘 수 없소. 말 한 번 해야겠소."

하고 홀 부인은 모자를 벗어 놓고 일어났다.

홀 부인은 이 박사의 곁으로 걸어갔다.

"이 박사시오?"

하고 말을 붙였다.

이 박사는 벌떡 일어났다.

"나 미스 홀이오."

하고 홀 부인은 미스 최에게 대하여 잠깐 묵례하고 그 곁에 앉았다. 이 박사는 악수를 기다리고 손을 내밀었으나 홀 부인은 손을 내밀지 아니하였다.

"이 박사, 심순례 사랑한 일 있습니까."

하는 홀 부인의 어성은 칼날 같았다.

"네, 잠시, 저, 어떤 사람의 소개로 교제한 일 있지요."

하고 이 박사는 좀 당황하였다. 상대편인 심순례가 지척에 지키고 있으니 이 박사의 웅변도 나올 예기(銳氣)를 꺾임이 되었다.

"내가 다 압니다. 한 선생, 이 박사를 믿고 사랑해서 이 박사에게 심순례를 소개하였고, 이 박사가 한 선생께 말씀하기를 그 여자, 심순례가 맘에 든다고 혼인한다고 말하여, 이 박사, 심순례 두 사람 밤에 같이 놀러 나가고, 혼인식 아니했으나 혼인한 부부 모양으로 팔 끼고 다니고, 심순례 마음에 이 박사 내 남편이라고 믿게 하고, 그러하나 다른 여자 – 그 여자 나 잘 아오. 내

학생이오마는 나 이름 말 아니하오. 다른 여자 부잣집 처녀 욕심나서 심순례 교제 끊고, 또 다른 여자 둘, 아니 셋, 심순례 한가지로 사랑하는 줄 그들로 하여금 믿게 하였다가, 또 미스 최."
하고는 미스 최를 바라보며,

"용서하시오, 나 미스 최 누구신지 잘 알고, 잘 알므로, 미스 최 듣는 데서 이 말씀하오."
하여 미스 최에게 변명을 한 후에, 다시 이 박사를 대하여,

"또 미스 최, 돈 보고. 이 박사 사람 보고 사랑 아니하오. 돈 보고 사랑하오. 내가 잘 아오. 미스 최 돈 보고 또 사랑하오. 그러할 수 없소. 하느님, 하느님 보시고 있소. 사람 속여도 하느님, 전지전능하신 하느님 도무지 속일 수 없습니다. 나 심순례 딸같이 사랑하오. 심순례 참으로 좋은 여자요. 그 심순례, 이 박사 때문에 병났소. 병나서 공부 못하고 불쌍해서 내가 평양으로 데리고 가오. 당신 만나는 것 심히 무서워하오. 당신 서울 돌아다니니까 만날까 무서워하므로 내가 집에 데리고 가오. 이 박사 회개하시오. 하느님 믿고 예수 말씀 잘 생각하시오."
하고는 이 박사의 대답도 안 듣고 일어나 버렸다.

*

 홀 부인은 일어나면서 이 박사와 미스 최를 한 번 돌아보았다. 이 박사의 낯빛은 파랗게 질리고 입술은 보랏빛이 되어 떨었다. 미스 최는 이마를 창틀에 대고 우는 모양이었다.
 "오해요, 오해요!"
하는 뜻을 이 박사는 영어로 소리쳤다. 그러나 그 소리는 목 밖에 잘 나오지를 아니하였다.
 "오해?"
하고 홀 부인 돌아섰던 몸을 다시 돌려서 한 걸음 이 박사의 곁으로 다시 가 서며,
 "오해요? 내가 이 박사 오해했습니까. 대단히 기쁜 말씀입니다. 이 박사 그렇게 악한 사람 아니라고 내가 믿게 되기 바랍니다. 이 박사 젠틀맨이요, 크리스천이요, 조선 동포의 리더 - 지도자 되어야 할 양반이오. 나 이 박사 그렇게 인격 없는 사람이라고 - 그렇게 남의 집 딸 유혹이나 하고 그러한 사람으로 믿고 싶지 아니합니다. 내 생각 다 오해라고 하시면 대단히 감사합니다. 그 오해 풀리도록 심순례와 나 있는 앞에서 말씀해 주실 수 있습니까."
하고 빙그레 웃었다.

그러나 이 박사는 따라오려고 아니하였다. 그는 다만 힘없는 소리로,

"홀 부인, 전혀 오햅니다."

한마디를 되풀이할 뿐이었다.

"오해라는 말씀만으로 오해 도무지 풀리지 아니합니다. 지금 오해 푸실 기회, 마지막 기회를 드려도 그 기회를 아니 쓰시면 이 박사 변명할 아무 재료 없는 것을 내가 알 것입니다."

하고 홀 부인은 자리에 돌아와 버렸다.

이등 차실에는 손님이 없었다. 만주가 뒤숭숭하고 또 병이 든다고 하여 객이 적은 데다가 있는 이도 침대로 들어가 버리고 남은 것은 홀 부인, 정선, 순례, 이 박사 일행밖에는 두어 사람밖에 없었다. 홀 부인이 이 박사와 말하는 동안에 정선은 순례에게 여러 가지로 위로하는 말을 주었다.

"글쎄, 그까짓 녀석을 왜 못 잊어버리니? 그 녀석이 개지, 사람이냐."

이렇게도 정선은 말해 보았다. 그러면 순례는,

"그래도 어디 그렇소. 나는 안 잊히는데."

하였다.

"무섭다면서?"

"무섭긴 해도 안 잊히는 걸 어찌하오? 세상 사람들이 그이를

숭보면 듣기가 싫여."

하고 순례는 웃는 듯 우는 듯 낯을 감춘다. 그는 웃는 체 우는 것이었다.

"네가 그렇게 생각하기로 그 녀석이 너헌테 다시 오려든?"

"그야 그렇지, 언니. 그래두."

"도루 오기로 네가 받자하겠니?"

"도루 오면 받지 어떡허우? 내가 이제 다른 데로 시집 못 갈 바에야."

"시집은 못 가니? 혼인했다가 이혼도 하는데, 무어 어쨌다고. 너 그 녀석께 몸은 아니 허했지? 처녀는 아니 깨뜨렸지?"

"처녀란 어디까지가 처녀요, 언니? 나 처녀 같지가 아니하고, 꼭 그이의 아내가 다 된 것만 같은데."

"이 애도, 처녀가 무엇인지, 우먼이 무엇인지 모르니?"

"난 모르겠어. 난 이만하면 벌써 처녀가 아니라고 생각하우. 내 맘이 그런 걸 어떡허우."

하고 순례는 또 운다.

이러한 때에 홀 부인이 돌아왔다. 홀 부인은 우는 순례를 본 체만체하고 창을 바라보나 그의 눈에도 눈물이 있었다.

홀 부인은 일부러 화제를 돌리느라고,

"정선이 어디 가오?"

하고 물었다. 이 박사 사건 때문에 정선이 어디 가는 것도 물을 새가 없었던 것이다.

"남편이 시골 가서 병이 나서 의사를 데리고 갑니다."
하였다. 그리고 정선은 이 대답을 하는 자기의 신세를 순례보다 퍽 행복되게 생각하였다.

*

정선에게 허숭의 뜻을 들은 순례는 감탄하는 듯이,
"나도 그런 일이나 했으면."
하였다. 그 말이 퍽 간절하였다.
"이 애는."
하고 정선은 어린 동생이나 딸을 귀애하는 듯이 제 손수건으로 순례의 눈물을 씻고 얼굴에 흩어진 머리카락을 쓸어 올려주며,
"네가 그래 그 시골을 가서 살아? 오줌똥 냄새가 코를 바치고, 빈대 벼룩이 끓고, 도배도 장판도 없는 흙방에서 전등이 있나, 전화가 있나. 아침저녁 만나는 사람이라고 시골 무지렁이들인데 네가 그래, 서울서 생장한 애가 그 속에서 살아?"
하고 정선은 순례의 슬픔을 잊게 할 겸 깔깔 웃었다.

"왜 못 사우? 시골 사람들이 서울 사람들보다 더 순박하고 인정이 많다는데 – 난 시골 가서 살고 싶수 – 할 일만 있으면."
하고 순례는 제 손을 본다. 그것은 세숫물밖에는 개숫물도 못 만져 본 손이다. 낫자루, 호미 자루는커녕 부지깽이 한 번도 못 잡아 본 손이다. 정선의 손은 더구나 그러하였다. 그들의 손은 노동이라고 하면 끼니때에 수저 잡는 것, 학교에서 연필 잡고, 피아노 치는 데나 썼을까. 분결같이 희고, 붓끝같이 고운 손이다. 굳은살 하나, 거스러미 하나 없는 손이다. 그 손들은 도회에 있으면 사내들에게 장난감밖에 아니 되는 손이다. 오곡이 되고, 백과가 되고, 필육이 되고 하는 농촌 여자의 손은 검고, 거칠고, 크고, 굳은살이 박이고, 모기가 앉아도 주둥이 침이 아니 들어가고 거머리가 붙어도 피가 아니 나오는 손이다.

"흥."
하고 순례는 기껏 어멈의 손을 상상하여 제 손과 비교해 보았다. 도회 여자는 손으로 벌어먹지 아니한다. 그는 이쁘장한 얼굴과, 부드러운 살과, 아양으로 사내의 총애를 받아서 벌어먹는다. 이 세 가지만 구비하면 그 여자는 가만히 누워서 보약과 소화약이나 먹고 남편이라고 일컫는 남자의 장난감만 되면 일생 팔자가 늘어진 것이다(만일 그러한 팔자를 늘어진 팔자라고, 늘어졌다는 팔자가 좋은 팔자라고 할 양이면 말이다).

"그럼 언니는 어떡허랴우? 허 선생은 시골 가셔서 농촌 사업을 하시는데, 언니는 혼자 서울 있수?"

하고 순례는 아까보다 원기를 회복한 모양이었다. 적어도 억제력, 슬픔과 괴로움을 누르는 억제력만은 회복한 모양이었다.

"그럼 왜 나 혼자 서울 못 있니?"

하고 정선도 제 말에 의심이 없지 아니하면서 대답하였다.

"아이참."

하고 순례는,

"그게 말이 되우?"

하고 가엾게 웃었다. 홀 부인은 순례가 웃는 것만이 기뻤다.

"왜 말이 안 돼?"

하고 정선은 여전히 자신 없는 항의를 하였다.

"어디 두고 보까."

하고 순례는 이번에는 좀 더 쾌활하게 웃었다. 정선도 웃고 홀 부인도 웃었다.

정선이 ○○역에 내린 것은 이튿날 새벽, 아직 해도 뜨지 아니한 때였다. 이 박사는 어디서 내렸는지 알 수 없고 미스 최만이 눈이 붉어서(울고 잠 못 잔 탓인 듯) 부끄러운 듯이, 그러나 정숙스럽게 정선에게 인사를 하였다. 홀 부인과 순례는 물론 벌써 평양에서 내렸다.

정선은 일본식으로 허리를 굽히는 미스 최의 손을 힘 있게 잡으며,

"이 박사와 약혼하셨어요?"

하고 물었다.

"아니오, 아버지는 약혼을 하라지마는, 아직 아니했어요."

하고 낯을 붉힌다.

정선은 이 박사가 어디서 내렸느냐 하는 말도 묻지 아니하였다. 아마 미스 최에게 물리침을 받고 평양에서 내려서 또 어떤 부잣집 딸을 고르기로 작정하였으리라고 생각하였다. 혹은 순례의 뒤를 따른 것이나 아닌가 하였다.

"실례의 말씀이지마는 이 박사를 주의하세요. 못 믿을 남자입니다."

하고 손을 흔들었다.

미스 최의 눈에서는 새로운 눈물이 쏟아짐을 정선은 보았다.

*

정거장에는 살여울 동네 사람 하나가 나와서 등대하고 있었다. 정선이 어제 아침에 허숭에게 전보를 놓았던 까닭이다. 그

동네 사람은 이등차에서 내리는 사람을 바라보고 섰다가 마주 와서,

"서울서 오시는 윤정선 씨시우?"

하고 물었다.

그렇다는 대답을 듣고, 그 사람은 정선과 곽 박사의 짐을 받아들었다. 그리고는 정거장 밖으로 앞서서 나왔다. 밖에는 동네 사람이 이삼 인이나 나와 있었다. 그들은 다 이번 황기수 사건에 잡혀갔다가 일심에 무죄 판결을 받아 나온 사람들이었다. 주범 맹한갑만 삼 개월 징역의 언도를 받아 공소하고, 다른 일곱 사람은 혹은 무죄로, 혹은 집행 유예로 다 나왔다. 그들은 이것이 다 허 변호사의 덕이라 하여 나온 뒤에는 숭의 집 일을 제 일같이 보았다.

그들은 정선과 곽 박사의 묻는 말에 대하여 허숭의 병이 중하지마는 그리 위험치는 아니하다고 하였다.

무너미 고개에는 남녀 군중이 삼사십 명이나 마중을 나와 있었다. 이번 재판이 있은 후로, 사람들이 무사히 나온 후로 동네 사람들의 숭에게 대한 존경이 갑자기 더하였다. 다구나 숭이 제일가 사람들도 아랑곳 아니하는 동네 사람들의 염병을 구완하다가 병이 든 것을 보고는 동정이 심히 깊었다. 그들은(그중에 돈푼이나 지니고 사는 거만한 몇 집을 빼고는) 하루에 한두 번씩 숭

의 집에 문병을 가고, 숭은 정신을 잘못 차리지마는 양식과 나무와 일습을 댔다.

정선은 이렇게 동네 사람이 많이 마중을 나온 것에 놀랐다. 구경을 나온 것이 아닌가고 생각도 해 보았다. 그러나 그들의 얼굴에는 마치 오래 멀리 가 있던 친족이나 만나는 듯이 반가워하는 빛이 보였다. 동네 사람들은 처음에는 서먹서먹하여 마치 외국 사람 대하는 듯이, 내외하는 듯이 말도 잘 붙여 보지 못하였으나 정선이 차차 한 마디 두 마디 대답하는 것을 보고는 친해져서,

"차에서 밤잠을 못 자서 곤하겠군."

하고 반말을 하는 아주머니조차 나서게 되었다.

정선은 그러는 동안에도 눈을 돌려서 유순이라는 계집애가 어디 있나 찾아보았다. 그러나 그럼직한 아이는 없었다.

"자, 어서 가 보아야지. 이러구 있으믄 되나."

하는 어떤 노인의 재촉으로 정선을 에워싼 진이 풀리고, 정선은 동네를 향하여 걸음 걷기를 시작하였다.

주재소에서 경관이 나와서 정선과 곽 박사를 붙들고 몇 마디 물었다.

정선의 일행이 우물 앞에 다다랐을 때 유순이 마주 나왔다.

유순은 앞선 곽 박사를 위하여 옛날식으로 길가에 돌아서 길

을 피하였다. 그리고는 몇 걸음을 더 걸어오다가 정선을 바라보고는 머뭇머뭇하다가 아무 말도 없이 정선에게 길을 피하였다.

"순아, 이이가 허 변호사댁이다."

하고 어떤 부인네가 유순에게 말하였다.

이 말에 정선은 기회를 얻어 발을 멈추고 돌아섰다.

정선은 손을 내밀어 유순의 손을 잡고,

"유순 씨세요? 나 윤정선이야요. 편지 주신 거 고맙습니다."

하고 웃어 보였다.

"유순입니다."

하고 유순은 학교에서 선생 앞에 하듯이 경례를 하였다.

"이 애가 여태껏 허 변호사 병구완을 한다네. 어디 친부모 형제를 그렇게 할 수가 있나."

하는 옆의 노인이 유순을 위하여 말하였다.

"고맙습니다."

하고 정선은 유순의 인사에 답례로 고개를 숙였다.

유순은 낯을 붉혔다.

*

　동네를 지나가는 동안에도 사람이 많이 나와서 정선을 맞았다. 그리고 남편의 병을 위하여 근심하고,
　"가만히 호강을 해도 좋을 사람이 우리를 위해서."
하여 주는 사람도 많았다.
　정선은 자기 남편의 사업이란 것의 뜻이 알아지는 것 같았다. 정선이 남편의 집 마루에 발을 올려놓을 때에는 곽 박사는 벌써 숭의 병을 보고 있었다.
　숭은 마침 정신이 좀 났다. 열은 삼십구 도. 복부가 창하여 의사는 관장이 필요하다고 말하였다. 정선은 병실문 안에 들어서서 앓는 남편을 바라보았다. 남편의 탄 입술, 거뭇거뭇하게 난 수염, 흐트러진 머리, 그것은 차마 못 볼 광경이었다.
　곽 의사는 정선을 위하여 병자의 곁으로부터 물러앉았다.
　정선은 곽 의사가 내준 자리에 앉으며 남편의 여윈 손을 잡았다. 그리고는 걷잡을 수 없이 울었다. 무조건으로 울었다. 숭도 아내를 물끄러미 바라보더니 눈에서 눈물이 흘렀다. 두 사람은 말이 없었다. 이로부터 이 주일 후 숭은 정선에게 부축을 받아 마당으로 거닐게 되었다. 정선은 전심력을 다하여 남편을 간호하였다. 병중에 있는 남편에게서 정선은 전에 몰랐던 아름다움

을 발견한 것도 적지 아니하였다. 숭도 정선의 속에 있는 아름다운 정선을 발견하였다.

"병이 낫거든 서울로 갑시다."

하고 하루는 정선이 달내강 가에 앉아서 늦은 가을의 볕을 쪼이며 이야기하였다.

"나더러 서울로 가자고 말고, 당신이 여기 있습시다."

하고 숭은 팔을 들어 정선의 허리를 감싸 안았다. 정선은 끌리는 대로 남편의 몸에 기댔다. 남편의 몸에는 벌써 그만한 힘이 생겼다.

"그래두."

하고 정선은 아직도 시골에 있을 결심이 생기지 아니하였다.

"그래, 이 달내강의 맑은 물이 청계천 구정물만 못하오?"

하고 숭은 아내의 낯을 정답게 들여다보았다.

"그야 달내강이 낫지."

하고 정선은 웃었다.

"또, 저 벌판은 어떻고, 산은 어떻고, 대관절 공기와 일광이 서울 것과 같은 줄 아오? 당신같이 약한 사람은 이런 조용하고 공기 일광 좋은 곳에 살아야 하오. 당신 오라버니도 호흡기병으로 안 죽었소? 여기 있습시다. 우리 여기서 삽시다. 여기서 농사하는 사람들과 함께 삽시다. 그리고 우리 힘껏 이 동네 하나를 편안한 새 동네로 만들어 봅시다. 이 동네 사람들이 서울서 내로라 하는 사람들보다 인생 가치로는 더 높소. 또 조선은 십분지 팔이 농민이란 말요. 이천만이면 일천육백만이 농민이란 말요. 나머지 사백만은 농민의 등을 긁어먹고 사는 사람들이고. 우리도 농민의 땀으로 지금까지 살아왔으니까, 만일 양심이 있다고 하면 좀 갚아야 아니하겠소. 정선이, 서울 갈 생각 마오, 응."
하고 숭은 이번 만나서 처음으로 정선의 입을 맞추었다.

정선은 마치 처음으로 이성에게 키스를 당하는 처녀 모양으로 낯을 붉혔다. 그리고 누가 보지나 않는가 하고 사방을 둘러보았다. 사람은 없고 강 건너편에 아직 코도 꿰지 아니한 송아지가 이쪽을 바라보고 서 있었다.

"당신이 있으라면 있지요."
하고 정선은 숭을 바라보고 웃었다. 숭의 얼굴에는 살이 붙었으나 아직도 병색을 놓지 아니하였다.

*

정선은 남편에게 대해서 시골에 있으마고 말을 해 놓았으나 도무지 서울이 잊히지를 아니하였다. 서울은 정선에게는 잔뼈가 굵은 데일뿐더러, 수십 대 살아오던 고향이라고 할 수 있다. 비록 예산이 집이라고 하지마는 벼슬하는 조상들은 만년에나 예산에서 한 일월을 보냈을 뿐이요, 일생의 대부분을 서울에서 산 것이다. 게다가 정선은 시골 생활이라고는 삼방 석왕사의 피서지 생활밖에 해 본 일이 없었다. 그러므로 시골은 외국 같았다. 외국이라 하더라도 야만인이 사는 외국, 도무지 서울 사람이 살 수 없는 오랑캐 나라와 같았다. 그 발 벗고 다니는 촌 여편네들, 시꺼먼 다리를 내놓고 남의 집을 막 드나드는 사내들, 걸핏하면 무엇을 집어가는 아이놈들, 이 무지하고 상스러운 사람들 틈에서 어떻게 사나 하는 생각이 있었다.

"그런데 왜들 그렇게 무지스럽소? 어디 그리 순박이나 하우? 애들은 도적질이 일쑤고. 그 사람들이 오면 무시무시해. 그 사람들 속에서 당신 같은 사람이 어떻게 났소? 호호, 노엽지 말아요. 당신은 시골 사람 흉을 보면 노여워합디다, 호호."

하고 정선은 앓고 난 남편을 괴롭게나 하지 아니하였는가 하여 숭의 기색을 엿보았다.

"그야."

하고 숭은 점잖게,

"농촌 사람의 성격 중에는 우리보다 나은 점도 있지마는 또 못한 점도 있지요. 바탕은 좋지마는 원체 오랫동안 윗 계급에

시달려 지냈거든. 게다가 근년에는 먹을 것조차 없으니 인심이 몹시 박해졌지요. 그걸 누가 다 그렇게 만든지 아시오?"

하고 숭은 정선의 아름다운 얼굴과 고운 몸매를 들여다보았다.

"누가 그랬을까?"

하고 정선은 어리광하듯 생각하는 양을 보였다.

"양반들, 서울 양반들, 시골 양반들, 조선은 모두 양반들이 망쳐 놓았지요."

"또 양반 공격이로구려."

하고 정선은 새뜩하는 양을 보인다.

"당신네 양반은 큰 양반이지. 내 조상 같은 양반은 작은 양반이고. 죄야 큰 양반 작은 양반이 다 같이 지었지요."

하고 숭은 말을 좀 눅였다.

"그야, 양반이란 것들이 나라 정사를 잘못해서, 국민을 바로 지도하지를 못해서 조선을 망쳐 버린 것이야 사실이겠죠. 그렇지만 백성들은 왜 남 모양으로 혁명을 못 일으키우? 그놈의 양반 계급을 다 때려 부수고 왜 상놈 정치를 해 보지 못했소?"

하고 정선은 상놈 공격을 시작한다.

"도무지 교육을 안 주었거든. 유교, 그중에도 노예주의인 주자학만 숭상해서 무지한 백성들에게 집어넣었거든. 그래서 양반, 중인, 상놈을 금을 그어 가지고는 벼슬은 양반만 해 먹고, 중인은 역학이나, 의학이나, 수학 같은 기술 방면에밖에 못 나가고, 나머지 상놈 계급은 자자손손이 아전 노릇이 아니면 농, 상, 공업밖에 못 해 먹고 - 농, 상, 공업이 천한 것이 아니겠지마는 조선 양반들은 그것을 천한 것으로 작정을 해 놓았거든. 그리고는 나랏일은 양반들만 맡아 두고 했는데, 그 나랏일이란 무엇인고 하니 나랏일이 아니라 기실은 자기네 집안이 잘살 길, 요샛말로 하면 제 지위와 재산을 마련하는 데 이용을 해 먹었단 말이오. 그분들이 농사 개량을 했겠소, 상공업 발전을 생각했겠소, 국방을 생각했겠소? 생각이라고는 어떡하면 높은 벼슬을 많이 하고 어떡허면 돈을 많이 벌까 하는 것뿐이었소. 그중에는 정말 나라를 위한 사람도 있겠지마는 근대에는 그런 사람은 별로 없었지요. 그러니까 말이오, 양반들이 죄를 지어서 농촌을 저 모양을 만들었으니 양반이 그 죄를 속해야 하지 않겠소. 어디 당신 양반을 대표해서 한 번 농민 봉사를 해 보구려."
하고 숭은 웃었다.

"난 큰 양반 대표고, 당신은 작은 양반 대표로?"
하고 정선도 웃었다.

제3장

*

숭의 건강은 날이 갈수록 회복되었다. 정선은 서울로 떠나기 전 사흘 동안 비로소 남편과 한자리에서 잤다. 그들은 마치 신혼한 내외 모양으로 새로운 정을 느꼈다. 정선은 숭에게 서울까지 동행하기를 청했으나 숭은 듣지 아니하였다. 정선은 혼자 식전차를 타고 서울로 올라왔다. 숭은 앓고 나서 처음 정거장까지 먼 길을 걸었다.

"이렇게 걸음을 걸어도 괜찮을까."

하고 정선은 정거장까지 가는 동안에도 여러 번 걱정을 하였다.

"괜찮지."

하고 장담은 하면서도 숭의 이마와 등에는 식은땀이 흘렀다.

정거장에는 한갑 어머니와 유순이와 기타 동네 사람 남녀 십여 명이나 전송을 나왔다.

"내 아버지더러 집이랑 다 팔아 달래 가지구 오리다."
하고 정선은 남편의 싸늘한 손을 꼭 쥐면서 맹세하였다. 정선의 눈에서는 눈물이 흐르고, 코와 눈과 입의 근육이 씰룩거렸다. 어쩐 일인지 정선은 참을 수 없이 슬펐다.

차가 떠날 때에 정선은 창을 열고 내다보려 하였으나 겹창이 열리지를 아니하였다. 정선은 앉아서 울었다.

정선은 지나간 오십 일이 십 년이나 되는 것 같았다. 그동안에 숭이 죽을 뻔한 일도 두어 번 당하고 감정과 의견의 충돌도 무수하였다. 그러나 그러는 동안에 정선은 숭을 좀 더 알았다. 숭은 뜻이 굳고, 맘에 그리는 생활이 자기의 것과 달라서 적어도 전 조선을 목표로 삼고, 정은 있으면서도 정에 움직이지 아니하려고 애를 쓰고, 이런 모든 점을 발견하였다. 그 결과로는 숭이 결코 못생긴 시골뜨기만이 아니요, 존경할 여러 가지, 정선으로는 미치지 못할 여러 가지가 있는 것도 발견했지마는, 또한 숭은 정선이 맘으로 원하는 남편의 자격이 아닌 것도 발견하였다. 정선이 맘으로 원하는 남편은 이 세상 많은 사람, 상류 계급의 많은 사람과 같이 이기적이요, 아내만 알아주는 사람(정선 자신은 이렇게 이름을 짓지 아니한다 하더라도 그 생각을 사정없이 해

부한다면)이었다. 숭은 위인이 될는지 모르거니와, 좋은 남편은 될 것 같지 아니하였다. 정선은 어떤 날 달냇가에서 하던 이야기를 생각했다.

"그래, 당신이 혼자서 그러면 조선이 건져질 것 같소?"

이렇게 정선이 물을 때에,

"글쎄, 나 혼자 힘으로 온 조선을 어떻게 건지겠소? 나는 살여울 동네 하나 건져 볼까 하고 그러지. 살여울 동넨들 꼭 건져질 줄 어떻게 믿소. 그저 내 힘껏 해 보는 게지. 그 밖에는 다른 도리가 없지 아니하오?"

이렇게 숭은 대답하였다.

"그러니깐 말요. 그렇게 될 둥 말 둥한 일을 하느라고 어떻게 일생을 바치오? 그것은 어리석은 일 아니오?"

하고 정선이 항의할 때에 숭은,

"정선이 말과 같이 어리석은 일이겠지. 그러니까 약은 사람들은 이런 일은 아니하지요."

하고 숭은 웃었다.

아무리 생각해도 숭이 하려는 일은 공상이었다. 어리석은 공상이었다.

"왜 당신 배운 재주론들."

하고 정선은 다시 숭의 어리석은 생각을 돌리려고 애써 보았다.

"변호사론들 조선 사람을 위하여 얼마든 좋은 일을 할 수가 있지 아니하오. 이런 시골구석에서 고생 아니하고도, 돈 벌어 가면서 일류 명사 노릇해 가면서도 좋은 일 얼마든지 할 수 있지 않소?"
할 때에도 숭은,
"변호사 노릇을 아무리 잘하기로 굶어 죽는 농민을 도와줄 수야 없지 않소? 기껏 부잣집 비리 송사 대리인밖에 할 것이 무엇이오. 차라리 불쌍한 농민들의 대서를 해 주는 것이 얼마나 좋은 일이오? 면소나 경찰서 심부름을 해 주는 것이 얼마나 그들에게 도움이 되겠소?"
하고 듣지 아니하였다.

*

정선의 귀에도, 아니 양심에도 숭의 말은 진리에 가까운 듯하고 종교적 거룩함까지도 있는 듯하였다. 정선도 이 진리감과 정의감을 학교에서 배양을 받기는 받았다. 그러나 지금 세상에 누가 그런 케케묵은 진리와 정의를 따른담. 베드로와 바울이 이 세상에 다시 태어나더라도 그들은 정선과 뜻을 같이할 것같이 생각되었다. 숭은 분명히 어리석은 공상가였다. 남편으로 일생을 믿고 살기에는 너무도 맘이 놓이지 아니하는 사내였다.

기차가 숭이 있는 곳에서 차차 멀어 갈수록, 서울이 가까워 갈수록 정선은 숭의 모양이 자기의 가슴속에서 점점 희미하게 됨을 깨달았다.

'인생의 향락!'

이 절대 명령이 정선에게 저항할 수 없는 압력을 주었다. 정선은 그 아버지, 오빠, 모든 일가 사람들, 또 모든 동무들, 그들의 가정, 어느 곳에서나 숭과 같이 어리석은 공상가의 본을 찾아낼 수가 없었다. 정선은 한 선생을 안다. 정선의 삼종숙 한은 선생이 이 한민교라는 선생을 위인처럼 칭찬하는 것을 여러 번 들었다. 그러나 한 선생이 다 무엇이냐. 그 궁하게 생긴 얼굴, 초라한 의복. 만일 숭이 한 선생과 같이 된다면? 싫어 싫어! 누가 그 아내 노릇을 해! 나이 오십이 넘도록 셋방살이가 아니냐. 한 달에 백 원 내외의 월급을 받아 가지고. 아아, 생각만 해도 소름이 끼쳤다. 그것이 사람 사는 거야?

신촌역을 지나서, 굴을 지나서 서울의 전깃불 바다가 전개될 때에 정선은 마치 지옥 속에서 밝은 천당에 갑자기 뛰어나온 듯한 시원함을 깨달았다. 기쁨을 깨달았다.

경성역의 잡답, 역두에 늘어서서 손님을 기다리는 수없는 택

시들. 그들은 손님을 얻어 싣고는 커다란 두 눈을 부릅뜨고 소리를 지르며 달아났다.

이것이 인생이었다. 살여울, 달내, 초가집, 농부들 – 그들은 정선에게는 마치 딴 나라 사람들이었다. 도무지 공통된 점을 못 찾을 듯한 딴 나라 사람들이었다. 무의미를 지나쳐서 불쾌한 존재였다.

"아이, 아씨!"
하고 집에서는 어멈, 유모, 침모, 유월이(계집애)가 나와 반갑게 맞았다.

"어쩌면 이렇게 오래 계셔요? 그래, 영감마님은 아주 나으셨어요? 그런데 어째 같이 아니 오시고?"
하고 정선에게 물었다.

정선은 반가운 내 집을 돌아보았다. 이것들이 집을 어떻게나 거두는고 하고, 남편의 병구완을 하면서도 그것이 맘에 잊히지는 아니하였다. 비록 믿고 믿는 유모가 있지만도. 방에 있는 모든 세간들 – 장, 의걸이, 양복장, 체경, 이불장, 이불, 책상, 전화, 모든 것이 다 반가웠다. 남편보다도 더 반갑고 소중한 듯하였다. 정선은 마치 무엇이 없어지지나 아니했나 하는 듯이 옷을 갈아입기도 전에 한 번 장문들을 열어 보았다. 그 속에는 자기의 옷도 있고 남편의 옷도 있었다. 마침내 그는 피곤한 듯이 남편의 방인 안사랑의 책상 앞 교의에 앉았다. 그 방에는 담뱃내가 있고 책상 위에는 궐련 끝이 재떨이에 수없이 있었다.

"이 방에 누가 왔던가."

하고 정선은 의심스러운 듯이 따라온 하인들을 향하여 물었다.

"저 잿골 김 서방님이 가끔 오신답니다."

하고 유월이 대답하였다.

"잿골 김 서방님이?"

하고 정선은 눈을 크게 뜨며,

"김 서방님이 왜?"

하고 정선은 놀란다.

"지나가다가 들어오시는 게죠. '아직 안들 오셨니?' 하시고, '사랑문 열어라.' 하시고는 들어오셔서 놀다가 가시지요."

하고 명복 어멈이 설명을 한다. 이 어멈은 얼굴도 깨끗하고 말재주도 있는 어멈이다.

"어떤 때에는 친구들 죽 끌고 오신답니다."

하고 유월이,

"오셔서는 청요리를 시켜라, 술상을 보아라, 정말 귀찮아서 죽겠어요."

하고 입을 비쭉한다.

*

"조것이!"
하고 명복 어멈은 유월을 흘겨보며,

"한 번 그리셨지, 무얼 가끔 그리셨어?"
하고 꾸짖는다.

"무엇이 한 번요. 접때는 자정이 넘도록 지랄들을 아니했수?"
하고 유월이는 명복 어멈을 책망하는 눈짓을 한다.

정선은 자기도 없고, 더구나 남편도 없는 빈집에 갑진이 사람들을 끌고 와서 밤이 깊도록 놀았다는 것이, 그것도 한두 번만이 아니었다는 것이 심히 불쾌하였다. 큰 모욕을 당한 것 같았다.

그날 밤 정선은 남편과 같이 자던 자리에 혼자 누워 보았다. 그리고 시골에 있는 남편을 그립게 생각해 보려고 애를 썼다. 그러나 웬일인지 애를 쓰면 쓸수록 남편이 점점 멀어 가는 것만 같았다. 그리고 도리어 갑진의 소탈한 모양이 눈에 어른거리고, 그뿐만 아니라 갑진에게 대하여 억제할 수 없는 어떤 유혹을 깨달았다.

정선은 갑진과 숭을 비교할 때에 숭의 인격의 가치가 갑진의 그것보다 높은 것을 의심 없이 인식한다. 그렇지마는 숭이 정선에게 - 아무 일반적으로 젊은, 사랑에 주린, 취할 듯한 애욕에 주린 여성에게 만족을 주는 남편이 아닌 것같이도 인식되었다. 정선은 숭의 인격을 노상 사모하지 아니함은 아니나 그것만으로 만족할 수 없는 가슴의 빔을 깨닫는다. 그 빔은, 정선이 아는 한에서는 갑진일 것 같았다. 갑진은 무척 재미있는 남편 - 적어도 성적으로는 - 일 것 같았다. 이것은 정선이 그 아버지의 호색하는 피를 받음일는지는 모르나, 어느 젊은 여자든 다 그러하리라고 정선은 스스로 변호하였다.

하루 종일 차 속의 피곤과 자리 속의 번민과 공상과 오뇌로 정선은 퍽 늦게야 잠이 들었다가 늦게야 잠이 깨었다.

이튿날 정선이 친정에를 다녀서 저녁을 먹고 밤 아홉 시나 되어서 집에 돌아온 때에 유월은 대문에 마주 나와서,

"마님, 저 잿골 서방님이 또 오셨어요. 안방에 떡 들어가 드러누웠겠지요."

하였다.

정선이 돌아오는 것을 보고 갑진은 마루 끝에 나서며 동네방네 다 들어라 하는 듯이,

"아, 돌아오셨어요? 나는 어떻게 기다렸는지요. 또 정선 씨도 숭이 놈과 같이 미쳐서 시골 무지렁이가 되어 버리셨나 했지요. 그렇다 하면 그것은 서울을 위하여 슬퍼할 것이요, 전 인류를

위하여 슬퍼할 것이란 말야요. 더구나 이 갑진을 위해서는 통곡할 일이란 말씀야요."

아주 갑진은 무대 배우의 말 모양으로, 농담 같기도 하고 진담 같기도 한, 아마도 농담 속에 진담을 섞은 말이었다.

정선은 불쾌한 듯이 새침하고 고개를 숙여서 인사를 하고는 갑진을 뒤에 두고 방으로 들어가 버렸다. 갑진은 좀 무안한 듯이 이번에는 점잖게,

"숭은 아니 온대요?"

하고 정당하게 물었다.

"안 온대요."

하고 정선은 시들하게 대답을 하였다.

"아 그놈이 시골에 웬 때 묻은 계집애 하나를 고이를 한다니, 정말야요? 어디 유력한 증거를 잡으셨어요?"

하고 갑진은 다시 기운을 얻었다.

"모르지요, 누가 알아요?"

하고 정선은 여전히 뽀로통했다.

"그런 쑥이. 글쎄, 뭣하러 시골구석에 가 자빠졌어. 그놈이 그 무어라든가 하는 계집애의 때 냄새에 취하지 아니하면 무얼하고 거기 가 있어요? 미친 자식, 그 자식 암만해도 쑥이라니까."

하고는 정선이 멍하니 앉았는 안방에 들어가서 모자와 스프링

을 집어 들고,

"갑니다, 실례했습니다."

하고 나와 구두를 신는다.

*

갑진이 무안하게 나가는 것을 보고 정선은 미안함을 깨달았다. 그래 따라서 마루 끝까지 나가며,

"왜 어느새 가세요?"

하고 어성을 부드럽게 하였다.

갑진은 구두끈을 매다 말고 벌떡 일어서면서 마치 얼빠진 사람과 같은 표정으로,

"미워하시니까 가지요."

하고 물끄러미 정선을 바라본다.

"미워는요?"

하고 정선은 웃어 보였다.

"그럼 가지 말고 도로 올라가요?"

하고 갑진은 외투를 마루에 놓는다.

정선은 소리를 내 웃어 버렸다. 어멈과 유월이도 모두 웃어

버렸다.

갑진은 마루 끝에 걸터앉았다.

정선은 올라오란 말은 하지 않는다.

"글쎄, 그 쑥이 왜 아니 온대요?"

하고 갑진은 마치 숭에게 흥미가 있는 것같이 말한다.

"글쎄, 농촌 운동 한다고, 날더러도 내려오라고 그러는걸요."

하고 정선도 문지방에 팔을 걸고 앉는다.

갑진은 신이 나서,

"농촌 운동이라는 게 무어야요? 무지렁이 놈들 데리고 엇둘 엇둘 한단 말야요? 원, 원, 요새 직업 못 얻은 놈들이 걸핏하면 농촌 운동, 농촌 운동 하지마는, 그래 그깟 놈들이 운동 아니라 곤두를 서 보시오, 척척, 경제학의 원리 원칙대로 되어 가는 세상이 그깟 놈들이 지랄을 하기로 눈이 깜짝하나. 다 쓸데없어요. 숭이 놈도 변호사나 해 먹지 국으로, 괜히 꼽살스럽게, 오, 간디 좀 돼 볼 양으로. 간디 노릇도 수월치 않던걸요. 요새도 또 밥을 굶는다나. 밥을 굶으면 잡아 가두었다가도 내놓아 주는가 봅디다마는, 그놈의 노릇을 해 먹어. 세 끼 더운밥을 먹고도 눈에 불이 확확 나서 못살 놈의 세상에 감옥이 아니면 밥 굶기, 그리고 궁상스럽게 물레질을 왜? 아니, 숭이 녀석 물레질은 아니 해요? 이렇게, 이렇게 붕붕붕 하고."

하고 오른편 팔을 두르고 왼편 팔을 뒤로 당기어 물레질하는 시늉을 한다.

"하하하하."

하고 정선은 유쾌하게 웃었다.

"아니, 물레질하는 건 어디서 다 보시었어. 아이, 서방님두."

하고 명복 어멈이 뚱뚱한 몸을 주체할 수가 없는 듯이 허리를 굽히락펴락하고 웃는다.

정선은 엄정하게,

"그럼 농촌 운동을 아니하면, 오늘날 조선에서 또 무얼 할 일이 있어요?"

하고 남편의 역성을 들려고 한다.

"돈 벌지요."

하고 갑진은 말할 것도 없다는 듯이 눈을 크게 뜬다.

"돈은 벌어서?"

하고 정선은 다시 농담 어조로 변한다.

"우리처럼 술 먹고 카페 댕기구요."

"또?"

"또 할 일이 많지요. 남자 같은 양이면 계집애들도 후려내고, 맘 나면 아편쟁이 아편도 사 주고, 아따 참, 이렇게 인단도 사 먹구요."

이런 소리를 하다가 열 시나 되어서 갑진은 정선의 집에서 나왔다.

갑진을 보낸 정선은 갑자기 텅 빈 듯한 생각을 가지지 아니할 수 없었다. 갑진이라는 생각은 정선을 못 견디게 괴롭게 하였다. 그는 마치 갑진이 정선에게 무슨 마취약을 먹여서 갑진만을 그리워하도록 술을 피운 것 같았다.

집 처분, 재산 처분을 해 가지고 살여울 남편에게로 가려는 생각은 자꾸 스러져 버리려고도 들었다. 정선은 이에 반항하려고 했으나 그 반항은 도무지 힘이 없는 반항이었다. 정선의 몸과 맘은 보이지 않는 동아줄에 얽히어 더욱더욱 갑진에게로만 끌리어가는 듯하였다.

*

정선의 집에는 밤마다 여자들이 모여서 놀았다. 그들은 대개는 정선의 동창이나 동무들이었다. 혹 직업을 가진 이도 있지마는 대개는 이것이라고 내놓을 만한 직업이 없는 여자들이었다. 나이로 말하면 이십이삼으로부터 삼십 세 안팎, 간혹 삼십사오 세 된 여자도 있었다. 정선이 모양으로 혼인한 이도 있으나 대개는 혼인 아니한 여자들이요, 그중에는 소박데기, 이혼당한 이도 한둘은 있었다.

먹을 걱정은 없고 별로 바쁜 일도 없는 그들은, 정선의 집 같은 데를 좋은 놀이터, 이야기터로 알아서 모여들었다. 정선도 마음의 적막과 괴로움을 이것으로 잊으려 하였다.

그들이 모여서 하는 말은 잡담이었다. 가장 많이 나오는 화제는 가십과 연애 이야기였으나, 가끔 직업 이야기도 나왔다. 이를테면 일본말에 이른바 에로, 그로, 난센스에 사는 종교는 조선의 인텔리겐치아 여성까지도 완전히 정복하고 말았다.

십 년 전 여성들의 입에 오르내리던 애국이니 이상이니 하는 도덕적 말들은 긴 치마, 자주 댕기와 같이 영원한 과거의 쓰레기통에 집어던지고 말았다. 가끔 이 자리에 오는 심순례까지도 이러한 에로, 그로, 난센스에 한 마디 두 마디 대꾸를 하게 되었다. 그것이 현대인의 비위에 맞는지도 모른다. 또는 이것이 병균이라고 하면, 현대인은 현대의 시골인 조선 여성도 거기에 대한 저항력을 잃어버렸나 보다.

이 여자들의 가십거리에 나오는 인물은 교사, 의사, 신문 기자, 총각, 여자 꽁무니 따라다니는 사람, 첩으로 간 여자, 사내들과 같이 다니는 여자, 이러한 사람들이었다. 그러나 무슨 서적이나 학술이나 예술에 관한 화제는 나오는 일이 없었다. 그들이 말하는 연애도 십 년 전의 '연애 신성'이라던 연애와는 딴판이었다. 그들이 문제 삼는 연애는 모든 봉건 시대적 의식, 예절과 떼어 버린 악수, 포옹, 키스, 랑데부, 동거, 별거 등등을 프로세스로 하는 단도직입적인 연애였다. 실로 과학적이요, 비즈니스적인 연애였다.

"혼인?"

하고 입을 삐쭉하는 그들인 듯하였다. 만일 혼인을 한다면 시부모는 재산만 남겨 놓고 죽고, 돈 있고, 몸 건강하고, 이야기 재미있게 하고, 누구 하면 사람이 알아줄 만하고, 그리고 총각이요, 이러한 신랑이 소원인 듯하였다. 그러나 그러한 신랑은 현모양처식 여자가 드문 모양으로 드물었다. 그러하기 때문에 그들은 시집을 못 가고, 아마 아니 가고 소위 남자 교제라는 방법으로 이 남자에서는 얌전의 맛을 보고, 저 남자에서는 시원시원의 내를 맡고, 또 다른 남자에서는 육체의 미를 감상하고, 그리고 또 다른 남자에서는 자동차값과 저녁값의 재원을 찾았다. 이렇게 여러 남자에게서 분업적으로, 부분적으로 이성에 대한 만족을 찾았다. 남자들도 그러한 이가 많았다. 이렇게 여러 남성에게서 조각조각, 부스러기의 만족을 얻는 오늘날 조선의 여성은 자연히 마음이 가라앉을 날이 없었다. 그들의 맘은 네온사인의 불줄기 모양으로 늘 흔들리고 늘 움직이고 있다. 밤이 늦도록 무엇을 구하고 헤매던 그들은 새로 한 시나, 두 시에 자리에 누워도 꿈이 편안치 못하고, 이것저것 불규칙하게 집어먹은 그들의 장 위는 마치 산란한 그들의 머릿속 가슴속 모양으로 평안치를 못하다. 이리 뒤척 저리 뒤척 아침 늦게야 잠을 깨는 그들의 입은 쓰고, 눈은 텁텁하고, 입술은 마르고, 그리고 수없이 하품이 나온다.

정선의 집에 모이는 여자들은 대개 이러한 생활을 하는 사람들이었다.

*

심순례의 가슴에 박힌 못은 갈수록 더욱 깊이 박히는 것 같았다. 그는 맘에는 없으면서도 동무들과 같이 밀려다니면서 시름을 잊으려는 생각을 냈다. 더구나 이건영 박사가 이 여자를 따라다닌다, 저 여자와 약혼을 한다 할 때마다 맘에 폭풍우가 일어남을 금할 수가 없었다. 순례는 스스로 이 맘이 옳지 아니한 맘이라 하여 누르려 하였으나 그것이 잘 눌러지지를 아니하였다. 그럴 때마다 순례는 자기 맘이 착하지 못함을 한탄하였다.

'내가 이를 사랑할 양이면 왜 진심으로 그의 행복을 빌지 못

할까.'

이렇게 순례는 혼자 애를 썼다.

'질투는 추한 것.'

이란 말을 순례는 어느 책에서 보고, 그 말이 순례의 맘을 몹시 괴롭게 하였다. 순례는 이 추한 맘을 뽑아 버리려고 많이 애를 썼으나, 그는 마침내 자기의 약한 것에 절망하지 아니할 수 없었다.

순례는 실연의 슬픔과 질투의 불길이 일어날 때마다 피아노의 건반을 아무렇게나 힘 있게 두들겼다. 그것이 버릇이 되어 마침내 한 곡조를 이루게 되었다.

"듣기 싫다!"

하고 어머니가 역정을 낼 때에는, 순례는 어린애 모양으로 하하 웃었다. 그런 뒤부터는 어머니의,

"듣기 싫다!"

하는 소리가 아니 나면 섭섭해서 그 소리가 들릴 때까지 건반을 두들겼다.

한 번은 학교에서 동무들에게 불쾌한 소리를 듣고는 피아노 연습하는 방에 혼자 돌아와 앉아서 화날 때에 치는 곡조를 쳤다. 학교 피아노는 집 피아노보다 좋은 것이기 때문에 소리가 심히 웅장하였다. 어머니의 듣기 싫다는 소리도 아니 들리는 곳

이라 몇 번을 되풀이하여 어깻짓, 몸짓도 하여 가면서 건반을 부서져라 하고 두들겼다.

이때에 문이 열렸다. 순례는 깜짝 놀라 피아노를 그치고 돌아보았다. 그것은 미스 엠이라는 음악 선생이었다.

"지금 피아노 순례 쳤소?"

하고 미스 엠이 순례를 바라보고 물었다.

순례는 무슨 죄나 지은 것같이 낯을 붉히며,

"네!"

하고 고개를 숙였다.

미스 엠은 구두 소리를 내고 순례의 곁으로 걸어와 손가락으로 순례의 어깨를 누르며,

"내 딸! 그거 무슨 곡조요? 어느 책에서 보고 배웠소?"

하고 물었다. 미스 엠의 부드러운 음성은 순례의 죄 지은 무서움을 얼마쯤 완화하였다.

"아냐요, 장난으로 함부로 쳤어요."

하고 순례는 잠깐 눈을 들어 엠을 우러러보았다.

"아니오."

하고 미스 엠은 고개를 좌우로 흔들며,

"나 순례 잘못했다고 책망하는 것 아니오. 지금 친 그 곡조, 대단히 힘 있고, 열정 많소. 어떤 때, 어떤 곳 좀 규칙 아니 맞는

것 있어도, 그 곡조 베리 나이스."
하고 어깨에 놓았던 손으로 순례의 턱을 만졌다. 귀엽다는 뜻이다. 순례는 눈물이 쏟아짐을 금할 수 없었다. 얼른 고개를 돌리고 소매 속에 있던 손수건으로 코를 푸는 체 눈물을 씻었다.

　미스 엠은 손을 순례의 어깨 위로 넘겨서 순례의 눈물에 젖은 뺨을 만지며 순례의 머리에 자기의 뺨을 대고,

　"내 딸, 순례, 내 말이 순례를 슬프게 했소? 나 그런 생각 조금도 없소."
하고 미안한 뜻을 표하였다.

*

　순례가 우는 것이 미스 엠의 말에 노여워서 하는 것이 아님은 말할 것도 없다. 미스 엠은 순례가 사모하는 선생이요, 또 순례를 사랑하는 선생이다. 미스 엠은 과년한 여자들만 모여 있는 학교에서 가장 젊은 여성들의 고민과 몽상을 동정하는 선생이다. 순례는 일찍이 이 선생에게 자기의 가슴속의 고민을 하소연한 일은 없지마는(순례가 어느 사람에게도 그러한 일이 없는 것과 같이) 미스 엠은 홀 부인(저번 순례를 평양으로 데리고 가던)을 통

하여 순례의 슬픔을 대강은 짐작할는지도 모른다. 왜 그런고 하면 홀 부인과 미스 엠은 한집에 사는 의좋은 벗이기 때문에.

그러면 순례가 우는 것은 무슨 까닭인가. 맘을 깎고 저미는 슬픔을 잊자고 함부로 치는 피아노가 어느덧 한 곡조를 이룬 것만 해도 설운 일이거든 그것이 잘 지어진 곡조라고, 마치 무슨 명곡이나 같이 칭찬받은 것이 아니 서러울 수가 없지 아니하냐.

"아냐요."

하고 순례는 강잉하여 웃는 낯을 지어 가지고 일어나며,

"선생님 말씀으로 그러는 것이 아닙니다. 공연히 딴생각을 하고······."

하며 피아노를 덮었다.

"으흥, 내 아오, 내 아오."

하고 미스 엠은 가슴에 매달린 금 만년필을 들어 피아노 위에 얹힌 보표 종이에 'An angel's lamentation(천사의 슬픈 가락)', 'The morning storm(아침의 폭풍우)', 'Virgin's sorrow(처녀의 설움)', 이러한 것을 적어서 순례에게 보이며,

"아까 그 곡조, 순례 지은 곡조 이름 무엇이오?"

하고 물었다.

"이름 없어요. 아무렇게나 친 것이에요, 장난으로."

하고 웃음을 지었다.

"그러면 내 그 곡조 이름 짓겠소. 이 세 가지 중에 가장 순례 맘에 맞는 것 고르시오."

하였다.

순례는 그 종이를 받아 이윽히 들여다보다가 'sorrow(슬픔)'라는 글자에만 줄을 그었다.

미스 엠은,

"소로, 소로."

하고 고개를 끄덕끄덕하며 순례의 등을 두어 번 가볍게 두드리고, 그 곡조 이름 적은 종이를 들고 나가 버렸다.

순례는 방에서 나왔다. 포플러 잎사귀들이 늦은 가을바람에 버석버석 소리를 내며 학교 구내의 잔디판과 길과 돌 층층대에 굴렀다. 테니스를 치던 학생들도 배고픔과 가을 석양의 엷은 빛에 불안을 깨달은 듯이 라켓을 들고 기숙사로 들어왔다.

순례는 교문을 나서 집을 향하고 걸어 나왔다. 가슴의 슬픔은 약간 흩어졌으나, 묵직하고 얼얼한 것은 잊을 수가 없었다.

순례는 바로 집으로 가려다가 아직 밥도 아니 되었을 것 같고, 심사도 산란하여 이야기나 좀 하려고 정선의 집을 찾았다.

"안 계신데요."

하는 유월의 말을 듣고 순례는,

"어디 가셨니?"

하고 물었다.

"저 잿골 서방님하고 경성 운동장에 야구 구경 가셨어요."
하고 유월은 앞서서 길을 인도하며,

"들어오시지요. 인제 곧 돌아오실걸요, 머."
하고 시계를 바라본다. 대청에 걸린 시계는 여섯 시를 가리키고 있다.

*

순례는 유월의 말대로 마루 끝에 앉아서 정선이 돌아오기를 기다리기로 하였다. 그리고 마치 하늘이 일어나는 구름에 자리를 맡기는 모양으로 순례는 지나가는 생각에 머리를 내맡겼다. 동무들 중에 행복된 이가 누구냐. 더구나 시집가서 잘 사는 이가 누구냐. 정선도 자기 말을 듣건댄 불행한 사람이었다. 정선의 집에 모이는 시집간 여자들도 자기들의 사정을 듣건댄 다 잘 살지는 못하였다. 혹은 남편이 직업이 없고, 혹은 남편이 몸이 약하여 부부의 낙이 없고, 혹은 남편이 돈과 건강은 있으나 지식과 교양이 부족하고, 혹은 다른 부족은 없으나 맘이 허랑하여 다른 여자를 따르고, 혹은 점점 애정이 줄고, 혹은 돈을 잘 안 주고, 또 혹은 시부모가 좋지 못하고 도무지 가지각색의 이유로 행복된 사람은 하나도 없는 모양이다.

'행복은 오직 남자를 사랑해 보지 아니한 숫처녀의 것인가.'
하고 순례는 한숨을 지었다.

이때에 전화가 왔다. 유월이 뛰어가 수화기를 떼어 들었다.

"어디세요? 네, 마님이세요? 네, 유월입니다. 네, 네, 손님 오셨어요. 네, 저-. 저녁 잡수시고 오세요? 네, 이 박사도 네 시에 오셨다가 저녁에 오신다고요. 그리고 또 저 심순례 아씨께서도 오셔서 기다리시는데, 네."
하고 유월은 수화기를 순례에게 주며,

"아씨, 전화 받으시라고요."
한다.

"아니 나 일 없다고. 어서 저녁 잡수시고 오시라고. 나는, 나는 간다고."
하고 순례는 속으로,

'오, 정선이 김갑진이하고 베이스볼 구경하고 어디 밥 먹고 놀러 가는구나. 남의 아내가 그래도 좋은가.'
하고,

"나 간다."
하고는 대문으로 걸어 나갔다.

이 박사가 저녁에 정선의 집에 온다는 말이 겁이 났다.

이 박사가 무엇하러 또 정선의 집에를 올까. 인제는 또 남의 유부녀를 후리기로 작정인가, 하고 순례는 일종의 분노를 깨달았다. 순례는 대문까지 갔다가 다시 안으로 들어갔다. 마침 유월이 전화를 다 받고 순례를 전송하러 나오는 것을 만나,

"얘, 이 박사가 가끔 오니?"

하고 물었다. 순례는 이 말을 묻는 것이 천착스러운 것 같아서 스스로 부끄러웠다. 낯이 후끈함을 깨달았다.

"요새 가끔 오셔요. 오셨다가도 잿골 서방님이 오시면 곧 가시겠죠."

하고 자기가 영리해서 모든 관계를 다 아는 것을 자랑하듯이,

"잿골 서방님이 이 박사를 여간 놀려 먹어야죠. 그건 차마 못 들을 말씀을 다 하시죠."

하고 재잘댔다.

순례는 그들의 화제에 자기도 올랐을 것을 생각하고, 이 유월이라는 계집애가 자기가 이 박사라는 빤질빤질한 색마에게 버림받은 것을 들어 알 것을 생각하매 머리로 피가 몰려 올라와서 앞이 아뜩아뜩함을 깨달았다.

'아아, 왜 내가 그 악마의 기억을 완전히 떼어 버리지 못하는고? 이 악마가 나를 버린 것과 같이 이 악마의 그림자는 왜 나를

버리지 아니하는가. 내 영혼을 죽여 버리고도 부족하여 내 육체까지 빼빼 말려서 죽이고야 말려는가.'
하고 순례는 견딜 수 없이 괴로워 대문을 나섰다. 대문을 나서서 고개를 숙이고 몇 걸음을 걸어가다가 딱 마주친 사람이 있었다. 순례는 깜짝 놀라서 고개를 들었다. 그것은 이건영이었다.

*

이건영 박사도 한순간은 멈칫하였으나 곧 방그레 웃으며 모자를 벗고,
"아, 순례 씨, 오래간만입니다. 어디 댕겨오세요? 댁도 다 안녕하세요?"
하고 아주 아무 특별한 과거의 관계없는 친구 모양으로 냉정하게 인사를 한다. 털끝만치도 미안해하는 양도, 겸연쩍어하는 빛도 없다.

그와 반대로 순례는 마치 몸과 맘의 관절이 다 찌그러지고 머리는 큰 바위에 부딪친 것같이 정신을 차릴 수가 없었다. 다음 순간, 순례가 의식을 회복할 만한 때에는 순례의 전신은 분노의 불길로 탔다. 그는 벌써 이 박사를 보고 기절하여 한민교의 팔

에 붙들리던 계집애는 아니었다. 그동안의 괴로움과 슬픔 - 처녀로서 순례가 처음 당하는 이 시련은 순례를 얼마큼 굳세게 하였다. 저항력이 있게 하였다. 이를테면 이건영은 순례를 슬프게 하였으나 동시에 굳세게 하였다. 순례는,

"부끄러울 줄을 아시오! 회개할 줄을 모르고, 미안해할 줄을 모르더라도 좀 부끄러워할 줄은 알으시오! 여러 계집애들을 후리고 돌아다니다가 이제 또 남의 혼자 있는 유부녀를 엿보고 다녀요? 학자는 그렇소? 인격 높은 사람은 그렇소? 당신이 미국까지 가서 배워 온 재주가 그것뿐이오? 그렇게 뻔뻔스러운 것뿐이오? 그 빨간 넥타이는 다 무엇이오? 그 빤질빤질한 머리는 다 무엇이오? 다른 모든 것보다도 죄를 짓고도, 부끄러운 일을 저지르고도 붉힐 줄을 모르는 뻔뻔한 상바닥은 다 무엇이오?"
하고 막 윽박질렀다.

이 박사는 조금도 불쾌한 빛도 없이, 그렇다고 빈정대는 웃음도 없이, 마치 무슨 사무적 보고나 듣고 있는 모양으로, 극히 침착하게, 냉정하게 듣고 있었다. 그곳에 이 박사의 영웅적 기상이 있는 것도 같았다.

이 박사는 순례의 말이 다 끝나기를 기다려서 다 끝난 뒤에도 마치 지금까지 들은 말을 한 번 더 요량하고 해석하는 듯이, 또 마치 순례가 더 남은 말이 없도록 다 해 버리기를 기다리는 듯

이 잠깐 간격을 둔 후에야 극히 평정한 어조로,

"좀 잘못 생각하고 하시는 말씀이십니다. 나는 어느 여자를 후려낸 일은 없고, 하물며 어떤 유부녀를 엿본 일도 없습니다. 지금 하신 말씀은 아마 무엇을 잘못 생각하시고 하신 말씀인 듯합니다. 순례 씨는 너무 흥분되셨습니다. 댁에 가셔서 좀 드러누우시지요."

하고 순례를 두고 걸어가려는 기색을 보였다.

순례는 지금 듣는 이 박사의 말에 분명히 궤변이 있고 허위가 있고 가식이 있고 악마적인 악의가 있는 것까지도 잘 알았다. 그러나 유치한 순례의 논리적 숙련은 그중에 어떤 점을 집어내서 반격을 하여야 이 박사의 악마적 심장을 꿰뚫을지를 몰랐다. 그리고 다만 가슴만 터질 듯이 아팠다. 발을 동동 구르고 가슴을 쥐어뜯고 싶도록 안타까웠다.

'이놈을 칼로 찔러 죽여 버릴까. 그리고 그 빤빤한 낯가죽을 벗기고, 그 빤빤한 소리를 하는 주둥이를 찢어 버리고, 그 이기적이요 음욕이 꽉 찬 배때기를 찢어 버릴까.'

이런 무서운 생각까지도 지나갔다. 순례는 제 생각에 저 스스로 놀랐다. 그리고 순례 편이 먼저 걸음을 빨리하여 가 버렸다.

이 박사는 눈을 감고 고개를 숙이고 이윽히 생각하다가 정선의 집으로 향하던 발을 돌려 순례의 뒤를 따라섰다.

순례는 빨리 걸었다. 그의 검은 치마는 어둠에 사라지고 지붕을 넘어서 흘러오는 전등불빛에 그 흰 저고리와 목과 어깨의 선이 걸음을 걷는 대로 빠른 리듬을 이루었다.

*

순례가 자기를 바라보지 아니하게 된 순간에 이건영의 몸은 갑자기 떨리기를 시작하였다. 마치 전신의 피가 다 분통으로 모여들고 사지와 피부에는 한 방울도 남지 아니한 것 같았다. 손발이 식고 눈에서만은 불이 나올 듯하였다. 만일 밝은 데서 본다고 하면 그의 입술은 파랗게 질렸을 것이다. 바짝 마른 입술을 축이려 하여도 입안에 도무지 침이 없었다.
"흥, 고약한 계집년이!"
하고 건영은 두 주먹을 한 번 불끈 쥐었다. 어떻게 이 분함을 참고 순례의 앞에서는 태연하고 평정함을 꾸몄던고?

그러나 다음 순간에 건영은 순례가 그리움을 깨달았다. 그의 부드러운 음성, 포근포근한 손, 따뜻한 입김, 이런 것을 회억하면 순례를 놓쳐 버린 것이 아까웠다. 그렇게 유순하게, 마치 목자에게 맡기는 양 모양으로 자기에게 전신과 전심을 주던 순례를 아주 놓쳐 버린 것이 아깝기도 하였다. 그때에는 비록 부잣집 딸 은경에게 맘이 쏠린 때문이었지마는 인제는 그 은경도 없지 아니하냐. 그 뒤에도 누구, 누구 돈 있는 집 딸을 삼사 인이나 따라다녔으나 다 놓쳐 버리지를 아니하였느냐. 인제는 친구의 아내로서 혹시 이혼을 할 듯도 싶은 정선을 따라다니지마는 정선에게는 벌써 김갑진이 있지 아니하냐. 차라리 순례나 그냥 가지고 있었더면 – 건영은 이런 생각을 하였다.

건영의 눈에는 오직 돈이 있었다. 아무리 해서라도 돈이 있고 싶었다. 그렇지마는 건영의 재주로는 돈을 모을 가망이 없었고, 또 자기가 여러 해, 아마 여러 십 년을 두고 돈을 모으기에 각고 면려할 생각도 끈기도 없었다. 그에게 있는 것은 오직, 그가 호적상으로 독신인 것과, 박사인 것과, 외양이 여자의 맘을 끌게 생긴 것을 밑천으로, 아니 미끼로 재산과 아름다운 아내를 한꺼번에 낚아 올리는 것뿐이었다. 이 박사가 미국서부터 태평양을 건너올 때에는 그의 일편단심은 돈 있는 미인한테 장가를 드는 것이었다. 그러나 불행히 이 소원은 이뤄지지 못하고 간 데마다 망신만 하고 인제는 좋지 못한 소문 – 계집애들 궁둥이를 따라다니는 놈이라는 – 이 퍼져서 다시는 따라올 여자는 없었던 판에 오늘은 천만의외로 순례한테 이렇게 톡톡한 망신을 한 것이다. 이건영 박사의 운수도 인제는 다하였는가 하며 분한 중에 일종의 실망을 느끼고, 다음 순간에는 순례를 다시 제 것을 만들어 볼 욕망을 일으킨 것이다.

'순례는 어리석은(순례의 순진한 성품이 이건영에게는 어리석음으로 보였다.) 계집애니까 내가 다시 귀여워해 주기만 하면 따라오리라.'

이렇게 생각하매 건영은 적이 맘이 편안해져서 그 바짝 마른 파랗게 질린 입술에는 웃음조차 떠돌았다.

'어떻게 할까. 무슨 물건을 사 가지고 순례의 집에를 찾아가 볼까. 찾아가서 과거의 잘못한 것을 말하고 정식으로 혼인을 청할까. 그러기만 하면 대번에 되기는 되겠지마는.'

건영은 이렇게 생각하였다.

'그러나 순례의 집에는 돈이 없다는데, 순례에게 장가를 들기로니 무엇으로 양옥을 짓고 피아노를 사나. 그것도 없는 살림도 살림인가. 이것이 나의 일생의 이상이 아닌가.

그렇고 말고. 순례와 혼인을 해 버리면 어느 부잣집에서 나를 사위를 삼으려 하더라도 못 삼을 것이 아닌가. 그리되면 나는 영영 일생의 이상을 버리는 것이 아닌가.

그나 그뿐인가. 인제는 나는 직업도 잃어버리고, 무엇으로 생활을 하나. 다시 한 선생한테 가서 과거의 잘못을 회개하고 직업을 주선해 달랄까. 순례와 혼인을 하고, 한 선생께 회개를 하면 어디 취직이 될 듯도 싶지마는. 비록 본래 소원인 여자전문학교의 선생은 못 된다 하더라도 남자학교라도……. 그것이 바른 길이 아닐까.

'이 꼴을 하고 돌아다니면 장차는 무엇이 될 것인고?'
하고 건영은 어디를 어떻게 걷는지도 모르고 망연히 발을 옮겼다. 눈을 들어 보니 순례는 어디로 스러지고 말았다.

*

'순례의 맘이나 돌리기야.'
하고 쉽게 생각하니 맘이 약간 만족하였다.
'정선이나 찾아가 보고.'
하고 이 박사는 발을 돌려 다시 정선의 집으로 향하였다.
'순례가 나오는 것을 보니 정선이 집에 있는 듯도 하다. 갑진이만 아니 와 있으면 정선의 아름다운 모양을 실컷 즐기기로니 순례와 혼인하는 데 무슨 방해가 되랴. 내일은 순례 집에를 가기로 하고 오늘 밤에는 정선의 집에서 놀자. 만일 정선이 있고 갑진이만 없으면 공회당 무용 구경을 데리고 가 보자.'

이러한 분홍빛 생각을 하며 정선의 집 골목으로 걸어 들어갔다. 이 박사는 정선을 곁에 놓고 벌거벗은 젊은 여자들이 춤을 추는 양을 그려 볼 때에 순례에게 받은 모욕도 다 잊어버렸다. 오직 유쾌하기만 하였다.

"이리 오너라."

하고 이 박사는 정선의 집 대문에 섰다. 전등불빛에 '許崇(허숭)'이라고 하얀 나무패에 써 붙인 문패가 보였다. 그 문패는 아직 때도 묻지 아니하였건마는 이 부부는 벌써 낡아 빠져서 틈이 났구나 하였다. 그러나 자기는 계집애들의 입술을 따라서 이 꼴을 하고 돌아다닐 때에 허숭이 '돈 있는 어여쁜 아내'도 다 내던지고 농촌에 들어가 농민들과 함께 고락을 같이하고 있는 것을 생각하면 그의 히로익한 것이 더욱 숭고해 보이는 대신에 자기의 생활이 너무도 무가치함을 느끼지 아니할 수 없었다.

이 박사는 역사를 배우고 사회학을 배우고 윤리학까지 배우고 성경까지도 배웠다. 무엇이 사람의 일로서 숭고한 것인지 비천한 것인지를 스스로 분별할 지식의 힘이 있을뿐더러, 청년 남녀로 하여금 그것을 깨닫게 할 만한 능력을 얻기 위하여 논리학과 수사학과 웅변학과 심리학까지도 배웠고 또 문학도 배웠다. 그렇지마는 그의 타고난 이기적이요, 향락적인 천성은 이 모든 공부에 그리 큰 영향을 받지 못하였다. 그는 이 모든 값비싼 지식과 수양과 능력을 오직 돈 있는 미인을 후리기에만 이용하였다. 만일 조선이 그에게 돈 있는 미인을 아내로 주기만 하면, 그 다음에는 이 능력을 그가 노 말하는 바와 같이 조선과 조선 민족을 위하여 쓸는지도 모를 것이다. 그렇다 하면, 진실로 그렇다 하면 조선의 미인 딸 둔 부자는 다 조선의 죄인이다. 이 박사로 하여금 위대한 민족적 사업을 하지 못하게 하는 것이 그들이니까. 은경을 이 박사에게 주지 아니한 한은 선생도 죄인이다.

"누구세요?"

하고 문을 여는 것은 유월이었다.

"시골서 올라오셨니?"

하고 이 박사는 허숭을 찾아온 모양을 보이려 하였다.

"영감마님입시오? 안 올라오셨습니다."

하고 유월이는 터지려는 웃음을 참았다. 그것은 이 박사가 올 때마다 그렇게 묻는 까닭도 있거니와, 네 시에 다녀가고 아직 경의선 차 시간도 아니 되었는데 어떻게 그동안에 허숭이 올라올 수가 있으리라고 빤히 속이 보이는 소리를 하는 것이 우스웠던 것이다.

"거, 원, 어째 안 올까. 아씨는 계시냐."

하고 이 박사는 있다는 대답을 기다렸다.

"아씨……. 우리 댁 마님입시오?"

하고 유월이는 이 박사의 말을 교정한다. 영감의 부인이 아씨실

리가 있나, 유월이는 괘씸스럽게 생각하였다.

"어디 젊으신 어른을 마님이라고 부르려니까 말이 잘 아니 나오는구나, 미안스러워서."

하고 유월의 뺨을 만지려 하는 것을 유월이는 뽀로통하고 고개를 돌린다. '이 뻔뻔스럽고 추근추근한 녀석이.' 하고 유월이는 속으로 침을 뱉었다. 갑진이, 이 박사, 곽 의사, 그 밖에도 몇 녀석, 정선을 찾아와서 시시덕거리는 사람들이 모두 개와 같이 미웠다. 유월이는 개를 싫어한다.

"마님 아직 안 들어오셨어요. 늦게나 들어오신다고 전화가 왔던걸요."

하고 유월이는 이 박사가 다시 오지 못할 예방선을 쳤다.

*

"얘 유월아, 내 돈 주랴."

하고 이건영은 돈지갑을 꺼냈다.

"싫어요. 제가 왜 돈 달랬어요?"

하고 대문 그늘로 몸을 비키며,

"모르시는 양반한테 제가 왜 돈을 받아요?"

하는 유월이의 소리는 퍽 야멸찼다.

이 박사는 오십 전배기 은전 한 푼을 내서 유월이의 손에 쥐어 주며,

"얘 아씨가, 아니 너희 마님이 누구하고 나가든? 어디로 가신다든?"

하고 겨우 들릴락 말락 한 음성으로 물었다.

유월이는 이 박사가 쥐어 주는 돈을 내던지지는 아니하였다. 그리고, '옳지, 어멈도 잿골 서방님에게 이렇게 돈을 받았구먼. 그래서 잿골 서방님이라면 사죽을 못 쓰는구먼.' 하였다.

"응, 누구하고 나가셨니?"

하고 이 박사는 또 한 번 물었다.

"저 잿골 서방님허구 나가셨어요. 훈련원 나가셨다가 어디 저녁 잡수시러 가셨어요. 늦게 들어오신다고요."

오십 전 은화의 효과는 당장 났다.

그러나 그 효과가 정선의 집에 혼자 있게는 못 하였다.

이 박사는 낙심하고 돌아섰다. 인제는 어디로 가나. 순례의 집으로 갈까. 정서분의 집이나 찾아갈까.

정서분은 독자도 기억하실는지 모르거니와 체육 교사다. 뚱뚱하고, 얼굴빛이 푸르고, 목소리가 좀 쉰 여자다. 그는 정선에게도 선생이요, 순례에게도 선생이다. 그리고 이 박사를 짝사랑

하는 사람이다. 그러나 이 박사는 싫어하는 사람이다. 싫어하면서도 자기를 따르는 여자에게 달콤한 말 한마디와 한 번 껴안아 주는 것쯤의 적선을 아낄 이 박사는 아니다. 그 때문에 정서분은 행여나 하고 이 박사의 사랑을 바라고 있는 것이다.

이 박사는 하릴없이 정서분의 집을 찾았다.

정서분은 이 박사를 반가이 맞았다. 그리고 허겁지겁으로 과일을 사 오고 차를 준비하였다. 그 정경은 차마 볼 수 없을 만큼 애처로웠다. 돈 없고 인물 없는 정서분, 그리고 나이 많은 정서분에게는 이 박사에게 대한 사랑이 첫사랑이었다. 아마 이 박사가 그의 사랑을 알아주지 아니한다면 그는 다시 남자를 사랑하지 못할 것이다. 또는 그의 굳은, 그리스도교적 도덕관은 그가 이 박사 이외의 다른 남자를 사랑하기를 허하지 아니할 것이다.

아무리 정서분이라도 밤 전기등 밑에 단둘이 마주 앉아서 보면 여성적인 점, 여성적인 아름다움이 없지도 아니하였다. 이 박사의 예민한 눈, 여성에게 예민한 눈이 이것을 못 발견했을 리가 없었다. 더구나 정선을 찾아서 실패하고 순례에게 창피를 당하고 근래에 도무지 여성의 부드러운 맛을 못 본 이 박사는 '정서분이라도' 하는 가엾은 생각을 아니할 수 없이 되었다.

정서분이 사과를 벗겨 쪼개어서 삼지창에 꿰어,

"잡수세요."

하고 이 박사에게 줄 때에, 이 박사는 웃으면서 손을 아니 내밀고 입을 내밀었다. 정서분은 잠시 주저하였으나 얼른 사과 쪽을 이 박사의 입에 넣어 주고는 마치 십육칠 세의 어린 처녀 모양으로 수삽하여 고개를 숙여 버렸다.

그 순간에 이 박사의 팔은 정서분의 목으로 돌아, 서분의 몸이 이 박사의 가슴에 안겼다. 물론 서분은 반항하지 아니하였다. 서분의 숨결은 높고 가슴은 뛰었다. 서분은 지극한 기쁨과 감격에 거의 어린 듯 정신이 몽롱함을 깨달았다.

이날 서분은 삼십삼 년 만에 처녀를 잃었다. 그는 혼인 예식 없는 남녀의 관계를 죄로는 알았으나, 그러나 서분에게 있어서는 사랑하는 남자 – 일생의 남편에게 몸을 허하는 것이라고 생각하였다. 누구, 누구 말이 많던 여자들 중에서 자기만이 이 박사를 자기 것을 만들었다고 기뻐하였다.

"이 박사!"

하고 서분은 흐트러진 머리와 매무시로 가려는 이 박사를 붙들고 불렀다.

"이 박사! 인제 나는 당신의 아내입니다. 영원히, 부활한 뒤까지도 당신의 아내입니다."

"……."

이 박사는 말이 없었다.

*

 정선의 집 앞에 택시 하나가 와 닿은 것은 밤 새로 한 시쯤이었다. 그 자동차 속에서 나온 것은 물을 것도 없이 정선과 갑진이었다. 그들은 오류장에서 목욕을 하고, 저녁을 먹고 그리고 놀다가 막차도 놓쳐 버리고 자동차를 불러 타고 경인가도를 올리 몰아 이때에야 집에 돌아온 것이었다. 두 사람의 입에서는 술 냄새가 나고 걸음걸이조차 확실하지를 못하였다.
 갑진은 다시 자동차에 올랐으나 운전수가 보는 것도 꺼리지 아니하고 정선의 목을 껴안고 소리가 나도록 입을 맞추기를 잊지 아니하였다.
 갑진은,
 "재동으로 가!"
하고 운전수에게 명령을 하고는 눈을 감고 쿠션에 몸을 던지고 눈을 감았다. 그리고 자동차가 가는 대로 고개를 끄떡거리다가 미친 사람 모양으로 깔깔 웃었다. 운전수는 깜짝 놀라는 듯이 뒤를 돌아보았다.
 "예가 어딘가."
하고 갑진은 운전수에게 물었다.
 "안동 네거리요."

하고 운전수는 귀찮은 듯이 대답하였다.

"안동 네거리라. 종로로 가!"

하고 갑진은 바깥을 내다보았다.

"재동으로 가자 하셨지요."

하고 운전수는 차의 속력을 줄인다.

"하하하하, 이 좋은 날 집으로 가? 어디로 갈까. 어디 카페로 가자."

차는 섰다.

"어느 카페로 가세요?"

"아따, 어느 카페로나 가! 어디나 우리 정선이 같은 미인 있는 데로. 어여쁘고 살 부드럽고 말 잘 듣는 계집애 있는 데로 가!"

하고 갑진은 뽐냈다.

네거리 파출소 순사는,

'이놈 웬놈인가.' 하는 듯이 차를 흘겨보며 걸어 나왔다.

운전수는 겁이 나서 차머리를 돌려 경복궁 앞을 향해 달렸다.

"이건, 대관절 어디로 가는 게야?"

하고 갑진은 눈을 떴다.

"어디 가실 데를 말씀을 하셔야지요. 카페라고만 하시니 서울 장안에 카페가 몇인데 그러시오? 어디로든지 가실 데를 말씀하세요."

하는 동안에 차는 도청 앞을 나섰다.

갑진은 눈을 멀뚱멀뚱하며 몽롱한 머리로 생각하였다. 그의 머릿속에는 여러 카페의 여러 계집애들이 떠올랐다. 조선 계집애, 일본 계집애, 이 애, 저 애.

"아리랑으로 가자."

하고 갑진은 길게 트림을 한다.

운전수는 명령대로 차를 몰아 장충단으로 향하였다.

아리랑에는 손님이 거의 다 가고 술 취한 사람 두엇, 카페 계집애에 미친 중늙은이가 하나가 있을 뿐이었다. 갑진은 이 층으로 비틀거리고 올라가며,

"오-이, 아이코쿠-웅."

하고 불렀다.

"마, 긴 상."

하고 여자들은 갑진을 에워쌌다. 쾌활하고, 말 잘하고, 팁 잘 주고, 그리고 '앗사리' 하다기로 이 카페의 웨이트리스 간에 이름난 김갑진이다.

"마아, 한지산나노(아, 판사 영감이시어)?"

하고 아이코 상이라는 키 작고 토실토실한 계집애가 갑진의 손을 잡아끌었다. 갑진은 얼른 아이코 상의 입을 맞추었다.

"이야! 손나 고도 이야(싫어! 그런 짓 싫어)!"

하고 아이코 상은 수건으로 입을 씻고 손을 뿌리치고 달아났다. 달아나서 갑진이 앉을 테이블을 치웠다.

"오이, 위스키이."

하고 소리를 질렀다.

*

갑진은 위스키를 단숨에 들이켰다.

"마아."

하고 옆에 앉은 계집애들이 놀랐다.

"얘, 위스키 병으로 가져와!"

하고 갑진 좌우에 앉았는 계집애들의 어깨에 한 팔씩을 걸치고 잘 돌아가지도 아니하는 가락으로 '사케와 나미다카, 다메이키카'라는 일본 속요를 소리껏 불렀다. 다른 애들도 따라서 부른다. 계집애들은 제 어깨너머로 늘어진 갑진의 손을 잡고 갑진이 몸을 흔드는 대로 함께 끌려 좌우로 흔들었다. 저쪽 병풍 너머서 낯이 동그스름한 십칠팔 세나 되었을 듯한 계집애를 끼고 귀찮게도 조르고 있던 머리 벗어진 중늙은이 손님이 고개를 돌려 병풍 너머로 갑진이 편을 바라본다. 그는 낯이 넓적하고 눈이 떨어져 붙은 싱겁게 생긴 작자였다. 아마 큰 부자나 높은 지위는 없고 어찌어찌하다가 돈푼이나 모은 사람인 듯하였다.

"아, 영감님."

하고 갑진은 물론 일본말로,

"영감님 벗어진 머리에 털이 나고 희끗희끗한 머리가 검어집소사고 축배를 듭니다. 자, 얘들아, 너희들도 들려무나."

하고 위스키 잔을 높이 들었다.

그러나 그 중늙은이는 면괴한 듯이 목을 움츠러뜨렸다. 그리고 그 벗어진 머리만이 원망스러운 듯이 이쪽을 향하였다.

"영감님, 여보 영감님!"

하고 갑진은 술을 흘리면서 불렀다.

"축배를 든다는데 왜 사람 본 자라 모양으로 목을 움츠러뜨리시오?"

"아스세요! 노여십니다."

하고 한 계집애가 갑진의 옆구리를 지르며 귓속을 한다.

"노여기는."

하고 갑진은 술잔을 테이블에 놓으며,

"누가 뭐랬길래 노해. 늙은이가 손녀 같은 계집애를 끼고 앉아서 무엇을 장시간 두고 졸라 대는 것이 보기에 장히 거북하니까 좀 젊어지라는데 노해?"

하고 아주 엄숙한 어조다.

"어따, 그만두어라. 자 우리끼리나 축배를 들자."

하고 갑진은 또 잔을 쳐든다.

"무슨 축배?"

하고 한 계집애가 잔에 손을 대며,

"영감이 판사 된 축배?"

하고 아양을 떤다.

"판사는……."

하고 갑진은 으으 하고 땅을 내려다보며 트림을 한다.

"그럼 무엇?"

"검사야, 검사."

하고 갑진은 점점 더 취한 태를 보이며,

"검사가 되어서 너희 같은 계집애들을 모조리 잡아간단 말이다, 하하하하."

하고 귀여운 듯이 몽롱한 눈으로 계집애들을 둘러보다가,

"무섭지?"

하고 무서운 눈을 해 보인다.

"조금도 무서울 것 없지. 우리가 무슨 죄 있던가."

하고 한 계집애가 입을 삐쭉한다.

"참 그래."

하고 다른 애들이 대꾸를 한다.

"너희들이 죄가 없어?"

"어디 무슨 죄요?"

하고 한 애가 대든다.

"너희들의 죄를 들어 보련?"

하고 갑진은 한 잔을 죽 들이켜고,

"없는 정도 있는 듯이 사내들을 후려내고, 우리네 같은 서생의 돈을 빨아먹고, 또 있지, 또 있어. 어, 머리가 벗어진 늙은이 무릎에 앉아서 아양을 떨고, 어, 형법 이천이백이십 조에 의하여……."

머리 벗어진 중늙은이는 불쾌한 듯이 일어나서 갑진이 쪽을 한 번 흘겨보고 나가 버리고 만다.

*

이튿날 아침 아홉 시나 되어서 갑진은 신마치 이태리 계집의 집에서 나왔다. 정선에게서 어저께 얻은 돈 오십 원 중에서 지전은 한 장도 아니 남고 은전과 백동전과 동전만이 이 주머니 저 주머니에서 절렁거렸다. 아리랑에서 셈을 얼마 치르고 계집애들에게 얼마를 주었는지도 기억이 없었다. 이태리 계집에게도 얼마를 주었는지 도무지 기억이 없었다. 머리만 아프고 목만 말랐다. 이태리 계집애 집에서 멀건 홍차 한 잔을 얻어먹고 밖에를 나서니 햇볕이 천지에 찼으나 갑진의 맘은 좀 어두웠다.

갑진은 늦은 가을 아침 바람에 으스스한 것을 깨달으면서 누가 볼까 두려워 달음질로 샛골목으로 들어 장춘단 전차 종점으로 갔다.

갑진은 서대문 노리카에(환승표)를 받았다. 정선의 집으로 가려는 것이다.

갑진이 정선의 집에 왔을 때에는 정선은 아직 자리에 누워 일어나지 아니하고 있었다. 한 시에 갑진과 작별하고 집에 들어온 정선은 곧 양심의 가책을 당하였다. 정선이 갑진에게 안겨서 입맞춤을 당하고 나자 곧 대문이 열리고 어멈과 유월이 뛰어나온 것을 생각하니, 자기가 갑진이와 하던 모든 모양을 다 보았으리라고 생각하매 그들의 낯을 대하는 것이 대단히 부끄러웠다. 만일 술기운이 없었다고 하면 그는 밤 동안에 괴로움으로 죽어 버렸을 것이다. 그러나 술김이다.

'그럼 어때, 그랬기로 어때?'

하고 정선은 스스로 제게 대해서 뽐냈다. 그래서 항의를 제출하는 양심의 입을 틀어막아 버렸다. 또 만일 술김이 아니었다면 남의 아내인 정선이 오류장에서 갑진에게 몸을 허하지도 아니하였을 것이다. 정선은 한 잔 두 잔 받아먹는 술이, 모든 도덕적 속박을 끊어 주는 것이 재미있어서 더욱 한 잔 두 잔 받아먹었다. 그래서 술이 양심의 옷을 다 벗겨 버린 뒤에 정선은 남의 사내 앞에서 제 옷을 벗어 버린 것이다.

정선이 잠이 깨매 술도 깨었다. 술과 잠이 한꺼번에 깬 정선은 열두 방망이로 몰아치는 듯한 뉘우침의 아픔을 당하였다. 하필 이때에 마침 우편이 남편의 편지를 전하였다.

정선은 자리 속에서 유월의 손에서 허숭의 편지를 받았다. 겉봉에 쓰인,

'尹貞善 氏(윤정선 씨).'

라는 글씨를 보고 정선은 편지를 이불 위에 내던지고 두 손으로 눈을 가리었다. 그리고는 몸을 뒤쳐 베개에다가 낯을 대고 울었다. 정선은 혼자 몸부림을 하였다.

유월은 정선의 하는 양을 보고 정선의 옷을 요 밑에 묻어 놓고는 살그머니 나가 버렸다.

마루 끝에 어멈이 가만히 와서 울음소리를 엿듣다가, 유월이 나오는 문소리를 듣고 깜짝 놀라 고양이걸음으로 뒤로 물러서다가 유월이를 향하여 손짓을 하며 부엌으로 간다.

유월이는 어멈을 따라갔다. 부엌에는 벌써 상이 다 보아 있고

찌개만이 화로에서 보글보글 소리를 내며 주인이 일어나기를 기다렸다.

"애, 왜 우시든?"

하고 어멈이 유월이의 어깨를 손으로 누르며 묻는다.

"모르겄어. 편지 겉봉을 보시더니 두 손으로 낯을 가리고 우시는걸."

하고 유월이는 부뚜막에 놓인 누룽지를 집어먹는다.

"응, 아마 시골서 편지가 온 게지."

하고 다 알았다는 듯이 큰 소리로,

"에그, 찌개가 다 조네."

하고 픽 웃는다. 그리고는 또 고양이걸음으로 부엌문 밖에 나서서 안방으로 귀를 기울이고 엿듣는다.

*

정선은 얼마를 혼자 몸부림을 하고 발버둥질을 하고 울다가 이불 위에 떨어진 허숭의 편지를 찾아서 들고 일어나 앉았다. 그리고 편지 겉봉을 한 번 더 앞뒤로 보았다. 뒤 옆에는,

'夫書(부서, 남편은 쓰노라).'

라고 이름이 씌어 있다. 그 지아비 '부' 자의 모든 획이 날카로운 칼이 되어서 정선의 온몸을 찌르는 것 같았다.

정선은 그 편지를 떼었다. 거기는 이렇게 써 있다.

'사랑하는 내 아내여.'
를 허두로 하고 허숭의 습관으로 순 한글로,

'올라가신 뒤에 도무지 소식 없어 궁금하오. 내가 한두 편지는 받았을 줄 아오. 나는 정선이 갈 때에 비겨 훨씬 건강해졌소. 요새는 동네일도 대단히 바쁘오. 동네 여러분이 다 내 말을 잘 믿어 주셔서 이번 추수한 것으로 조그마한 협동 조합 하나를 만들었소. 내게 남았던 돈 팔백 원도 전부 이 조합 기금으로 부쳤소. 나는 이 협동 조합이 살여울 동네 백성들에게 밥과 옷을 넉넉히 주게만 되면 내가 났던 보람은 하는 것이오.

그러나 일은 이제 겨우 시초요. 시작이 절반이라고도 하지마는 다 잦힌 밥도 입에 넣어야 먹어지는 것이오. 아직 시작할 것도 많고, 할 일도 많고, 또 겪어 내야만 할 어려운 일도 많소.

그렇지마는 나의 사랑하는 아내 정선! 정선이 나와 같이 이 일을 한다고 약속해 준 말을 믿고 나는 큰 힘과 큰 기쁨을 얻소. 나는 정선에게 부족한 것이 많은 남편이지마는 정선은 내게 사랑이 많은 아내가 되어 줄 것을 믿소. 정선은 혹 나와 순이와 사이에 무슨 애정 관계가 있는 것같이 의심하신 모양이지마는 절대로 그런 일은 없소. 예전에 순을 귀엽게 생각한 일도 있는 것은 사실이나 내 아내는 오직 정선뿐이오. 정선 이외에 아무러한 여자도 나를 사랑하지 못하고 또 내 눈이나 맘이 가지 아니할 것을 믿소. 정선도 그리 믿으시오.

비록 정선이 나보다 먼저 죽는다 하더라도 나는 다시 다른 여자를 사랑하지 아니할 것이오. 내가 만일 정선보다 먼저 죽는다 하더라도 정선은 나밖에 다른 남자를 사랑하지 아니할 것을 나는 믿소. 또 믿으려 하오.

정선……. 이런 생각을 세상은 구식이라고 할는지 모르나 모든 배반과 모든 의리 없는 것을 미워하오. 나는 천하 사람을 다 사랑하고 용서할 수 있지마는 의리를 저버리는 사람을 용서할 수는 없소. 만일 내 아내가 내게 대하여 변심하는 일이 있다 하면 나는 어찌할까. 그러나 만일 내가 남편으로서 아내인 정선을 배반한다 하면, 그런 일이 있거든 정선은 내 심장을 칼로 찌르시오. 나는 거기 합당한 죄를 지은 것이니까.

부질없는 소리를 하였소. 나는 요새 대단히 정선이 그립소. 마치 새로 연애하는 사람과 같이 맘 둘 곳이 없이 정선이 그립소. 왜 편지를 아니하시오? 요새에 날마다 무엇을 하고 있소?

아마 어서 내게로 오고 싶어서 재산 정리를 하기에 바쁜 줄 아오. 너무 애쓰지는 마시오. 아니 팔리거든 그냥 장인께 맡기고 내려오시오. 내가 기다리는 것은 정선의 몸뿐이요, 맘뿐이오.

만일 일주일 안에 정선이 아니 오면 나하고 같이 내려올 수 있소. 내가 우리 동네 사람들 상고 사건으로 내월 중순에는 상경하게 되겠소.

이 동네 여러 부인네들이 다 정선을 보고 싶어 하오.

부디 몸조심하고 교제를 삼가시오.'

하고는 끝에,

'시월 이십팔 일 밤, 정선의 숭.'

이라고 썼다.

*

편지를 보는 동안에도 몇 번이나 정선은 손으로 낯을 가리고 엎드렸다. 차마 그다음에 쓴 글귀를 읽을 수 없는 까닭이었다.

마치 남편이 어젯밤 자기가 한 일을 다 보고 가서 자기를 책망하느라고 쓴 편지인 것 같았다.

편지를 다 보고 나서 정선은 이불 위에 엎드려 버렸다. 그러나 이때에는 정선에게는 뉘우침보다도 무서움이 힘이 있었다.

'내가 정선을 배반하거든 정선은 칼로 내 심장을 찌르시오!'
하는 것을 생각할 때에, 정선의 눈앞에는 시퍼런 칼을 들고 선숭의 모양이 보인 것이다.

바로 이때다. 이때에 유월이,

"마님, 잿골 서방님이 오셨어요."
하였다.

"아직 안 일어났다고 그래!"
하고 고개도 들지 아니하고 화를 내 소리를 질렀다.

그러나 유월이 나가기도 전에,

"아직 안 일어났소?"
하고 반말지거리를 하며 영창을 홱 열고 들어왔다.

"들어오지 말아요……. 나가요!"
하고 정선은 이불 위에 엎어진 대로 몸을 흔들며 부르짖었다.

갑진은 그런 소리는 들은 체 만 체,

"어, 이건 왜 이러오? 허기는 정선 씨 그 포즈도 어여쁜데. 미인이란 아무렇게 해도 어여쁜 법이야. 아, 코닥을 가지고 올 걸

그랬는걸. 얘, 유월아, 너는 나가! 왜 거기 버티고 섰어?"
하고 유월을 향하여 눈을 흘긴다.

"나가요! 왜 남이 일어나지도 않았는데 남의 방에를 들어오시오? 어서 나가라면 나가시오!"
하고 정선은 눈물과 흥분으로 어룽어룽한 낯을 번쩍 뒤로 돌려 갑진을 노려보며 물어뜯기라도 할 듯이 화를 낸다.

갑진은 비로소 정선이 울고 있는 것을 알고 참으로 성낸 것을 알았다. 그래서 의외로다 하는 듯이 잠깐 눈을 둥그렇게 뜨고 정선의 심상치 아니한 양을 바라보고 섰더니,

"하하하하."
하고 갑진은 무슨 크게 우스운 일이나 보는 듯이 껄껄 웃고는,

"오, 알았소. 예수교당에서 그 쑥들이 무어라, 무어라 하는 양심이란 것이 발작했구려. 응, 옳지. 하느님의 딸이 회개의 눈물을 흘리는 판이로구려. 어, 우리 정선 씨 천당 가겠는걸. 허지마는 천당에는 고이라는 것이 없다던걸. 모두 쑥들만 모여서 주여, 주여 하고 정선이 모양으로 물보다도 싱거운 눈물이나 짜고……."
하고 웃음 절반 말 절반으로 지절대는 것을, 정선은,

"무엇이 어찌고 어째요? 그런 말법 어디서 배웠소? 이 악마 같으니!"

하고 몸을 부르르 떤다.

"악마? 거 좋은 말이오. 나는 원래 악마니까. 허지만 남편이 있는 여편네가 서방질하는 것도 천사라는 쑥들은 아니하던 모양인데."

하고 또 한 번 갑진은 껄껄 웃는다.

유월이는 갑진이 전에 없이 마님에게 버릇없이 구는 것을 보고, 또 정선이 분해서 치가 떨리는 것을 보고,

"그게 다 무슨 말씀이셔요?"

하고 쇳소리 같은 소리를 빽 지르며 갑진을 흘겨본다. 유월이는 평소 갑진이 정선을 엿보고 추근추근하게 다니는 것이 절치부심하게 미웠고, 더구나 유월이 가장 미워하는 어멈이 갑진의 편이 되는 것이 미웠던 판이라 갑진을 칼로 찔러 죽이고 싶었다.

"요년! 요 발길 년 같으니."

하고 갑진은 주먹을 들어 유월을 위협하고,

"흥, 악마. 하룻밤 서방도 서방이거든, 날더러 악마."

하고 빈정대기를 계속한다.

*

"아이구, 저런 악마가, 저런 사람 잡아먹을 악마가."

하고 정선은 말이 꺽꺽 막히며,

"저 악마가 나를 유혹해서 몸을 버려 놓고는……. 아니 저 악마가……에끼……저 악마가."

하고 기색하려 한다.

"유혹? 아니 누가 누구를 유혹했단 말야?"

하고 갑진은 정선의 곁으로 한 걸음 대들며,

"제가 살려주오 하고 매달렸지, 누가 강ㅇ을 했단 말야?"

하는 것을, 유월이 갑진의 뒤로 가서 그 외투 자락을 잡아끌며 우는 소리로,

"나가세요! 아이, 큰일 나겠네, 나가세요!"

하고 매달린다.

"요년은 왜 요 모양이야."

하고 갑진은 유월의 머리 꽁지를 끌어 내두른다. 유월이는 방바닥에 쓰러진다.

"아이구, 저 뻔뻔한 악마가."

하고 정선은 입으로 거품을 뿜으며,

"당신이 날더러 야구 구경 가자고 안 했소? 구경하고 집으로

오려니까 저녁 먹으러 가자고 안 했소? 저녁 먹고는 집으로 오려니까 택시로 바래다 주마고 안 했소? 택시를 태워 놓고는 한강까지 드라이브나 하자고 안 했소? 한강 갔다가, 내가 늦었으니 가얀다니까 좀 더 가자고 안 했소? 요령조령 오리꼴까지 끌고 가서는 이왕 왔으니 오류장 구경이나 하고 가자고 안 했소? 내가 거기서 얼마나 싫다고 했소? 그러니까 한 시간만 있으면 인천서 오는 막차가 있으니, 자동차는 추우니 자동차는 돌려보내고 기차로 오자고 안 했소? 그리고는 막차 시간이 되었으니 정거장으로 내가 나가자고 암만 졸라도 듣지 아니하고 나를 꼭 붙들고 막차를 놓쳐 버리게 아니했소? 그리고는 내가 앙탈을 하니까, 그러면 자동차를 부른다고 안 했소? 자동차 오는 동안에 자동차에서는 추울 테니 위스키를 몇 잔 먹자고 안 했소? 그러구는 내가 안 먹는다는 것을 억지로 먹여 놓고는, 나를 취하게 해놓고는……. 그리고는 인제 와서는 나를 유혹하지 아니했다고. 응 그러면 내가……."
하고 정선은 '아으 아으' 하기만 하고 기색하여 쓰러진다.

갑진은 지금까지 부리던 호기도 어디 갔느냐 하는 듯이,
"유월아, 냉수 떠 와, 냉수."
하고 정선을 일으켜 안는다. 그리고 숨이 막히는 정선의 입에 제 입을 대어 거품 나온 것을 핥아먹고, 뺨을 비비고, 만지고, 젖

을 만지고, 발을 만지고, 마치 귀여운 어린애나 만지는 듯이 갖은 짓을 다 한다. 그러다가 유월이와 어멈과 기타 하인들이 들어온 때에야 그 짓을 그친다.

이윽고 정선이 다시 정신을 차린 때에 정선은 주먹으로 갑진의 안경 쓴 상판을 갈기고 몸을 뿌리쳐 갑진의 품에서 나왔다.

갑진의 안경이 깨어지며, 그 깨어진 유리조각에 갑진의 양미간에 생채기가 나서 피가 조금 흐른다.

"나가! 나가!"

정선은 두 팔에 경련을 일으키며,

"나가아아!"

하고 책장 위의 책을 집어 갑진을 향하여 던졌다. 갑진은 몸을 비켜서 피하고, 그 책은 쌍창을 뚫고 마루로 나가 자빠졌다.

"오, 가마."

하고 갑진은 모자를 들고 일어나며,

"허지마는 네 뱃속에 내 자식이 들었는지 몰라. 그 애가 나거든 날 찾어라. 그전에라도 보고 싶거든 만나 주지."

하고 나와 버린다.

갑진이 대문 소리를 요란히 내고 나가 버린 뒤에 정선은 정신없이 쓰러져 버리고 말았다.

우는 유월이는 정선의 머리에 베개를 베우고 이불로 정선을 덮어 주었다. 정선은 그것도 모르는 듯하였다.

*

정선이 일어나 세수를 하고 밥 한술을 뜬 것은 오후 네 시가 넘어서였다.

정선은 그래도 밖에 나가는 단장을 할 정신은 있었다. 그것은 여자의 본능으로였다. 머리도 빗고 분도 발랐다. 그리고 옷도 갈아입었다. 그가 양복장을 열고 갈아입을 옷을 고르려 할 때에 어젯밤에 입었던 자주 저고리와 고동색 치마를 보고는 그것을 찢어 버리고 싶었다. 정선은 양복을 입을까 하다가 그것도 귀찮다고 해서 그만두고 검정 세루(모직물의 한 가지) 치마에 흰 저고리, 눈에 아니 띄는 옷을 입고, 게다가 검정 나단 두루마기를 꺼내 입었다. 옷을 입고 체경에 비추어 볼 적에 자기 얼굴의 아름다움이나 의복의 아름다움이나 모두 허사요, 귀찮은 것만 같이 생각되었다.

정선은 이 모양을 하고 집에서 나와서 정동 성공회 앞을 걸어서 다방골 현○○이라는 여의의 병원으로 향하였다.

성공회 교당 꼭대기에 선 십자가가 석양의 하늘에 파스텔로

그린 그림 모양으로 정선의 눈에 보였다. 정선은 성공회 속에 사는 검은 장삼 입고 흰 고깔 쓴 수녀들을 생각하였다. 그 싸늘하고 적막한 생활로 일생을 보내는 수녀들의 심정이 좀 알아지는 것같이도 생각하였다. 그 수녀들도 다 자기와 같은 과거를 가진 사람들이 아닌가 하였다.

'聖公會(성공회)'라고 흰 글자로 크게 쓴 문패, 문 안으로 엿보이는 조용한 마당과 집들, 모두 죽음의 고요함을 연상시키는 것 같았다. 저러한 속에서 찬미와 기도와 회개의 눈물로 일생을 보내는 수녀들이 그립기도 하여 들어가 보고도 싶었다. 예전 같으면 수녀원 같은 것은 거들떠보지도 않던 것, '피이' 하고 비웃던 것, 그런 것이 자기의 흥미를 끌고 관심을 끄는 것을 정선은 스스로 놀라지 아니할 수 없었다.

"죄인에게 종교."

라는 어디서 들은 구절이 가슴을 찌른다.

"아이, 정선이로구나."

하고 힘없이 걸어가는 정선의 어깨를 치는 사람이 있었다.

"응."

하고 정선은 돌아섰다. 그들은 자기와 동반 동창인 석○○, 여○○ 두 여자였다.

"아머니나."

하고 석이 정선의 차림차림을 보고 놀라는 듯이,

"너 이 꼴을 하고 어딜 가니? 꼭 자다가 쫓겨난 며느리 같고나. 어디 남의 집 살러 가는 침모도 같고. 글쎄, 부자 댁 마님이 이게 웬일이냐."

하고 혼자 웃어 댔다.

정선이도 부득이하여 빙그레 웃기는 하면서도 석의 농담의 말이 모두 맘에 찔렸다.

"어딜 가우?"

하고 여도 반가운 듯이 손을 잡으며 물었다. 그는 방글방글 웃는, 수줍어하는 여자다.

정선은 힘없이,

"나, 저, 다방골."

하고 아무리 불편한 빛을 안 보이려 하여도 정신이 땅 밑으로만 가라앉았다.

"너 어디 아프냐?"

하고 석이 정선을 껴안으면서 걱정스럽게 묻는다.

"아니."

하고 정선은 상긋 웃었다.

"허 선생은 언제나 오시오?"

하고 여가 묻는다. 여와 석은 바로 전에 정선의 이야기를 하던 끝이었다. 정선이 허숭과 이혼을 한다는 둥 하였다는 둥, 갑진이와 관계가 있다는 둥, 같이 산다는 둥, 동무들 간에는 이야깃거리가 되어 있는 까닭이었다. 그런 이야기를 듣던 끝에 정선의 모양이 수상한 것을 보니 두 동무는 의심과 호기심을 일으키게 된 것이었다.

   정선은 여의 묻는 말에,

   "모르지요."

하고 웃음 섞어 대답할 뿐이었다.

   "얘, 저어."

하고 석은 농담도 다 제쳐 놓고 말을 내기가 어려운 듯이,

   "저어, 세상에는 이야기가 많더라. 네가 이혼을 한다느니, 또 머 별말 다 많지. 우리야 그런 소리를 다 믿겠니마는, 그야 안 믿지, 안 믿기는 하지만두, 저어 그이 말이다. 그 저 김갑진인가 한 이하고 이러쿵저러쿵 말이 많더라. 말없는 것만은 못하거든. 그 말이 허 선생 귀에라도 들어가면 안 됐지."

하고 정선의 눈치를 보았다.

　　　　　　　　　＊

　정선은 석, 여 두 동무가 자기의 비밀을 죄다 알고 못 견디게 구는 것만 같았다. 그 둘의 눈이 무섭고 입이 무서웠다. 정선이 두 동무의,

"우리 저녁에 가마."

하는 작별의 말을 듣고 부청 앞을 향하고 걸어갈 때에는 그 두 동무가 뒤에서 자기를 향하여 손가락질하고 비웃는 것만 같았다. 그래 힐끗 뒤를 돌아볼 때에는 두 동무의 모양은 벌써 어디론지 사라지고 말았다.

　정선은 감시하는 눈을 벗어난 죄인 모양으로 걸음을 빨리 걸었다. 정선은 아직 혼인 아니한 두 처녀의 순결함, 자유로움이 부러웠다. 자기는 거기에 비기면 마치 때 묻은 옷, 부스럼 난 몸, 더러운 오라로 얽힌 꼴같이 생각되었다. 내가 세상에 제일 잘나고 제일 행복된 사람이라고 자긍하던 것이 어제 같건마는.

　다방골 천변으로 들어서 소광교를 향하고 천변으로 내려가노라면 조선집을 반양제로 꾸민 집이 있고, 거기는 '婦人科(부인과), 小兒科(소아과)'를 두 줄로 갈라 쓰고, 그 밑에 큰 글자로 '○○ 醫院(의원)'이라고 쓰고, 또 곁에는 '院長(원장) ○○ 醫學士(의학사) 玄(현)○○'라고 좀 작은 글자로 쓴 현판이 걸렸다.

그 현판의 중간 이하의 물이 난 것이 이 병원이 선 지 여러 해 된 것을 보였다.

대문 안에는 인력거 하나가 서 있었다.

정선은 사랑채인 병원으로 아니 들어가고, 안대문으로 따라 오는 사람이나 피하려는 듯이 빠른 걸음으로 들어갔다.

"언니!"

하고 정선은 안마루 유리 분합 앞에서 불렀다.

마당도 넓고 깨끗도 하고 꽤 큰 집이건마는 식구가 없어서 조용하였다.

정선의 소리에 건넌방 문이 열리며 열댓 살 된 계집애가 내다보고,

"아이 오셔겝쇼? 선생님 지금 병자 보십니다."

하고 분합을 열고 맞아 준다. 여의 현○○는 하인들로 하여금 아씨니 마님이니 하는 말을 못 쓰게 한다. 그러므로 하인들은 현을 선생님이라고 부른다.

정선이 구두를 끄르고 올라오는 동안, 계집애는 사랑으로 통하는 일각문으로 댕기꼬리를 나풀거리며 쪼르르 뛰어나간다. 정선은 마루에 놓인 등교의에 몸을 던졌다.

"아이, 그 말을 어떻게 묻나?"

하고 집에서 몇 시간이나 두고 한 생각을 또 되풀이한다.

정선이 현 의사에게 물으려는 것이 무엇인가.

계집애가 나간 지 얼마 되지 아니하여 현이 들어온다. 현은 머리를 물결이 지게 지지고 자줏빛 좀 짙은 듯한 양복을 입었다. 얼른 보기에는 이십이 될락 말락 한 처녀 같지마는 가까이 보면 얼굴에 삼십 넘은 빛이 보였다.

현은,

"어 정선 군 왔나?"

하고 사내가 사내에게 대해 하는 어조를 흉내 낸다. 현에게는 이런 버릇이 있었다.

"하우 두 유 두?"

하고 현은 역시 사내 모양으로 정선의 손을 잡아 흔들고 그리고는 남자가 제 애인에게나 하는 모양으로 정선을 한 번 껴안고 그 이마에 키스를 하고 그리고는 담요를 덮어 놓고 눕는 교의에 턱 드러누워,

"복아, 담배 가져온!"

하고 명령한다. 그 어조는 여자다.

*

"그래."

하고 현은 청지연 한 대를 피워 맛나는 듯이 연기를 내뿜으며,

"에니 뉴스(무슨 새 소식 있나)? 그 어른 아직 안 올라오셨나. 대관절 우리 정선이같이 꽃 같은 마누라를 두고서 무얼하고 안 올까. 나 같으면 산보를 나가도 꼭 데리고 다니겠네."

하고 뚫어지게, 귀여운 듯이 정선을 바라보며, 스며드는 연기를 피하느라고 눈을 한쪽씩 감았다 떴다 하며,

"참, 내 동생이 예뻐. 언제 보아도 예쁘지마는 오늘은 특별히 더 예뻐. 무슨 좋은 일 있었나 봐. 남편 올라오셨구나, 그렇지?"

하고 담배 연기를 일부러 정선에게로 불어 보낸다. 정선은 코에 그 부드러운 향기가 들어오는 것이 싫지 아니하였다.

"나도 담배나 한 대 먹을까."

하고 정선은 파란 레테르로 싼 동그란 드리캐슬(청지연) 통을 물끄러미 보고 앉았다. '좋은 일이 있었느냐, 남편이 왔느냐?' 하는 현의 말에 가슴이 뜨끔하였다. 현도 내 속의 비밀을 들여다보는가 하여 무서웠다.

그러나 정선은 얼른 대답하였다.

"응, 그이가 왔다 갔어."

하고 정선은 빙그레 웃었다. 그리고 수났다 하는 생각과 아아 거짓말쟁이 하는 생각이 풀숲에서 나오는 양두사 모양으로 일시에 고개를 들었다.

"왔다 가셨어?"

하고 현은 놀라는 표정을 하며,

"아 그래, 나도 한 번 안 보고 갔어? 오, 나한테 네 남편 뺏길까 봐서 네가 나를 따돌리는구나."

하고 깔깔 웃더니,

"아니 그런 게 아니라, 내가 네 남편한테 물어볼 말이 있었는데. 다른 변호사한테는 가기 싫고."

하고 유감이라는 듯이 고개를 살래살래 흔든다.

"또 온대."

하고 정선은,

"고등 법원에 무슨 소송 사건이 있다나 해서 또 수이 온답디다. 그때도 늦지 않거든, 그때에 물어보시구려."

하고 아침에 받은 남편의 편지, 그것을 읽을 때 광경 등등을 생각하고 휘유 한숨을 쉬었다.

현은 무엇을 생각하는지 가만히 눈을 감고 있다가, 정선의 한숨 소리에 눈을 번쩍 떠서 그 맑은 눈으로 정선의 고부슴히 숙인 낯을 힐끗 본다. 그리고 두어 번 눈을 감았다 떴다 한다. 정선의 한숨과 낯빛과, 자세와 이 모든 낱낱의 재료에서 무엇을 귀납하려는 것이었다. 그러고는 혼자 다 알았다는 듯이 고개를 끄덕끄덕하고는 담배 한 모금을 길게 빨아들이고 식지 끝을 들어서 궐련에 생긴 재를 톡톡 떨어 버린다. 하얀 에나멜 재떨이에 재가 떨어져 흩어진다. 현은 마치 여름 하늘이 금시에 소낙비구름에 흐리는 듯이 멜랑콜리하게 변한다.

두 사람 새에는 말이 없고 현이 빨기를 잊어버린 궐련 연기만이 여러 가지 파란 모형을 그리면서 올라서 스러진다.

복이 쟁반에 김 나는 차 두 잔을 들고 들어온다. 빨그레한 홍차다. 쟁반 위에는 모사탕 그릇과 크림 그릇과 은 찻숟가락이 놓였다. 순 서양식 차제구다. 현은 벌떡 일어나면서 삼분지 일이나 남은 궐련을 재떨이에 비벼서 꺼 버리고,

"정선이, 자 차나 먹어."

하고 자기가 먼저 자기 잔에 사탕과 크림을 타서 저어서 한 입을 마신다.

*

"정선이 무슨 걱정이 생겼어?"

하고 현은 한 팔을 테이블 위에 세워서 턱을 괴고 물끄러미 정선을 쳐다본다. 그러나 그 눈은 아까 보던 맑은 눈이 아니라 슬픔이 찬, 젖은 듯한 눈이었다.

"아니!"

하고 정선은 분명히 부인하고, 그 부인한 것을 증명하기 위하여 상긋 웃었다.

현은 정선의 부정을 믿지는 아니하면서도 남의 속을 억지로 알아내려고는 아니하였다. 다만 정선의 가슴에 근심과 슬픔의 새로운 그림자가 있는 것만은 아니 볼 수 없었다.

"언니이."

하고 정선은 교의를 현의 옆으로 바싹 잡아당기고,

"언니, 내가 애를 낳기가 싫은데, 어저께 남편이 다녀갔으니 어떡하면 애를 안 배게 할 수가 있을까."

하고 주홍빛이 되도록 낯을 붉혔다.

"아하하하."

하고 현은 사내 너털웃음을 웃었다.

정선은 더욱 부끄러워서 현의 다리를 꼬집으며,

"응, 왜 웃어?"

하고 항의하는 어리광을 부렸다. 그러나 이 모든 것이 다 정선의 맘을 폭폭 찌르는 듯하였다.

"아야, 아야."

하고 현은 여전히 웃으며,

"네 말에 웃는 것이 아니라, 오늘 왔던 환자 생각이 나서 웃는 거야. 네 말을 들으니까 꼭 그 사람 생각이 나는구나, 아하하 허허허."

하고 유쾌하게 웃는다. 현에게서는 멜랑콜리의 구름이 걷혀 버렸다.

"무슨 환자야? 응 어떤 환잔데 그렇게 웃으시우?"

하고 정선이 역시 멋없이 따라 웃는다.

"내 말 들어 봐라."

하고 현이,

"바루 아까 어떤 젊은 병자 하나가 왔단 말이다."

"나 올 그때에?"

"응, 그게 그 사람인데, 인물도 잘생겼어요. 살갗이 희고, 몸이 좀 육감적이지마는. 허기야 사내들의 맘에 들게 생겼길래 문제가 일어날 것이지마는. 그래 무슨 병이오 하니까 꼭 네 병과 같은 병이거든. 글쎄, 그렇게 신통방통한 일이 어디 있니? 내 우스워."

정선은 외면한다.

"아, 그래 어찌된 일이냐고 물었지."

하고 현은 말을 잇는다.

"처음에는 무어라고 부득요령한 소리를 주워댄단 말야. 시도로모도로(일본말로 어름어름이라는 뜻)지. 그렇지만 내게 걸려서야 제가 배기나. 그만 울고 실토를 해 버린단 말이다."

하고 침을 한 번 삼키고,

"어떤 교사의 아낸데 남편이 한 달 전에 어느 시골을 갔대. 그런데 어떤 남자의 유혹으로 – 저는 강제라더라마는 무어 그럴라구 – 어쨌든 어젯밤에 훼절을 했다거든. 그러니 애기가 들었으면 어쩌느냐 말야. 제발 날더러 애기를 아니 배게 해 달라는구면. 그래 밉살스런 양해서는 '여보, 남편 있는 이가 한 달 동안을 못 참아서 남의 사내허구 애 밸 짓을 해 놓고는 누구더러 애기를 아니 배게 해 달라오.' 하고 싶었지마는, 거기는 또 의사의 도덕이 있단 말이다. 도적놈이거나 서방질한 년이거나 그것은 물을 것이 없단 말야, 내 원."

하고 현은 남은 차를 마신다.

"그래서? 언니는 무어라고 했소?"

하고 정선은 중요한 점을 아니 놓치려고 물었다.

"그래서?"

하고 현은 담배를 새로 붙이며,

"그거 아니 배시게 할 수 없습니다, 해 놓고는 하도 가엾길래 오늘로 남편한테로 가시구려 했지. 하하하하. 내가 죄지, 잘못했지?"

하고 또 웃는다.

*

"그래 어떡하셨소?"

하고 정선은 그 여자가 어떠한 치료를 받았는가가 알고 싶었다.

"그랬더니 말야."

하고 현 의사는,

"글쎄, 그 남편이 폐병으로 어느 요양원에를 가 있다는구나. 폐병으로 요양원 가 있는 남편을 따라가기로니 같이 잘 수가 있느냐 말이지. 글쎄, 정선아, 이런 딱한 일이 어디 있니? 어떻게 우스운지. 그러니까 그도 못한단 말이지. 그러면 어쩌면 좋으냐고 그러길래, 글쎄, 제일 확실하려면 자궁을 긁어내거나 떼어내는 수밖에 없다고 그랬지. 벌써 이십 시간이나 지났으니 인제는 벌써 정충이 자궁벽에다가 뿌리를 박고 어머니 피를 빨아먹으면서 분열하기를 시작했으리라 하고, 벌써 그 정충은 남의 것이 아니라, 당신의 아들이나 딸로 인연이 맺혔다고. 이제 그것을 떼어 버리는 것은 자식을 죽이는 것이나 다름없다고. 의사법에도 어머니의 생명이 위태한 때에만 한하여서 의사가 유산 수술을 하는 것을 허한다고. 그런데 당신은 건강한 사람이니까 유산 수술을 하는 것은 옳지 않다고. 그러니깐 이러겠지. 그렇지만 만일 아이가 나온다 하면 남편의 꼴은 무엇이 되고 자기 꼴은 무엇이 되느냐고. 그리고는 어떻게 해서라도 아이를 떼어 달라고 운단 말야, 눈물을 흘리고. 글쎄, 정선아, 나도 그런 경우를 당하면 그리 될는지 모르지마는 어떻게 제 몸에 붙은 생명을 뗄 생각이 나니? 그렇거든 서방질을 말 게지. 그렇게도 서방이 없으면 못 사니? 난 그까짓 사내 생각 안 나더구나. 또 서방질을 하면 책임질 생각을 하고 하든지. 그게 무어야, 해 놓고는 애꿎은 어린애만 떼려 들어. 망할 년들 같으니. 안 그러냐, 정선아."
하고 현 의사는 혼자 좋아한다.

　정선은 현의 말을 차마 더 들을 수가 없었다. 말 마디마디가 모두 자기를 두고 하는 것만 같았다.

　그래서 곧 이 집에서 나가고 싶었지마는 그러기도 안 되었고 화제를 돌리려 하여,

　"언니는 그래, 남자란 영 싫소?"
하고 웃었다.

　"그럼, 싫지 않어?"

하고 현은 반 농담으로,

"이렇게 나처럼 혼자 살면 참 자유롭다. 난 그 시집간 동무들 하나도 행복되다는 사람은 없더라. 정선이 너는 안 그러냐. 그까짓 사내들 냄새만 피우고……."

하고 당장 불쾌한 냄새나 맡는 듯이 낯을 찡긴다. 찡길 때에 현의 태도는 더 어여뻤다.

"냄새? 무슨 냄새?"

하고 정선은 웃었다.

"입구린내, 발 고린내, 머리 때내, 맨 냄새지. 그리고 되지못하게 아니꼬운 내, 왜 넌 사내 냄새 없던?"

하고 현도 웃는다.

정선은 갑진의 겨드랑 냄새를 연상하였다. 그러나 정선의 기억에 그 냄새는 도리어 흥분을 시키는 듯한 쾌미가 있었다. 허숭도 생각하였다. 허숭은 파, 마늘을 절대로 아니 먹어서 그런지 입에서도 몸에서도 냄새가 나지 아니하였다.

"언니두, 언니는 아마 사내 싫어하는 병이 있나 보구려. 어쩌면 언니는 도무지 혼인할 생각을 아니하시우? 도무지 남자 교제를 한단 말조차 없으니. 그리고 적막하지 않으우?"

하고 정선은 동정하는 듯이 물었다. 정선은 현의 과거를 생각한 것이었다. 현은 그렇게 얌전하게 생기고, 또 모양을 내기로 유명하고, 또 재산 있는 처녀로 유명하면서도 도무지 남녀 문제에 관하여 한 번도 남의 입에 오른 일이 없는 것을 생각한 것이다.

"그야 적막한 때도 있지. 나도 여자 아니냐. 허지만 쓸데없이 이 사내 저 사내 교제나 하면 남의 이야깃거리나 되지 무엇하니. 또 혼인을 하자니 맘에 맞는 남편도 없고. 글쎄 있다면 한 사람쯤 있을까."

하고 의미 있게 웃는다.

*

"그게 누구요? 언니, 그게 누구요?"

하고 정선은 현에게 졸랐다.

"그게?"

하고 현은 장히 말하기 어려운 듯이 한참이나 정선의 애를 먹이다가,

"정말 일러 주랴?"

하고 현은 한 손으로 테이블 전을 턱턱 치면서,

"그래도 놀라선 안 돼, 성내선 더구나 안 되고······."

"그래, 아이구, 그만 애먹이고."

하고 정선은 지금까지의 불쾌한 무거운 짐에서 벗어난 듯한 가벼움을 느끼면서 짜증내는 양을 보였다.

"가만있어. 그렇게 쉽사리 비밀을 아르켜 줄 줄 알구? 안 되지, 흥."

하고 현은 벌떡 일어나서 안방으로 들어가더니 함 하나를 들고 나온다. 그 함을 정선의 앞에 놓으며,

"자, 이걸 좀 보아. 그리구 그중에서 누가 나를 가장 사랑하는가, 또 누가 제일 내 맘에 드는가 아르켜내어."

하고 뚜껑을 열어젖힌다.

정선은 호기심 있는 눈으로 그 속을 들여다보았다. 거기는 수없어 보이는 편지들이 들어 있었다. 양봉투, 조선 봉투, 철필로 쓴 것, 먹으로 쓴 것, 잘 쓴 것, 못 쓴 것, 흘려 쓴 것, 해자로 쓴 것 등 가지각색이었다.

그 글씨가 가지각색으로 다른 것을 보아, 이것들이 다 여러 사람에게서 온 것을 알 것이다.

"아머니나."

하고 정선은 무서운 것이나 보는 듯이 눈을 크게 떴다.

"이게 다 웬 편지요? 다 언니한테 온 러브 레터요?"

"그렇다네. 그것만 흥, 같은 사람한테서 온 여러 장 중에서 가장 대표적인 것만 하나씩 골라서 표본으로 모아 둔 것이란 말

야. 처음에는 오는 대로 뒤지도 하고 불쏘시개도 했지마는, 차차 생각해 보니깐 표본만은 모아 두는 것이 후일에 참고될 것도 있을 듯하단 말이지. 또 재미도 있고. 그래서 작년부터 이렇게 모으기를 시작한 것이란 말야. 내가 이렇게 받았으니깐 정선이도 퍽 많이 받았을 테지. 나보다 어여쁘고 젊고 부자요, 귀한 집 따님이니깐 오죽할라고."

"아니야, 언니. 나도 더러 받기는 했지마는 모두 합해야 스무남은 장 될까. 난 그리 많지 않아요, 언니. 언니가 미인이지 내가 머 미인이오?"

"암 그렇지. 정선이야 미인인가……. 그런데 정선아, 너 교제 좀 삼가라. 이 박사랑, 김 남작의 아들이랑 너무 자주 너의 집에 댕긴다고 말들 하더라. 무슨 일이 있을 리야 없겠지마는 그래도 네 남편한테 그런 말이 굴러 들어가면 재미가 없거든. 또 젊은 여자가, 그도 처녀도 아니요, 남의 아내가 왜 남의 시비 들을 남자 교제를 하느냐 말이다. 남자들이 너를 따라올 때에야 네 지식을 따라오겠니? 인격을 따라오겠니? 세력을 따라오겠니? 입으로는 무슨 꿀 바른 소리를 할는지 모르지마는 결국은 네 자색을 따라오는 것이거든. 나도 그렇지. 이 작자들이 내게 반해서 이런 편지를 하고, 선물을 하고, 별짓을 다 하지마는 그 속은 내 몸을 한 번 가지고 놀아 보자는 것이지. 그중에는 내가 부모도 없고 형제도 없고 홀몸이니깐 이 집칸이나 있는 것을 탐내는 놈도 있을 것이고. 그것을 몰라, 빤히 다 알고 있지. 그리고 속아, 미쳤나 왜."

하고 픽 비웃는다.

*

"그럼."

하고 정선은 현의 말에 부득이한 찬성의 뜻을 아니 표할 수 없었다.

"요새 조선 사내들은 모두 계집 후릴 생각밖에는 다른 생각은 없나 보더라. 그것이 요샛말로 모던인지도 모르지. 자 이것 보아요."

하고 현은 편지들은 테이블 위에 쏟아 놓고 찾아내기 쉽도록 골패 젓듯 뒤저어서 테이블의 면적이 허하는 한에서 널따랗게 벌여 놓고, 그중에서 옥색 양봉투에 영문으로 겉봉을 쓴 편지 하나를 골라서,

"자, 이거 뉘 글씬지 알어?"

하고 정선의 눈앞에 든다.

"응, 그거 이 박사 글씨 같구려."

하고 정선도 놀란다. 정선도 꼭 이런 봉투에, 이런 글씨의 편지를 가끔 받는 까닭이다.

"올라잇."

하고 현은 그 봉투 속에 있는 편지를 꺼내서 읽는다.

"오 나의 존경하고 사랑하는 닥터 미스 현이시어!

전에 드린 수차 편지에 한 번도 답장을 받지 못한 것을 조금도 원망치 아니하옵니다. 그것은 이유가 없지 아니하오니, 대개 첫째는 소생의 전 심령을 다 바치는 지극한 사랑은 미스 현에게 향하여 사랑 이외의 아무러한 감정도 일어나지 못하게 함이옵고, 둘째는 미스 현께서 아직 소생의 인격과 성의를 바로 이해하지 못하심입니다.

세상에는 소생에 관하여 여러 가지 풍설이 있사오나 그것은 전연 무근지설이오며, 소생의 명예를 해하려고 시기하는 자들이 조작한 것입니다. 소생은 지금까지에 여성 친구를 여러 사람 가진 일은 있사오나 어떤 여성에 대하여 사랑을 바친 것은, 오 하느님이시어, 오직 미스 현 한 분뿐이오며, 과거와 현재만 그러한 것이 아니라 미래와 영원에도……."

여기까지 읽다가 현은,

"자, 이 작자 하는 소리 보아요. 다른 여자는 다 친구요, 애인만은 나 하나뿐이라나, 허허. 아마 이런 소리는 누구에게나 했을 소린 줄을 내가 모르는 줄 알고. 순례, 서분이한테도 이 소리는 했을 게다. 네게는 안 했든. 허기는 이 작자만은 아니야. 여기 있는 편지들을 보면 대개는 내게 대한 것이 첫사랑이라지. 사랑에 거짓말을 하는 놈들이니 다른 일에야 더 말할 것 있나. 그러니깐 나는 이 작자들을 안 믿는단 말야. 누구누구 하는 놈들이 다 거짓에 껍데기 씌운 놈들이거든, 셀피시하고. 대체 별소리가 다 많아요. 저는 아직 정남이라는 둥, 상처를 했다는 둥, 가문이 양반이라는 둥 귀여운 소리를 하는 애숭이도 있고, 어떤 것은 사뭇 살려 달라고 애걸하는 작자도 있고, 또 어떤 작자는 내가 혼자 사는 것이 가엾으니 자기가 나를 보호하고 위로하는 사람이 되마 하는 자선가도 있고, 대체 없는 소리가 없지. 또 이것 하나 보련?"

하고 현은 기름한 흰 봉투에 먹으로 썩 잘 쓴 편지 한 장을 골라 들고,

"이것 보아요? 이게 누군데?"

하고 편지 끝에 있는 서명을 보인다.

그것은 모 교육자요, 종교가다.

"이 어른도 그런 편지요?"

하고 정선은 더 크게 놀랐다.

"자, 이거 또 하나 보아. 이건 누군데?"

하고 또 한 편지를 보인다. 그것을 본 정선은 어안이 벙벙하였다. 그것은 어떤 이름난 교역자였다.

"또, 이건."

하고 굉장히 큰 봉투 하나를 집어 든다.

정선은 웃지 아니할 수 없었다. 그것은 나이 많은 어떤 재산가였다. 현도 깔깔 웃었다.

*

현은 특색 있는 여러 편지를 정선에게 보인 뒤에,

"얘, 복아, 난로 좀 피워라."

하여 전기난로에 불을 피우게 하고,

"정선아, 너 썩 재미있는 편지 하나 보련?"

하고 두 손가락을 빳빳하게 뻗쳐 가지고 편지를 위로 몇 번 들다가, 그중에서 황지 봉투에 철필로 되는 대로 갈긴 편지를 다른 커다란 편지 밑에서 찾아냈다. 다른 사람들은 다 상등 편지지에 극히 정성스러운 필적으로 썼지마는, 황지 외겹 봉투에다가 철필로 막 내갈긴 것이 눈에 띈다. 그 글씨조차도 아주 유치하였다.

"너, 이 글씨 아니? 잘 알겠구나."
하고 현은 정선을 놀려먹는 듯이 눈을 끔쩍하였다.

정선은 그 글씨는 본 적이 없었으나, 현의 말눈치로 그것이 갑진인 것을 짐작하였다. 그러나 정선은 맘에도 없이,
"잘 모르겠는데."
하였다.

"좀 보아요. 네 애인이 내게 보낸 연애편지니 좀 보아요. 나는 지금까지 본 편지 중에 이 사람 편지가 제일 스키(일본말로 좋아한다는 뜻)야. 다른 사람들은 무어라고 짓고 꾸미지. 그렇지만 이 작자는 그것은 없거든. 자 보아요, 내 읽을게."
하고 현은 웃음 절반으로 갑진의 편지를 들고 읽는다. 그 편지지도 편전을 막 뜯어서 머리가 들쑹날쑹이다.

"현 의사, 나 당신 속을 모르겠소. 당신같이 젊고 아름다운 사람이 왜 남자를 모르시오? 인생의 낙 가운데 남녀의 낙같이 좋은 것이 또 있소? 나하고 사랑합시다. 내 인생의 새로운 방면을 가르쳐 주리다."
까지 읽고 현은,

"어때, 이 작자의 수작이?"

하고 읽기를 계속하여,

"나는 지금 조선에서는 제일 잘난 사내요. 젖비린내 나고 문화 정도가 낮은 조선 계집애는 도무지 아이데(일본말로 짝)가 아니 되오. 오직 현 의사만이 내 짝이 될 것 같소."

하고 현은 또,

"자, 이 작자 하는 소리 보아요."

하고 깔깔 웃는다.

그러나 정선은 웃을지 울지 어찌할 바를 몰랐다. 다만 잇새만 빨았다.

"또 봐요. 끝이 더 장관이니."

하고 현은 또 읽는다.

"나는 여태껏 어떤 여자든지 맘에 두고는 내 것을 못 만들어 본 일이 없소. 오직 세 사람이 있을 뿐이오. 그것은 현 의사와, 현 의사가 사랑하신다는 윤정선과, 또 하나 이것은 이름을 말하더라도 현 의사는 모르시리다. 맘에 두고 아직 손에 넣지 못한 것이 이 세 사람뿐이오. 그런데 윤정선은 내 친구의 아내요. 그렇지마는 이 애는 아직 시집가기 전부터 내가 눈독을 들였는데, 고만 허숭이 놈한테 빼앗겨 버리고 말았소. 그러나 사내가 한 번 맘을 먹었다가 흐지부지하고 어떻게 산단 말요. 내 일주일 안에 그 계집애를 내 손에 넣기로 작정을 하였으니, 그 일이 끝나면 또 한 계집애에게 분풀이를 하고 나서 그 뒤에는 과거의 복잡한 생활을 청산하고 당신을 참으로 사랑해 볼까 하오."

여기까지 읽고 현은,

"인제는 날더러 당신이라고."

하고는 또 읽는다.

"내 들으니, 당신은 도무지 사내를 접촉하지 아니하고 아무리 후려도 넘어가지 아니한다 하니, 조선에도 이런 여자가 있는가 탄복함을 마지아니합니다."

여기 와서 현은,

"후후, 인제는 탄복하오가 아니라 합니다래."

하고 자못 만족한 모양이었다.

*

현은 또 갑진의 편지를 읽는다.

"내가 건드려서 휘지 아니하는 여자가 있다 하면 나는 그 여자를 숭배하거나 죽이거나 둘 중에 하나를 하려 하오. 그러나 불행히 나는 아직 그러한 여자를 만나지 못하였소. 원컨대 현 의사여! 당신이 나로 하여금 당신을 숭배케 하거나 죽이게 하소서."

현은 편지를 다 읽고 나서,

"자, 어떠냐?"

하고 편지를 봉투에 넣어 테이블 위에 내던지며,

"아마 이런 연애편지는 세계에 드물 것이다. 굉장하지?"

하고 혼자 좋아한다.

그러나 정선은 이 편지를 듣는 동안에 분함, 부끄러움, 울렁거림이 모두 뒤섞여서 어찌할 바를 몰랐다.

"언니는 그 사람을 좋은 사람이라고 생각하시우?"

하는 것이 가까스로 정선의 입에서 나오는 말이었다.

"좋은 사람? 그야 김갑진이 좋은 사람은 아니겠지. 색마겠지. 그렇지마는 같은 색마라고 하더라도 이건영이보다는 여러 등 높단 말이다. 첫째는 힘이 있거든. 여자에게 애걸을 하는 것이 아니라 명령을 한단 말이다. 도무지 젊은 여자 앞에 오면 발바닥이라도 핥을 듯이 귀축축한 남자와는 다르단 말이다. 또 하나는 이 작자의 정직한 것이 좋단 말이다. 얼마나 프랭크하냐 말야. 속에는 이것을 생각하면서 입으로 저것을 말하는 작자들보다는 통쾌하거든. 얘, 난 참, 조선 남자들한테는 낙망하였다. 어디 사내답게 씩씩하고 정직한 사내가 있더냐. 모두 돈에, 세력에, 계집에 코를 줄줄 끌고 다니는 꼴을 보니 기가 막힌단 말이다. 이 갑진이란 작자는, 젊은 녀석이 대학까지 마친 녀석이 좋은 일 하나 할 생각 아니하고 밤낮 여자들만 따라댕기니 죽일 놈인 것이야 말할 것 없지마는, 저 지사의 탈을 쓰고, 도덕가 예수교인의 탈을 쓰고 그 짓을 하는 작자들보다는 되레 통쾌하고 가와이(귀엽다)하단 말이다. 또 김갑진의 말도 옳지 아니하냐. 계집애들이 싯카리(단단)하기만 하면야 사내들이 어떻게 덤비나 못하지. 요새 계집애들이 헤프니깐 사내들이 넘보고 그러는 게다. 어디 정선이 네나 순례 같은 애야 무슨 말 들었니? 순례는 건영이 때문에 그렇게 되었지마는, 그야 순례 잘못이냐. 또 정선이 너도 김갑진과 이러쿵저러쿵 말이 있지마는, 그야 남들이 정선이를 몰라서 하는 소리지. 아무러기로 우리 정선이 김갑진한테 넘어가겠니? 그러니까 걱정이란 말이다. 숭배를 하거나 죽인다고 했으니, 네나 내나 숭배를 받거나 죽을 판이로구나. 또 한 계집애란 누구야. 거 원, 순례나 아닌가. 이 김갑진인가 한 작자가 헤픈 계집애들은 다 주워 먹고 인제는 좀 단단한 축을 노리는가 봐, 하하하하. 또 한 여자라는 게 순례만 같으면야 어렴이나 있니? 그러해서 조선 여자란 어떤 것인가를 따끔하게 그런 녀석에게는 알려 주어야 한다. 하하하하."
하고 현 의사는 유쾌하게 웃는다. 정선도 어찌할 수 없이 따라 웃었다. 그러나 등골에서는 찬땀이 흘렀다.

"언니 난 가우."

하고 정선은 일어났다.

"왜 저녁 먹고 놀다 가."

하고 현은 정선을 붙든다.

"가 보아야지."

하고 정선은 옷의 구김살을 편다.

"애기 뗄 생각은 말어."

하고 현은 훈계하는 듯이,

"그런 비겁하고 무책임한 짓이 어디 있니? 또 남편에 대한 정보다 자식에 대한 정이 더 깊다더라. 어서 낳아 길러. 아버지 어머니가 다 착하고 재주 있는 사람들이니 애긴들 오죽할라고. 내 아주머니 노릇 잘 해 줄게."

하고 정선의 등을 두드렸다.

*

정선은 현 의사한테로부터 집에 돌아오는 길로 짐을 싸 가지고 오후 일곱 시 특급을 타고 남편 허숭이 있는 살여울을 향하였다. 정선은 현이 어떤 여자더러 '남편한테로 가구려.' 하던 말대로 실행하려 한 것이었다.

정선은 한잠도 이루지 못하고 살여울 가는 정거장에서 하나 더 가서 읍내 정거장에서 내렸다. 아직 캄캄하였다. 특급 차는 작은 정거장에 정거를 아니하는 까닭이었다. 정선은 아직도 자고 있는 자동차부를 깨워 일으켜서 아니 간다는 것을 제발 빌어서 이십 리 남짓한 살여울을 십 원이라는 엄청난 값으로 자동차를 세내어 타고 살여울로 향하였다.

살여울을 다 가도 아직 해가 뜨지 아니하였다. 칠백 리나 서북으로 온 이 지방은 서울보다 대단히 추웠다. 정선은 슈트케이스를 이 손에서 저 손으로 옮겨 들어가면서 촌락 가운데 길을 피하여 달내강 가로 더듬어 바로 남편의 집 – 허숭의 집으로 걸어갔다. 그래도 귀 밝은 동네 개들은 정선의 구두 자국 소리를 알아듣고 한두 마디 짖었다.

정선은 남편과 작별하기 전에 가끔 나와 앉았던 강 언덕에 짐을 놓고 좌우 가에 반이나 살얼음이 지핀 강을 들여다보면서 그때 일을 회상하였다.

남편의 집은 새벽빛에 싸여 남빛에 가까운 자줏빛으로 보였다. 정선은 죄 짓고 쫓겨났다가 빌러 들어오는 며느리 모양으로 짐을 들고 언덕길을 추어 올랐다. 새로 판 우물가에는 오지자배기에 두부와 고비가 맑은 물에 담기어 놓인 것이 보였다. 정선에겐 그런 것이 다 다른 세계인 것같이 보였다. 정선은 무심코 우물을 들여다보았다. 컴컴한 우물 속에는 손바닥만 한 빛 받은 물이 수은빛으로 흔들렸다. 마치 정선의 입김에 물결이 지는 것 같았다. 정선은 그것이 형언할 수 없이 신비한 것 같고 무서운 것 같았다. 서울 생장인 정선은 우물을 들여다본 일이 없었거니와, 우물이 정선에게 주는 비상한 감동은 오직 이 '처음 봄'만은 아니었다. 마치 예수교의 세례에 사람의 머리에 떨구는 물 몇 방울이 그 사람에게 큰 정신적 감동을 주는 것과 같은, 지금 당장은 설명할 수 없는 감동을 주었다.

정선은 차마 여기서 더 갈 용기는 없었다.

'내가 아무 일 없이 남편을 찾아왔다 하면 얼마나 호기스럽고 자랑스러울까.'

이렇게 생각하면 앞이 캄캄하였다.

'내가 무엇하러 여기 왔나? 내 죄를 숨기려고, 남편과 세상을 속이려고 온 것이 아니냐.'

하면 땅에 스러질 것 같았다. 정선은 우물 기둥을 붙들고 몸을 지탱하였다.

불끈 솟는 해 – 먼지와 연기 없는 깨끗한 대기 중에 해는 잠깬 혈색 좋은 어린애가 고개를 번쩍 드는 것 같았다. 누런, 신선

한 햇볕이 우물 기둥에 기대어 괴로워하는 정선의 몸을 비추었다. 그것은 한 폭 그림이었다.

우물에서도 수십 척이나 되는 언덕을 올라가야 '남편의 집'이다. 그러므로 여기서는 남편의 집은 보이지 아니한다.

정선은 또 우물을 들여다보았다. 손바닥만 하던 흰 점은 커져서 환하게 열린 수면이 정선의 얼굴을 비추고 있었다. 정선은 제 그림자를 무서워하는 듯이 흠칫하고 뒤로 물러섰다.

딸그락딸그락하는 소리에 고개를 돌린 정선은 물동이를 들고 내려오는 순이를 보았다.

"아이그머니!"

하고 유순은 화석과 같이 우뚝 섰다. 그는 하도 놀라서 그 이상 더 말이 나오지를 아니하였다.

정선도 숨만 씨근거릴 뿐이요, 말이 나오지 아니하였다.

억함인가. 질투인가. 정선에게나 유순에게나 이 자리는 유쾌한 장면은 아니었다. 미움, 분함에 가까운 감정이 거진 같은 날카로움으로 마주 선 두 여자의 가슴을 폭폭 찔렀다. 겨울 아침다운 싸늘한 광경이었다.

*

"아이그, 너 얼마나 애를 썼니?"

먼저 이 괴로운 적막을 깨뜨릴 소임은 정선이 할 수밖에 없었다. 정선은 어른, 주인아씨, 교육과 지위 높은 사람이라는 우월감을 억지로 회복해서 입을 연 것이다.

"그동안 아무 일 없었니?"

하고 반가운 표정을 지었다.

"언제 오셨어요?"

시골 계집애인 유순의 입에서는 이 이상 예절다운 말은 나올 수가 없었다. 그리고 물동이를 발 앞에 내려놓았다.

"선생님 안녕하시냐. 아직 주무시니?"

하고 물을 때에 자기가 남편을 찾은 목적이 얄미운 짐승 모양으로 자기와 유순의 앞으로 날름거렸다.

"에그, 못 만나셨네."

하고 유순은 다시 놀라는 표정을 하였다.

"응?"

하는 정선의 가슴은 쌍방망이질하는 듯하였다.

"그저께 아침차로 서울로 올라가셨는데."

하고 유순은 가여워하는 듯이 정선을 보았다.

"무어? 그저께 아침차?"

"네, 그저께 아침차요."

"어제 아침차 아니구?"

"아냐요. 그저께가 장날인데, 장날 아침차로 떠나셨는데."
하고 순은 '알 수 없는 일이다.' 하는 눈을 짓는다.

정선은 그만 슈트케이스 위에 쓰러져 울었다. 몸부림이라도 할 듯이 울었다.

"무어요, 선생님 내려오신 줄 아시면 곧 돌따서서 오실걸요."
하고 정선이 아무리 기다려도 오지 아니하는 남편을 찾아 허위단심으로 밤차를 타고 왔다가 남편을 못 만나서 우는 것으로만 생각하고, 유순은 눈물이 쏟아지도록 동정하는 맘이 생겼다. 지금까지 가슴에 있던 질투의 그림자조차 다 스러지고 말았다.

"들어가세요, 추운데."
하고 유순은 가만히 정선의 팔을 잡아끌었다.

정선은 반항하지 아니하고 유순에게 끌려 일어났다. 유순은 물동이를 우물가 물동이 자리에 놓고, 정선의 짐을 들고 앞을 서서 언덕길을 걸어 올라갔다. 정선도 그 뒤를 따랐다. 장쾌한 아침 햇빛이 잎 떨린 나무 사이로 걸어가는 두 여자를 고동색 언덕 빛과 조선에서만 보는 쪽빛 하늘 배경 앞에 그려 냈다. 그러나 어두운 정선의 가슴에서 솟는 검은 눈물은 막을 수 없이 앞을 가렸다.

한갑 어머니가 부엌에서 새벽동자를 하다가 반색을 하고 나와서 정선을 맞는다. 정선은 괴로움으로 찌그러지고 눈물로 젖은 낯에 억지웃음을 지어서 한갑 어머니의 인사에 대답하였다.

아아 남편의 방! 정선은 남편의 방에 들어갔다. 칠도 아니한 책상, 책장, 미투리 삼는 신틀, 벽에 걸린 옥수수, 조 이삭, 허울 좋은 수수이삭, 탐스러운 벼이삭, 입다가 둔 광목옷들. 서울 집의 허숭 내외의 침실과는 이상한 대조다.

정선의 눈은 방 안을 두루 돌다가 책상머리에 붙여 놓은 사진을 보았다. 그것은 정선의 사진이었다. 자기가 남편을 잊고 있던 동안에 남편은 날마다 이 사진을 보고 자기를 생각하던 것을 생각하니 슬펐다.

정선은 책상 위에 놓인 공책을 열었다. 그것은 시골 보통학교 아이들이나 쓰는 연필 공책이었다.

'시월 ○일. 오늘도 아내에게서 편지가 안 온다.'
'시월 ○일. 오늘은 동네 길 역사를 하였다. 다들 재미를 내고 열심하는 것이 기뻤다. 내일은 우물을 치고, 우물길을 수축하기로 작정하였다. 이 모양으로 살여울은 날로 새로워 가고 힘 있어 가는 것이다. 살여울은 곧 조선이다.

그런데 왜 우리 정선에게서 편지가 없을까.'

이러한 구절도 있었다.

*

정선은 남편의 일기책을 더 뒤져 보았다.

'십일월 ○일. 춥다. 쌀값이 오른다고 기뻐들 한다. 협동 조합 저리 자금이 있었기에 망정, 그것이 아니었다면 이 동네 사람들도 싼 시세에 다 팔아 버렸을 뻔하였다. 이 동네 부자들도 조합에 들어 주기만 하였으면 좋으련마는, 자금 부족도 없으련마는. 그렇지마는 최후의 승리는 우리에게 있다.
 도무지 웬일인가. 정선이 병이 났나. 퍽 그립다.'

또 얼마를 지나가서는,
'그럴 리가 없다. 그의 말은 못 믿을 말이다. 남의 아내를 의심케 하려는 비루한 반간이다!'
라고 쓴 것이 있다. 글씨도 크게 함부로 갈기고 또 어느 날이라는 날짜도 아니 적었다.

정선은 놀랐다. 이것이 무엇을 의미하는 것일까. 그의 말이라는 '그'란 누구요, '말'이란 무슨 말일까. 아내를 의심케 하는 말이라고 하니, 또 그 말에 매우 흥분된 것을 보니 정선의 정조에 관한 문제일 것이다. 그러면 자기와 갑진의 관계에 대한 누구의 밀고인가. 그것이 대체 누구일까?

'오, 이건영이!'

하고 정선은 혼자 대답하였다. 갑진에게 대한 질투로 이런 일을 함직도 한 일이다 하였다.

'그렇기만 하면야 변명할 길도 없지 않지. 전혀 무근지설이라고 그러지.'

이렇게 속으로 작정하고 정선의 혼은 둘로 갈려서 한 혼은 안심하고 한 혼은 부끄러웠다.

'인제야 속일 수밖에 있나.'

하고 정선은 남편을 대하게 될 때에 할 변명거리를 생각한다.

'그럼, 무어 속이는 건가. 말을 아니하는 게지. 그대로 실토를 했다가는 큰일 나게. 아이 부끄러워, 아이 부끄러워! 입 꼭 다물고 있으면 고만일 걸 왜 실토를 해? 시골 사람은 무섭다던데, 남편이 어찌할 줄 알고. 그 말을 왜 해? 가만있지. 남편을 속이는 것이 미안이야 하지마는. 누가 어쨌나? 무어 단 한 번, 그도 잠

깐, 그것도 유혹을 받아서 그런걸. 그래, 말 안 하기로 해!'
하고 정선은 마치 경매에 낙가하듯이 말 아니하기로 손바닥을 딱 쳤다.

'실토만 말아. 그리고 후젤랑은 다시는 그런 일은 없을걸.'

그렇지마는 풀리지 아니하는 것은 뱃속에 들었는지 모를, 자꾸만 들어 있는 것만 같은 아이 문제다. '단 한 번, 그도 잠깐'이라고 정선은 갑진이와 새에 지어진 자기의 허물이 바늘 끝으로 한 번 따짝한 자국에 지나지 않게 작게 보려고 하지마는, 그 단 한 번이라는 것이 생리적으로 심리적으로 영원히 소멸할 수 없는 자취를 남겼을뿐더러, 만일 잉태한 것이 사실이라 하면 새로 생긴 생명을 통하여 아버지, 어머니, 아들, 딸 하는 인류 관계까지 발생하게 할 것이다.

'자궁을 긁어내어 달랠걸.'
하고 정선은 후회한다.

밤차로라도 곧 서울로 올라가려고도 했지마는, 그랬다가 또 차에서 길이 서로 어긋나도 안 되겠고, 여기서 남편이 내려오기를 기다리자니 그랬다가 늦도록 아니 내려와도 걱정이었다. 문제는 하루라도 바삐 남편을 만나도록 하는 것이다. 보고 싶어서보다도 죄의 흔적을 소멸하기 위하여서 시각이 바쁘게 남편을 만나지 아니하면 아니 되었다.

"상 들여요?"

하고 유순이 문을 방싯 열었다. 그동안에 아침을 지은 것이다.

밥은 방아에 찧은 쌀, 방아에 찧은 쌀은 생명을 가진 쌀이다. 도회의 돌가루 섞은, 배아와 단 껍질 다 벗겨진 쌀과는 다르다. 그리고 토장국, 무나물, 김치, 두부, 고기.

*

정선은 밥을 먹어 가며 순이에게 이 말 저 말 물었다. 무심코 묻는 듯하면서도 묻는 정선에게는 여자에게 특유한 은미한 계획이 있었다.

"내가 안 온다고 걱정하시든?"

하고 정선은 유순을 통하여 남편의 속을 떠보려 하였다.

"그럼요."

하고 대답은 해 놓고도 유순은 어떤 대답을 해야 옳을까고 두 가지 중에서 한 가지를 고르되, 정선의 눈치를 보아서 하려는 듯이 심히 날카로운 눈으로 그러나 그 날카로움을 웃음으로 싸서 정선을 살펴보다가,

"날마당 기다리셨답니다. 차 시간만 되면 저 등성이에, 저기

저 등성이 말씀야요(하고 창을 열고 가리키며), 저 등성이에 올라가시어서 정거장 쪽을 바라보시구는 오늘도 안 오는군, 그러신답니다."

"편지도 기다리시든?"

하고 정선은 물을 필요도 없는 말을 묻는다.

"그럼요, 우체사령이 왔다 가면 퍽이나 섭섭해하시는걸요."

하고 유순은 허숭이 길게 한숨을 내쉬고 무슨 생각에 잠기던 것을 생각하고 그 모양을 정선에게 더 자세히 그리려 하였으나, 자기가 허숭에게 너무 많이, 너무 깊이 관심하는 것을 정선이 되레 이상히 알까 보아 고만하고 입을 다물었다.

"서울 가시기 전에 무슨 말씀 없든?"

하고 정선은 무심코 돌아오는 듯이 목적한 정통에 맞는 살을 쏘았다.

유순은 이 말에 대답하기 전에, 그저께 식전차를 타러 떠날 적에 가방을 들고 주재소 앞 큰길까지 나아간 자기를 숭이 어깨를 껴서 정답게 한 번 안아 주며,

"내 갔다 올게."

하고 손을 꼭 쥐어 주던 것이 생각나서 낯이 붉게 됨을 깨달았다. 이것은 처음 되는 일이었다. 그 아내 정선에게 충실하여 유순의 손길 하나 건드린 일이 없던 허숭이 어찌하여 유순에게 이

만한 친절을 보였을까. 그것은 다만 먼 길을 떠나는 작별일까. 또는 아내 되는 정선에게 대한 의심과 불만이 숭에게 남편으로서 받는 도덕적 제한을 늦추어 준 것일까. 또는 진정으로, 다만 털끝만 한 발표도 없이 숭에게 바치는 순의 뜨거운 사랑에 대한 대답을 작별의 순간, 춥고 어둡고 감회 많은 순간에 잠깐 드러낸 것일까.

"별말씀 없으셔요. 어디 무슨 말씀 하시나요."

하고 유순은 정선에게 속 뽑히지 아니할 차비를 하였다.

"그 전날 무슨 편지 안 왔어?"

하고 정선은 숭늉에 밥을 만다.

"편지가 왔던가 보아요."

하고 순은 대수롭지 아니한 것같이 대답한다.

"무슨 봉투? 서양 봉투, 일본 봉투?"

하고 정선은 중요한 단서나 잡은 듯이 밥술을 대접에 걸쳐 놓고 묻는다.

"서양 봉툰가 보아요."

"그래 선생님이 그 편지를 보시고 무어라데?"

"전 자세히는 못 보았어요. 허지만 나중 보니깐 그 봉투가 온통 조각조각 찢어졌어요."

"그래, 그 찢어진 것 어디 있니?"

"아궁이에 넣어서 태워 버렸죠. 태워 버리라고 하시는걸요."

"한 조각도 없어, 요만큼도? 글자 한 자라도 붙어 있으면 좋으니."

하고 정선은 애가 탔다. 그것이 뉘 편지인가, 아무렇게 해서도 알고 싶었다.

"없습니다. 다 태운걸요."

하고 순은 똑 잡아뗀다.

"그래두우 나가 찾아보아. 혹시 한 조각 남았나, 어여."

하고 정선은 정답게 유순을 졸랐다.

*

유순은 부엌에 나가서 종잇조각을 찾아보았다. 있을 리가 있나? 하고 유순은 다시 방으로 들어와서,

"없어요."

하고 보고하였다.

"잘 찾아보아."

하고 정선은 유순이 마치 찾을 수 있는 것을 일부러 아니 찾기나 하는 듯이 좀 화를 냈다. 그는 오래간만에 남편의 집에 오는

맡에 웬 찢어진 종잇조각을 찾느라고 안달하는 것이 어떻게 우스운 것인지는 미처 생각하지 못하였다.

유순은 정선의 행동이 좀 불쾌하였다. 우물가에서 쓰러져 울 때에 솟았던 동정이 다 스러지고 말았다. 우선 남편은 서울 간 지가 이틀이 넘도록 정신도 없이 있다가 터덜거리고 내려온 것이 싱겁게 보였다. 그런데 그 편지는 대관절 무슨 편지길래 그리 애걸을 하는가. 아마 정선이 서울서 무슨 죄를 지었는데, 그 편지는 그 죄를 허 선생에게 일러바치는 것인가. 하기는 그 편지를 받자마자 허숭이 그것을 박박 찢어 버리는 양이 수상도 하였다. 유순은 이렇게 생각하면서 그 편지 조각을 찾아내서 정선에게 보이고, 정선이 그것을 보고 어떤 모양을 하는가 보고 싶었다.

유순은 다시 부엌으로 내려가서 나뭇단을 들어내고 부엌 구석을 뒤진다.

"넌 아까부터 무얼 그리 찾니?"

하고 아궁이 앞에서 감자를 깎던 한갑 어머니가 순을 돌아본다.

"편지 찢은 조각요."

하고 순은,

"참 할머니, 편지 찢은 조각 못 보셨어요?"

하고 입에 손을 대고 웃는다.

"편지면 편지지, 편지 찢은 조각은 다 무엇이야?"
하고 한갑 어머니는 호기심을 일으킨다.

"그런 큰일 낼 편지가 있답니다. 어째 한 조각도 안 남았어. 죄다 아궁이에 들어갔나, 온. 이런 데 한 조각 남아 있으면 작히나 좋아. 옳다, 여기 하나 있다!"
하고 순이 종잇조각 하나를 얻고 후후 먼지를 분다.

"찾았니?"
하고 한갑 어머니도 염려가 놓이는 듯이,

"어디 나 좀 보자."
하고 고개를 내민다.

"자요."
하고 순은 불규칙한 사각형으로 찢어진 종잇조각 하나를 한갑 어머니 눈앞에 갖다 댄다.

"거기 무어라고 썼는데 그렇게 야단이냐. 어디 좀 읽어 보아라. 넌 글 알지, 내가 아니, 눈이 발바닥이지. 아무리 야학을 해도 모르겠더라. 바뱌버벼까지밖에는 더 안 들어가는 것을 어떡하니? 우리 아인 알지, 그럼, 한갑인 진서도 알지. 아이구 이번 고등 법원에서나 우리 아들이 무사히 될라나."
하고 한갑 어머니는 우연히 일어난 아들 생각에 종잇조각 문제는 잊어버리고 감자 껍질만 득득 긁는다.

순은,

"여기 한 조각 있습니다."

하고 부엌에서 얻은 종잇조각을 정선에게 갖다 주었다.

정선은 숟가락을 소반 위에 내동댕이를 치고,

"어디, 어디."

하고 그 종잇조각을 받았다.

그 조각에는 어느 글자의 변인 듯한 '言(언)' 자, '眞(진)' 자, '令(영)' 자, '閨(규)' 자의 한편 귀퉁이 같은 것이 보였다. 그리고 그 글씨가 누구의 것임을 정선은 곧 알았다.

*

"순아, 여기도 한 조각 있다."

하고 부엌에서 한갑 어머니가 부르는 소리가 들린다.

한갑 어머니는 이 종잇조각이 허 선생의 부인에게 무슨 필요가 있는지 모르나, 은인의 부인이 애써서 찾는 것이니까 자기도 찾은 것이었다.

순은 속으로 우스운 것을 참고 밖으로 나갔다. 허 선생은 일찍 이렇게 필요 없는 심부름을 시킨 일이 없었다. 대관절 이 종잇조각이, 그것을 찾는 것이 세상을 위해서 무슨 필요가 있느냐 말이다.

"자, 이것도 쓸 거냐."

하고 한갑 어머니는 부엌문을 열고 마주 나오며 순에게 손톱만 한 종잇조각 둘을 주며,

"내야 아나. 눈이 곰의 발바닥인걸."

하고 소매로 눈을 비빈다. 아무리 비비더라도 밝아질 수는 없을 것이 분명한 눈을.

'風聞(풍문)', '戀愛(연애)', '永○弟(영○제)'

이러한 글자가 한갑 어머니 찾은 조각에 보이는 것을 보고 순도 사건의 대강을 짐작하였다. '풍문'에 들은즉 부인이 어떤 사람과 '연애'를 한다고 하여서, 그 편지를 보고 허 선생이 화가 나서 편지를 찢고 서울로 뛰어 올라가신 것이다, 이렇게 순은 상상하였다. 그리하면 정선이의 허둥지둥하는 양이 비로소 설명이 되었다. 그렇다 하면 우물가에서 울던 것도 헛울음이 아닌가. 그렇구 말구. 무슨 일이 있길래 올라간 지 석 달이나 되도록 소식이 없지. '그렇기로 고렇게 얌전한 정선이?' 하고 순은 혼자 고개를 살랑살랑 흔들어 보았다.

"어디?"

하고 정선이, 순이 방에 들어오는 동안이 바빠서 쌍창을 열며

팔을 내민다.

"두 조각밖에 없어요."

하고 순은 의식적으로 다소 악의를 품고 아주 담대하게,

"풍문, 연애, 머 그런 소리가 있어요. 그리고 영이라고 하는 것이 편지한 이의 이름자인가 보아요. 그만하면 더 찾지 아니해도 괜찮습니까."

하였다.

순의 말에 정선은 낯이 빨개지며 쌍창을 빨리 닫았다. 너무 빨리 잡아당기는 바람에 문이 비뚜로 걸려서 닫히지를 아니하였다.

정선은 순이 노상 어린애가 아닌 것을 발견하였다. 맹랑한 것이라고 하였다. 순이 어린애가 아닌 것을 발견하매 정선의 가슴에는 불쾌한 물결이 이는 것을 금할 수가 없었다.

"순아, 이리 들어와."

하여 정선은 순을 불러 놓고 바늘 박은 솜방망이로 문초를 시작하였다.

"선생님 빨래는 누가 하니, 네가 하지?"

"저도 하고 할머니도 하고 그러죠."

"뜯기는? 빨래 뜯기는?"

"뜯기도 그렇지요."

"아이참 퍽들 애들 썼구나."

"……."

"선생님 상은 누가 들이니?"

"상은 제가 들이죠."

"늘?"

"네."

"그럴 테지. 너밖에 들일 사람이 있니?"

"……."

"선생님 자리는 누가 깔고 걷고 하니?"

"……."

"그도 너밖에 할 사람 있니?"

"그런 말씀은 왜 물으세요?"

하고 순은 좀 불쾌한 빛을 보였다.

"아니, 그저 알고 싶어서 하는 말이지. 너 노했니?"

하고 정선은 미안한 빛을 보인다.

"노하긴요."

하고 순은 슬픈 표정을 보이며,

"선생님은 자리 까는 것, 개는 것, 방 치우는 것, 세숫물, 진짓상 내놓는 것, 방에 군불 넣는 것까지 다 손수 하신답니다. 어디 누구를 시키시나요. 해 드려도 마다시지요."

　순의 대답에 정선은 면목을 잃었다. 그래서 화제를 돌리려고,
　"선생님은 하루 종일 무얼하시던? 밖에 나가시던? 집에 계시던?"
하고 딴 문제를 물었다. 그래도 그 문제 속에도 남편과 순의 관계를 염탐하려는 경계선은 눈에 안 보이게 늘여 놓았다.
　"잠시도 쉬실 새가 있으신가요. 식전 일찍 일어나시면 방 치우시고, 마당 쓰시고, 나무 가꾸시고, 그러시고도 강가로 나가시지요. 강에 나가셔서 체조하시고, 그리고는 목욕하시고 그리고 들어오셔야 해가 뜨는걸요. 처음에는 혼자 그러시더니 차차 동네 사람들이 하나둘 따라와서, 한 달 전부터는 새벽이면 앞 등성이에 모여서 체조하고, 그리고는 동네 길 쓸고, 그리고는 목욕하고, 달음질도 하고, 돌도 굴려 오고, 나무도 날라 오고, 또 땅 얼기 전까지는 저 토끼 우물 앞에 논을 풀었지요. 그래도 아무 때나 그것은 해뜨기 전이야요. 그러고는 해 뜬 뒤에는 다 저마다 제 일 하구요. 요새는 한 오십 명씩 모였답니다. 와와와와 소리를 지르고, 또 아침 일찍 일어나 해뜨기까지 동네 일하세, 우리 일하세 하고 노래도 부르고 하는 것을 보면 우리들도 뛰어 나가고 싶어요. 오는 봄부터는 부인네들도 그렇게 한다고요. 남

정들이 식전마다 일러 놓은 논이랑 밭이랑, 그거를 아낙네들이 공동 경작을 해서 동네 아이들 월사금, 책값, 점심값을 삼는다구요. 교육비로 세워서."
하고 허숭의 사업을 설명하는 데는 유순은 문뜩 유쾌해지고 기운이 난다. 그놈의 종잇조각 문제에 뭉클했던 가슴이 뚫리는 듯하였다. 그뿐 아니라 도무지 쓸데 있는 생각이라고는 아니하는 듯한 정선에게는 이런 이야기를 좀 들려주어 보고 싶었다.

"아까 들어오실 때에 동네로 안 들어오시고 저 여울 모롯길로 돌아 들어오셨지요. 그리셨길래 그리 오셨지. 동네에는 선생님이 오셔서 변한 것이 많답니다. 새로 생긴 것도 많고요. 타작마당 만들었지요. 큰 광 짓고, 외양간 짓고, 돼지우리 짓고. 타작마당은 부잣집 몇 집 내놓고는 다 한 마당에 낟가리를 가리고 한 마당에서 타작을 하게 되었지요. 그리고 그 마당가에는 소외양간과 돼지우리와 닭장이 있고, 거기다는 집 한 채를 짓고 그 모든 것을 지키는 사람이 있거든요. 쌍동이네라고. 그러니깐 동네 집 마당은 아주 깨끗하단 말야요. 아직도 제 집에 외양간 두고 닭 놓는 사람도 있지마는 인제 다 없어질걸요. 선생님은 아침만 잡수시면 동네를 한 번 도시지요. 어디 병난 사람이나 없나, 무슨 걱정 난 집이나 없나 돌아보지요. 그러면 선생님 우리 젖먹이가 젖을 토해요, 오늘이 월사금 가져갈 날인데요, 하고들

나선답니다. 그리고도 타작마당으로 소, 돼지, 닭, 다 돌아보시고 그리고 밤에는 또 야학 있고, 또 조합 사무 보시고, 어디 요만큼이나 편히 쉬실 새가 있나요, 없답니다. 그나 그뿐인가요, 선생님이 변호사시래서 사방에서들 송사 물으러들 오지요. 어떤 사람은 닭 한 마리를 들고, 어떤 사람은 술병을 사 차고. 그러면 선생님이 받으시나요. 굳이 받으려면 그 닭은 병 없는 동네에서 온 것인가 알아보아서 동네 닭에 넣지요. 그러시답니다."

하고 유순은 두 뺨이 볼그레 상기가 되면서 허숭의 이야기를 열이 나서 한다. 그것을 듣는 정선은 한끝 자기가 일찍 보지 못하던 숭을 보는 데 대하여 일종의 두려움을 깨닫는 동시에 순이 아주 숭을 제 것인 듯이 여겨서 흥분하여 말하는 것, 마땅히 주인이어야 할 아내인 자기가 도리어 순에게 설명을 듣고 앉았는 사람이 된 것이 불쾌하였다.

*

순이 말하는 숭의 일상생활을 듣고 보면 과연 숭은 바쁜 생활을 하고 있다. 그러나 그것이 다 제게는 아무 상관도 없는 일, 다시 말하면 밥도 안 나오고 옷도 안 나오는 일에 공연히 숭은 분주한 것이었다. 서비스 – 세상을 위하는 일, 이런 것을 정선도 관념적으로는 모르는 것이 아니지마는, 그것은 오직 수신 교과서에나 예배당 강도대에서나 들을 소리요, 몸소 행할 것이라고는 생각되지 아니하였다. 그러나 바로 눈앞에, 바로 자기의 남편이 그러한 일을 실지로 하고 있는 것을 보고 정선은 놀랐다.

과연 이렇게 바쁜 생활을 하는 사람에게는 연애니 무엇이니 할 한가한 틈이 없을 것이다.

더구나 그날 낮에 순이와 함께 동네 집에 인사를 다닐 때에 비로소 농촌 생활이 어떻게 바쁜 것인지, 또 그 바쁜 모양이 도회의 그것과는 어떻게 다른 것인지를 맛볼 수가 있었다.

가장 정선에게 신기한 것은 '마당질'이라는 것이었다. 마당에 밤에 물을 뿌려서 얼려 놓고 한가운데는 커다랗고 기름한 돌이나 절구통이나 통나무 토막(이런 것을 마당돌이라고 한다.)을 놓고, 그것들이 고정하여 굴지 아니하도록 바둑돌로 괴어 놓고, 그리고는 건장한 남성들이 굵다란 새끼로 북두를 질끈 조르고, 머리에는 하얀 수건을 쓰고 바지통 행전 친 모양으로 졸라매고, 그리고는 볏단을 풀어서 알맞추 갈라서 뿌리를 바오라기로 옭아서, 발로 꼭 졸라서 두 손으로 번쩍 들어 머리 위로 올렸다가 '치!' 하고 '마당돌'에 메어치면 우수수 하는 힘 있는 소리를 내며 벼 알갱이가 떨어진다. 이 모양으로 몇 번을 치면 알갱이를 잃은 볏단은 숙였던 목을 펴고 마치 일생의 무거운 책임을 인제 벗어 놓았다 하는 듯이 마당 한편 가녘, 그들을 위해 예비한 자리에 내던짐이 된다. 그때에는 그들은 벼라는 이름을 갈고 짚이라는 새 이름을 받게 된다.

그리하면 또 늙은이, 어린이 들은 물푸레 휘추리를 들고 짚 끝에 있는 벼 알을 톡톡 떨어 버리고, 그러고 난 짚은 벼 알갱이 달렸던 끝을 잡히고 활활 뿌리어 검불을 다 떨고는 깨끗한 짚이 되어 아름이 넘는 단으로 묶인다. 이것은 겨우내 새끼로 꼬이고, 가마니로 짜이고, 짚세기로 삼기고, 그런 일에 쓰이기 전이라도 무 구덩이를 덮고, 아이들 별 쪼이기터에 바람 막는 성이 되고, 그 금빛보다도 부드럽고 따뜻한 빛은 덤으로서 동네의 아름다움이 되고, 그리고 봄이 되면 영이 되어 농가의 지붕을 장식하고 비를 막아 주는 것이다.

"체! 씨르륵."

"체! 쑤와!"

"수루룩, 시르륵."

하는 소리가 들리는 동안에 마당돌은 빛깔, 생김생김이 탐스럽고 먹음직스러운 벼 알갱이 속에 묻히게 된다. 그리 되면 파팡이로 나락을 긁어 한편으로 모아 금빛 원추탑을 쌓는다.

"한 대 먹구 하지."

"저걸 남기고."

이렇게 기운찬 장정들이 유쾌하게 일하고 있는 곁에 두르마기에 팔짱 끼고 구두 신고 서 있는 지주나 마름의 모양은 도무지 어울리지를 아니하였다. 그들은 작인의 집 아랫목에서 술 먹고 고기 먹고 자빠져 있다가 가끔 감독한다고 나와 보는 것이었다. 그들의 모양이 보일 때면 이 유쾌한 장정들의 양미간에는 검은 기운이 돌았다.

그들은 여기 쌓아 놓은 원추탑을 반이나 갉아 가지고, 그것도 작인의 등에 지워 가지고, 또 장릿벼, 다른 빚 다 받아 가지고 석양에 의기양양하게 돌아가고 만다. 농민들의 땀과 기쁨을 반 이상이나 갉아 가지고. 만일 이 벼를 다 이 장정들의 식구가 먹게 되면 작히나 좋을까. 그리하게 하자는 것이 허숭의 뜻인 것을 정선은 알지 못하였다. 다만 이것이 한 신기한 구경이었다.

*

허숭은 어찌하여 공판 기일도 되기 전에 갑자기 서울로 올라갔나?

그것은 바로 정선이 갑진과 같이 오류동으로 가던 날 전날 아침이었다. 허숭은 여덟 시경에 이건영의 편지를 받았다. 그것은 정선이 갑진과 너무 가까이한다는 소문이 있으니 주의하라는 것이었다.

숭은 건영을 믿지 아니하기 때문에 그 말을 한 모함으로 알았다. 더구나 남의 말을 듣고 제 아내를 의심하는 것은 옳지 아니한 일이었기 때문에 숭은 남의 아내의 말을 하는 건영에게 대하여서 반감까지 가졌다. 정선이 본 숭의 일기의 문구는 그것을 표하는 것이었다.

그렇지마는 숭의 맘은 의리의 해석만으로 만족할 수는 없었다. 그의 맘은 무척 괴로웠다. '정선과 갑진과 - '라는 관념은 새 잡는 약 모양으로 끈적끈적하게도 숭의 맘에 달라붙어서 도무지 떨어지지를 아니하였다.

허숭은 하루 온종일 괴로워하였다. 아내를 의심하는 것은 옳지 아니하였다. 그렇지마는 아내에게로 의심은 갔다.

허숭은 마침내 서울로 가기로 결심하였다. 그래서 정선이 갑진과 함께 야구구경을 가던 날 식전차로 허숭은 심히 괴로운 가슴을 안고 서울을 향하였다.

허숭은 미리는 아무 기별도 아니하고 불의에 집에 뛰어들어 정선이 누구와 무엇을 하고 있는가를 보려고 하였다.

'아니다, 그것은 옳지 않다. 사랑하는 아내를 의심하는 것은

옳지 않다. 미리 기별을 하는 것이 옳다.'

이렇게 생각하고 숭은 신안주에서도, 평양에서도 서울로 전보를 치려고,

'今夜着京(금야착경). 숭.'

이라는 전보문까지 지어 가지고 플랫폼에 여러 번 내렸지마는, 그때마다 치가 떨리도록 분한 것이 치밀어 올라와서,

'응 그대로 가자.'

하고는 중지하였다.

허숭은 자기의 감정을 눌러 평정하게 만들려고 여러 가지로 애를 썼다. 그러나 아무리 애를 써도 벌벌 떨리는 전신의 근육은 진정할 줄을 몰랐다.

그러나 마침내 숭의 이성은 감정을 이겼다. 숭은 황주에 이르러서,

'밤에 가오. 남편.'

이라고 전보문을 특별히 정답게 지어서 치고, 황주 사과를 세 바구니나 샀다.

이런 일을 마치고 차실에 돌아오니 맘에 일종의 유쾌함을 깨달았다. 그가 사랑하는 대동강의 경치도 본 듯 만 듯 지나 버린 허숭은 나무릿벌, 정방 산성의 경치를 바라볼 맘의 여유를 얻었다. 아무리 볕이 청명해도 음침한 빛을 띠는 회색의 산들은 숭

의 맘과도 같았다.

경성역에 내린 것이 밤 열 시 좀 못 미쳐서다. 열차가 스르르 플랫폼에 들어가 닿을 때에 숭은 과히 남의 눈에 띄지 아니하리만치 창밖으로 낯을 향하여 사람들 틈에 정선을 찾으려 하였다. 그러나 마침내 정선은 찾지 못하였다.

'아마 정선은 나를 일이등 차에서 찾을는지 모른다. 나는 이제부터는 우리 농부들로 더불어 삼등차 객인데.'
하였다. 그리고 짐을 들고 숭은 차에서 내려서 연해 사랑하는 아내의 모양을 찾으면서 사람 새를 헤어서 일이등 앞으로 갔으나 거기도 정선은 없었다.

숭은 실망과 분노를 느끼면서 층층대를 오르려 할 적에,
"할로우!"
하고 어깨를 치는 사람을 만났다.

허숭은 짐을 놓고 그 사람의 손을 잡았다. 그 사람은 박사 이건영이었다.

*

허숭은 아내를 만나지 못하고 이건영을 만난 것을 불길하게

생각하였다. 그뿐더러 아내가 나와 맞지 않는 양을 건영에게 보이는 것이 창피도 하였다.

"아, 이 박사, 편지는 고맙습니다."

하고 숭은 얼른 자기의 감정을 통일하여 가지고 당연히 할 인사를 하였다.

"아임 소리."

하고 건영은 숭의 어깨에 손을 얹으며 동생이나 후배를 위로하는 은근한 어조로, 참 유창한 영어로, 귓속말로,

"당신의 가정에 관한 일에 대해서 이러니저러니 말을 하는 것이 예의에 어그러지는 일인 줄 잘 압니다. 그렇지마는 나는 허 변호사를 깊이 사랑하고 존경하기 때문에, 허 변호사의 명예에 관계되는 일이라면 내 맘이 심히 괴로워서 그래서 편지한 것입니다."

하고는 인제는 비밀히 말할 필요가 없다는 듯이 큰 소리로,

"댁에는 올라오신다고 기별하셨어요?"

하고 묻는다. 숭은 건영의 입에서 담배 내와 술 냄새가 나는 것을 느꼈다. 그것이 다 불길하게 생각되었다.

"전보를 했지요, 그런데 좀 늦어서."

하고 숭은 심히 거북한 것을 차마 거짓말을 못해서 바로 대답하였다.

"전보는 몇 시쯤?"

하고 건영은 일부러 숭에게 무슨 내막이 있다는 것을, 또 그 내막을 자기가 잘 안다는 것을 알리려기나 하는 것같이 물었다.

"다섯 시나 되어서, 황주서 쳤지요."

하고 숭은 사실대로 대답하였다.

"오우, 아이 시이."

하고 건영은 서양식으로 어깨를 으쓱하며,

"그러면 그 전보 못 받으셨겠소, 정선 씨가."

하고 건영은 남의 부인을 남편 앞에서 이름으로 부른 것을 후회하고,

"부인께서는 오늘 오후에 김갑진 군허구 베이스볼 구경을 가셨다가 아마 어디로 저녁을 자시러 갔을 것입니다. 요새 거진 날마다 그러시는 모양이니까. 지금 댁에 들어가시더라도 아마 부인은 안 계실걸요. 부인을 보시려거든 청목당이나 경성 호텔이나……. 응 벌써 시간이 되었군, 난 갑니다. 굿바이. 부인 조심 잘하시오!"

하고 단장을 흔들며 건너편 폼으로 가려는지 층층대로 뛰어오른다. 건영은 서분의 집에서 나와서 정거장 식당에서 위스키를 한 잔 사서 날뛰는 양심을 어지러뜨려 놓고는 인천으로 가는 길에 우선 경의선으로 혹시 아는 여자나 올라오면 만날까 하고 서

성거리다가, 숭을 만나서 갑진과 정선에게 대한 원혐을 풀고는 맘이 흡족하여 가는 것이었다.

건영이는 왜 인천에를 가는가. 그가 하는 행동에 하나라도 헛된 것이 있을 리가 없다. 그가 인천을 가는 데는 두 가지 목적이 있다. 하나는 인천에 개업하고 있는 어떤 여의를 찾으려 함이요, 또 하나는 만일 후일에 정서분으로부터 무슨 문제가 일어난다 하더라도 자기가 이날 밤에 서울에 있지 아니하였다는 증명을 얻고자 함이었다. 정거장에서 허숭과 같이 거짓말 아니한다는 신용이 있는 사람을 만난 것은 이건영 박사를 위하여 큰 소득이었다.

건영의 말을 들은 숭은 큰 모욕이나 당한 사람 모양으로 맘둘 곳을 몰라 허둥지둥 짐을 한 손에 들고 전차 정류장을 향하여 나왔다. 바다와 같이 넓은 마당을 흐르는 얼음덩어리와 같은 자동차를 피하여 나가기는 쉬운 일이 아니었다. 더구나 맘에 산란한 심서를 가진 사람으로 그러하였다.

숭은 버스 정류장 가까이 왔을 때에 갑자기 몰아오는 어떤 자동차에 하마터면 스칠 뻔하고 뒤로 물러섰다. 그 자동차는 요란하게 사이렌을 불고 숭에게 먼지와 가솔린 연기를 끼얹고 청파를 향하여 달아났다.

*

 자동차를 피하느라고 한 걸음 뒤로 물러선 숭은 아까보다 더 한 놀람으로 두어 걸음 지나간 자동차의 뒤를 따랐다. 왜? 숭은 그 자동차 속에 아내 정선과 갑진이 타고 있는 것을 본 까닭이 었다. 갑진은 왼편에 앉고 정선은 오른편에 앉아 갑진의 오른편 팔이 정선의 어깨 뒤로 돌아와 있고, 마침 무슨 말을 한 끝인지 는 모르나 두 사람이 유쾌하게 웃으며 서로 마주 고개를 돌리는 장면까지 분명히 보았다.

 숭은 자기의 눈을 의심하려 하였다. 그러나 의심하기에는 이 것은 너무도 분명한 사실이었다. 밖은 어둡고 자동차 안은 밝지 아니하냐. 제 아내를 잘못 볼 숭도 아니요, 또 다른 사람하고 혼 동될 갑진도 아니다.

 숭은 건영의 말의 확실성을 불행히도 승인하지 아니할 수 없 었다. 그리고 숭은 맘의 모든 평형을 잃어버리고 말았다. 가슴 이 높이 뛰고 손발이 식고 무릎이 마주치는 것을 스스로 의식할 때에는 숭의 혼은 질투와 분노로 타올랐다.

 "다쿠시!"

하고 숭은 손을 들고 소리를 쳤다. 정거장 앞에 모여 섰던 자동 차 속에서 차 한 대가 굴러 나왔다.

운전수는 문을 열고 뛰어내려서 숭의 짐을 차에 올려 싣고 숭을 태웠다.

"어디로 가랍시오?"
하고 운전수는 숭을 돌아보았다.

"인도교를 향하고 속력을 빨리 내 주시오!"
하고 숭은 당황한 빛을 억지로 눌러 감추며,

"지금, 바로 두어 자동차 앞에 지나간 자동차를 따라만 잡으면 돈 십 원 주리다. 자 어서!"
하고 숭은 자기의 몸으로 자동차를 끌기나 하려는 듯이 몸을 앞으로 숙인다.

운전수는 활동사진에서 보던 자동차가 자동차를 따르는 광경을 연상하며 한끝 호기심도 나나 또 한끝 무시무시도 하였다. 그러나 십 원 상금이 노상 비위를 당기지 아니함이 아니므로 마일표가 이십오를 넘기지 아니할 정도에서 속력을 냈다.

그러나 이 차는 낡은 차였다. 겉은 제법 고급차 모양으로 이드를하게 발라 놓았지만 속력을 내려면 내릴수록 터드럭터드럭 소리와 가솔린 냄새만 나고 도무지 속력은 나지 아니하였다.

뒤에서 뿡 하고 오던 자동차가 숭의 차를 떨구고 지나가는 것을 보고도 숭은 더욱 초조하였다.

"더 속력을 못 내우?"

하는 숭의 어조에는 노여운 빛조차 띠어 있었다.

"시내에서는 이십오 마일 이상은 못 냅니다. 취체당합니다."

하고 운전수는 도리어 속력을 줄였다. 아무리 터드럭거려도 더 빨리는 못 갈 것이니 어차피 십 원 상금은 틀린 바에는 가솔린만 낭비할 필요는 없다는 배짱이다.

숭은 더욱 화가 남을 깨달았으나 어찌할 수가 없었다. 뒤따르던 몇 자동차를 앞세우고는 고만 기운이 빠져서 쿠션에 몸을 던지고 가는 대로 내버려 두었다.

터드럭거리는 헌 자동차가 한강 인도교에 다다를 때였다.

"철교를 건너가요?"

하고 운전수는 임검 구역에서 잠깐 차를 세우고 물었다.

숭은 턱을 들어서 가자는 뜻을 표하였다. 맘 같아서는 운전수를 두들겨 패고도 싶었다. 어차피 아내의 자동차를 따라잡지 못할 줄을 알지마는, 그래도 혹시나 인도교에서나 만날까 하고 따라가는 것이었다.

'만나면 어쩔 테야?'

하고 숭은 스스로 물었다.

*

 열 시가 넘은 겨울의 한강 인도교에는 짐마차와 노동자, 늦게 집으로 돌아가는 농부들밖에 별로 다니는 사람이 없었다. 용산, 삼개에 반짝거리는 전등, 행주 산성인가 싶은 산머리에 걸린 반달, 그것이 모두 쓸쓸한 경치를 이루었다.

 자동차가 노들을 향하고 철교를 건너가는 동안에, 또 서울을 향하고 다시 건너오는 동안에 숭은 바쁘게 이쪽저쪽을 돌아보았으나 정선인 듯한 사람은 없었다.

 "문안으로 들어갑시다."

하고 숭은 운전수에게 명을 내렸다. 그 자동차의 속력이 느려서 정선의 자동차를 잃어버린 것을 생각하면 당장에 뛰어내려서 한바탕 분풀이라도 하고 싶은 맘이 났으나, 숭은 일찍 한 선생이 하던 것을 생각하고 꾹 참았다. 어떤 손해를 다시 회복할 수 없는 일에 말썽을 부리는 것이 조선 사람의 통폐거니와, 이것은 피차에 받은 손해를 더 크게 할 뿐이라는 것이었다. 그것은 설렁탕 그릇을 목판에 담아서 어깨에 메고 자전거를 타고 달리던 사람이 다른 자전거와 충돌하여 둘이 다 나가 넘어져서 설렁탕 그릇을 깨뜨리고는 끝이 없이 둘이서 네가 잘못이니, 내가 잘못이니 하고 경우 캐고 욕하고 쥐어박고 하는 것을 보고 한 선생이 하던 말이다.

"우리 동포들의 싸움은 개인 싸움이나 당파 싸움이나 이런 것이 많다. 증이파의(甑已破矣)라 앞에 할 일을 하면 고만일 것을 지난 일의 책임을 남에게 밀려고 아무리 힘을 쓰기로 무슨 효과가 있나."

하고 충돌된 두 자전거더러,

"파출소에를 가든지, 그렇지 아니하면 집으로 가라."

는 제의를 하였으나, 한 선생의 제의는 두 싸움꾼에게 통치 아니하였다.

숭은 자동차 운전수에게 대해서 시비를 하고 싶은 맘이 억제하기 어려울 지경이었으나 한 선생의 말을 생각하고 꾹 참았다.

숭은 전동 어느 여관에 들었다. 집을 서울에 두고 여관에 드는 것이 스스로 부끄러웠으나, 지금 집을 집이라고 들어갈 면목은 없었다. 언젠가 한 번 아는 사람이 들었던 여관을 찾아 든 것이었다. 시계는 열한 시를 쳤다.

숭은 자기 집으로 전화를 걸었다. 나온 것은 분명 유월이었다. 정선은 아직 안 들어왔다고 한다. 숭이 멀거니 앉았는 것을 본체만체 보이는 자리를 폈다. 초록 바탕에 다홍 깃을 단 인조견 이불의 색채는 찬란하였다.

방은 그리 숭하지 않지마는 책상 하나, 옷장 하나, 그림 한 폭

없는 횡뎅그렁한 방 – 이것이 서울 복판의 일류 여관인가 하면 슬펐다. 이러한 빈약한 문화를 가지고 조선 사람은 남보다 더 노라리 생활을 한다고 하던 한 선생의 말이 생각났다. 무슨 괴로운 일이 있으면 한 선생의 말은 새로운 뜻과 힘을 가지고 생각에 떠오르는 버릇이었다. 그러나 지금은 이러한 생각을 오래 계속할 여유가 없었다. 지금 아내가 어디 가서 무엇을 하고 있느냐 하는 것은 팔방으로 날이 달린 송곳으로 가슴을 휘젓는 것 같았다.

'질투는 낮은 감정이다.'

하고 스스로 책망하나 그것은 눌러지지를 아니하였다.

숭은 잠깐 다녀온다 하고 종로로 뛰어나왔다. 자정 가까운 종로에는 주정꾼과 인력거꾼들이 마치 밤에만 나오는 짐승들같이 돌아다닐 뿐이었다.

'어디 가서 무엇을 좀 먹자.'

하고 숭은 출출함을 느끼면서 걸었다. 생각하면 저녁을 아니 먹었다. 집에 가면 아내가 저녁을 차려 놓고 마중 나왔으리라고 믿는 남편이 약간 시간이 늦는다고 차에서 저녁을 먹을 까닭이 없었다.

*

 겨울밤의 종로 네거리. 붉은 이맛불을 단 동대문행 전차가 호기 있게 소리를 내고 달아난 뒤에는 고요해졌다. 가끔 술 취한 손님을 실은 택시가 밤 바닷가에 나와 도는 갈게 모양으로 스르륵 나왔다가는 스르륵 어디로 스러져 버리고 만다.
 '어디를 간담.'
하고 숭은 화신 상회 앞에 멀거니 섰다. 어디 가서 무엇을 사 먹을는지 모르는 것이다. 숭은 아직도 요릿집에는 길이 익지 못하였던 까닭이다.
 이때에 태서관 모퉁이로서 왁자지껄하고 떠들고 나오는 이가 있었다. 그 어성은 숭이 잘 아는 강 변호사였다. 그리고 그 뒤를 따르는 이는 임 변호사였다. 둘이 다 변호사 중에 호걸 변호사로 돈은 잘 번다 하지마는 밤낮 궁상을 떼어 놓지 못하는 변호사들이었다. 그들은 술을 좋아하고, 떠들기를 좋아하고 그리고 의리를 좋아하는 옛날 동양식 호걸이었다. 무척 거만하여 안하무인이지마는 또 노소동락(老少同樂)하는 풍도도 있었다.
 "하하! 내가 몰라? 다 알아, 다 알아!"
하고 뽐내는 것이 강 변호사였다.
 "어, 그놈 후레아들 놈 같으니."

하고 무엇에 하던 분개가 아직도 풀리지 아니한 것이 임 변호사였다.

숭은 존경하는 선배들에게 대하여 공손하게 모자를 벗었다.

"누구요? 어 허 군이야. 누구라고, 하하하하."

하고 강은 숭의 손을 잡아 흔든다. 이것은 강이 숭을 후배 변호사지마는 내심 존경하여서만 그런 것이 아니요, 숭의 겸손과 공손이 강의 호걸적 의협심을 움직인 것이었다.

"응, 노형이던가."

하고 임 변호사가 또 허숭의 손을 잡아 흔든다.

"그런데 웬일이오? 어디 시골 가서 농촌 사업 하신다고?"

하고 임이 숭에게 묻는다.

"네, 농촌 사업이랄 것이 있나요, 아직 공부지요."

"아따, 그런 소리는 다 다음에 하고."

하고 강은 새로 흥이 나는 듯이,

"자, 허 군도 만났으니 새로 어디 가서 한 잔 먹지에."

하더니 단장을 들어 내두르며,

"얘, 택시야."

하고 종로 네거리를 향하고 고래고래 부른다.

인력거들이 모여든다.

"영감, 어디로 모시랍시오?"

하고 한 인력거꾼이 인력거를 놓고 어깨에 덮었던 담요를 팔에 걸고 세 사람의 앞으로 다가온다.

"이건, 자동차 부르는데 인력거가 왜 덤벼?"

하고 강은 아주 장히 노엽기나 한 듯이 눈을 부릅뜬다.

"저희도 좀 벌어 먹어야지요, 자 타십쇼."

하고 인력거꾼은 인력거 채를 끌어서 바로 강 변호사 앞에다 대고 팔에 걸었던 담요를 다시 어깨에 걸고, 그리고는 앉을 자리를 잘 펴고 기대는 쿠션을 한 손으로 누르고,

"영감, 자 타십쇼."

하고 허리를 굽신굽신한다.

다른 인력거들은 어찌 되는 것인가 하고 반은 이해 관계로, 반은 호기심으로 하회를 보고 있다가 뱃심 있는 인력거꾼이 하는 양을 보고는 저희들도 인력거를 내려놓고 선다.

강 변호사는 취한 눈으로 여러 인력거꾼(채를 놓은 세 인력거꾼과 밖으로 둘러선 서너 인력거꾼들)을 둘러보더니 자기 앞에 놓인 인력거에 올라앉으며,

"나 노형의 직무에 대한 충실과 열성에 감복하였소(이것은 자기가 타는 인력거꾼에게 하는 말이나, 그 인력거꾼은 자기에게 하는 말인 줄을 모르는 모양이다.)."

하고 다른 인력거꾼들을 돌아보며,

"글쎄, 못생긴 놈들아, 이 사람 모양으로 손님 앞에 바싹 대들든지, 그렇지 아니하면 다른 손님을 구하러 가든지 하지그려, 그래 눈치만 보고 엉거주춤하고, 에끼 굶어 죽을 놈들 같으니."
하고 단장을 둘러메니 인력거꾼들이 닭들 모양으로 꼬리를 젓고 달아난다.

"하하하하."
하고 강은 웃는다.

*

숭도 강 변호사, 임 변호사를 따라 인력거를 타고 ○○관으로 갔다. ○○관은 서울에 가장 큰 요리점이요, 조선에도 가장 큰 요리점이다. 전등 빛이 휘황한 현관에는 머리 벗어진 늙은 보이 하나가 어떤 인버네스(망토 달린 외투) 입고 안경 쓴 손님 하나의 주정을 받고 있고, 그 옆에는 기생 둘이 얼빠진 것 모양으로 우두커니 서 있었다. 마치 그 주정뱅이 신사에게 가지가지 아양을 다 부려도 효과 없는 것을 보고 지쳐서 무심해진 것 같았다.

"아이, 아버지 오십쇼?"
하고 둘 중에 한 기생이 갑자기 생기를 띠며 강 변호사의 손을 잡아끈다.

"이년은 아버지는 왜 아버지래. 내가 네 어미가 누군지 알지도 못하는데."

하고 강 변호사는 구두도 벗지 아니하고 시비를 건다.

"아이구, 그렇게 노여워하실 거 무어 있소. 애기 아버지란 말로만 들으시구려."

하고 곁에 섰던 좀 나 많은 기생이 농친다.

"그러까, 하하."

하고 강 변호사는 웃고,

"오, 내 딸년 착하지."

하고 어린 기생의 어깨를 두드린다.

"옳지, 아버지라면 마다구선 또 딸이라네."

하고 어린 기생이 입을 빼쭉한다.

"딸이란 말이 노엽냐."

하고 임 변호사가 곁에서,

"노엽거든 장모의 딸이란 말로만 들으려무나."

하고 어깨 뒤로서 손을 넘겨 그 어린 기생의 뺨을 꼬집는다.

"아야!"

하고 어린 기생이 소리를 지른다.

늙은 보이를 보고 주정하고 있던 신사는 마치 이 세 사람의 일행의 위풍에 눌린 듯이 소리도 없이 빠져 달아나고 말았다.

일행은 보이를 따라 복도를 굽이돌아 어떤 구석방으로 들어갔다. 이런 곳에 와 본 경험이 적은 숭은 호기심을 가지고 이리저리 둘러보았다. 고붓고붓이 걸린 귀족들의 글씨, 굽이굽이에서 만나는 취한 손님들과 하얀 얼굴에 눈만 반짝거리고 치마폭을 질질 끌고 가는 기생들. 그 기생들은 모두 강 변호사와 임 변호사를 아는 모양이어서 다 인사를 하고 버릇없는 말을 하고 스치고 가는 서슬에 꼬집고 꼬집히고, 안고 안기고 손잡고, 그러고야 지나갔다. 그러나 숭을 아는 이도 없고 숭이 아는 이도 없었다.

방들은 더러는 비었으나 더러는 불이 환하고 그 속에 장고, 가야금, 노랫소리가 흘러나오고, 어떤 방에서는 아마 흥에 겨운 손님의 소리인 듯한 가락이 잘 꺾이지도 않는 소리도 들리고, 또 어떤 방에서는 싸움 싸우는 소리도 들리나 아마 농담인 듯하였다. 방이 여러 백 개나 되는 것같이 숭에게는 보였다.

숭이 안내된 방은 제일 조용한 방인 듯하였다. 옷 벗어 거는 방까지도 방바닥이 양말을 통하여 뜨뜻함이 느껴졌다.

이 간 폭 삼 간 길이나 되는 방은 백 촉광은 될 듯한 두 전등으로 비추어져 있고, 아랫목과 발치에는 길이 넘는 십이 폭 화병풍을 셋이나 연폭해서 두르고, 방바닥에는 자주 바탕에 남으로 솔기한 모본단 보료를 깔고, 박쥐 수놓은 사방침, 안석을 벌여 놓고, 옷 벗어 놓는 방으로 향한 구석에는 야츠데(팔손이나무)와 소철 분이 놓여 있다. 그리고 방 한가운데는 하얀 상보를 덮은 장방형의 교자상이 놓여 있다.

"외투 벗으세요."

하고 현관에서부터 따라 들어온 기생들은 강 변호사와 임 변호사의 인버네스라고 하는 외투를 벗긴다. 숭은 제 손으로 외투를 벗어 걸었다.

*

보이는 차를 가져왔다. 차 맛이 흉했다. 숭은 이렇게 화려하게 차린 집에 어떻게 이렇게 차 맛이 흉할까 하였다. 그리고 자세히 살펴보면 병풍의 그림이나 사벽에 걸린 그림이나 다 변변치 못한 것이었다. 그러나 그것은 이 집의 허물이 아닐는지 모른다. 우리 조선의 정도가 이만밖에 못한 것일는지 모른다 하고 숭은 또 한 선생의 말을 생각하였다.

'이슬 한 방울에 온 우주의 모든 법칙이 품겨 있는 것과 같이 마루청 널 한 쪽에도 조선 문화 전체가 품겨 있다.'

하는 것이었다.

　마루청 널 한 쪽만 있어도 당시 조선의 공업, 미술의 정도를 알 수 있을뿐더러 만일 거기 묻은 때를 분석한다 하면 그 이상 더 자세한 상황을 알 수 있다는 것이다.

　어디서 일본 노래가 들려왔다. 요새에는 일본 사람들도 조선 요릿집에 많이 오고 조선 사람들도 일본 요릿집에 더러 간다고 한다. 일본 사람이 이 방에 와 본다면 이 방에 걸린 그림, 이 방에 놓인 가구로 조선의 문화를 판단하는 것이라고 숭은 생각하였다.

　"애, 그 배부를 것은 가져오지 말고, 응, 그 배는 아니 부르고 맛만 있는 안주를 좀 가져오너라."
하는 것이 강 변호사가 보이에게 대한 명령이었다.

　"배 안 부른 음식이 어디 있단 말요? 물도 배가 부르지."
하고 한 기생이 빈정댄다.

　"요 녀석, 네가 무얼 안다고."
하고 강 변호사는 어린애를 위협하는 모양으로 눈을 흘긴다.

　"음식이란 요리를 잘한 것일수록 목구멍만 넘어가면 남는 것이 없어야 되는 것이거든."
하고 임 변호사가 아는 체를 한다.

　"암 그렇지. 미인도 마찬가지거든."

하고 강 변호사가 웃으며,

"원체 미인이란 곁에 있어도 있는 것 같지 아니하고, 무릎에 앉혀도 있는 것 같지 아니하고, 품에 넣어도 있는 것 같지 아니하고, 그래야 되는 것이거든."

"그럼 죽어서 귀신이 되어야겠구려."

하고 한 기생이 톡 쏜다.

술과 안주가 들어왔다. 기생들은 세 사람의 앞에 놓인 조그마한 일본 술잔에다 일본 술을 따른다.

강 변호사는 술잔을 들고,

"자, 허 군."

하고 숭을 바라본다. 숭은 학교에서 강 변호사의 강의를 들은 일도 있으므로 무릎 꿇고 두 손으로 잔을 들었다. 세 사람은 한 모금씩 먹고 잔을 놓았다.

"얘들아, 너 이 양반 누구신지 아니?"

하고 강 변호사는 숭을 가리켜 보이며 기생들에게 묻는다.

"몰라요."

"언제 뵈었던가요?"

하고 두 기생은 몰라보는 것이 미안한 듯이 숭을 바라본다.

"에끼 년들, 이 양반을 몰라?"

"첨 뵙는 걸 어떻게 알아요?"

"글쎄나 말이지."

"네 어디 알아맞혀 보아라."

"글쎄."

"글쎄, 선생님, 학교 선생님?"

하고 세 사람의 눈치를 엿보더니,

"아이고, 난 몰라요."

하고 몸을 흔든다.

"허 변호사 영감 말씀 못 들었니? 이년 도무지 무식하고나."

하고 임 변호사가 말을 낸다.

"오, 저, 윤 참판……."

하는 것을 한 기생이 눈질을 하니까 쑥 들어간다. 어쨌으나 두 기생은 숭이 윤 참판의 사위라는 자격으로 누구인지 알았다.

"잡지에서랑 사진 난 것 뵈었어요. 부인께서 참 미인이셔."

하고 나이 먹은 기생이 말한다.

*

"술 따라라."

하고 강 변호사는,

"어디 이거 도무지 실차지 아니해서 먹겠니? 원청강 영웅에겐 요런 조그마한 술잔이 맞지 아니하거든. 술을 동이로 마시고 돼지 다리를 검으로 떼어 먹어야 쓰는 것이거든. 요게 다 무어냐, 좀스럽게."
하고 잔을 내던진다.
"고뿌 가져오래요?"
하고 한 기생이 묻는 것을, 강은,
"그래, 고뿌하구 위스키 가져오래라. 한 잔 사내답게 먹고 때 못 만난 영웅의 만객수를 잊자. 안 그런가. 남들은 국제 연맹이니 군비 축소니 무어니 무어니 하고 떠들지마는, 우리네야 술이나 먹지 무어 할 일 있나. 남아가 한 번, 제길 아깝구나. 이년들 너희 년들이야 ○이나 알지 무얼 안다고 웃어, 하하하하. 아니꼬운 년들 같으니."
위스키가 왔다. 흰 말을 그린 위스키 한 병에 대 달린 유리잔이 세 개.
"뽕뽕뽕뽕."
하는 소리를 내고 기생의 손에 들린 까무스름한 병에서는 노르스름한 술이 나와서 수정과 같은 잔에 찬다.
"됐다, 자 허 군."
하고 강 변호사는 또 아까 모양으로 술잔을 들어서 권한다.

"그렇게 못 먹습니다."

하고 숭은 사양하였다.

"무얼 그래. 자, 자시우. 남아란 안 먹을 때엔 안 먹고 먹을 때에는 먹는 것이거든. 그렇게 교주고슬(膠柱鼓瑟, 거문고의 기둥을 아교로 붙여 놓고 거문고를 탄다는 뜻으로, 규칙만 고수하여 융통성이 없는 꼭 막힌 사람을 이르는 말)을 해서는 못쓰는 게여."

"어서 드시우. 사내가 술 한 잔은 해야지."

하고 임 변호사도 곁에서 말한다.

"잡수세요!"

하고 어린 기생이 정답게 술을 들어 권한다.

"부인께서 무서우셔서 못 잡수셔요?"

하고 또 한 기생이 놀린다.

몇 잔 먹은 일본 술만 해도 벌써 낯이 화끈거리는 판이다. 더 먹어서 될 수 있나 하고 한편으로 꺼리면서도 또 한편으로는 이미 먹은 술과 가슴에 북받치는 화 덩어리가 에라 좀 먹고 취하여라 하고 술을 부르기도 하였다. 그래서 숭은 강 변호사가 권하는 대로 위스키를 들이켰다.

강 변호사는 기생 두 년이 다 허 변호사의 눈에 들지 아니하고, 허 변호사에게 술을 권할 능력이 없다고 하여 다른 썩 얌전한 놈을 하나 부르라고 호령호령하였다.

숭의 뱃속에 들어간 위스키는 신비한 힘을 냈다. 차차 맘이 유쾌해지고 말하기가 힘이 들지 아니하였다. 마치 시간의 흐름이 정지되고 공간의 제한이 느슨해지는 것 같았다.

강 변호사, 임 변호사에게 술을 권하기도 하고 기생에게까지 술을 권하였다.

새로 온 기생은 산월이라고 불렀다. 그는 분홍 저고리에 흰 치마를 입었다. 그것이 그 기생을 퍽 점잖게 보이게 하였다. 산월은 문지방을 넘어서며 한 손으로 땅을 짚고 쭈그려 인사하고 약간 고개를 숙이는 듯하였다. 그의 눈은 빛났다.

숭은 놀랐다. 그것은 산월이라는 기생이 어디서 본 사람 같기 때문이다. 산월도 숭을 보고는 우뚝 섰다. 그리고 그 눈이 더욱 빛이 났다. 그러나 아는 체하는 것이 옳은지 옳지 아니한지를 의심하는 듯이 다른 손님들에게로 눈을 돌렸다.

"오 산월이, 너 요새 서방질 잘하니?"

하고 강 변호사가 산월의 손을 잡아서 숭의 곁에 앉히며,

"네 오늘 저녁에는 이 손님께 술을 권한단 말이다. 어디 명기 될 만한 자격이 있나 보자. 이 두 년들은 다 낙제다, 하하하하."

한다.

*

 그제야 산월은 자기가 섬겨야 할 손님이 허숭인 줄을 알고, 허숭의 잔에 술을 따르려고 병을 들고 허숭이 잔을 들기를 기다린다.
 "양주는 그냥 따라 놓는 법야."
하고 임 변호사가 또 아는 체를 한다.
 숭은 잔을 들었다. 산월은 따랐다. 숭은 술을 받아서는 도로 놓았다. 산월이란 누군가. 여러 번 보던 여자다. 숭과 산월이 서로 의아해하는 양을 보고 강 변호사는,
 "허, 재자가인이 벌써 의기가 서로 합하였군. 자 허 군, 감빠이(건배) 축하하오, 하하하하. 산월아, 너 이 허 변호사 영감 잘 섬겨라. 그러기로 이놈아, 고만 한 번 보고 반한단 말이냐, 하하하하."
하고 좋아라고 손에 든 술을 흘리고 앉았다.
 "원래 재자가인이란 천정한 연분이 있거든."
하고 임 변호사가 아주 시치미를 떼고 설명을 한다.
 "아냐요."
하고 산월은 수삽한 빛을 보이며,
 "내 이 영감을 여러 번 뵈었답니다. 학생복 입으신 때에 뵙고

는 처음이 되어서 누구신가 했지요."
하고 비로소 기생의 직업적 태를 내서 숭을 향해 방끗 웃으며,
"영감, 저를 모르셔요. 제가 학교에 다닐 적에 가끔 부인한테 놀러 갔었답니다. 영감 뵙고 인사한 적은 없지만두."
하는 것은 상냥스러운 서울말이었다.

숭은 고개를 끄덕끄덕하였다. 기억이 살아난 것이었다. 말을 듣고 보니 산월은 윤 참판 집에서 여러 번 본 여자다. 그때로 말하면 숭은 행랑에 있는 허 서방이다. 상전 댁 작은아씨 찾아오는 아가씨를 감히 거들떠보지도 못할 때였다.

"허, 산월이 그런 줄은 몰랐더니 양반 기생이로구나. 학교에 댕겨서 학식이 갸륵한 줄은 알았다마는, 게다가 문벌까지 금지옥엽인 줄은 몰랐단 말야."
하고 강 변호사는 연해 잔에 술을 흘리면서 유쾌하게 지껄였다.

"자 산월아, 어따, 술이나 한 잔 받아먹어라."
하고 강 변호사가 잔을 준다.

"황송합니다."
하고 산월은 술잔을 받는다.

강 변호사는 손수 산월의 잔에 술을 쳤다. 산월은 그 술을 죽 들이켰다.

"어머나! 언니, 웬일이오?"

하고 어린 기생이 산월이 술 먹는 것을 보고 놀란다. 산월은 위스키 한 잔을 다 마시고 나서 잔을 강 변호사에게 돌리며,

"얘, 나도 좀 취해야겠다."

하고 갑자기 취한 모양을 보였다.

"산월이 기생 나온 지 불과 반년이지마는 당대 명길세."

하고 강 변호사가 임 변호사를 보고 하는 말인지, 허 변호사를 보고 하는 말인지, 또는 기생들을 보고 하는 말인지 모르리만큼 한마디는 이 사람에게 주고, 다음 마디는 다음 사람에게 주어 가며 산월이 선전을 한다.

"산월이 얘는 본대 서 장로라고 하는 유명한 장로님의 딸이거든. 보통학교, 고등보통학교 고이 마치고, ○○학교에도 이태나 다니다가 깨달은 바 있어서 기생이 되었단 말이다. 이년들, 너희들과는 다르단 말이다."

이제 와서는 마침 말끝이 기생들에게로 간 것이었다.

강 변호사는 다음에는 숭을 향하고,

"일본말 잘하고, 영어 잘하고, 글씨 잘 쓰고, 피아노 잘 치고, 노래 잘하고 얘들아, 산월이 또 무얼 잘하니? 옳지, 옳지, 인물 잘나고, 말 잘하고, 맘 매섭고, 또 산월이 흠은 무엇이더라, 응? 오, 옳지, 안차고, 세차고, 하하하하. 고놈 묘하게 생겼지."

밤은 더욱 깊어 가고 술은 더욱 취하여 간다.

 산월이 화제의 중심이 되어 버리는 것을 본 다른 두 기생은 뒤로 물러앉았다.

 숭은 차차 머릿속이 혼미해 오는 것을 깨달았다. 자기의 사상과 행동의 자유를 절제하던 모든 줄이 끌러진 것같이 생각되었다. 똑바로 앉던 것을 사방침에 기대기도 하였다. 다리도 뻗어 보았다. 기생의 손도 쥐어 보았다. 산월이도 술이 취하여 숭의 어깨에 머리를 놓고 기댈 때에 숭은 고개를 돌려서 산월의 머리 냄새도 맡아 보았다. 그 등도 한 번 쓸어 보았다. 숭은 비로소 술의 힘이란 것을 깨달았다.

 강 변호사와 임 변호사가 권하는 대로 숭은 술을 받아먹었다. 위스키가 둘째 병이 거진 다 없어졌다. 손님들도 취하고 기생들도 취하였다. 사람들이 취하니 전기등도 취하고 술잔도 술병도 취한 듯하였다. 숭이 보기에 조선만 아니라 전 세계가, 전 세계만 아니라 전 우주가 모두 취해 버린 것 같았다.

 '壺裏乾坤(술병 속 세상).'
이라는 문자의 뜻을 숭도 깨달았다.

 '아뿔싸, 내가 이렇게 술이 취해 될 수가 있나.'
하고 숭은 가끔 반성하였다. 그러나 반성하려면 양심의 세포는 위스키의 독한 마취성으로 끊임없이 마취함을 당하였다.

숭의 어릿한 머릿속에는 이런 생각 저런 생각이 두서없이 내왕하였다. 아내 생각, 처갓집 생각, 농촌 사업 생각, 한 선생 생각, 산월이 생각 등등. 취중에 나는 생각은 현실성이 없이 모두 꿈같고, 아무리 중대한 일이라도 우스운 빛을 띠었다. 다 희극적이었다.

정선이 갑진과 어디서 어떠한 희롱을 하는지 모르지마는 그것이 다 우스웠다.

"네버 마인!"

하고 숭은 밑도 끝도 없는 말 한마디를 던졌다.

"네버 마인?"

하고 산월이 이상한 듯이 숭을 바라본다. 산월의 눈은 모든 것을 다 내던지고 애원하는 듯한 눈이었다. 그의 속에도 거푸 들어가는 위스키 몇 잔이 큰 변화를 일으켜서 처음 가지고 있던 점잖음은 어느덧 스러지고 이성에게 아양 떠는 여자가 되어 버리고 말았다.

"오우 예스, 네버 마인!"

하고 숭은 한 번 더 눈앞에 아내와 갑진의 음탕한 희롱 장면을 그리고는 산월의 허리를 끊어져라 하고 껴안았다.

산월도 마치 첫사랑의 어린 처녀 모양으로 숭을 껴안고 발발

떨었다.

  강 변호사는 임 변호사를 붙들고 무슨 고담준론을 하고 있고, 임 변호사는 어린 기생을 무릎 위에 끌어 올리려고 강 변호사의 말도 들은 체 만 체다.

  "아임 해피."

하고 산월이 숭의 가슴에 낯을 비비고 조끼 겨드랑이에 매달리면서 심히 흥분된, 그러나 들릴락 말락 한 음성으로,

  "행복은 순간적이야."

하고 우는 모양으로 숭의 허벅다리에 낯을 비빈다.

  '열정적인 여자다.'

하고 숭은 물끄러미 산월의 목덜미를 들여다보았다. 그렇게 생각하면 정선도 열정적이다. 자기가 정선에게 대한 것이 너무 점잖은 것이 아니었던가. 모든 여자는 다 열정적인 것이 아닌가 하였다.

  "오, 잘들 하는구나."

하고 딴 방에 개평 떼러 갔던 나 많은 기생이 들어와서 산월의 볼기짝을 쥐어박는다.

  "아이 언니두."

하고 산월은 벌떡 일어나서 눈을 흘겼다. 인제는 산월도 처음에 가졌던 자존심 다 집어치우고 다른 기생들과 똑같이 언니 동생

하고 지냈다.

　숭은 무슨 생각이 나는지 벌떡 일어나 밖으로 나갔다.

　"영감, 어디 가세요?"

하고 산월도 따라 나갔다.

*

　"흥, 홀딱 반했구나."

하고 나 많은 기생은 반쯤 남은 위스키 잔을 화나는 듯이 들이켰다.

　"누가 반해?"

하고 어린 기생도 기회를 얻어서 임 변호사의 팔을 뿌리치고 나와서 나 많은 기생 곁에 앉는다.

　"아이 배고파."

하고 늙은 기생이 손뼉을 딱딱 때린다.

　"그래 무어 갖다 먹어라."

하고 강 변호사는 술잔을 내밀며,

　"망할 년들, 먹을 것만 알지."

하고 술 달라는 빛을 보인다.

"아이, 그만 잡수."

하고 늙은 기생은 술병을 감추려다가 부득이하다는 듯이 술을 따른다.

강 변호사는 술 먹기는 잊어버리고,

"술이 좋기는 좋거든. 세상에 남아가 먹을 것이라고는 술밖에 또 있던가. 하하하하, 안 그러냐, 이놈?"

하고 입을 우물거린다.

"술 엎질러져요!"

하고 늙은 기생은 흔들거리는 강의 팔을 붙들어 진정을 시키다가, 그래도 강의 팔이 말을 아니 들으매 그는 술잔을 빼앗아서 강의 입에 갖다 대어 준다. 강은 떠들다 말고 술을 들이켠다.

"어 좋다."

하고 강은 눈을 끔적하고 무릎을 턱 친다.

"술이 참 좋기는 하오."

하는 늙은 기생이,

"그 고리탑탑한 샌님이 단박에 놀아나고, 또 대단히 도고하던 산월이도 아주 허 변호사 영감께 홀딱 반했는데. 글쎄 뒷간에 가는 데를 다 따라가는구먼."

하고 샘이나 내는 듯한 표정을 보인다.

"재자가인이라니. 재자가인이라니. 재……자……가……인이란 말이다, 이놈들, 하하하하. 얘들아, 요새 기생 년들은 돈밖에 모르지, 응, 옳지 돈밖에 몰라. 돈만 준다면 개하고라도 잤겠다. 이놈, 네가 그랬지. 이놈, 죽일 놈 같으니."

"아냐요, 내가 그랬나 머. ○○이가 그랬지."

"○○이가 말을 잘못했어. 어디 그렇게 말하는 법이 있나."

"그래 너희 년들은 돈만 알지 않구? 도적년들 같으니."

"왜 도적년이오? 우리가 왜 도적년이오? 변호사는 어떤데? 에미, 애비 걸어 송사하는 자식도 돈만 주면 변호 안 하시오." 하고 어린 기생이 칼끝 같은 소리를 지른다.

"옳아, 옳아! 하하."

하고 늙은 기생도 박장을 하고 웃는다.

"엑 이년들!"

하고 임 변호사가 정말 성을 낸다. 임 변호사는 맘에 찔리는 것이 있는 것이다.

"아서, 이 사람, 걔들 말이 옳지 아니한가. 우리네 변호사들도 쟤들과 별로 다를 것 없지. 돈을 목적 삼고서 아무러한 송사라도 맡으니까……. 그런데 말이다, 옛날 기생은 말야, 옛날에는 기생 중에는 의기도 있고 문장도 있고 잘난 사람도 있었더란 말이다. 진주 논개만이 의기가 아니라 옛날 송도에 황진이라는 기생도 용했거든. 인물 잘나고 글 잘하고, 황 진사의 딸이야. 왜 기생이 됐는고 하니, 잘난 남아를 한 번 만나 보자고 되었단 말이다. 자칭해 말하기를 말야, 송도에 삼절이 있다고 박연 폭포, 서화담, 황진이라고 뽐냈거든. 기생이라도 이만한 포부와 자존심이 있으면야 그야 대접받지. 그야말로 길 아래 초동의 접낫이야 걸어 볼 수가 있나. 어디 너희들도 좀 그래 보렴, 하하하하."
하고 술도 없는 술잔을 술이 있는 줄 알고 들이마신다.

*

숭이 뛰어나간 것은 불현듯 정선을 생각한 까닭이었다. 술에 취하고 곁에 다른 여자가 아른거리더라도 정선이란 생각은 무시로 쿡쿡 가슴을 쑤셨다.

'도무지 이게 무슨 꼴이람.'
하고 속으로 생각하고는,

'그럼 어때?'
하는 식으로 잊어버리려 하였다.

"어딜 가세요?"
하고 복도에서 산월이 숭을 따라잡았다. 숭은 팔에 매달리는 산월의 가련한 눈찌를 돌아보았다.

"난 집으로 가."

하고 숭은 산월의 손을 찾아 작별의 악수를 하였다.

안 먹던 술을 많이 먹은 숭은 아직 정신을 잃어버릴 지경은 아니었지마는 가끔 아뜩아뜩함을 깨달았다. 그리고 가슴은 뛰고 머리는 아프고 눈은 감겨졌다. 게다가 마치 뱃멀미가 난 것처럼 속이 느글느글해서 금시에 쏟아져 나올 것만 같았다.

"좀 더 놀다 가세요, 네. 내 바래다 드릴게, 네."

하고 산월은 숭에게 매달려 가면서 붙들었다. 숭은 여자의 술 취한 얼굴을 처음 보았다. 빨갛게 된 뺨과 눈자위, 커다랗게 확대된 눈동자, 흘러내린 매무시, 이런 것을 숭은 처음 보는 것이었다. 더구나 그러한 젊은 여자가 팔에 와서 매달리는 양은 꿈에도 상상하지 못하였던 것이었다. 그런데 그러한 정경은 숭의 맘을 괴롭게 하는 것이었다.

숭은 아무리 정신을 차리려 하여도 다리가 이리 놓이고 저리 놓이는 것을 어찌할 수 없었다.

숭은 한 팔에 외투를 걸고 한 팔에 산월을 걸고 모자를 비뚜름하게 쓰고 복도로 비틀거리는 양은 부랑자와 다름이 없었다. 숭은 자기의 꼴이 어떠한 것에 대하여 맘으로 반성할 정신은 있지마는 몸으로 평형을 보전할 기운은 없었다.

"이렇게 비틀거리고 어디를 가시우?"

하고 산월은 현관이 가까워질수록 걱정을 하였다.

"더 먹으면 더 비틀거리지."

하고 숭은 혀가 맘대로 아니 돌아가는 것에 성화가 났다.

거의 현관에 다 나온 때에 뒤에서 쿵쿵거리는 소리가 나더니 방에 있던 기생 둘이 나와서,

"들어오세요! 어딜 몰래 두 분이 달아나세요?"

하고 하나는 숭의 외투를 빼앗고, 또 하나는 숭의 모자를 빼앗아 가지고 들어가 버린다.

"자, 인제 들어가세요. 강 변호사랑 임 변호사랑 섭섭해하시지 않아요?"

하고 산월도 발을 벋디디고 숭을 잡아끈다.

"그래라, 내 어디 집 있더냐."

하고 숭은 발을 돌려서 산월보다 앞서서 방으로 돌아왔다.

아내가 남편인 자기를 기다리고 있지 아니함을 생각하면 산월이 붙들어 주는 것이 도리어 정답고 고맙기도 하였다. 그야 산월은 날마다 딴 사내를, 하루에도 몇 사내를 이 모양으로 정답게 붙잡기는 하겠지마는 그러면 어떠냐. 누구는 안 그렇던가. 이렇게 생각하고 숭은 활발하게 비틀거리며 방에 들어가,

"선생님, 두 분 선생님, 제가 취했습니다. 취했는데, 이렇게 취하게 한 책임이 어디 있느냐 하면 두 분 선생님께 있단 말씀입

니다, 어으."

하고 트림을 한다.

"허 군, 이봐 허 군."

하고 강 변호사가,

"허 군, 허 군 술 취하게 한 책임은 다른 누구, 나 말고 다른 누구에게 있는 듯한데."

하고 웃는다.

'다른 누구'란 말이 숭의 귀에는 '네 아내'라는 뜻같이 들려서 불쾌했다. 그것을 감추느라고,

"네, 이 산월이 때문입니다. 산월이 안 그렇소?"

"네, 네, 그렇습니다."

하고 산월이 숭의 잔에 술을 친다.

*

숭은 잔이 돌아오는 대로 술을 받아먹었다. 하늘에 별들이 모두 궤도를 잃어버려서 어지러이 돌고, 인생이 모두 악마와 같은 빛과 소리를 가지고 함부로 날뛰었다. 도덕, 이상, 분투, 의무, 인격의 위신, 이런 것들은 모두 알코올에는 녹아 버리는 소금붙

이였다.

　얼마나 떠들었는지 모른다. 어떻게 떠들었는지도 모른다. 아마 새벽 세 시는 되어서 숭은 비틀거리며 그 방에서 나왔다. 산월은 여전히 숭의 곁을 떠나지 아니하였다.

　숭은 뒷간에를 가는 셈인지, 여관을 가는 셈인지 비틀거리고 걸어 나오다가 문밖에 슬리퍼가 많이 놓인 방 앞에 우뚝 서며,

　"어 이거, 웬 사람들이 밤이 새도록 술을 먹고 야단들야. 이러고 나라가 아니 망할 수가 있나."

하고 산월이 애를 써서 붙잡아 끄는 것도 뿌리치고 쌍창을 드르륵 열었다.

　그 안에는 칠팔 인의 술 취한 얼굴들이 얼빠진 듯이 이 난데없는 침입자를 바라보았다. 그 얼빠진 얼굴들 틈에는 거의 동수나 되는 기생들이 끼어 앉아 있었다.

　"여보, 누구신지 모르겠소마는 암것도 없는 조선 사람으로 태어나서 이것들이 다 무슨 짓이란 말요? 다들 일찍 자고 일찍 일어나서 좋은 사업을 하는 것이 아니라, 술을 먹어 밤을 새다니, 어 그게 무슨 짓이란 말요?"

하고 숭은 잘 돌아가지 않는 혀로 일장 연설을 하였다.

　"이 어른 취하셨습니다."

하고 산월이 허숭을 위해서 여러 사람에게 사죄를 하였다.

"이놈아."

하고 좌중에서 어떤 사람 하나가,

"그런 소리를 하겠거든 제나 정신이 말짱해 가지고 해야지, 글쎄, 백줴 저부텀 눈깔에서 무주가 나오는 놈이 무어라고 지껄여, 이놈아."

하고 일어나 대들려고 한다.

숭은 주먹으로 대드는 데는 취중이라도 자신이 있었다. 그러나 취중에라도 놀라지 아니할 수 없는 일이 있었다. 그것은 이 자리에, 이런 술과 계집 있는 자리에 있을 수 없는 사람들이 이 자리에 있는 것을 본 것이었다.

일. ○○ 학교 선생
이. ○○ 학교 선생
삼. ○○ 신문사에 있는 사람
사. ○○ 신문사에 있는 사람

모두 선생 달아 부르는, 점잖은 사람들이다. 숭은 취중에도 놀랐다. 술이 갑자기 깨는 것 같았다. 숭은 뽐내던 호기도 다 없어지고 무엇을 생각하는 사람 모양으로 문지방 위에서 고개를 숙였다.

이때에 강 변호사, 임 변호사도 왁자지껄하는 소리를 듣고 따라 나오다가,

"허 군, 허 군."

하고 숭의 팔을 잡아끌었다.

"아, 선생이시오?"

"오, 누구라고."

이 모양으로 방에 있던 패들은 대개 강 변호사나 임 변호사를 아는 사람들이어서 긴장하던 시국은 전환이 되고 말았다.

"허 군이야, 허숭 변호사."

하고 강 변호사는 좌중에 숭을 소개하였다.

다시 술자리가 벌어질 모양이다. 숭은 고개를 끄떡끄떡하여 인사를 하고 비틀거리며 현관으로 나왔다.

보이와 산월은 쓰러지려는 숭을 부축하여 자동차에 태우고 산월도 같이 올라앉았다. 자동차에 오른 숭은 정신을 차리지 못하였다.

〈2권으로 이어짐〉

이광수 대표 장편 소설 해설

흙 1

■ 작가에 대하여

이광수[李光洙, 1892. 3. 4. ~ 1950. 10. 25.]

호는 춘원(春園). 평북 정주 출신으로 1892년 전주 이 씨 양반 가문에서 태어났으나 가세가 기울어 가난한 생활을 했고, 11세가 되던 해에 부모가 모두 콜레라로 사망하며 외가에서 청소년기를 보냈다.

1907년 일본으로 건너가 톨스토이에 심취했고, 1909년에는 단편 소설 〈사랑인가〉를 발표하여 유학생 사이에 차츰 이름이 알려지기 시작했다. 1910년 일본 명치학원을 졸업하고, 오산학교 교원으로 있다가, 1916년 일본 와세다 대학 철학과에 입학했다.

1917년 우리나라 최초의 근대 장편소설 《무정》을 《매일신보》에 연재하였고, 그해 단편소설 〈소년의 비애〉, 〈어린 벗에게〉를 《청춘》에 발표하고 《개척자》를 《매일신보》에 연재했다. 1919년에는 동경에서 2·8 독립 선언서를 작성하고 상해로 탈출, 도산 안창호의 흥사단 이념에 감명받아 임시 정부 기관지 독립 신문사의 사장 겸 편집국장에 취임했다. 1922년에는 논문 〈민족개조론〉을

《개벽》에 발표하고 《허생전》, 《재생》, 《마의 태자》 등의 작품을 계속 발표했다.

1937년 '수양 동우회' 사건으로 안창호 등과 함께 수감되었다가 반년 만에 병보석으로 풀려났다. 그 후 조선문인협회 회장이 되고, 가야마 미쓰로(香山光郎)로 창씨개명을 해 친일 행위를 시작하였다. 1950년 6·25 전쟁 중에 납북된 후 1950년 10월 폐결핵으로 사망했다.

이광수는 이상주의에 바탕을 둔 계몽적 민족의식을 표방하며 작품 세계를 펼쳐 나갔다. 그는 문체 확립, 실험적 인물 묘사, 현대적 주제 설정 등을 작품에 적용하며 현대 문학 선구자로서의 문학사적 위치를 차지하였다. 또한 그는 많은 논설을 통해서 자신의 사상을 주장했다. 그는 기존의 도덕과 윤리를 강렬하게 비판하였으며, 진화론적 사고에 토대를 둔 근대적이고 새로운 가치관과 세계관을 역설하였다. 그는 일제 강점기 하의 억압과 현실의 부조리, 구사상과 새로운 서구 민주주의 사상과의 갈등, 유교적 가치관과 기독교 사상의 대립 등을 작품에 투영하였다.

그가 남긴 저서로 장편 소설 《무정》, 《개척자》, 《재생》, 《마의 태자》, 《단종애사》, 《이순신》, 《흙》, 《그 여자의 일생》, 《유정》, 《사랑》, 《꿈》, 《원효대사》 등이 있고, 단편 소설 〈무정〉, 〈소년의 비애〉, 〈방황〉, 〈무명〉 등이 있다.

흙 1

◆ **작품 개관**

1932년 《동아일보》에 연재된 장편 소설이다. 이 시기는 이광수가 《동아일보》에서 편집국장을 지내던 때로, 《동아일보》의 주도로 브나로드 운동(1870년대 러시아에서 청년 귀족과 학생들이 농민을 대상으로 사회 개혁을 이루고자 일으킨 계몽 운동. '민중 속으로'라는 뜻으로 우리나라에서도 1930년대에 크게 성행하였다.)이 전개되던 시기였다. 이 시기는 전 세계적인 경제 공황으로 인하여 사람들의 삶이 피폐했으며, 우리 농촌도 일제 강점기 하에서 날로 궁핍해져 가고 있었다. 이러한 상황 속에서 이광수는 《흙》을 발표했고, 사람들의 많은 관심을 모았다.

◆ **주요 등장 인물**

허숭 가난한 농촌 출신의 고학생. 보성전문학교를 나와 고등 문관 시험에 합격하여 변호사가 된다. 부잣집 딸인 정선과 결혼했지만 부귀영화를 버리고 고향으로 돌아가 농촌 계몽에 힘을 쏟는다.

윤정선 허숭의 아내이자 윤 참판의 딸. 서울에서 신식 교육을 받은 부잣집 딸로 숙명에서도 두 번 수석했고, 이화전문학교 음악과에서도 수재라는 소리를 들었다. 어머니를 닮아 미모가 뛰어나며 사치스럽고 허영심이 있다. 갑진과 불륜 관계를 맺지만 후회하는 마음에 기차에 뛰어들었다가 불구가 된다. 이후 남편 허숭과 함께 농촌 사업에 적극적으로 참여한다.

유순 순박한 시골 처녀. 허숭을 사모하여 그와 결혼하기를 믿고 기다리지만 허숭은 서울 양반 집 딸인 정선과 혼인한다. 허숭의 주선으로 맹한갑과 결혼하나 유정근의 이간질로 임신 중에 남편에게 매를 맞아 죽는다.

김갑진 경성제대 법과에 다니는 수재. 남작의 아들이었으나 아버지는 주색과 투기를 해 남작 예우가 정지되었다. 허숭과 함께 고등 문관 시험을 보지만 떨어진다. 농촌 현실을 무시하는 교만한 성격으로 처음에는 개인의 성공만을 추구하지만 허숭의 영향을 받아 검불랑에서 농촌 운동에 헌신하는 인물로 변모한다.

이건영 미국에서 박사 학위를 받고 온 유학파 지식인. 결혼을 정략적으로 이용하려는 생각으로 심순례를 농락한다. 이후에도 다른 여성들과 숱한 염문을 뿌린다.

윤명섭 발명가. 조선을 발전시킬 수 있는 발명품을 고안하는 데 전력을 다한다.

한민교 허숭의 정신적 지도자. 농촌이 발전해야 나라가 잘살 수 있다고 믿는다.

맹한갑 순수하고 우직한 인물. 곤경에 빠진 유순을 도우려다 형무소에 갇힌다. 허숭의 주선으로 유순과 결혼하지만 유정근의 이간질로 아내를 죽이게 된다.

작은갑 순박하고 우직한 농촌 청년. 허숭을 도와 농촌 운동을 한다. 유정근의 횡포를 보다 못해 그를 위협하여 살여울 사람들의 빚을 모두 탕감시킨다.

유정근 살여울의 갑부인 유 산장의 아들. 자신의 이득을 위해 마을 사람들을 괴롭히지만 후에 자신의 행동을 뉘우친다.

백선희 전문학교를 나와 기생이 된다. 허숭의 영향으로 농촌 사업에 뛰어들지만 유정근의 농간으로 감옥에 갇힌다.

현 의사 자유분방하고 냉철하며 이성적인 의사. 허숭을 존경하며 그의 농촌 사업을 지지한다.

◆ 줄거리

허숭은 보성전문학교 법과에 재학 중인 학생으로 여름 방학 때

고향인 살여울로 내려가 야학을 연다. 야학에서 동네 사람들을 가르치던 중 유순을 만난다. 허숭과 유순은 말로 표현하지는 않았지만 은연중에 장래를 약속한다.

허숭은 서울의 부잣집 양반인 윤 참판 댁에서 고학하는데, 윤 참판은 장남인 인선이 병으로 죽자 허숭을 장남 대신 믿고 의지한다. 허숭은 학교를 졸업하고 고등 문관 시험에 합격하여 변호사가 되고, 윤 참판의 딸인 정선과 결혼한다.

변호사가 되었고 부잣집 딸과 결혼하여 남부러울 것 없이 살지만 그는 이전부터 가지고 있던 농촌 계몽 사업에 대한 미련을 버리지 못한다. 그러던 중 아내인 정선과 불화가 생기고 그는 고향인 살여울로 내려간다.

그 무렵, 살여울에서는 유순의 미모를 탐내던 농업 기수와 유순을 연모하던 한갑이 사이에 싸움이 벌어진다. 그 일로 한갑이 잡혀간다. 농촌으로 내려온 허숭은 한갑과 동네 사람들의 억울함을 풀어 주기 위해 노력한다. 또한 고향 사람들의 계몽을 위해 힘쓴다.

유순의 아버지가 병으로 죽고 유순의 고모마저 세상을 떠나자, 허숭은 유순을 한갑의 어머니에게 부탁한다. 그런데 유순 아버지의 병을 돌보던 허숭마저 병을 얻는다. 남편이 아프다는 소식을 들은 정선은 한걸음에 살여울로 내려와 남편의 병을 구완한다.

허숭은 병이 다 낫고 정선과 다시 애틋한 부부 사이가 된다. 허숭은 아내에게 살여울로 내려와서 함께 농촌의 발전을 위해 일하자 하고 정선도 그렇게 하겠다고 대답한다.

그러나 살림을 정리하러 서울로 올라온 정선은 서울에서의 삶이 자신에게 더 잘 맞는다고 생각한다. 흔들리는 정선에게 김갑진과 이건영이 수시로 드나들고, 정선은 술김에 김갑진과 간통을 하게 된다.

허숭은 정선과 김갑진의 관계에 대한 이건영의 편지를 받고 서울로 올라온다. 허숭은 우연히 택시 안에 있는 정선과 김갑진을 보고 집으로 가지 않고 여관에 짐을 푼다. 허숭은 집으로 전화해 밤늦도록 정선이 집에 오지 않은 것을 확인한다.

다음날 아침 정선은 자신의 행동을 무마해 볼 생각에 남편이 있는 살여울로 내려간다. 허숭은 그때 서울 집에 들어가고 갑진이 정선에게 보낸 편지를 본다. 허숭은 갑진과 정선이 하룻밤을 보낸 것을 알게 되지만 번뇌 끝에 그들을 용서하기로 한다.

허숭을 만나지 못하고 서울로 올라온 정선은 자신의 행동을 덮을 생각에 갑진의 집을 방문한다. 마침 그때 허숭이 갑진을 방문하고, 정선은 자신의 잘못을 남편이 이미 알고 있다는 것을 깨닫는다. 허숭과 정선은 서로 화해하지 못하고 허숭 혼자 살여울로 내려간다. 기차를 타고 살여울로 가던 중, 허숭은 기차에 누군가 뛰어들어 사고가 났다는 이야기를 듣는다. 기차에 치여서 다친 여인은 바로 자신의 아내 정선이었다. 허숭은 정선을 병원으로 옮겨 극진히 간호하지만, 정선은 한 다리를 잃고 불구가 된다. 이러한 시련을 겪으면서 허숭과 정선은 서로를 깊이 신뢰하게 되고 함께 살여울로 내려갈 결심을 한다.

허숭이 생각하던 농촌 부흥 운동은 살여울에서 점차 모습을 드러낸다. 살여울 사람들은 농촌 조합을 만들어서 서로 필요한 것을 맞바꾸고 이웃의 일을 돕는다. 또한 정기적으로 동회를 열어 마을 사람들의 의견을 모으고 함께 잘살아 보자는 의지를 다진다. 이러한 과정을 거쳐 살여울 사람들의 빚은 점차 줄어들고 마을이 정비된다.

그러던 어느 날, 유 산장의 아들인 유정근이 일본 유학을 마치고 살여울로 돌아온다. 예전에 살여울 사람들은 대부분 유 산장의 빚을 얻어서 살았는데 유 산장은 허숭이 살여울에 와서 마을이 유복해지자 자신의 지위가 낮아지고 재산을 불릴 방안이 줄어든 데에 불만을 가진다.

유정근은 마을 사람들에게 허숭에 대해 안 좋은 소문을 퍼뜨리기 시작한다. 정근은 신문에 떠들썩하게 기사화되었던 허숭과 정선, 선희의 이야기를 소문낸다. 정선이 바람을 피워 다른 사람의 아이를 가졌다는 것과, 선희가 서울에서 기생이었던 것을 말해 버린 것이다. 정근의 농간에 허숭과 정선, 선희를 보는 마을 사람들의 눈이 차가워진다.

유정근의 악행은 여기서 멈추지 않는다. 유순과 허숭이 내연 관계라는 거짓말을 유순의 남편인 한갑에게 한 것이다. 술을 먹은 상태에서 정근의 말을 들은 한갑은 이성을 잃고 임신 중인 유순을 때린다. 한갑의 폭행에 유순은 그만 목숨을 잃는다. 정근의 모략으로 허숭과 한갑, 작은갑, 선희는 재판을 받고 실형을 구형받는다.

허숭이 옥살이를 하는 동안 윤정선은 살여울을 지킨다. 정선의 행동에 감동한 여자들은 정선의 이야기 동무가 되면서 친밀해진다. 정선의 역할로 여자들의 관계는 돈독해졌지만, 마을 사람들은 점점 더 가난해진다. 정근의 계략으로 사람들이 빚을 지게 되었고 그것을 갚을 방안이 없자 갈수록 살림이 궁핍해진다.

삼 년이 지나고 작은갑과 선희가 먼저 출소한다. 그동안 작은갑의 아내는 정근의 학생 첩 집에서 일을 돕고 있었다. 작은갑은 정근과 아내의 밀회 장면을 목격하고 정근과 몸싸움을 벌인다. 작은갑은 사적인 복수를 하기보다는 마을을 위하는 선에서 정근과 담판을 짓고 마을 사람들의 빚을 탕감시킨다. 또한 정근을 설득하여 재산을 마을의 재건을 위해 기부하고 허숭의 뜻을 이어 나가도록 한다. 정근은 자신의 잘못을 뉘우치고 마을의 발전을 돕기로 약속한다.

순례는 외국 유학을 마치고 귀국하여 독주회를 연다.

살여울의 농촌 사업을 거들기 위해 한 선생과 순례는 살여울로 내려간다. 그들이 기차역에서 차를 타는 순간 김갑진이 한 선생에게 인사를 한다. 갑진은 그동안 검불랑이라는 농촌에 내려가 사람들을 돕고 있었다. 그들은 농촌과 조국의 발전을 위해 힘을 합치자고 뜻을 모은다.

◆ 작가와 작품
농촌 계몽과 조국의 발전

이 작품이 발표된 1930년대에 우리나라는 일제 강점기 하에서 고통스러운 시간을 보내고 있었다. 일제의 수탈은 직접적으로 농촌에 가해졌고 낙후된 현실 상황과 겹쳐서 농민들의 생활은 더욱 어려워져 갔다.

궁핍한 농촌의 상황은 그 시기 우리나라의 생활상과도 겹친다. 잘 배우지 못해서 불합리한 것이 어떤 것인지 모르고 설혹 안다 하더라도 그것을 올바르게 바꿀 만한 힘이 없는 농민들, 힘껏 농사를 지어도 지주와 관에 다 빼앗기고 여전히 가난할 수밖에 없는 농민들의 삶은 일제 강점기 하 우리 모두의 삶과 동일하다. 따라서 이광수가 작품 속에서 농촌을 계몽해야 한다고 말하는 것은 결국 우리나라를 발전시켜 힘을 키워야 한다고 주장하는 것과 다르지 않다.

허숭은 공부를 마친 후에 고향으로 내려가 농민들을 위해 노력하겠다고 결심하고 그것을 실행한다. 허숭은 고등 문관 시험에 합격하여 변호사가 되고 서울에서도 알아주는 부잣집 딸과 결혼하지만 부귀영화를 버리고 농촌으로 돌아간다.

허숭의 정신적 지도자인 한민교 선생은 농촌 계몽에서 더 나아가 민족을 위한 길에 대해 생각한다. 그는 정선과 결혼하는 허숭에게 "농촌 사업만이 사업의 전체는 아니니까, 변호사 생활을 하는 것도 민족 봉사가 되지요. 돈을 벌기 위한 변호사가 되지 말고 백성의 원통한 것을 풀어 주는 변호사가 된다면 그것도 민족 봉사지요."라고 말한다. 한민교 선생의 말은 곧 작가의 생각이기도 하다.

이광수는 많이 배운 젊은이들이 농촌 사업을 통해 농민들을 잘살게 만들면 그것이 곧 나라 전체가 발전하는 길이라고 생각했다. 그의 이러한 생각은 작품 《흙》의 곳곳에서 발견할 수 있다.

◆ **작품의 구조**

다양한 인물이 빚어내는 갈등 구조

허숭과 관련 있는 여인으로 유순과 윤정선이 있다. 유순과 허숭은 야학에서 만나 서로 호감을 갖는다. 유순은 한 남자에게만 순정을 바쳐야 한다고 생각하기에 허숭이 공부를 끝내고 고향에 내려오기만을 기다린다. 윤정선은 서울의 부유한 집안의 딸이다. 신식 교육을 받았고 학교 성적도 뛰어나다. 그는 숙명에서도 첫째 둘째를 다투는 미인이다. 얼굴도 예쁘고 수재이고 집안도 부유한 그녀는 아쉬울 것이 없다. 이러한 정선은 사치가 강하고 허영심이 있다. 이 두 여자 사이에서 허숭은 갈등한다. 공부를 마치면 유순과 결혼하고, 농촌 사업에 전념하는 것이 허숭의 꿈이자 계획이었다. 허숭은 유순이 농촌 사업을 하는 자신을 지지하고 잘 따라 줄 것이라 생각한다. 그리고 정선과 결혼하면, "첫째로 유순에 대한 의리를 저버리고, 둘째는 농촌에, 농민에 대한 의리를 저버린다."고 생각한다. 하지만 허숭은 고향으로 가지 않고 정선과 결혼한다. 허숭의 결혼 소식은 유순에게도 알려지고, 유순은 고민 끝에 허숭에게 작별 편지를 하지만, 그 편지는 정선의 손에 들어간다. 이러한 삼각관계는 허숭의 결혼 이후에도 이어진다. 작품 전체에서 주인공을 둘러싼 애정 구조는 작품 흐름의 한 축을 담당하는 역할을 한다.

《흙》에는 애정 구조와 더불어 인물들의 가치관이 대립하는 축이 존재한다. 허숭과 한민교 선생은 농촌으로 돌아가서 농촌의 부흥을 위해 노력해야 한다고 생각한다. 하지만 이들의 생각과 다른 가치관을 가진 사람들도 존재한다. 윤 참판과 그의 딸 정선, 김갑진, 이건영 등은 농촌 계몽 사업에 관심이 없다. 더구나 정선과 김갑진은 농촌에서 사는 사람들을 자신보다 낮은 계층의 사람들이라고 무시한다. 그들의 이런 생각은 갑진이 허숭을 '시골 상놈'이라고 무시하는 것으로 나타나며, 정선으로 하여금 '외국 사람과 같은 생각'을 갖게 만든다. 이렇게 서로 다른 가치관을 가진 인물들이 대립각을 세우며 이야기가 전개된다.

작가는 이런 구조에 대해 작품 속에서 다음과 같이 말한다.

"지금 우리 조선 사람은 모조리 세계적 시골뜨기요, 상놈이 아닌가. 그런데 이 조그마한 조선, 몇 명 안 되는 조선 사람 중에서 양반은 다 무엇이고 상놈은 다 무엇인가. 서울 사람은 다 무엇이고 시골 사람은 다 무엇인가. 또 관립학교는 다 무엇이고 사립학교는 다 무엇인가. 김갑진이나 허숭이나 다 한 가지 이름밖에 없는 것일세. '조선 사람'이라는."

이러한 작가의 생각은 《흙》이 우리 민족이 서로 화합해 나가는 과정을 그리고 있는 작품임을 드러낸다.

◆ **작품의 감상과 수용**

허숭에 감화되어 가는 다른 인물들

허숭은 서울에서 성공했지만 모든 것을 버리고 농촌으로 돌아간다. 도시보다는 농촌에서 할 일이 더 많고 그의 도움이 필요한 사람이 많다고 생각하기 때문이다. 허숭이 이러한 생각을 갖게 된 데에는 한 선생의 영향이 컸다. 허숭은 그의 스승인 한 선생과의 교류에서 받은 감화로 농촌 부흥 운동에 대한 생각을 행동으로 옮긴다.

허숭은 살여울에서 사람들을 돕고 마을을 발전시키는 데 노력을 기울인다. 허숭의 행동에 살여울의 사람들도 힘을 합친다. 마을 사람들은 초반에는 허숭을 손님으로 대하지만 그의 태도와 행동을 보고 난 후 마음이 변한다. 허숭이 마을 청년들이 억울하게 형무소에 갇힌 것을 풀어 주고 아픈 이들을 돌보아 주는 모습을 통해 사람들의 마음은 하나가 된다. 이렇게 살여울 사람들은 점차 허숭에게 감화된다.

살여울 사람만 허숭에게 감회된 것은 아니다. 허숭의 아내 윤정선도 허숭에 의해 변화한다. 정선은 살여울에서 허숭을 간호하며 그의 생각을 이해하게 된다. 허숭의 뜻에 따라 서울 살림을 정리하고 농촌으로 내려와서 살겠다고 약속도 한다. 물론 서울에 올라와서는 결심이 흔들리지만. 정선은 이후 사고로 다친 자신을 보살펴 주는 허숭을 보고 다시 결심을 굳힌다. 정선은 부상이 회복된 후 살여울로 돌아가 누구보다도 열심히 농촌 사업을 한다.

정선과 불륜을 저지른 김갑진도 허숭의 영향을 받는다. 그는 우월 의식이 강하고 남들을 업신여기지만 허숭의 너그러운 태도와 삶의 방식에 동화되어 농촌 사업에 뛰어든다.

이 작품에서는 허숭을 필두로 하여 농촌 사업에 참여하는 다양한 인물을 살펴볼 수 있다. 처음부터 농촌 사업에 호의적이고 적극적인 태도를 보이는 인물도 있고, 농촌 사업의 필요성에 동의는 하지만 자신이 직접 하기는 꺼리는 인물도 있으며, 농촌 사업에 회의적인 반응을 보이는 인물도 있다. 이러한 인물들의 생각이 점차 하나로 합쳐지고 농촌의 발전을 위해, 나라의 발전을 위해 노력하는 모습들이 나타난다. 인물들의 변화되는 생각과 행동을 살펴보는 것도 이 작품을 읽는 독자의 즐거움에 포함된다.

◆ 작품에 반영된 현실
마루청 널 한 쪽에서도 알 수 있는 조선 현실
《흙》은 일제 강점기에 쓰인 작품이다. 그때 우리나라는 아직 발전하지 못했고 사람들은 먹고 입을 것이 충분하지 않았다. 때문에 나라를 부강하게 만들어서 사람들도 잘살게 만들고 나라의 독립을 꾀하는 것이 당시로선 시급했다. 이 소설 속에도 당시 우리나라의 현실을 나타낸 부분이 많다.

"보이는 차를 가져왔다. 차 맛이 흉했다. 숭은 이렇게 화려하게 차린 집에 어떻게 이렇게 차 맛이 흉할까 하였다. 그리고 자세히 살펴보면 병풍의 그림이나 사벽에 걸린 그림이나 다 변변치 못한 것이었다. 그러나 그것은 이 집의 허물이 아닐는지 모른다. 우리 조선의 정도가 이만밖에 못한 것일는지 모른다 하고 숭은 또 한 선생의 말을 생각하였다.

'이슬 한 방울에 온 우주의 모든 법칙이 품겨 있는 것과 같이 마루청 널 한 쪽에도 조선 문화 전체가 품겨 있다.'
하는 것이었다.

마루청 널 한 쪽만 있어도 당시 조선의 공업, 미술의 정도를 알 수 있을뿐더러 거기 묻은 때를 분석하면 그 이상 더 자세한 상황을 알 수 있다는 것이다."

위에 인용한 부분은 허숭이 요릿집에 들어가 주위를 둘러보며 생각한 내용이다. 분명 서울의 유명한 요릿집인데 차 맛이 좋지 않다. 차 맛뿐만 아니라 벽에 걸려 있는 그림들도 변변찮다. 요릿집의 맛없는 차와 초라한 실내 장식을 보고 허숭은 그 음식점을 탓하지 않는다. 이것은 하나의 음식점이 궁색한 것이 아니라 우리나라의 현실 때문이라고 보는 것이다.

또한 당시에 도시를 제외한 농촌에서는 의사가 턱없이 부족했다. 도시에서는 그나마 의사도 많고 병원도 많아서 아픈 이들이 치료를 받기에 수월했지만, 농촌은 그렇지 않았다. 여기 허숭과 현의사의 대화를 살펴보자.

"왜 농촌에는 의사가 쓸데없나요? 농촌에는 병이 없나요?"
"그야 그렇지요마는 가난한 농민들이 어떻게 의사를 부르겠어요?"
하고 현 의사는 제 주장이 약한 것을 생각하고 픽 웃는다.
"자동차 타고 불려 다닐 의사는 농촌에서는 쓸데없지요. 허지마는 제 발로 걸어 다닐 의사는 한없이 필요합니다. 내가 처음 살여울에 가니까 살여울 동네에만 이질 환자, 장질부사 환자가 십여 명이나 되겠지요."

위 대화에서 허숭은 농촌에 의사가 필요함을 역설한다. 도시에서 편안하게 환자를 보고 돈을 버는 것보다, 정작 의사가 필요하고 도움이 절실한 이들에게 손을 내미는 것이 올바르다고 판단한 것이다.

허숭의 이야기에서 우리는 당시 사회의 모습을 떠올릴 수 있다. 도시는 그나마 의료 시설이 갖춰져 있지만, 도시보다 가난한 이들이 많은 농촌에는 병원도 의사도 부족하다. 때문에 농민들은 아파도 제대로 치료를 받지 못하고 고생하다가 죽는 경우가 빈번했다. 이광수는 작품 속에서 당시 사회의 이러한 문제점을 드러내고 이를 해결할 필요가 있다고 역설했다.